***Christian Laborie** se passionne pour l'histoire et les habitants de sa province d'adoption : les Cévennes. Ses romans sonnent comme autant d'hommages humbles et sincères. Le succès de la saga* L'Appel des drailles *et* Les Drailles oubliées *l'a hissé au rang des auteurs incontournables de la littérature de terroir.*

L'Arbre d'or

Du même auteur

Aux éditions De Borée

L'Appel des drailles, Terre de Poche
L'Arbre à pain, Terre de Poche
Le Brouillard de l'aube, Terre de Poche
Le Chemin des larmes, Terre de Poche, prix Mémoire d'Oc 2004
Le Saut du Loup
Le Secret des Terres Blanches
Les Bonheurs de Céline
Les Drailles oubliées,
Les Hauts de Bellecoste
Les Sarments de la colère

Imprimé en U.E.
Dépôt légal : mai 2012
ISBN : 978-2-8129-0549-0

CHRISTIAN LABORIE

L'ARBRE D'OR

De Borée
Terre de poche

Première partie

LA FIN D'UN MYTHE

I

L'héritage

Cévennes – 1847

LOUIS LACOMBE REGARDAIT SES MÛRIERS s'empourprer. En automne, la même pensée lui venait toujours à l'esprit : ces arbres chenus au ramage dense et puissant étaient pour lui et sa famille une manne divine. Il n'en était que plus reconnaissant envers l'Éternel, qu'il honorait, comme tout bon huguenot, à toute occasion dans sa vie quotidienne. Il n'éprouvait guère le besoin de se rendre au temple pour vénérer Dieu, ni de consacrer les quelques instants précédant son coucher pour prier. Ses pensées à elles seules étaient ses prières qu'il adressait à Celui à Qui il devait tout ce qu'il possédait.

En ce milieu de siècle, alors que le monde paysan trimait encore partout sous le joug des grands propriétaires, pour la plupart issus de la vieille aristocratie ou de la bourgeoisie urbaine, à Saint-Jean les Lacombe passaient pour une famille sinon aisée, pour le moins bien nantie. Beaucoup auraient pu envier les nombreux hectares qui leur appartenaient, couverts de riches cultures, de prairies verdoyantes, drapés de *faïsses*[1] régulières et bien entretenues qui cascadaient, telles les marches d'un escalier de géant, depuis la cime des collines jusqu'au fond de la vallée.

Leur mas, une ancienne bastide héritée de leurs lointains ancêtres, avait toujours fière allure malgré les siècles qu'il avait traversés, les destructions qu'il avait subies dans les temps troublés des guerres de Religion, les ajouts successifs que les générations, les unes après les autres, avaient apportés pour satisfaire leurs besoins sans cesse grandissants.

Les Lacombe étaient une très vieille famille dans la vallée de la Gardonnenque. Ses origines remontaient bien au-delà des premiers massacres dont avaient été victimes les protestants au XVe siècle. Les pionniers de leur lignée étaient descendus de la montagne lozérienne à une époque où il n'y avait qu'une seule foi dans le royaume de France et où l'on ne se battait pas encore pour défendre sa liberté de conscience. En ce temps-là, beaucoup de terres de la vallée étaient en friche et souvent insalubres à cause de l'humidité et des maladies qui y proliféraient. À force de ténacité et au prix de travaux titanesques, ils étaient parvenus, d'abord, à mettre en valeur les terres pentues des contreforts montagneux en bâtissant des murs de pierres sèches colossaux, à l'image de tous les paysans cévenols. Puis ils s'étaient attaqués au fond humide de la vallée d'où ils avaient fait surgir de vastes étendues de prairie pour leurs troupeaux de brebis.

À l'origine, le mas, dont le nom « le Castandel » remontait à la nuit des temps, n'était qu'un abri de berger, une petite construction de pierre dont la pièce

1. *Terrasses cultivées retenues par des murs en pierres sèches.*

unique se trouvait toujours au centre de la bastide qu'occupaient Louis et sa famille. Au fil des siècles, il avait été agrandi, surhaussé, rebâti et même succinctement fortifié dans les temps incertains, ce qui lui avait valu le surnom exagéré de bastide.

Les quatre tourelles érigées aux angles de l'édifice lui donnaient l'aspect d'un petit bastion fortifié. Pour le reste, tout y dénotait un caractère de grosse ferme agricole et d'élevage. Toutefois, le Castandel était toujours considéré, dans la région, comme une demeure cossue, dominatrice, le symbole de la réussite d'une famille paysanne dans un monde encore dominé par le sang bleu et par les gens de la finance.

Les Lacombe n'en tiraient pourtant aucune fierté. Au reste, l'époque de l'apogée de l'exploitation était déjà très lointaine. Et s'ils passaient toujours, aux yeux des plus modestes, pour des paysans privilégiés, des *laboureurs* – car ils descendaient d'une lignée de propriétaires –, ils n'avaient pas d'autre fortune que leurs terres, les pierres de leur mas et de leurs murs, et d'autres solutions pour vivre convenablement en ce siècle de grandes mutations que la sueur de leur front et les courbatures de leur dos.

Cet héritage paraissait parfois bien lourd à Louis ; car les temps avaient changé. Jadis, plusieurs familles vivaient aisément sur le domaine, les frères se partageant et les terres et la demeure. La main-d'œuvre ne manquait pas. Mais depuis l'époque de son père, qui avait fait les campagnes de Napoléon, le Castandel n'avait été occupé que par l'aîné de la famille. Les bras, moins nombreux, suffisaient à peine à entretenir toutes les terres et à élever le troupeau de brebis. Quand les enfants étaient encore trop jeunes pour aider leurs parents, les journaliers ou les saisonniers étaient alors nécessaires. Ce qui amenuisait fortement les revenus.

Louis Lacombe était seul à travailler sur son domaine. Son père, Auguste, était décédé cinq ans plus tôt, âgé d'à peine cinquante ans. Sa mère l'avait suivi dans la tombe peu de temps après. Si bien qu'il se retrouvait seul, à trente-sept ans, à la tête d'une exploitation trop vaste pour un seul couple de paysans. Toutefois, il mettait toujours un point d'honneur à ce qu'aucune terre ne fût abandonnée aux mauvaises herbes, à ce que tout mur éboulé par les pluies fût rapidement remonté, à ce que le mas se montrât toujours digne de ses aïeux.

Certes, du haut de ses quinze ans, son fils aîné, Damien, l'aidait de son mieux. Mais pour les gros travaux, il ne devait compter que sur lui-même, son épouse, Noélie, étant très accaparée par ses trois autres enfants : Aline, Edmond et Lucie.

* *
*

« Dire que ces mûriers finiront par ne plus servir à rien ! se plaignait une fois de plus Louis en contemplant ses terres qui s'obscurcissaient sous les rayons rasants du soleil couchant.

– Pourquoi dis-tu cela, père ? s'inquiéta Damien qui ne comprenait pas les raisons de son pessimisme. Nos magnans[1] auront toujours besoin de leurs feuilles pour se nourrir et grossir.

---

1. Magnans : *vers à soie.*

– Tu sais bien, petit, que la maladie fait des ravages dans la région.

– Les vers blancs[1] ? Oui, je sais.

– S'il n'y avait que ça !

– Mais nous ne sommes pas touchés !

– Pas encore. Mais nous n'y échapperons pas, hélas ! Un jour ou l'autre, notre tour viendra. Depuis qu'elle ravage les magnaneries, nous n'y avons pas eu droit. Ça tient du miracle ! La plupart des paysans ont vu leurs récoltes anéanties d'année en année. Et cela dure depuis longtemps. Il n'y a rien à faire. C'est un vrai fléau.

– C'est qu'ils ne prennent pas assez de précautions !

– *Boudie*[2] ! Ils font comme tout le monde. Nous savons tous ce qu'il faut faire pour éviter cette cochonnerie. Quand le mauvais sort se jette sur une magnanerie, rien n'empêche, que les vers y passent tous, précautions ou pas. »

Malgré son jeune âge, Damien était un garçon solide, qui donnait sans rechigner sa part de travail et secondait son père comme un homme. Il savait que, plus tard, le Castandel lui reviendrait de droit, étant l'aîné des quatre enfants. Aussi montrait-il beaucoup d'intérêt à tout ce que faisait son père pour maintenir les productions du domaine à leur meilleur niveau de rendement. Il connaissait parfaitement les problèmes d'assolement, de fumure, de jachère, de rotation des cultures, savait repérer les maladies du bétail et des vers à soie. Après la saison d'éducation[3], qui s'étendait

1. *Maladie des vers blancs ou des vers flats, dite « flacherie ».*
2. Boudie : *bon Dieu !*
3. *Terme utilisé pour désigner l'élevage des vers à soie.*

sur tout le mois de mai, il trépignait d'impatience pour prendre la draille. Comme *traspastre*[1], il accompagnait les brebis que son père confiait à un maître troupelier et *emmontagnait*[2] pour l'estive pendant trois mois sur le mont Aigoual. Auprès de son grand-père, alors qu'il n'était qu'un tout jeune enfant, il avait appris les effets de la lune sur la croissance des cultures, sur la coupe du bois en hiver et même sur l'humeur des bêtes et la naissance des agneaux.

Mais ce qui intéressait le plus Damien, c'étaient les mûriers, ces arbres d'or qui faisaient la plus grande fierté de son père, l'héritage qu'il chérissait le plus et qui donnait au domaine du Castandel sa plus grande valeur. Depuis plus de cent ans, toutes les faïsses situées autour du mas étaient complantées de ces arbres qui avaient fait la fortune de certaines familles au milieu du siècle précédent.

Les Lacombe n'avaient pas négligé cette source de revenus, à une époque où la soie était très recherchée et n'avait encore aucune concurrente. Très tôt, les aïeux de Louis s'étaient lancés, sans hésiter, dans cette aventure qui avait nécessité la transformation de la demeure. Ils avaient donc aménagé une vaste magnanerie sous les toits, dans les greniers, en surhaussant et en consolidant les murs ; des tables d'éducation avaient été dressées à l'aide d'épaisses planches de châtaignier. Les filatures de la vallée traitaient des masses impressionnantes de cocons et avaient donné naissance à une intense activité industrielle pour

1. Traspastre : *jeune apprenti berger.*
2. Emmontagner : *transhumer vers les hauts pâturages de montagne.*

laquelle paysans et ouvriers se retrouvaient étroitement liés.

Selon la tradition qu'avaient instaurée avant lui quatre générations de Lacombe, Louis élevait donc au printemps une grande quantité de magnans et livrait en personne ses cocons à la filature Chabert de Saint-Jean. Contrairement à la plupart des éducateurs, il ne vendait pas sa production sur les foires aux cocons, dont l'une des plus célèbres était celle d'Anduze, distante d'une douzaine de kilomètres. Les nombreux courtiers s'y pressaient pour acquérir la précieuse marchandise issue des magnaneries et prélevaient au passage une commission que leur accordaient les filateurs pour qui ils démarchaient les fermes séricicoles de la vallée. Dès qu'arrivait le mois de juillet, la fièvre des cocons gagnait les esprits. Les courtiers ou acheteurs se disputaient pour obtenir l'engagement des meilleurs éducateurs, et tentaient souvent de les convaincre alors que ceux-ci étaient encore sur le chemin de la foire. Un échantillon leur suffisait pour constater la qualité d'une chambrée, quelques cocons soigneusement prélevés par le magnanier ou la magnanarelle et déposés dans un mouchoir bien propre. Ainsi chaque éducateur prenait-il grand soin à choisir sa *montre*[1] au moment du décoconnage.

Dès le XVIIIe siècle, la soie s'était beaucoup développée dans les Cévennes. Elle avait fait la fortune d'une bourgeoisie locale qui avait maintenant pignon sur rue, tant à Saint-Jean qu'à Alais[2] et à Anduze, où l'on comptait le plus grand nombre de filatures.

---

1. Montre : *échantillon.*

2. Ancienne orthographe pour Alès jusqu'en 1926.

Les paysans, quant à eux, avaient aussi profité de cette manne. Beaucoup avaient planté des mûriers autour de leurs mas et, s'ils étaient assurés de ne pas mourir de faim grâce à leurs châtaigniers, ils assuraient aussi des rentrées d'argent importantes grâce à la vente de leurs cocons.

Depuis un siècle, les Cévennes connaissaient donc une certaine prospérité, qui ne bénéficiait néanmoins qu'aux plus nantis : les propriétaires. Car, comme partout, les journaliers, tous gens sans terre, étaient nombreux à se disputer le travail saisonnier dans les plus grosses fermes de la région, surtout pendant la saison des cocons.

Mais, à l'aube de ce milieu de siècle, les nuages commençaient à s'amonceler et l'or du passé semblait déjà se ternir.

II

L'orage

LE JEUNE DAMIEN AIDAIT SON PÈRE à ramasser les feuilles de mûrier quand, du haut de son échelle, il entendit au loin un bruit sourd de cheval au galop. Intrigué, il porta sa main en visière devant ses yeux comme pour éviter l'éblouissement et scruta l'horizon.

« Qu'as-tu à lambiner ? lui demanda son père, occupé de son côté à glaner les feuilles éparpillées qu'il avait laissé tomber. Tu vois bien que le ciel se couvre. Si nous ne nous dépêchons pas, nous prendrons l'averse avant que nous ayons eu le temps de rentrer notre fournée de feuilles dans la grange. »

La pluie était toujours à craindre au printemps, car, une fois mouillées, les feuilles de mûrier n'étaient plus consommables par les vers. Le travail d'une journée pouvait être ainsi anéanti en l'espace de quelques minutes.

« Je ne lambine pas, père. Je voulais seulement savoir qui chevauche là-bas, dans les prés, le long du Gardon.

– Qu'importe ! Ce n'est pas ce cavalier qui nous aidera à transporter les feuilles si la pluie se met à tomber. Dépêche-toi donc ! »

Le ciel s'assombrit rapidement, les nuages s'amoncelaient et devenaient menaçants. Damien descendit de son échelle et aida son père à refermer le *bourrenc*[1] de lin dans lequel il avait empaqueté sa cargaison de feuilles.

« Prends une corde et une *nadilhe*[2], tu auras plus vite fait. Et serre bien fort ; qu'on ne perde pas toutes les feuilles en route ! »

Damien obéit en maugréant. Il aurait bien voulu savoir qui galopait dans les prairies de son père. Il n'en était pas très sûr, mais il pensait bien avoir aperçu deux montures caracoler côte à côte.

« Qui cela pouvait être ? poursuivit-il, intrigué.

– Quoi donc ?

– Les cavaliers, voyons !

– Je n'en ai aucune idée. Et cela ne m'intéresse pas. Vois-tu, moi, je n'ai pas de temps à perdre à me promener ni à pied ni à cheval. Il n'y a que les gens désœuvrés, qui n'ont rien d'autre à faire toute la semaine, qui peuvent se permettre de se promener à l'heure où les paysans travaillent dans les champs.

– Ils ne se promènent peut-être pas !

– Damien ! Cesse donc de me contredire et secoue-toi !

– Excuse-moi, père. Je ne voulais pas te contrarier. »

Lorsque la saison d'éducation battait son plein, le travail au mas ne manquait pas. Entre le ramassage quotidien des feuilles sur les arbres, le délitage des cocons pour maintenir les litières en parfait état de

1. Bourrenc : *drap de vannage. De l'occitan.*
2. Nadilhe : *pièce de bois servant au serrage à l'aide d'une corde.*

propreté, la surveillance continue de la température dans la chambrée, il ne fallait surtout pas gaspiller le peu de temps que laissaient les autres activités. Car tout arrivait au même moment : la tonte des moutons, les derniers semis de printemps, la fenaison, la préparation des futurs labours, le jardin. Aussi l'éducation des magnans était-elle plutôt l'affaire des femmes à qui les hommes abandonnaient volontiers le soin de veiller à l'éclosion de la graine et au bon déroulement des quatre mues successives des magnans.

Louis et Damien se contentaient de fournir aux chenilles voraces les tonnes de feuilles nécessaires à leur croissance. À raison d'une tonne et demie par once[1] de graine, la masse de feuillage à ramasser était considérable et nécessitait une récolte quotidienne. Les magnans, en effet, ne se nourrissaient que de feuilles fraîchement cueillies.

À peine furent-ils rentrés au mas qu'un éclair déchira le ciel d'un profond coup de sabre. Quelques gouttes de pluie commencèrent à tomber, lourdes et éparses d'abord, puis de plus en plus drues. Un puissant roulement de tambour ébranla les versants de la vallée, bientôt suivi d'une trombe d'eau qui s'abattit du ciel tel un torrent diluvien que rien ne retient.

« Nous l'avons échappé belle ! soupira Louis. Un peu plus, et nous étions trempés comme des soupes, et nos feuilles aussi !

– Les cavaliers ont dû prendre l'orage, ajouta Damien.

– Les cavaliers ? Ah ! oui, j'oubliais que tu as aperçu des ombres chinoises à l'horizon.

1. Once : *unité de mesure équivalant à vingt-cinq grammes.*

– Ce n'étaient pas des ombres. C'étaient de vrais chevaux et ils galopaient très vite. Je peux même te dire qu'il y en avait un noir et un blanc.

– *Béléou*[1] *!* En attendant, appelle ta mère pour qu'elle s'occupe d'aller répandre ces feuilles sur les litières. Moi, je vais voir les brebis. Avec l'orage, elles doivent être mortes de peur. Heureusement qu'on ne les a pas sorties ce matin ! »

Louis disparut dans l'étable. Damien profita de ce qu'il avait le dos tourné pour aller satisfaire sa curiosité. Malgré l'averse et les grondements du tonnerre de plus en plus rapprochés, il fila derrière le mas, grimpa quatre à quatre les marches d'accès aux faïsses et atteignit, haletant, la *clède*[2] située à l'orée de la châtaigneraie. De là, il pouvait examiner à loisir le fond de la vallée en toute sécurité, sans craindre la pluie ni la foudre. Il s'installa sur le plancher de la petite construction et scruta l'horizon par le *fenestrou* qui perçait le fronton de part en part. Une forte odeur de bois brûlé et de châtaignes séchées embaumait la pièce obscure. Le sol était encore recouvert d'un tapis de cendre provenant du séchage de l'année précédente et, sur les claies du plancher, quelques châtaignons oubliés par inadvertance finissaient de tomber en poussière.

Le ciel s'était chargé d'anthracite et ne laissait plus rien paraître. La nuit semblait avoir devancé l'heure du cadran de l'horloge, plongeant la vallée dans une précoce obscurité. De temps en temps, l'espace d'un éclair, une vive lumière embrasait les crêtes qui se

1. Béléou ! : *peut-être bien !*
2. Clède : *séchoir à châtaignes.*

détachaient à l'encre de Chine sur un rideau de feu. Damien aimait les orages violents qui éclataient plutôt à la fin de l'été. Ceux du printemps, plus rares, avaient moins de virulence et occasionnaient moins de dégâts, sauf aux jeunes frondaisons. Mais ils frappaient souvent sans prévenir et surprenaient parfois les troupeaux dans les prairies, ainsi que les promeneurs imprévoyants.

Déçu de ne pas apercevoir les silhouettes qu'il avait cru distinguer du haut de son échelle, il attendit patiemment que la pluie cessât et, de guerre lasse, rentra au mas.

« Où étais-tu passé ? lui demanda Noélie, sa mère. Ton père te cherche partout.

– Je me suis réfugié dans la clède pour observer le ciel.

– Observer le ciel ! Toujours aussi rêveur ! Quand cesseras-tu de perdre ton temps à des futilités ? Crois-tu que c'est en regardant le ciel que tu feras tomber ton pain dans ton assiette ? Surtout ne dis pas à ton père que tu *badais*[1] encore les éclairs dans le ciel. Sinon, il te passera quelque chose. *Boulègue-toi*[2] un peu et monte ces feuilles aux magnans ! Et n'oublie pas auparavant de bien les couvrir d'une feuille de papier pour déliter. »

Sans rechigner, Damien grimpa à la magnanerie, un sac rempli de feuilles sur le dos. La chambrée grouillait de vers qui en étaient à leur quatrième âge. Dans quelques jours, ceux-ci feraient leur dernière mue et

1. Bader : *regarder béatement.*
2. Bouléguer : *remuer.*

seraient mûrs pour l'*embrucage*[1]. Obéissant aux ordres de sa mère, il recouvrit les tablées de larges bandes de papier fort perforées et disposa la nourriture par-dessus.

Le spectacle ne se faisait jamais attendre : aussitôt, les vers, attirés par l'odeur des feuilles fraîches, passaient à travers les trous du papier et se mettaient à dévorer dans un bruit d'enfer.

Avant de redescendre, Damien retira les litières souillées en se retenant de respirer au-dessus des déjections et des vers crevés en décomposition. Cette opération lui était particulièrement pénible car il craignait l'odeur nauséabonde qui envahissait la chambrée. Il en profita pour examiner de près les magnans : ceux-ci avaient trois centimètres de long, présentaient une peau bien blanche avec des reflets roses et des raies brunes sur le dos, et avaient bon appétit. Ne remarquant rien d'anormal, il vérifia la température au thermomètre, s'assura qu'il n'y eut aucune gouttière au toit ni de courant d'air trop important. Il fit un tas des litières salies et les descendit pour les brûler dans la cour.

« Tout va bien ? s'enquit Noélie.

– Tout est normal. Je crois que nous aurons encore une bonne récolte cette année. Les craintes de papa ne sont pas justifiées.

– Quelles craintes ?

– Oh, tu sais bien ! Il a toujours peur que nos magnans n'attrapent des maladies.

1. Embrucage : *disposer la bruyère sur les tables pour faire monter les chenilles afin qu'elles tissent leurs cocons.*

– Nous prenons suffisamment de précautions pour les éviter ! Mais il a raison, nous ne sommes pas à l'abri d'une catastrophe. Mieux vaut se méfier et redoubler de prudence. »

Au-dehors, l'orage grondait de plus belle. Le déluge semblait tomber du ciel en colère.

« Pourvu que ça ne perturbe pas la quatrième mue ! ne put retenir Noélie. Il ne faudrait pas que l'orage les empêche d'achever leur croissance.

– J'ai bien vérifié. La chambrée est bien aérée. Tout va pour le mieux. Ne t'inquiète pas, maman, la récolte sera bonne. »

Dans la pièce contigüe, Aline s'occupait de sa plus jeune sœur que le bruit du tonnerre effrayait. Dans l'obscurité, les deux enfants se tenaient serrées dans les bras l'une de l'autre et n'avaient qu'une hâte : que l'orage cessât. Edmond, de son côté, avait suivi son père à la bergerie et n'était pas réapparu depuis le début de la tourmente.

« As-tu vu ton frère ? demanda Noélie, soudain inquiète de l'absence de son plus jeune fils.

– Non, je l'ai croisé quand je suis rentré de la clède tout à l'heure. Il m'a dit qu'il allait rejoindre papa aux brebis.

– Sous la pluie battante !

– Il n'avait que la cour à traverser. Il n'a pas dû beaucoup se mouiller.

– Je n'aime pas qu'il traîne dehors quand il y a de l'orage, ni qu'il s'éloigne sans prévenir. Il n'a que six ans. Un accident est si vite arrivé !

– Que veux-tu qu'il lui arrive ? Le ciel ne va pas lui tomber sur la tête !

– Non, mais la foudre oui. Tu sais bien que je crains l'orage par-dessus tout. Il n'y a rien de pire pour me mettre les nerfs à vif. Je ne parviens pas à contrôler ma peur.

– Il faut te raisonner, maman ! Si tu ne montres pas l'exemple, tes filles deviendront comme toi. »

Damien n'avait pas son pareil pour apaiser les craintes de sa mère. Il avait toujours les mots justes pour la tranquilliser et la ramener à la raison. Rien ne semblait le perturber ni l'inquiéter. D'un naturel doux et d'un tempérament calme et serein, il passait, à tort, pour un éternel rêveur, un jeune garçon pas toujours réaliste en certaines occasions. Malgré sa jeunesse, il se montrait prévenant sans faire preuve de trop de compassion, attentif sans excès de curiosité, courageux et audacieux sans tomber dans l'imprudence, raisonnable sans paraître ennuyeux auprès de ses camarades qui appréciaient en lui ses connaissances, son savoir-faire, son sens de l'à-propos. Certains disaient de lui qu'il irait loin, sans savoir à quel destin ils le voyaient attaché. À l'école du village, qu'il avait fréquentée jusqu'à l'âge de onze ans, le maître ne cessait de vanter ses mérites devant ses autres élèves :

« Prenez exemple sur Damien Lacombe, disait-il. Voyez comme il ne rechigne jamais à la tâche. Et pourtant, chez lui, son père ne lui lâche pas la bride sur le cou pour autant. Vous devriez comprendre que c'est par l'école que vous vous en sortirez plus tard, et non en restant ignorants. Votre camarade, lui, l'a bien compris. Il a plus d'ambition que vous tous réunis. Et je lui donne raison. Il s'en sortira. Faites comme lui ! Prenez votre destin à bras-le-corps et ne vous laissez pas écraser par votre misérable existence de petits paysans ! »

Le maître d'école ne mâchait pas ses mots pour faire réagir ses jeunes disciples. Il savait être percutant, incisif, volontiers provocateur, et n'avait pas que des amis parmi les parents de ses élèves. Certes, à l'époque, l'école n'était pas encore obligatoire et beaucoup d'enfants y échappaient, demeurant toute leur vie dans l'illettrisme et l'ignorance. C'était le cas de la plupart des petits paysans. Mais il semblait oublier que tous n'étaient pas des paysans ignorants et que certains formaient l'élite rurale de la localité, en prise directe avec la nouvelle bourgeoisie industrielle. Les mentalités commençaient à changer.

Depuis des générations, les Lacombe avaient toujours été des gens instruits. Leur appartenance à la paysannerie aisée ainsi qu'à la religion réformée les avait toujours convaincus des bienfaits de l'école. Tous y avaient appris à lire, à écrire et à compter, et parachevaient leur éducation scolaire à la maison par la lecture de la Bible, le soir, plusieurs fois par semaine, sous l'autorité du père ou du *papé.*

Damien passait donc, à son âge, pour un garçon instruit. Et son maître d'école ne se trompait pas quand il disait de lui qu'il avait de l'ambition. Tout petit déjà, il avait conscience qu'il n'était pas issu d'une famille de pauvres paysans comme la plupart de ses camarades, et qu'il avait beaucoup de chance d'appartenir à une longue lignée de gens de la terre, qui, au fil des siècles, avaient acquis honorabilité et considération.

Dans un monde où les titres de propriété avaient valeur de lettres de reconnaissance, les héritiers du Castandel étaient considérés comme de modestes notables par les petites gens, ceux qui n'avaient que leurs mains et leurs bras pour tout bien. Mais aux yeux de la fière bourgeoisie qui ne voyait que par l'industrie et le commerce ou la haute finance pour gravir un à un les échelons du pouvoir, ils passaient toujours pour de vulgaires paysans. Quant à l'aristocratie locale, de plus en plus associée à la bourgeoisie d'affaires, elle les toisait avec mépris ou ignorance.

Damien ressentait ces différences quand il se rendait à Saint-Jean avec son père. Dans les rues de la petite cité cévenole, la foule grouillait, tant les activités y étaient fécondes depuis le début de l'ère industrielle : à côté des fermiers et métayers qui descendaient en ville les jours de foire et de marché pour vendre leurs produits, commerçants, négociants, colporteurs, filateurs, banquiers s'y côtoyaient pour leurs affaires. Mais tous ne se parlaient pas !

« Quand je serai grand, disait souvent Damien, on m'appellera "Monsieur", même si je suis encore paysan. Je veux qu'on respecte les paysans comme tout le monde !

– Riche ou pauvre, un paysan reste un paysan. Ce n'est qu'un gueux aux yeux des riches ! lui rétorquait son père qui, lui, ne s'offusquait pas d'être parfois regardé de haut par certains bourgeois de la ville. Dis-toi bien que, sans nous, tous ces gens méprisants mourraient de faim. Il faudra toujours des paysans. Nous sommes là depuis le commencement du monde, nous y serons jusqu'à la fin ! Eux par contre, il n'est pas sûr qu'une autre révolution ne les balaie pas. La noblesse a connu un tel sort en 89 !

– Il n'empêche ! Plus tard, je montrerai ce que je suis capable de faire et je ne laisserai personne me mépriser. »

Le jeune garçon parlait peu de ses envies de réussite. Quand il évoquait l'avenir, il passait, aux yeux de son père, pour un idéaliste, un rêveur qui semblait oublier de quelles dures réalités était fait le monde dans lequel il vivait. Son père, volontairement, le mettait souvent à l'épreuve pour qu'il s'endurcisse et qu'il soit préparé à affronter les pièges et les affres d'une existence qui, il en était persuadé, ne serait guère différente de la sienne et de celle de ses aïeux.

« C'est par le travail de la terre que nous, les Lacombe, sommes devenus ce que nous sommes aujourd'hui. C'est par le travail de la terre que nous perdurerons à travers les siècles à venir ! » répétait-il sans cesse, sur le ton d'un prophète prêchant au Désert[1].

Louis Lacombe voyait son destin et celui des siens tout tracés, rivés à la terre dont il avait hérité. Son seul objectif était d'en rester digne et d'en assurer la pérennité, par respect pour ses ancêtres et en leur mémoire.

* *
*

Un violent coup de tonnerre fracassa le ciel juste au-dessus du mas. La lumière jaillit à travers les lourds nuages, embrasant tout à coup les collines comme un feu d'artifice. La pluie se mit à redoubler. Un vent de

1. Lieu secret où les protestants se rassemblaient à l'époque de Louis XIV.

tempête souleva des lauzes du toit de la bergerie et arracha la porte mal fermée de la *patouille*[1]. Dans la grande cuisine, l'obscurité était totale. Noélie alluma une bougie et se réfugia auprès de ses filles pour les rassurer.

« Je me demande bien ce que votre père peut bien faire ! s'étonna-t-elle, morte d'inquiétude.

– Il reste auprès des brebis, lui répondit Damien, toujours prêt à tranquilliser sa mère. Elles doivent être effrayées par l'orage. Sa présence les rassure.

– Et ton frère ? Rien ne dit qu'ils soient ensemble !

– Pourquoi veux-tu qu'Edmond soit allé se promener seul, sous l'orage. Il n'est pas sot ; il sait que c'est dangereux. De plus, lui aussi doit être mort de peur.

– Je ne serai tranquille que lorsqu'ils seront rentrés tous les deux. »

La bergerie était distante d'une centaine de mètres du mas. Le bâtiment avait été construit bien après l'habitation principale, juste en bordure d'une draille qui filait ensuite vers la montagne. Lorsque les troupeaux transhumaient au printemps et en automne, venant du bas pays, ils faisaient halte au Castandel. Louis leur ouvrait grand les portes de sa bergerie quand le temps était menaçant. Tout autour, un jeu de claies mobiles en bois de châtaignier était vite monté pour servir d'enclos, de sorte que troupeliers et traspastres n'avaient pas à surveiller leurs brebis, la nuit, et pouvaient profiter sans souci du gîte et du couvert que leur offrait leur ami Louis.

La pluie cinglait maintenant depuis plus de deux heures. La nuit, cette fois, était tombée, ajoutant son

1. Patouille : *pièce extérieure, sorte d'arrière-cuisine.*

linceul de cendre à celui du ciel d'orage. Sans le montrer, Noélie priait entre deux histoires qu'elle s'efforçait de raconter à ses filles pour les distraire.

« Veux-tu que j'aille voir à la bergerie ? demanda Damien pour rassurer sa mère.

– Non. Je préfère que tu restes avec nous.

– Comme tu voudras. »

Damien prit un livre qu'il avait déposé sur la poutre de la cheminée et, à la lueur des flammes, se plongea dans la lecture.

« Que lis-tu ? l'interrogea Aline, sa sœur cadette qui, à neuf ans, savait aussi bien lire que lui.

– *Les Aventures d'Oliver Twist,* de Charles Dickens.

– C'est bien ?

– Oui, très bien. C'est l'histoire d'un jeune orphelin en Angleterre, à qui il arrive beaucoup de mésaventures. C'est très triste, mais il finit par sortir de sa misère malgré le mauvais sort qui s'acharne sur lui.

– Tu aimerais avoir une vie aussi mouvementée que la sienne ?

– Je ne sais pas. Mais j'aimerais devenir quelqu'un.

– Pourquoi ? Tu n'es pas content comme tu es ? Ici, nous ne manquons de rien.

– Je sais. Mais il n'est pas interdit de rêver. »

La petite Lucie, une enfant très frêle pour ses cinq ans, s'était endormie dans les bras de sa mère. Dehors, l'orage s'éloignait. Le ciel s'apaisait lentement.

Tout à coup, quelqu'un frappa violemment à la porte. Noélie sursauta. Lucie se réveilla en grognant. Damien interrompit sa lecture. Aline alla se blottir dans ses bras.

« Il y a quelqu'un ? demanda une voix grave derrière la porte. Ouvrez vite ! »

L'inconnu toqua de nouveau avec véhémence.

Noélie se ressaisit.

« Va ouvrir ! » commanda-t-elle à son aîné.

Damien s'exécuta sans précipitation.

« Qui êtes-vous ? interrogea-t-il par prudence, avant d'ouvrir la porte.

– Nous ne vous voulons aucun mal. Et nous ne sommes pas des vagabonds. Ouvrez-nous, pour l'amour de Dieu ! »

Damien tira la porte et se plaça de côté.

Un homme et une jeune fille, tous deux trempés jusqu'aux os, apparurent, telles des silhouettes fantomatiques, dans l'embrasure de l'huis.

« Finissez d'entrer, leur dit Noélie qui avait repris des couleurs. Ne restez pas dehors avec ce temps ! »

L'homme s'expliqua aussitôt :

« Nous nous promenions à cheval, ma sœur et moi, quand l'orage nous a surpris. Nous nous sommes réfugiés près d'un *mazet*[1] au bord de la rivière. Mais quand la foudre est tombée non loin de nous, nos chevaux ont pris peur et se sont enfuis. Nous voilà donc à pied et loin de chez nous. Quand nous avons aperçu votre ferme, nous avons pensé que vous pourriez nous abriter le temps que l'orage cesse.

– Vous avez bien fait, monsieur. Prenez donc place près de la cheminée, ainsi que la petite demoiselle. Il faut vous sécher, sinon vous prendrez mal. Mon mari ne va pas tarder à arriver. »

1. Mazet : *petit cabanon.*

Les deux inconnus ne se firent pas prier, se débarrassèrent de leurs manteaux de pluie et s'assirent dans le *cantou,*[1] près du foyer.

« Qui êtes-vous, monsieur, si je puis me permettre ? demanda Noélie. Nous ne vous connaissons pas dans la région !

– Je suis Martial Chabert, le fils de Lucien Chabert. Mon père est propriétaire de la filature Chabert, de Saint-Jean. Et voici Héloïse, ma jeune sœur. »

---

1. Canton : *littéralement : « le coin ». Coin situé sous le manteau de la cheminée.*

III

Les visiteurs

Les derniers grondements s'étiolaient dans le lointain. La pluie cessa aussi rapidement qu'elle était tombée. La lune jouait déjà à cache-cache derrière les nuages et jetait des reflets argentés sur les toits cuivrés de lauze.

Ses brebis tranquillisées, Louis fit un dernier tour dans sa bergerie pour s'assurer que tout était en ordre et, sa chienne Cali sur ses talons, se décida à rentrer au mas. De l'intérieur de l'étable, il n'avait ni vu ni entendu arriver les deux inconnus.

En traversant la cour, il entendit un bruit dans son appentis, là où il rangeait ses outils de jardinage. Intrigué, il s'y rendit avant de regagner le mas. Le cabanon était plongé dans l'obscurité. Muni d'un *calel*[1], il jeta un rapide coup d'œil aux quatre coins de la pièce. La chienne se mit alors à glapir.

« Mais que fais-tu là ? » demanda Louis, surpris de découvrir son fils Edmond sous son établi.

---

1. Calel : *petite lampe à huile.*

Le petit garçon était grelottant, recroquevillé sur lui-même, complètement tétanisé.

« Je voulais te rejoindre dans la bergerie, parvint-il à répondre en hoquetant. Mais quand j'ai traversé la cour, j'ai entendu un craquement dans le ciel.

– C'était la foudre, voyons ! Elle n'est pas tombée loin.

– J'ai eu trop peur ! Je me suis réfugié dans l'appentis.

– Ta mère doit te chercher partout et être morte de peur, telle que je la connais. Allez, viens, suis-moi ! Et sèche tes larmes. »

Louis prit son fils par la main et l'entraîna au-dehors sans plus s'attarder.

À peine eut-il refermé la porte de l'appentis derrière lui que Cali lui fila entre les jambes et se précipita vers la maison. Sur le seuil de l'entrée, elle se mit à grogner.

« Qu'as-tu, ma belle ? lui demanda son maître. Toi aussi, tu as peur de l'orage ! C'est fini à présent. Il est loin. Tu n'as plus rien à craindre. »

La brave chienne continuait à aboyer devant la porte, ayant reniflé à l'intérieur la présence d'étrangers dont elle ne reconnaissait pas l'odeur.

« Arrête donc tes simagrées ! lui ordonna Louis en la bousculant du pied. Tu vois bien qu'il n'y a plus rien à craindre. »

Il poussa la porte sans précaution, se racla les sabots sur le décrottoir et entra.

« Qu'est-ce qu'elle a, cette chienne ?... »

Il s'interrompit aussitôt. Apercevant les deux jeunes gens assis dans le cantou, au fond de la pièce, il s'arrêta, surpris. Puis il se reprit :

« Ah, je comprends pourquoi cette maudite chienne ne faisait qu'aboyer ! Excusez-moi, ajouta-t-il à l'adresse de ses hôtes, je ne m'attendais pas à une visite par un temps pareil. Si j'avais su, je serais rentré plus tôt ! »

Noélie ne répondit pas. Elle s'avança sans tarder en direction d'Edmond et s'écria, enfin soulagée :

« Edmond ! Où étais-tu, que je me faisais un sang d'encre ? Je te croyais perdu dans la nuit et dans la tourmente, à errer je ne sais où ! »

Puis s'adressant à son mari, elle ajouta :

« Monsieur et mademoiselle se sont égarés sous l'orage et sont venus se réfugier chez nous. Leurs chevaux se sont enfuis, effrayés par le tonnerre. J'ai cru bon de leur ouvrir notre porte.

– Tu as bien fait, Noélie. Mais à qui avons-nous l'honneur ? poursuivit Louis.

– Je me présente, enchaîna le jeune homme, je suis Martial Chabert et voici ma sœur Héloïse.

– Martial Chabert ? Vous êtes le fils de la filature Chabert, de Saint-Jean.

– C'est exact. Lucien Chabert, le fondateur de l'usine, est mon père. Je vous prie de bien vouloir excuser notre intrusion chez vous sans crier gare, monsieur, mais je ne me voyais pas infliger à ma jeune sœur une marche forcée dans la nuit et sous l'orage.

– Ne vous excusez pas, c'est tout naturel, jeune homme…

– Appelez-moi “monsieur Chabert”, je vous prie ! » le coupa le visiteur.

Louis, interloqué, marqua un temps de silence, regarda son épouse d'un air incrédule, dévisagea son visiteur, et reprit :

« Ne vous excusez donc pas, monsieur Chabert. C'est avec plaisir que nous vous offrons l'hospitalité. Il n'est pas dans nos habitudes, tout paysans que nous sommes, jugea-t-il bon d'insister pour marquer le coup, de laisser les gens perdus dans la campagne en difficulté. Restez donc assis, je vous prie. »

Louis se dirigea vers le vaisselier et en sortit trois verres et une bouteille.

« Vous boirez bien de ce vin de noix de ma fabrication pour finir de vous réchauffer ?

– Je n'oserais abuser.

– Si je vous le propose, c'est de bon cœur. Sans façon !

– Mais… je ne crois pas que ma sœur boira de ce breuvage qui risquerait de lui faire mal. Chez nous, au château de mon père, elle n'a jamais trempé ses lèvres que dans du champagne.

– Du champagne ! Certes, cette piquette n'a rien qui lui ressemble ! Mais c'est tout ce que j'ai à vous offrir. À moins que vous ne préfériez un bol de lait, mademoiselle ? »

La jeune fille, visiblement très intimidée, n'avait pas encore desserré les dents. Devant les flammes de la cheminée, elle avait recouvré des couleurs, son visage avait rosi, ses longs cheveux auburn, qui avaient pris la pluie, commençaient à sécher et à reprendre du volume. Ses yeux vert amande brillaient de mille éclats et lui conféraient une douceur angélique et une rare beauté.

« Voulez-vous que je vous prépare un peu de lait avec du miel, mademoiselle ? reprit Noélie, qui s'était aperçue que l'attitude arrogante du frère mettait la jeune fille mal à l'aise.

– Je veux bien », lui répondit celle-ci sans oser croiser son regard.

* *
*

Martial Chabert était un jeune homme au port altier, de belle prestance. Malgré son âge, il émanait de sa personne une impression d'autorité, de vanité, d'orgueil démesuré. Il pesait chacun des mots qu'il prononçait, comme pour mieux marquer sa différence et tenir ses interlocuteurs à l'écart. Toujours courtois, d'une extrême politesse, il se montrait volontiers suffisant, distant, condescendant avec ceux qui n'étaient pas de la même condition que la sienne.

Issu d'une famille bourgeoise qui avait fait fortune dans le négoce et dans le textile de la soie depuis la fin du siècle précédent, il portait haut son nom et ne regrettait qu'une chose : que ses ancêtres n'aient pu obtenir l'anoblissement. Aussi méprisait-il avec beaucoup de vigueur les vieux aristocrates, plus parce qu'ils pouvaient s'enorgueillir encore – et c'était souvent ce qui leur restait de plus précieux – d'une particule devant leur patronyme qu'à cause de ses propres origines plébéiennes. Au reste, il aimait affirmer, dans les conversations qu'il tenait fréquemment à l'auberge du Relais de Saint-Jean, que ses ancêtres étaient sortis du peuple et que les Chabert avaient acquis leur position sociale à la force du poignet et grâce à leur entregent, leur esprit d'initiative et leur intelligence.

À dix-huit ans déjà, il avait été préparé par son père à la succession de l'entreprise familiale. Il avait reçu une longue et sérieuse éducation chez les frères, puis avait suivi une formation à Paris pour achever ses humanités et acquérir les savoirs et les savoir-faire que tout homme d'affaires en ce siècle de révolution industrielle se devait de posséder.

Catholique de confession, il se rendait chaque dimanche à l'église en compagnie de sa famille et n'hésitait pas à se montrer, avec son père, en présence du curé, lequel avait son couvert dressé à la table de ses parents au moins une fois par semaine.

Les Chabert n'avaient pas hésité à s'installer à Saint-Jean en plein milieu huguenot. Fils cadet d'Hippolyte Chabert, Lucien, le père de Martial, était venu dans la petite cité cévenole au début de la monarchie de Juillet pour créer sa propre filature, son frère Eugène ayant hérité de l'usine familiale implantée dans la capitale gardoise. À partir d'un ancien moulin à eau situé sur les rives du Gardon, il avait d'abord édifié une filature d'une vingtaine de bassines. Puis, ses affaires fructifiant rapidement, il avait agrandi la petite filature d'origine qui comptait dorénavant plus de cinquante bassines dans lesquelles les fileuses dévidaient les cocons d'une bonne partie des sériciculteurs de la région. Malgré la concurrence des autres fabriques – une petite vingtaine à l'époque dans la cité saint-jeannaise – et les aléas de la production de cocons selon les années, la filature Chabert se portait bien et connaissait la prospérité. Les deux frères travaillaient de concert pour les soyeux nîmois et lyonnais, qui appréciaient depuis longtemps la qualité de leur soie grège.

Une nouvelle dynastie de filateurs s'était ainsi créée dans la Gardonnenque, ajoutant ses activités à celles déjà nombreuses qui animaient les petites villes des Cévennes et du Vivarais.

* *
*

« Vous ne pouvez pas repartir à pied en pleine nuit, fit remarquer Noélie. Ce ne serait pas prudent. J'ignore où se situe la demeure de vos parents mais, d'ici à Saint-Jean, vous en avez pour une bonne heure de marche.

– Le château de mon père se trouve tout près de son usine, de l'autre côté du bourg.

– Tu connais bien la filature Chabert, Noélie ! coupa Louis. C'est la grande bâtisse qui se trouve sur les bords du Gardon, quand on prend la route d'Anduze.

– C'est exact, mon brave ! précisa Martial Chabert, d'un ton pédant. Notre maison est nichée dans le parc qui s'étend derrière l'usine. De la route à laquelle vous faites allusion, on ne l'aperçoit pas. Dieu merci, nous sommes à l'abri des curieux ! Cela vaut mieux ainsi. Il s'agit d'un petit hôtel particulier qu'une vieille famille d'aristocrates désargentée a été contrainte d'abandonner, faute de moyens pour l'entretenir. Ce fut une véritable aubaine pour mon père quand il a cherché à créer son usine dans la région.

– Je connaissais l'usine, pas la maison, fit Louis.

– Le château, devriez-vous dire ! Mon père l'a fait remettre en état. Aujourd'hui, c'est un vrai bijou dont j'hériterai plus tard.

– Vous êtes déjà bien nanti, monsieur, insista Louis. Ce que c'est que d'être riche ! »

Noélie se méfiait de son mari quand elle le sentait piqué au vif. Et ce jeune bourgeois, elle en était persuadée, l'exaspérait déjà. Elle crut opportun d'intervenir :

« Acceptez notre hospitalité pour ce soir, monsieur. C'est de bon cœur que nous vous proposons le toit de notre modeste demeure pour vous héberger cette nuit, vous et votre jeune sœur. Oh, elle n'a rien d'un château ! Mais vous y serez bien au chaud et à l'abri des voleurs de grands chemins. Il ne serait pas convenable de notre part de vous laisser repartir ainsi démunis de vos montures. Demain matin, mon mari vous aidera à retrouver vos chevaux, ils n'ont pas dû aller bien loin. N'est-ce pas, Louis ?

– Euh… oui, certainement. Bien sûr qu'ils peuvent dormir chez nous cette nuit. Si le lit et la chambre leur conviennent.

– Mes amis, vous me voyez ravis d'accepter votre humble hospitalité. Elle me va droit au cœur. Et ma jeune sœur a sans doute l'esprit soulagé, car, elle ne le montre pas, mais elle devait craindre de tomber sur des gens rustres qui nous auraient fermé leur porte au nez. Dans ces campagnes reculées, les mécréants, hélas, ne manquent pas, qui vous laisseraient en pâture aux loups affamés !

– Tous les paysans n'ont pas la chance que nous avons de disposer d'une terre bien à eux et d'une vaste maison. Les temps sont durs pour la plupart d'entre eux. J'ai conscience que nous sommes privilégiés de posséder une telle propriété. Elle est le fruit du dur labeur de mes ancêtres. Et je remercie chaque jour l'Éternel de nous tenir à l'abri du besoin et de la misère.

– Vous êtes très croyants ! Catholiques ou protestants ?

– Protestants, monsieur. Depuis les origines.

– Hum ! Je vois, je vois. Qu'à cela ne tienne ! »

La jeune Héloïse se taisait toujours. Dans leur coin, Damien, son frère et ses sœurs n'avaient pas bronché, intrigués par la présence fortuite des deux inconnus.

« Damien, intervint Noélie, tu offriras ta chambre à la demoiselle, tu veux bien ? Je lui préparerai un lit tout propre après le souper. Quant à vous, monsieur, vous accepterez volontiers la seule chambre inoccupée de la maison ? C'était celle de mes défunts beaux-parents. Elle est rustique mais très propre. Vous y serez à votre aise.

– Ne vous tourmentez pas, madame, nous avons l'habitude de loger parfois à la dure, Héloïse et moi. Lorsque nous partons plusieurs jours randonner à cheval, il nous arrive de faire étape dans de simples relais qui n'ont pas toujours grand confort. Nous aimons la rusticité. De temps en temps ! Cela nous change de notre vie de château. N'est-ce pas, Héloïse ? »

La jeune fille ne répondit pas, apparemment gênée. Elle s'était aperçue que, du fond de la pièce d'où il n'avait encore prononcé aucune parole, Damien n'avait d'yeux que pour elle. Sa toilette élégante d'amazone, la finesse de ses traits, sa retenue tout empreinte de délicatesse semblaient le subjuguer. Elle pouvait avoir son âge, à un ou deux ans près, et ne présentait aucun point de ressemblance avec son frère.

Celui-ci, la chaleur et le vin aidant, commençait à abandonner de sa superbe.

Au moment de passer à table, Noélie invita ses enfants à s'installer autour d'Héloïse et pria son hôte de s'asseoir à la droite de son mari, à la place des invités.

« Nos repas sont modestes, à l'image de ce que nous sommes, crut-elle bon de préciser comme pour mieux se disculper d'avance. Mais nous ne manquons de rien et jamais personne n'est reparti de chez nous avec la faim au ventre.

– Le fumet qui s'échappe de votre soupière me fait grande envie, madame. J'adore ces repas paysans qu'il nous arrive de prendre à l'occasion d'une chasse ou d'une course à cheval. Mon père est grand amateur de battues au sanglier et au cerf. Je l'accompagne fréquemment du côté de Barre-des-Cévennes où une famille de paysans nous reçoit le temps d'une partie de chasse. Et vous, monsieur… monsieur ?

– Lacombe, Louis Lacombe.

– Vous permettez que je vous appelle Louis ? Et vous, donc, Louis, êtes-vous chasseur ?

– Il m'arrive de débusquer le gibier. Mais j'avoue que je n'ai pas beaucoup de temps à lui consacrer. Pour nous, les paysans, il n'y a pas de dimanche ni de jour de fête qui comptent vraiment. Le travail n'attend pas. Surtout avec les bêtes. »

Le jeune Martial se montra soudain curieux et d'une extrême courtoisie. Il s'intéressa à la vie quotidienne de ses hôtes et sembla prendre réellement conscience des difficultés qu'ils rencontraient.

Lorsque Louis lui parla de ses magnans, il s'assombrit :

« À qui donc livrez-vous vos cocons ? lui demanda-t-il.

– Mais à votre père, monsieur Chabert. Depuis très longtemps. Je ne le connais pas personnellement, car je traite avec son acheteur, mais c'est bien dans son usine que mes cocons sont dévidés chaque année.

– Ainsi donc vous êtes l'un de nos nombreux fournisseurs. Et dites voir, êtes-vous satisfait de notre... comment dirais-je ?... de notre collaboration ? »

Louis parut gêné. Il n'était pas dans ses habitudes de mentir. Mais il ne voulait pas froisser son invité en lui présentant la vérité sans détour. Il biaisa :

« Je n'ai pas lieu de me plaindre. J'ai la chance que mes chambrées n'ont jamais été touchées par de graves maladies.

– Vous faites allusion à la flacherie ?

– Oui. J'ai bien parfois quelques petits problèmes de grasserie[1] ou de muscardine[2], mais jamais rien de catastrophique. Il suffit de bien désinfecter avec de la chaux vive et de bien assainir l'air de la magnanerie, et l'on en vient à bout.

– Je vois que vous faites ce qu'il convient. Mon père doit être satisfait de votre production. Vos cocons doivent donner une soie de bonne qualité !

– Je l'espère.

– Combien d'onces faites-vous tous les ans ?

– Quatre, parfois cinq.

– Hum... c'est beaucoup ! La plupart de nos magnaniers ne prennent en charge qu'une once ou deux !

– Je sais. Nous avons toujours voulu nous spécialiser dans cette activité, pour ne pas trop nous diversifier. Les Lacombe sont avant tout des magnaniers ! Mais

1. Grasserie : *maladie des vers à soie « jaunes » ou « gras », non contagieuse.*
2. Muscardine : *maladie cryptogamique faisant devenir les vers rougeâtres.*

depuis que mon père est décédé, j'avoue que la main-d'œuvre nous fait défaut et que notre seule famille peine à s'occuper d'une telle quantité de magnans. Je crains fort d'être obligé de réduire notre quantité à deux onces. Ma femme est très prise avec les enfants et je ne peux pas me permettre d'embaucher un saisonnier pour la suppléer quand vient le printemps.

– Certes, les paysans ne connaissent pas de répit. Je ne le sais que trop !

– Vous êtes si jeune ! interrompit Noélie. Vous semblez déjà très au fait des problèmes que nous rencontrons, nous, les gens de la terre. Pourtant vous n'êtes pas de notre monde !

– Mon père m'a toujours gardé au plus près de ses affaires, pour faire de moi son digne successeur. Un filateur se doit de tout connaître des difficultés de ceux qui travaillent pour lui. À mon âge, je dois donc me tenir prêt à lui succéder. »

Martial Chabert parlait déjà en patron et ne cachait pas sa fierté d'être bientôt à la tête d'une des filatures les plus prospères de la vallée.

Curieux de tout savoir sur la magnanerie de ses hôtes, il ajouta sans détour :

« Et cela vous rapporte un bon pécule ? »

Louis hésita à répondre, puis reprit à demi-mot :

« Cela varie selon les années. Tout dépend du prix qu'on nous accorde.

– C'est le jeu de l'offre et de la demande, vous le savez aussi bien que moi. C'est lui qui fixe les cours. Croyez bien que nous sommes conscients de vos difficultés. Mais nous aussi avons nos propres contraintes : nous avons nos ouvrières à payer, les machines à amortir et à entretenir. Nos coûts de production ne sont jamais fixes. D'autant que la concurrence est rude en ce domaine. Personne ne fait de cadeaux à personne. Croyez-moi, produire de la bonne soie coûte beaucoup d'argent. Et nous non plus, nous ne sommes pas à l'abri d'une catastrophe. D'ailleurs, depuis que la flacherie sévit dans les Cévennes, notre chiffre d'affaires diminue d'année en année. Nous ne pouvons accorder aux producteurs des prix plus élevés. Nous serions vite acculés à la faillite. »

La discussion entre les deux hommes dura jusque tard dans la soirée. L'atmosphère s'était réellement détendue, et Louis avait fini par abandonner sa méfiance à l'égard du jeune filateur qu'il considérait, non sans fondement, comme un petit parvenu méprisant à l'égard des petites gens.

Les enfants tombaient de sommeil. Seuls Héloïse et Damien, lequel ne ratait rien de l'échange, se montraient toujours très attentifs et éveillés. Noélie crut bon cependant d'interrompre la conversation pour aller mettre au lit la petite Lucie qui dormait sur ses genoux, et inviter Edmond et Aline à en faire autant.

« Si vous voulez être d'attaque demain matin pour aller rechercher les chevaux égarés, dit-elle en s'adressant à son mari, il serait raisonnable que nous allions tous nous coucher. Louis, tu accompagneras monsieur jusqu'à sa chambre ?

– Bien sûr. »

Martial Chabert se confondit une dernière fois en remerciements et prit congé, après avoir vérifié que sa jeune sœur ne manquait de rien.

« Un peu collet monté ! chuchota Louis à l'oreille de son épouse, une fois au lit. Mais pas si antipathique qu'il n'en a l'air au premier abord, finalement.

– Tu vois bien qu'il ne faut pas juger les gens sur la première impression. En tout cas, il y en a un qui n'a rien dit ce soir !

– Qui ça ?

– Ben Damien, voyons ! Tu n'as pas remarqué comme il badait la petite Héloïse. Il n'a fait que la regarder pendant toute la soirée.

– Boudie ! Que vas-tu chercher là ? Ce ne sont que des enfants. Je crois plutôt qu'il s'est ennuyé à mourir pendant tout le repas et qu'il n'a pas osé broncher. Quant à la petite, elle est trop bien élevée pour se lever de table sans y avoir été autorisée ou pour interrompre une conversation entre adultes. De ce point de vue, je dois avouer que ces gens riches ont de l'éducation. Mais, *vaï*, on voit bien qu'ils nous regardent de haut. Nous ne faisons pas partie du même monde, même s'ils se réclament du peuple.

IV

Première alerte

LE LENDEMAIN, DÈS POTRON-MINET, Martial Chabert et sa sœur retrouvèrent rapidement leurs deux chevaux. Ceux-ci s'étaient réfugiés près d'une grange abandonnée, située aux abords de la rivière. Les bêtes paissaient tranquillement dans un pré, au beau milieu d'un troupeau de vaches qui appartenaient à un fermier des environs. Louis les avait accompagnés. Le jeune filateur remercia chaleureusement son hôte d'un soir puis, recouvrant soudain sa superbe, arrogance naturelle qu'il avait momentanément remisée la veille au soir sous les effets du vin et d'un copieux repas, il ajouta :

« Dites voir, mon brave, si vous avez besoin de nos services, n'hésitez pas. Nous sommes en dette avec vous et votre famille. Quand votre fille sera en âge de travailler à la fabrique, nous lui trouverons sans problème une place dans nos ateliers de filature. Notre personnel est surtout féminin. Les petites mains sont pour nous les plus adroites et les plus précieuses. Mon père ne me contredirait pas. »

Surpris par la proposition du jeune homme, à qui il ne demandait rien d'autre que le simple remerciement d'usage, Louis fut un bref instant interloqué.

« Aline, travailler à la fabrique ! Mais elle est encore très jeune ! Elle n'a que neuf ans. Et sa place est auprès de nous, à la ferme, pas dans une usine. Nous sommes tous paysans de père en fils dans la famille.

– Disons, d'ici un an ou deux, si vous êtes dans le besoin. Plus jeunes sont nos apprenties, plus efficaces sont nos fileuses ! Et, par les temps qui courent, un salaire, dans une famille du peuple, n'est pas à négliger.

– Mais…

– Ne me remerciez pas, monsieur Lacombe. Je vous le répète, les portes de notre filature seront toujours ouvertes pour les membres de votre famille.

– Pour l'instant, je préfère que ma fille aille à l'école. Mais… plus tard, peut-être. Si le besoin effectivement s'en faisait ressentir. On ne sait jamais. Nul ne peut prédire l'avenir. Merci quand même.

– Vous semblez attaché à l'école ! Seriez-vous partisan de la laïque ? Tous les républicains en font le fer de lance de leurs revendications.

– J'ai pour principe de ne pas parler de politique, monsieur. Ces choses-là sont bonnes pour fâcher les meilleurs amis du monde. Je garde mes convictions pour moi. Cela vaut mieux. Je ne veux pas mêler mes enfants à ces histoires d'adultes. Mais, pour vous répondre franchement, nous sommes très attachés à l'école dans notre famille. Et, comme vous n'ignorez pas que nous sommes protestants, nous ne pouvons concevoir une école tenue uniquement par les prêtres catholiques. L'école ne doit pas se mêler de religion.

Elle doit être neutre et permettre à tous d'y recevoir le même enseignement.

– Vous savez, l'école, c'est bon pour les gens qui se destinent à un grand avenir, je veux dire à ceux qui exerceront plus tard des responsabilités. Les jeunes paysans y perdent leur temps. Savoir lire et écrire n'est pas très utile pour travailler la terre ou à l'usine. Nos fileuses, pour la plupart, ne savent pas faire la différence entre les chiffres et les lettres. Ça ne les empêche pas de savoir compter et d'être de bonnes ouvrières.

– Dans notre famille, monsieur, tous les enfants sont toujours allés à l'école et ont reçu une bonne instruction. Pour nous, protestants, c'est fondamental.

– Vous avez peut-être raison. Le peuple ne doit pas être tenu dans l'ignorance. Mais il ne doit pas oublier pour autant le sens du devoir et du travail. Si tout le monde se met dans l'idée de devenir capitaine d'industrie, les ouvriers viendront à manquer. Et il n'y aura plus d'autre solution que d'aller chercher des nègres en Afrique pour remplacer nos ouvriers ! Mais qu'à cela ne tienne ! Ma proposition tiendra toujours le jour où vous vous déciderez. Il ne sera pas dit que les Chabert laissent leurs magnaniers dans la misère s'ils ont besoin d'aide. Mon père pense comme moi. Vous savez, à la filature, nous formons une grande famille.

– Je n'oublierai pas, monsieur. Le cas échéant, j'irai voir monsieur votre père. »

Martial et Héloïse Chabert s'éloignèrent au trot et disparurent comme ils étaient apparus, dans une écharpe de brume qui tardait à se dissiper au-dessus de la vallée. Aux côtés de son père, Damien ne disait mot, l'air songeur. Il fixait la croupe des chevaux qui s'évanouissaient comme des ombres furtives sorties d'un rêve, les galoches collées à la glaise, l'esprit éthéré.

« Alors, tu dors, mon garçon ! lui lança son père. Il s'agirait maintenant de se remettre au travail. Nous avons perdu assez de temps avec ces deux-là. »

Damien sortit de sa rêverie, cogna ses galoches l'une contre l'autre pour les décroûter, répliqua, comme s'il poursuivait la conversation qu'il avait tenue la veille du haut de son perchoir :

« Tu vois, j'avais raison ! Je te l'avais dit que j'avais aperçu deux cavaliers du haut de mon arbre.

– D'accord, je te le concède, tu avais raison. Mais maintenant qu'ils sont partis, retourne à la bergerie et sors le troupeau. Le temps se lève et se met au beau. Les brebis ont besoin de prendre l'air. Fais attention qu'elles ne se gavent pas trop. L'herbe est mouillée. Elles risqueraient de gonfler.

– T'inquiète pas, père ! J'y veillerai. J'ai pas envie de devoir leur percer la panse ! »

Après s'être occupée de sa petite Lucie, Aline et Edmond étant partis à l'école du hameau, Noélie monta à la magnanerie pour vérifier si l'orage n'avait pas occasionné de dégâts. Sur les tables, les chenilles semblaient dévorer leur content de feuilles apportées la veille par Damien.

Dans toutes les magnaneries, seule la magnanière pénétrait dans les chambrées au moment de l'éducation. C'était son domaine réservé. Tout au plus, un ou deux membres de la famille y étaient autorisés. En tout cas, jamais d'étrangers au mas, sous peine de perturber les magnans et d'attirer le mauvais œil. En ce domaine, la superstition valait tradition et nul n'aurait encouru le risque de déroger aux sacro-saintes règles de l'éducation. Ces pratiques remontaient à la nuit des temps, à l'époque reculée où les femmes couvaient la graine dans un *nouet*[1], un petit sac qu'elles portaient sous leur chemise entre jupe et jupon, parfois même entre leurs seins comme de véritables mères poules. Cette pratique, d'ailleurs, était toujours courante, et Noélie ne faisait pas autrement. Elle ne s'était toujours pas résignée à utiliser un *castelet*[2], cette couveuse hydraulique apparue au siècle précédent, prétextant que les vers étaient bien plus résistants s'ils naissaient au contact du corps humain.

Au Castandel, seuls Noélie et Damien se chargeaient donc de l'éducation proprement dite, une fois la période d'incubation terminée. Même Louis évitait de monter dans la magnanerie ; il se contentait de fournir la nourriture quotidienne des vers, en allant ramasser les feuilles de mûrier plusieurs fois par jour. Pour ce travail fastidieux et pénible, il demandait souvent l'aide de tous les siens, quand ils étaient présents au mas. Il en était ainsi dans toutes les familles d'éducateurs, surtout à la fin de la période d'éducation. Les magnans sont alors très voraces et nécessitent trois à quatre repas par jour au cours de la dernière semaine, celle de la *grande frèze*[3].

---

1. Nouet : *petit sac pour l'incubation des œufs de ver à soie.*
2. Castelet : *couveuse artificielle tirant son nom de sa forme de petit château, constituée d'une double paroi en fer-blanc dans laquelle circule de l'eau chaude.*
3. Grande frèze : *dernière semaine de croissance du ver avant qu'il ne commence à tisser son cocon.*

Les magnans de Noélie avaient achevé leur quatrième et dernière mue. Elle savait que la période qui commençait était cruciale pour la future récolte. D'elle dépendaient tous les gains de l'année. Aussi était-elle anxieuse. L'orage de la veille avait éclaté au mauvais moment. La température avait chuté, or les magnans ne supportaient pas les grandes variations du mercure ; et l'humidité s'était accrue en raison des fortes pluies qui étaient tombées.

Étage par étage, elle vérifia que les magnans s'étaient tous remis à grignoter avec ardeur. Au premier abord, dans le bruit assourdissant que faisaient les milliers de chenilles en croquant goulûment les feuilles fraîches, elle ne remarqua rien d'anormal. La pièce était assez obscure sous les toits, seulement éclairée par d'étroits fenestrous. Elle regarnit les deux cheminées de quelques bûches qu'elle déposa sur les braises qui finissaient de se consumer. Puis elle vérifia les pièges à rat, remit de l'eau dans les récipients disposés au pied des montants[1], inspecta tous les recoins de la magnanerie.

Tout lui paraissait en ordre.

Il ne lui restait plus que la cinquième tablée à inspecter, la plus haute. Elle la laissait toujours pour la fin de sa visite, car elle devait grimper sur un escabeau, s'étirer de tout son long, se déplacer latéralement en prenant toutes les précautions pour ne pas tomber.

* *
*

1. *Pour éviter que les fourmis ne grimpent sur les tables.*

Quand elle était enceinte, en plus de la découverte toujours scabreuse de quelques rats crevés pris au piège, c'était ce qu'elle redoutait le plus. Maintes fois, en effet, elle avait failli renverser l'escabeau et chuter dans la travée. Lorsqu'elle portait Edmond – elle en était à son septième mois –, son pied ripa sur la dernière marche de l'escabeau au moment où elle plaçait la bande de papier à déliter. Elle se rattrapa de justesse à une barre transversale, mais ne put éviter l'accident. Dans sa chute, elle entraîna toute une planche qu'elle reçut sur l'épaule et qui lui brisa la clavicule. Les magnans de la tablée, traumatisés, avaient été perdus.

Mais Noélie craignit surtout de perdre l'enfant qu'elle attendait. Dès le lendemain, elle fut prise de violentes contractions. Elle pensa que le bébé allait naître avant terme à cause de sa chute. Louis était dans tous ses états et ne savait que faire pour soulager les souffrances de son épouse. Quelques jours plus tard, elle ressentit un grand calme dans son ventre endolori, une absence de l'être désiré. Elle se crut perdue.

« Il est mort ! gémit-elle, il est mort en moi. Je l'ai tué. »

De fait, l'enfant ne donnait plus aucun signe de vie, alors qu'elle le sentait régulièrement bouger en elle, que son ventre déjà rebondi ondoyait à la moindre caresse de Louis qui s'amusait à lui parler, le soir, dans l'intimité de leur chambre.

« Tu te trompes, tenta-t-il de la rassurer. Il s'est endormi. Ce doit être un gros flemmard ! »

Louis ne parvint pas à apaiser sa femme. Celle-ci n'avait plus la tête à son éducation et les magnans commençaient à dépérir les uns après les autres.

« Laisse-moi y monter, lui demanda-t-il, tu vois bien que tu peines trop pour t'en occuper avec ton épaule démise. »

Noélie s'obstina. Elle ne voulait pas que son mari pénètre dans la magnanerie à sa place.

« Sois raisonnable ! Damien ne s'y connaît pas encore assez pour s'assurer que tout va bien. Moi, je peux très bien te remplacer.

– Les vers refuseront de manger si quelqu'un d'autre que moi s'en occupe. »

En dépit de ses convictions, Louis se résigna à faire appel à une guérisseuse. Il envoya Damien quérir la vieille Justine dans le quartier[1] voisin. Celle-ci avait le don de conjurer les brûlures, les morsures de serpent, les piqûres d'insectes et de soulager les parturientes.

La vieille femme arriva au Castandel à la nuit tombante, encombrée de ses grigris et de ses potions magiques, exigea de rester seule en compagnie de Noélie et pria Louis de sortir de la maison en emmenant tous ses enfants. Ce qu'elle fit à Noélie, même celle-ci fut bien incapable de le raconter plus tard, car elle marmonnait dans sa bouche édentée des phrases de patois inaudibles, à grand renfort de signes de croix et de prêchi-prêcha. Puis elle prescrivit quelques décoctions à prendre le matin et le soir au coucher, faites de plantes cueillies par la main innocente d'un enfant, et s'en alla dans la nuit, sans rien demander en retour.

« Si vous mettez au monde votre enfant, se contenta-t-elle de dire, n'oubliez pas de m'apporter un lapin ou

1. *Se dit du hameau, du* valat.

un morceau de sanglier. Ça améliorera toujours mon ordinaire. Et le bon Dieu vous le rendra au centuple. »

Quand Edmond vint au monde, ce fut la première chose dont s'acquitta Louis après être allé prévenir le pasteur de l'heureux événement.

* *
*

La cinquième tablée était la moins éclairée. Située juste sous la penture du toit, elle ne bénéficiait pas directement de la lumière que diffusaient les petites ouvertures des murs. Noélie examina donc les magnans avec d'autant plus d'attention. Elle plaça son échelle contre la barre transversale la plus haute et, précautionneusement, grimpa un à un les barreaux.

Ses oreilles étaient pleines du bruissement sourd des vers, qui grignotaient dans un bruit incessant de violente averse. Pourtant, elle en était certaine, avant même d'avoir atteint le haut de l'échelle, elle sut que la tablée ne mangeait pas normalement. C'était comme un silence incrusté dans le vacarme, un vide creusé dans une fourmilière.

« *Moun Diou !* s'exclama-t-elle. Il ne manquait plus que ça. Ils ne mangent pas. »

Devant ses yeux stupéfaits, toute la tablée semblait inerte. Rien ne bougeait. Les chenilles semblaient endormies, pire, mortes.

Elle en prit quelques-unes dans la main, les observa attentivement, en reprit d'autres. Les vers ne bougeaient pas. Elle en enfourna une poignée dans la poche de son tablier, puis, sans traîner, descendit les examiner à la lumière du jour.

« Qu'y a-t-il ? demanda Louis qui s'en revenait de ses mûriers, un sac de feuilles rempli à ras bord sur le dos. Je t'apporte la première fournée de la journée. Damien est aux brebis ; dès qu'il aura fini avec elles, il en rapportera d'autres. Mais il faudrait que tu viennes nous aider. À nous trois, nous aurons plus vite fait.

– Regarde, le coupa Noélie en déposant les vers sur la table, sans lui répondre. Ils ne mangent pas et ne bougent plus ! »

Louis examina à son tour les magnans.

« Ils sont jaunes, remarqua-t-il, et gonflés. C'est pas bon signe !

– Ils suintent, ajouta Noélie en s'essuyant les mains à son tablier.

– Il y en a beaucoup dans cet état ?

– Je ne sais pas. Tout le cinquième étage m'a l'air bien calme. J'ai l'impression que les vers ont cessé de manger.

– L'orage les aura perturbés.

– À moins qu'ils n'aient attrapé la grasserie.

– S'ils ne sont pas très nombreux, ce ne sera pas grave, tu le sais bien. Au contraire, c'est souvent bon signe. Et les autres tablées, dans quel état les as-tu trouvées ?

– Je n'y ai pas fait attention. La plupart des vers mangent, je les entendais dévorer.

– Si c'est la grasserie, heureusement ce n'est pas contagieux !

– Je crains qu'il n'y en ait d'autres.

– Retournes-y en emportant une lampe pour mieux y voir. Et prends ton temps ! Assure-toi que les autres tablées se portent bien. »

Noélie s'exécuta.

Elle redescendit quelques minutes plus tard, la mine défaite.

« Alors ? s'enquit aussitôt Louis.

– Il y en a beaucoup d'autres dans le même état.

– Bon sang ! C'est pas de chance. Combien ?

– En tout, un quart… peut-être un peu moins.

– Tu es sûre que les autres mangent normalement ? L'orage ne les a pas perturbés ?

– J'ai vérifié. Ils se portent bien. Et ils sont redevenus gris. Mais il faudra enlever les vers crevés. Je sais bien que ce n'est pas contagieux, mais ça finira par infecter toute la magnanerie.

– En tout cas, il ne faut pas tarder à préparer la bruyère pour encabaner[1], en espérant que nous n'aurons pas trop de *masques*[2] ou de *morts-flats*[3]. Dès que les vers seront mûrs, il faudra que les enfants nous aident. Tant pis pour l'école. Pour une fois, ils n'en mourront pas. »

Louis savait que, si la maladie atteignait une partie de sa récolte, ses économies, cette année-là, seraient anéanties et qu'il devrait demander à tous d'accepter des sacrifices. Les magnans étaient sa principale source de revenus, celle qui assurait à sa famille le bien-être relatif dans lequel elle vivait. Il n'avait jamais voulu trop se diversifier, étendre son élevage de brebis, prendre un troupeau de vaches laitières, comme certains l'avaient fait dans la vallée. Il se voulait d'abord

1. Encabaner : *disposer les rameaux de bruyère afin d'y faire monter les vers.*

2. Masques : *vers qui cessent de grimper dans la bruyère et se vident sans avoir tissé leurs cocons.*

3. Morts-flats : *Vers atteints par la flacherie.*

magnanier et était fier d'appartenir à cette noble catégorie de paysans qui donnait l'or et la soie aux industriels de la région, et, par là, du travail à ceux qui n'avaient pas la chance, comme lui, de posséder des terres.

« Si nous n'étions pas là, nous autres, les magnaniers, disait-il souvent à ses enfants, les filateurs seraient partis s'installer ailleurs, et notre pays serait encore plus pauvre. Nous sommes une chance pour beaucoup de malheureux dans nos vallées. »

Mais devant le mauvais présage qu'il pressentait, il dut reconnaître :

« Dire que, pas plus tard qu'hier soir, j'étais fier d'avouer à ce jeune freluquet que nous avions la chance de ne pas avoir la maladie dans notre magnanerie ! Pour un peu, je finirais par croire qu'il nous a apporté la guigne !

– Heureusement que ce n'est pas la *gâtine*[1] ! remarqua Noélie, qui s'efforçait de faire contre mauvaise fortune bon cœur.

– Il ne manquerait plus que ça ! »

1. Gâtine : *autre terme pour pébrine.*

V

Superstitions

EN DÉPIT DE SES CRAINTES, la campagne coconnière de Louis ne fut pas catastrophique. Certes, il enregistra une légère perte de production par rapport aux années précédentes. Ses quatre onces de graine n'avaient pas donné ce qu'il espérait : avec une production de quatre cents kilos de cocons, il estimait ses pertes à dix pour cent. Mais ayant pu négocier le kilo à 5 francs, ses gains s'élevaient encore à près de 2 000 francs.

« Nous avons gagné autant que l'an dernier, annonça-t-il immédiatement à Noélie, sitôt rentré de Saint-Jean. Nous avons de la chance que nos cocons aient toujours été de bonne qualité. La confiance de M. Chabert a fait le reste.

– Nous avons toujours fourni les meilleurs cocons de la vallée, releva fièrement Noélie. Des cocons bien blancs qui donnent la soie la plus pure et la plus solide.

– Ça n'a pas empêché, cette année, d'en perdre une bonne quantité. Remarque, ne nous plaignons pas ! Les Poujol ont perdu la moitié de leurs magnans. Une vraie catastrophe !

– Ils ne sont pas les seuls. La plupart des magnaniers ont subi de lourdes pertes. Il doit y avoir quelque chose de vicié dans l'air. J'espère que ce n'est pas un mauvais présage !

– Pourquoi cela augurerait-il de quelque chose de mauvais ? Ne sois pas si superstitieuse ! Cette année, les orages précoces ont perturbé la croissance des magnans. Hélas, ce n'est pas la première fois et ce ne sera pas la dernière ! Je crois plutôt que les éleveurs les moins expérimentés n'ont pas su réagir à temps, voilà tout !

– Les Poujol sont tout aussi expérimentés que nous. Cela n'a pas empêché que leurs magnans se soient arrêtés de manger pendant la grande frèze et qu'ils aient ramassé beaucoup de morts-flats et de masques.

– Trop de magnaniers ne prennent pas suffisamment de précautions quand leur campagne est terminée. Pris par les travaux qui n'attendent pas en cette saison, ils laissent la vermine s'installer. »

Au Castandel, Louis et Noélie ne remettaient jamais au lendemain la désinfection de la magnanerie. Sitôt la récolte emportée à la filature, ils désinfectaient le local avec minutie, en y faisant brûler du soufre, ce qui dégageait par les fenestrous et même à travers les lauzes de la toiture une épaisse fumée asphyxiante. Tous les ans, Louis badigeonnait les murs et les poutres de la charpente à la chaux vive délayée dans de l'eau et vérifiait de ne laisser aucun rat crevé dans les coins les plus reculés. Dès le début de l'automne, il allait détruire les nids de guêpes et de frelons qui s'y étaient construits pendant l'été. La magnanerie lui était alors grande ouverte, et il en faisait son affaire, sachant qu'une fois la nouvelle campagne commencée Noélie ne lui permettrait plus d'y mettre les pieds.

Celle-ci, de son côté, n'était pas en reste de précautions. Mais celles qu'elle prenait tenaient plus de la superstition que de la science exacte. À l'insu de Louis et du pasteur, le dimanche précédant le début de l'incubation, elle emportait la graine de bombyx au temple, pendant le culte. Elle croyait, à l'instar des magnanières catholiques qui, elles, la faisaient bénir par le curé, que cela lui porterait chance. Louis n'était pas dupe. Il se doutait que son épouse avait recours à de telles pratiques. Elle n'était pas la seule, et d'aucuns dans le quartier où ils vivaient ne se privaient pas d'avouer qu'ils encourageaient leurs épouses à en faire autant.

« Si le pasteur ne trouve pas ça très catholique, aimaient-ils plaisanter, ça ne peut pas faire de mal à nos futurs magnans ! Si telle est Sa volonté, même si le pasteur l'ignore, Dieu bénit notre graine au même titre que celle des papistes !

– Ce ne sont là que des bondieuseries ! s'insurgeait le docteur Roux, le médecin de Saint-Jean, chaque fois qu'il se rendait au chevet d'un magnanier malade. En tant que protestant, leur disait-il en homme de science convaincu, vous devriez avoir honte de croire en de telles sornettes. Ah ! si le pasteur savait ! »

Pierre Arnal, l'un des pasteurs qui officiaient dans la petite ville et dont dépendaient tous les écarts situés en amont de la commune, fermait les yeux, lui aussi. Dans ses prêches dominicaux, quand s'approchait le mois de mai et qu'il sentait l'âme de ses paroissiens toute fébrile à l'idée de commencer la saison d'éducation, il ne manquait pas de rappeler ses fidèles à l'ordre :

« Ne vous adonnez pas à la superstition ! les exhortait-il. Ne tombez pas dans l'hérésie ! Relisez le passage du Veau d'or dans votre bible et méditez sur la colère de Moïse quand celui-ci, redescendu du mont Sinaï, a vu son peuple impatient idolâtrer une statue. Songez à la colère du Divin quand le peuple élu, qu'Il avait décidé de faire sortir d'Égypte et de délivrer de la servitude, s'apprêtait à y retourner dans l'ombre de Satan. Car derrière chacune de vos superstitions se profile la silhouette du Malin. Chacune d'entre elles est un filet qu'il vous tend pour mieux attraper vos âmes égarées dans le doute et les ténèbres. »

Les têtes se baissaient, les regards fuyaient, les visages rougissaient de honte. Tout le monde se doutait. Mais nulle épouse n'osait avouer qu'elle portait sous sa robe les petites boîtes qui renfermaient les espoirs de toute une famille.

Au reste, le pasteur Arnal non plus n'était pas dupe. Il savait très bien que beaucoup de ses paroissiennes succombaient à la tentation. Aussi, pour qu'elles repartissent l'esprit tranquillisé et pour ne pas nuire à leur état d'âme, ce qui aurait pu porter préjudice à leur savoir-faire, finissait-il toujours ses sermons par des paroles plus apaisantes :

« Qui que vous soyez, aimait-il répéter, que vous soyez dans la droiture ou dans le péché, sachez que Jésus-Christ Notre-Seigneur pardonne à ceux qui ont fauté. Que celui qui n'a jamais péché lui jette la première pierre, ajoutait-il toujours en paraphrasant les paroles de l'Évangile. Allez en paix, mes frères et sœurs ! »

Ainsi tous et toutes commençaient la campagne coconnière l'esprit libéré, l'âme en paix. Et quand

Louis demandait à Noélie si elle avait apporté la graine au culte, invariablement il s'entendait répondre :

« Pour qui me prends-tu ? »

Noélie n'en disait pas plus. Sa réponse sibylline pouvait être interprétée comme on voulait. Louis devinait qu'elle l'avait fait, mais se gardait bien d'insister et, finalement, faisait mine de croire le contraire.

Se contredisant lui-même aux yeux amusés de son épouse et de ses propres enfants à qui il faisait aussi la morale, Louis ne manquait pas néanmoins de récupérer du charbon de bois provenant du feu de la Saint-Jean de l'année précédente. Il en allumait la première flambée dans les cheminées de la magnanerie. Il y ajoutait aussi la bruyère sèche qui avait servi à l'embrucage. Noélie souriait en le voyant faire et, parfois, ne pouvait pas s'empêcher de lui faire remarquer :

« Tu deviens superstitieux, mon pauvre Louis ! Tu peux parler de moi !

– Oh ! Ce n'est pas pareil, rétorquait-il. Moi, je ne m'adresse pas à l'Éternel en cachette du pasteur. »

Noélie piquait un fard et ne répondait pas de crainte de devoir mentir.

Il poursuivait :

« Les feux de la Saint-Jean, tout le monde y croit. Mais personne n'est dupe. En réalité, c'est l'usage. Ce n'est pas une question de superstition. Rappelle-toi, nous aussi, nous avons sauté au-dessus des flammes pour que cela nous porte bonheur ou pour trouver l'âme sœur dans l'année. Et comme tous les bergers, chaque année, je fais passer mes brebis dans les cendres pour leur éviter d'attraper le piétin. Je ne vois là-dedans aucune forme de sorcellerie ni de fétichisme. Ce ne sont que des coutumes ancestrales.

– C'est également de la superstition !

– Qui ne fait pas intervenir Dieu. Il n'y a pas blasphème en la matière !

– Notre religion condamne aussi ces pratiques sous prétexte que ce sont de mauvaises croyances. Ce que tu sembles me reprocher, tu t'y adonnes d'une autre manière. »

Les deux époux se chamaillaient souvent sans méchanceté au sujet de leurs pratiques superstitieuses respectives qu'ils niaient plus par plaisanterie que par mensonge. Leur fierté leur interdisait d'admettre que l'autre avait raison, car c'eût été reconnaître qu'ensemble ils avaient tort de se contredire, faisant tous deux les mêmes choses.

« Quoi qu'il en soit, devait avouer Louis pour mettre un terme à une conversation qui s'éternisait souvent trop longtemps et que les enfants ne devaient pas entendre, le fait est que, superstition ou pas, nos magnans ont toujours été les plus beaux de la vallée et que les Chabert s'en félicitent. »

Ainsi rangeait-il Noélie de son côté et, réconciliés, les deux époux resserraient davantage leurs liens devant les difficultés de la vie qui ne les épargnaient pas.

VI

Une dynastie

EN VILLE, L'EFFERVESCENCE GRANDISSAIT. Les esprits étaient préoccupés, autant par les événements qui touchaient directement les vallées séricicoles que par l'incertitude que faisait encourir au pays l'instabilité politique.

Les revenus de la soie commençaient à montrer des signes de faiblesse. Les éducateurs seraient les premiers menacés, si la reprise se faisait attendre l'année suivante. Pour suppléer au manque de cocons, de nombreux filateurs avaient recouru aux importations. De Saint-André-de-Valborgne aux Trois-Vallées[1], jusqu'à Anduze, ils avaient fait venir des cocons frais de Saint-Hippolyte, de Barjac et des communes des régions voisines. Certaines rumeurs, non fondées, affirmaient même que les importations du Proche et du Moyen-Orient allaient inonder la région si la crise s'avérait.

Quelques industriels de la Vallée-Française, s'étant beaucoup équipés et modernisés, avaient déjà fait

1. *Valleraugue.*

appel à ces importations. Leurs ateliers travaillaient donc toute l'année, tandis que les petites filatures qui n'étaient pas encore passées à l'ère de la chaudière à vapeur ne fonctionnaient que pendant quelques mois par an, juste après la récolte des cocons, de juin à septembre. En 1821, l'invention par un filateur de Valleraugue d'un procédé[1] pour étouffer et dessécher les cocons à grande échelle avait ouvert la région sur l'Orient lointain. Les cocons desséchés pouvant être conservés plus longtemps, il n'était donc plus nécessaire de les dévider dans le mois qui suivait l'étouffage. Cela autorisait leur transport vers les régions de filature de l'Europe. Mais jamais encore, ces importations n'avaient mis en péril les productions locales. Elles n'étaient qu'un complément pour rentabiliser de lourds investissements. Et qui plus est, elles permettaient, dans de rares cas, d'assurer aux fileuses des vallées un travail continu sur toute l'année, les cocons d'Orient pouvant être dévidés en toute saison.

À Saint-Jean, la filature Chabert, se trouvant obligée de suivre le progrès pour ne pas subir la concurrence d'autres filatures plus importantes, avait aussi beaucoup investi dans le modernisme. Sans être devenue la plus grande filature de la vallée, elle s'était passablement agrandie. Lucien Chabert avait d'abord doublé ses ateliers et fait monter en 1835 une chaudière à vapeur alimentée au charbon. La vapeur actionnait une cinquantaine de tours. Ceux-ci remplaçaient allégrement les *guindres*[2] manuels des tourneuses et

1. *Procédé de la coconnière inventé par Louis-Pierre Teissier.*
2. Guindres : *tours sur lesquels s'enroule le fil après dévidage par les fileuses.*

permettaient aux fileuses d'obtenir des rendements jamais atteints jusqu'alors.

L'univers artisanal de sa première usine avait fait place à un univers industriel qui témoignait bien de son époque. Au-dessus des toits de l'usine, de gros panaches de fumée encrassaient l'azur du ciel, mais l'utilisation de la chaudière rendait l'atmosphère des ateliers plus respirable, même si l'humidité et la moiteur y étaient encore très fortes. L'eau des bassines, portée jusqu'à 80 °C, demeurait à température constante et offrait une réelle amélioration de la soie produite, tandis que les tours mécaniques permettaient une économie appréciable de salaires en supprimant les postes des tourneuses, devenues inutiles.

Avec l'avènement du charbon et de la machine à vapeur, le monde de la soie connaissait à son tour une véritable révolution économique. Beaucoup le déploraient, ceux qui souffraient de la disparition de certains métiers ou qui ne pouvaient pas suivre la rapide évolution du progrès. D'autres s'en réjouissaient, car ils se sentaient acteurs de l'évolution en cours, génitrice d'une ère nouvelle et prometteuse pour les plus audacieux d'entre eux.

Martial Chabert, jeune industriel aux dents longues, se montrait déjà prêt à participer, avec et après son père, aux grandes mutations du siècle.

* *
*

Dès son jeune âge, il avait été éduqué pour suivre les traces de ses aïeux. Issu d'une famille de grands bourgeois catholiques, dès l'âge de sept ans, il avait été placé par son père, Lucien Chabert, dans un collège de jésuites à Avignon, afin qu'il apprît sans tarder à lire, à écrire, à compter et à connaître la bonne morale ainsi que les fondements de la religion.

Devant les réticences de son épouse, qui entendait dorloter ses enfants en les gardant le plus longtemps possible dans son giron, Lucien avait répondu :

« Un garçon ne doit pas rester trop longtemps dans les jupons de sa mère, ma chère. À moins de vouloir en faire un poète, un musicien ou je ne sais quoi d'autre, pourquoi pas un danseur à l'Opéra, ce ne sont pas là activités qui siéent aux fils de bonnes familles telles que la nôtre ! La pension donnera à Martial la force de caractère que tout patron se doit d'acquérir. Loin de ses parents, il ne manquera pas de s'endurcir. Cela ne pourra que lui faire du bien. C'est dans l'acier bien trempé que se forgent les armes de l'avenir. Il en est de même pour les capitaines d'industrie. »

Hortense Chabert savait qu'il était vain de s'opposer aux volontés de son époux. Celui-ci ne lui laissait-il pas l'éducation de leur fille Héloïse, pour qui il avait accepté d'engager un précepteur particulier plutôt que de l'envoyer dans une institution de jeunes filles ? Elle dut s'incliner, comme s'était inclinée avant elle la mère de Lucien devant de semblables remarques faites par Hippolyte Chabert, son beau-père.

À soixante-dix ans, celui-ci était toujours vénéré comme le patriarche de la famille. Ni Lucien, son fils cadet, ni Eugène, son aîné, ni Eulalie, son unique fille, qu'il avait mariée à un aristocrate nîmois dans le seul but d'anoblir une partie de sa descendance, n'avaient jamais contesté son autorité.

Le fondateur de la dynastie Chabert, né sous l'Ancien Régime, constitutionnel pendant la Révolution, mais tiède partisan des grands soubresauts de l'Histoire, s'était vite méfié des caprices du peuple et des débordements de la rue. À vingt-deux ans, il avait profité de l'héritage de son père, mort précocement des suites d'un accident de cheval, pour créer une entreprise de négoce en tout genre. Il achetait et vendait des produits variés à travers tout le Languedoc et dans les régions voisines : des céréales dans les Causses, des vins dans la vallée du Rhône, des cuirs et des peaux à Millau, de l'huile d'olive en Provence et du savon à Marseille, des articles de laine, de coton et de lin, enfin des plants de mûrier et des graines de bombyx. Sa maison devint vite prospère et ne connut pas les méfaits de la chute des assignats au cours de la Révolution. Pendant l'Empire, elle étendit ses relations bien au-delà des régions périphériques, et c'est par de longs convois muletiers que les marchandises convergeaient à travers la montagne vers ses entrepôts et par charrois qu'elles en repartaient pour des destinations lointaines.

Mais très vite, Hippolyte Chabert comprit que la soie serait sa destinée. Après avoir acheté un domaine comprenant de très nombreux hectares de bonne terre, issu de la confiscation des biens du clergé, il y fit planter des centaines de mûriers et s'adonna à l'élevage des vers à soie. Puis il construisit un atelier de filature et fit venir à lui les cocons des éducateurs du bas Languedoc pour augmenter sa production de soie grège. Par la suite, il abandonna son affaire commerciale et se consacra entièrement à son métier de filateur.

À soixante ans, se sentant fatigué, il préféra se retirer et partagea ses biens de son vivant tout en en gardant partiellement l'usufruit : à Eugène, il confia sa filature nîmoise ; à Lucien, il attribua une grosse fortune constituée de biens immobiliers et de liquidités, à charge pour lui de la faire fructifier ; quant à Eulalie, veuve cinq ans après son mariage, elle obtint un domaine sis dans la vallée du Rhône composé d'excellents vignobles et d'une maison cossue qu'elle afferma aussitôt, préférant le lustre et les lambris dorés du château de son défunt mari. Hippolyte toutefois veillait encore au grain et ne se privait pas de donner à ses fils des conseils qu'ils se gardaient bien de suivre.

Le jeune Martial avait donc de qui tenir.

Après avoir passé quelques années dans le pensionnat de jésuites de la cité des Papes, il fut envoyé à l'âge de dix ans au collège Louis-le-Grand à Paris pour parfaire son éducation. Son père tenait à ce qu'il approfondît ses connaissances en français, en histoire, en géographie et surtout en mathématiques et en langues étrangères, toutes matières indispensables pour faire de lui un bon négociant en charge de représenter sa maison à travers le pays et à l'étranger, où le mèneraient inévitablement ses futures fonctions.

Avant de l'expédier à Paris, aux bons soins d'un cousin qui y résidait depuis de nombreuses années, Lucien avait prévenu son fils :

« Vous vous comporterez avec toute la retenue et la dignité qu'impose notre rang. Vous ferez honneur au nom que vous portez. Soyez courageux, acharné au travail, studieux. Ne relevez pas la tête quand vos maîtres vous réprimanderont. Dites-vous que c'est pour votre bien. Cependant, je ne crois pas utile que vous traîniez trop longtemps sur les bancs de l'école. Je ne tiens pas à vous voir perdre votre temps à l'université. Aussi profitez bien de vos années passées à Louis-le-Grand, et apprenez vite. Vous reviendrez nous voir aux vacances d'été. Entre-temps, mes occupations m'amènent parfois dans la capitale, je ne manquerai pas de venir vous rendre visite. »

Le jeune Martial quitta la maison familiale à dix ans et en revint à dix-huit. Dans l'intervalle, son père perdit sa femme, se remaria avec une jeune intrigante, et, dès le retour de son fils, mit aussitôt celui-ci au travail, préparant à quarante-sept ans sa succession future.

* *
*

En cette fin 1847, les esprits étaient aussi préoccupés par les remous politiques qui affaiblissaient depuis quelque temps le pouvoir et l'autorité du roi Louis-Philippe.

En 1830, lors de son accession au trône, « le roi des Français » avait acquis l'estime de la plupart des Cévenols. À tout le moins les avait-il rassurés en adoptant le drapeau tricolore, *La Marseillaise* et en abandonnant la religion catholique comme religion d'État au profit de « la religion de la majorité des Français ». Les protestants se voyaient confirmer leur liberté de conscience pour laquelle ils s'étaient tant battus dans le passé et qui avait encore été menacée pendant les années de la Terreur blanche au début de la Restauration. Les lois organiques avaient rendu le régime plus démocratique. Et même si le suffrage censitaire ne permettait pas encore à tous les citoyens de voter et de participer activement à la vie politique, les conseils municipaux et généraux étaient désormais élus[1], ce qui avait amené bon nombre de bourgeois protestants à siéger dans les communes et au département.

Toutefois, l'opposition républicaine n'avait pas désarmé dans le pays, et les Cévenols se trouvaient partagés. Leur penchant pour la république n'était un secret pour personne. Celle-ci était pour eux le symbole et la seule garantie de la liberté et de l'égalité de tous les citoyens, tant sur le plan politique et civique que sur le plan religieux. Aussi, lorsque le souverain appela François Guizot au pouvoir, beaucoup dans les Cévennes demeurèrent dans l'expectative. L'ancien ministre de l'Intérieur, à qui l'on devait la loi sur l'École publique de 1833, n'était-il pas d'origine nîmoise et protestante ?

Mais très vite, dans les communes à forte majorité huguenote, la déception remplaça l'espoir. Guizot se montrait plus conservateur que jamais et ne s'apercevait pas que la France tout entière se détachait du régime en place.

Au conseil municipal de Saint-Jean, les discussions allaient bon train entre partisans et détracteurs du ministre.

« Pour une fois que nous avons la chance d'avoir au Gouvernement un protestant, presque un Cévenol, clamaient les représentants de la bourgeoisie locale, n'allons pas faire le jeu des ultras et des légitimistes qui auraient vite fait de retourner le roi en leur faveur.

– Louis-Philippe est un roi, rétorquaient les opposants au régime. Il agit en monarque. Il n'acceptera

1. *Mais les maires étaient toujours désignés par les préfets.*

jamais de confier réellement le pouvoir au peuple. Qu'attend-il pour rétablir le suffrage universel ? »

Les querelles politiques atteignaient peu le monde paysan. Celui-ci était davantage préoccupé par les méfaits de la crise économique qui sévissait dans le pays depuis le milieu des années 1840. Les mauvaises récoltes de blé et de pommes de terre étaient encore dans toutes les mémoires et, n'eussent été les châtaignes grâce auxquelles les ventres purent être rassasiés dans les montagnes et les vallées cévenoles, on aurait connu réellement la disette.

Louis et bien d'autres sériciculteurs étaient donc très inquiets. Lui n'avait pas confiance dans le gouvernement Guizot. À son ami et voisin Ernest Poujol, il confiait volontiers ses craintes :

« *Vaï,* je crois bien que nous sommes repartis comme en 1830 !

– Que veux-tu dire ?

– Quand les ventres sont affamés, quand l'argent ne rentre plus et quand les esprits sont échauffés par ceux qui, à raison, réclament plus de démocratie, tout est prêt pour la révolution.

– En 1830, ça n'a pas duré longtemps, une paire de jours, et rien qu'à Paris ! Et en guise de grand chambardement, tu avoueras qu'on a raté une fois de plus la république !

– Louis-Philippe a bien tiré son épingle du jeu en se présentant comme le roi des Français. En réalité, il refuse les grandes réformes que seuls les républicains osent réclamer ouvertement. Mais je te le répète : la situation est mûre. Cette campagne de banquets lancée cet été par l'opposition de gauche, c'est de la poudre prête à s'enflammer.

– En attendant, mon pauvre Louis, tout cela ne nous rendra pas le manque à gagner que nous avons enregistré cette année. La récolte de cocons n'a été bonne pour personne. »

Lucien Chabert, quant à lui, ne se préoccupait pas des soubresauts politiques qui secouaient le pays. Seules ses affaires l'intéressaient. Catholique de conviction, il avait regretté et désapprouvé la venue au pouvoir d'un protestant en la personne de François Guizot. Mais comme la politique économique du roi avait contribué à l'enrichissement de la bourgeoisie, il faisait contre mauvaise fortune bon cœur et se disait partisan du régime, voyant dans le dernier descendant des Capétiens un souverain digne de confiance.

Entre lui et ses magnaniers, qui lui fournissaient la matière première, il n'était nullement question de politique. L'entente semblait cordiale et faite pour durer.

VII

Jour de liesse

LES VERS À SOIE avaient toujours garanti un bon revenu aux paysans qui en éduquaient chaque année. Après le châtaignier, le mûrier était devenu dans les Cévennes un autre arbre providentiel. Certes, la maladie de l'encre s'attaquait aussi à ses racines et en détruisait toujours trop. Mais l'arbre d'or semblait solide et plus résistant que l'arbre à pain. Les mûriers blancs avaient conquis tous les fonds de vallée par milliers. Pas une terre située à moins de six cents mètres n'en était dépourvue. Comme ils étaient complantés le plus souvent autour des prairies, des vignes, voire sur les *bancèls*[1] consacrés aux céréales ou aux pommes de terre, leur présence ne privait en rien les paysans de leurs cultures traditionnelles.

Les plus gros filateurs de la région avaient eux-mêmes acheté des hectares de terre et planté de très nombreux mûriers, afin d'assurer directement une partie de leur approvisionnement. Moins dépendants des éducateurs ménagers, ils pouvaient ainsi faire

1. Bancèls : *terrasse cultivée (autre terme pour faïsse).*

jouer l'offre et la demande en leur faveur plus facilement et mieux contrôler le prix d'achat du kilo de cocons.

Les magnaniers, tous paysans plus diversifiés encore que Louis, n'étaient pas organisés contre la puissance financière des filateurs. Ils subissaient donc la conjoncture et leur volonté sans pouvoir y opposer une forme quelconque de résistance. Ce qui faisait dire à Louis que, tôt ou tard, il faudrait que les fournisseurs de la matière première se regroupent pour être capables de lutter efficacement contre ceux qui tenaient réellement les rênes du pouvoir économique entre leurs mains.

« Heureusement, la plupart des filateurs sont d'origine protestante et ne pratiquent pas la politique du pire ! » confia-t-il un jour de fin janvier à son ami Ernest Poujol.

Ils étaient en train de consulter les dernières nouvelles dans *L'Écho des Cévennes*, le journal le plus lu dans toute la région, et ne cachaient pas leur inquiétude à propos des événements qui secouaient la capitale. L'attaque de l'opposition contre le ministère Guizot, au moment de la discussion de l'adresse faite au Gouvernement, avait été très violente.

« Pourquoi, toi, un fier protestant, fournis-tu tes cocons à Lucien Chabert qui est l'un des rares filateurs catholiques de la vallée ? poursuivit Ernest d'un air réprobateur.

– Je n'ai pas choisi. C'est lui qui m'a toujours fait la meilleure offre et je n'ai qu'une parole.

– C'est-à-dire ?

– Comme il apprécie la qualité de ma production, il m'a demandé de la lui fournir en priorité, m'assurant que je n'aurais jamais à le regretter. Depuis qu'il s'est installé à Saint-Jean, je suis son principal fournisseur. Il compte sur mes cocons. Moi, de mon côté, je lui fais confiance. Je ne cherche pas à le trahir en faisant jouer la concurrence à ses dépens. Je lui ai promis de lui être fidèle. Tant que nos relations s'en tiennent là, je n'irai pas démarcher un autre filateur.

– Mis à part toi, il se fournit plutôt chez des éducateurs catholiques !

– Quelle importance ? C'est de bonne guerre. Les filateurs protestants font la même chose avec les éducateurs protestants. Nous n'allons pas refaire les guerres de Religion !

– J'ai entendu dire que les conditions de travail dans son usine ne sont pas très bonnes. La discipline y est très dure. Et il ne badine pas avec le règlement, ni avec les rendements journaliers et les absences ! Beaucoup d'ouvrières se plaignent par-derrière mais n'osent rien dire par-devant de peur de perdre leur place.

– Je ne me mêle pas des problèmes de l'usine. Nos relations se cantonnent à l'aspect commercial. Cela vaut mieux. »

Louis n'ignorait pas que les cadences de production dans les ateliers de filature étaient très astreignantes, que le travail y était long et pénible – douze heures par jour avec seulement deux pauses d'une heure chacune –, que les salaires y étaient indigents, et que les ouvrières n'avaient aucun moyen de contestation et pouvaient être renvoyées sur un simple mauvais rapport d'un surveillant un peu trop zélé.

Louis se disait, comme pour se disculper, et à raison, qu'il en était ainsi dans toutes les filatures, qu'elles fussent dirigées par un patron catholique ou par un patron protestant.

« Un patron est un patron ! répétait-il, désabusé. Là où réside son intérêt, hélas ne peut se trouver celui de ses ouvriers !

– C'est pour cette raison que nous devrions être solidaires de tous ceux et de toutes celles qui travaillent dans les fabriques. Je reconnais que celles-ci donnent de l'ouvrage à des familles dans le besoin, mais nous, les éducateurs, elles, les fileuses et les tourneuses, nous sommes ensemble les chevilles ouvrières d'une même chaîne de travail. Nous devons être unis comme les doigts de la main. Les filateurs dépendent de notre production et du labeur de leurs ouvrières. Si l'un des deux venait à leur manquer, leurs profits et leur pouvoir seraient menacés.

– Tu oublies, Ernest, que les filateurs ont deux parades : importer des cocons de l'étranger, renvoyer leurs ouvrières et en embaucher d'autres à leur place. Aucune loi sociale ne protège encore le monde ouvrier. Nous sommes tous à leur merci.

– C'est donc pour cela que tu restes lié aux Chabert ?

– Non ! Mais, pour l'instant, entre eux et moi, la confiance règne. En ces temps difficiles, la confiance, c'est beaucoup. »

Ernest Poujol, plus radical que son ami Louis concernant la politique, se méfiait davantage des filateurs. Pour lui, la bourgeoisie avait conquis le pouvoir avec la monarchie de Juillet et n'était pas prête à l'abdiquer, dût-elle changer de monarque, voire de régime pour préserver ses intérêts. En cette période de révolution industrielle et de profondes mutations sociales, il voyait en elle une nouvelle aristocratie, celle qui, par l'argent et les affaires, dominait à présent la société moderne.

« Vois-tu, mon brave Louis, les petits, comme nous, seront toujours dans les mains des puissants. La terre tourne, mais le monde est toujours partagé en deux : d'un côté les nantis ; de l'autre les besogneux dont nous faisons partie. Rien n'a changé ! Voilà pourquoi je crois qu'il n'y a que la révolution populaire qui puisse renverser cet état de choses.

– Qu'en est-il résulté après 1789 ? Crois-tu que le peuple ait obtenu le pouvoir ? Et en 1830 ? Attention, Ernest, tes idées ne doivent pas plaire à tout le monde ! Tu finiras par te faire des ennemis.

– Je les assume. Certains républicains prônent la révolution sociale non violente. Il ne faut pas avoir peur du mot révolution. »

Louis ne donnait pas tort à son ami. Comme bon nombre de protestants, ses préférences allaient à la république. Mais il gardait ses opinions pour lui, estimant qu'il était dangereux de les exposer en public. Sa retenue s'expliquait sans doute par les malheurs que sa propre famille avait jadis connus dans les périodes reculées de l'intolérance. N'avait-il pas un ancêtre mort aux galères sous Louis XIV et une aïeule qui avait été enfermée dans la tour de Constance à Aigues-Mortes et relâchée au bout de quinze longues années d'incarcération. Dans un coffre de son grenier, il gardait encore précieusement la correspondance de cette Louise Lacombe avec son époux Simon, un prédicant qui s'était finalement fait surprendre au Désert par les dragons du roi et qui avait été supplicié sur la roue en place publique à Anduze. Ces tragédies d'une autre époque, mais pas si lointaines, l'avaient beaucoup marqué et interpellé quant aux actes de rébellion et de violence. Loin de l'avoir rendu fataliste, elles avaient fait de lui un homme prudent, plus pacifiste que radical, consensuel, plus porté vers la négociation que vers l'affrontement.

Les liens qu'il entretenait avec Lucien Chabert en étaient le reflet.

* *
*

La révolution de février 1848 ne bouleversa pas les activités de la vallée. Certes, la proclamation de la République ne plut pas à tout le monde. Mais comme beaucoup, y compris nombre de filateurs d'obédience protestante, y étaient plutôt favorables, le changement de régime fut salué par une très grande majorité avec une réelle satisfaction. Guizot avait tellement déçu qu'on avait vite oublié qu'il était nîmois et d'aucuns niaient même, non sans mauvaise foi, qu'il fût réellement protestant. Le suffrage universel fut ovationné ; l'entière liberté de la presse et de réunion plébiscitée. Et quoique la majorité des Français ne fût pas républicaine, ces nouvelles réformes rallièrent toute la nation à la République.

À Saint-Jean, comme dans la plupart des communes du pays, on planta un arbre de la liberté en souvenir de la grande Révolution et on convia les habitants à un banquet pour fêter solennellement la victoire de la démocratie.

Louis y invita toute sa famille et descendit en ville avec tous ceux de son quartier. Il y avait beaucoup de monde sur la place du foirail, là où d'ordinaire se tenait le marché aux bestiaux. Des orateurs improvisés, juchés sur des tonneaux en guise d'estrades, haranguaient la foule et s'évertuaient à déclamer certains des vers de Lamartine ; d'autres, des décrets pris par le Gouvernement provisoire ; d'autres encore tentaient de chanter *La Marseillaise* dans le vacarme joyeux et bon enfant qui plongeait la petite cité cévenole dans une ambiance de kermesse.

Beaucoup de camelots en avaient profité pour installer leurs tréteaux et vendaient des produits qu'ils déballaient d'habitude sur les marchés. Leurs boniments se mêlaient aux harangues des exaltés, farouches défenseurs de la République, qui ce jour-là triomphait, ainsi qu'aux cris des animaux que des paysans proposaient à la vente comme un jour de foire. Sur une place près du temple, à l'écart, des violoneux faisaient danser de jeunes couples sur des airs de gigues et de bourrées, sous les applaudissements de spectateurs éberlués et débridés.

« *E que sorelhe o no*[1], elle n'est pas belle, la sociale ! s'exclama Ernest, mi-patois mi-français, en prenant Louis par les épaules. T'en as vu beaucoup des fêtes aussi belles ?

– *Pas gaïre*[2], reconnut Louis qui avait peine à ne pas perdre de vue ses enfants dans la foule.

– Emmenons nos femmes boire un coup et laissons les enfants s'amuser seuls. Un jour comme aujourd'hui, ils ne risquent rien. »

Ernest et Émilienne, son épouse, avaient aussi convié à la fête leurs deux bambins, Pierre et Amélie,

1. *Qu'il fasse soleil ou non.*
2. Pas gaïre : *pas beaucoup.*

qui étaient à peu près du même âge qu'Aline, la cadette des Lacombe.

« Tu surveilleras bien les petits, demanda Noélie à Damien. Tu es l'aîné, veille à ce qu'il ne leur arrive rien !

– Ne te fais pas de souci, mère. Ils ne m'échapperont pas. »

Noélie garda Lucie avec elle et fit encore la leçon à ses deux autres enfants :

« Ne t'inquiète donc pas comme ça ! se moqua Ernest. Nos enfants ne risquent rien. Allez, filez ! ajouta-t-il en donnant une tape amicale sur le derrière de sa fille. Amusez-vous bien ! Aujourd'hui c'est la République qui régale. Eh… Damien, surveille aussi les miens !

– Tiens, tiens ! fit Louis en arborant un large sourire, je croyais qu'il n'y avait rien à craindre pour nos enfants un jour comme aujourd'hui !

– *Vaï*, allons boire un coup. J'ai le gosier qui se dessèche. Un pichet de vin nous fera le plus grand bien. C'est ma tournée. »

Tandis que Louis et Ernest emmenaient leurs épouses dans un estaminet pour boire un verre à la santé de la République, Damien entraîna les quatre enfants auprès des bateleurs et des bonimenteurs en tout genre autour desquels la foule se pressait.

Malgré la saison, le soleil réchauffait les cœurs et les esprits semblaient oublier les tracas de la vie quotidienne. La petite ville avait revêtu des couleurs de fête. Ses maisons étincelantes de lumière paraissaient s'ouvrir sur un vent de liberté qui n'avait pas soufflé depuis longtemps. Sous le pont qui l'enjambait, la rivière roulait des eaux joyeuses et prenait des reflets de printemps. Au-dessus des toits, les cheminées des usines laissaient échapper dans le ciel de noires fumées qui s'étiraient en écharpes languissantes le long de la vallée enfiévrée.

Dans la foule bigarrée, les bourgeois se distinguaient par leur habit sombre et aux plis empesés, leur chapeau haut-de-forme et leurs souliers de cuir bien cirés. Certains affichaient de larges sourires, visiblement ravis de ce qui se passait autour d'eux. D'autres, le visage plus fermé, avaient l'air contrariés.

Poussé par la multitude, Damien se retrouva bientôt devant l'hôtel de ville où le drapeau tricolore flottait au vent à l'extrémité d'un grand mât planté sur le fronton. Des hommes entraient et sortaient de la maison du peuple, en se bousculant. Car les affaires de la commune ne souffraient d'aucun retard. Les informations provenant de la capitale parvenaient à tout instant au conseil. Et, de temps en temps, dans l'urgence des événements, un représentant de la municipalité lançait à la cantonade, par-dessus les têtes, une nouvelle que d'aucuns se précipitaient de répercuter sans attendre.

Damien tenait son frère et sa sœur d'une main, les petits Poujol de l'autre.

« Je peux avoir un sucre d'orge ? lui demanda Aline. Papa t'a donné des sous. Je l'ai vu. »

Le jeune garçon fouilla dans sa poche, en sortit quelques piécettes.

« Tiens, dit-il à sa sœur. Tu as assez pour en acheter quatre. Prends Edmond, Pierre et Amélie avec toi, et va leur acheter des friandises. Il y a un marchand juste à côté. Nous sommes passés devant. Mais fais attention. Je vous ai à l'œil. »

Les quatre enfants, se tenant gentiment par la main, s'éloignèrent sous le regard attentif de leur aîné.

Celui-ci, porté par le mouvement des badauds, fut entraîné un peu plus loin et finit par les perdre de vue. Un jeune homme, apparemment pressé, le bouscula.

« Vous ne pourriez pas regarder où vous allez, lui dit ce dernier d'un ton cassant. Je sais bien qu'aujourd'hui le peuple est à la fête, mais ce n'est pas une raison pour marcher sur les pieds des honnêtes gens ! »

Surpris par cette altercation, Damien ne sut que répondre. Mais il eut le temps de reconnaître son homme.

« Je… vous… excusez-moi, monsieur… »

Il n'avait pas encore prononcé son nom que le jeune bourgeois avait déjà gravi les marches de l'hôtel de ville et disparu à l'intérieur.

« Martial Chabert ! s'étonna Damien. Il ne m'a pas reconnu. Que fait-il donc à la mairie ? Son père ne fait pas partie du conseil municipal, à ce que je sache ! »

Damien connaissait bien les membres de la municipalité. Plusieurs étaient des amis de son père ; d'autres, des filateurs de la commune. Il savait que Lucien Chabert ne s'occupait guère de politique et qu'il s'était toujours tenu à l'écart des affaires publiques. Il l'avait entendu affirmer par son père. Aussi fut-il surpris de voir Martial Chabert entrer dans la mairie par un tel jour et d'un pas si pressé.

Revenu de sa surprise, il chercha du regard où étaient passées ses ouailles.

« Bougres de petits garnements ! marmonna-t-il entre ses dents, ils en ont profité pour aller s'amuser je ne sais où ! »

Vivement inquiet de les avoir perdus dans la foule, il s'approcha du marchand de friandises qu'il avait aperçu quelques minutes plus tôt. Ne les voyant pas, il apostropha le commerçant :

« Vous n'avez pas vendu des bonbons à quatre enfants, il y a juste un instant ?

– Si fait, répondit le brave homme à la face rubiconde. Même que je leur ai rendu la monnaie. Pourquoi ?

– Pour rien. Je les cherche. Je les ai perdus.

– Je les ai vus partir avec une jeune fille de votre âge ou à peu près. J'ai pensé qu'ils étaient ensemble. Encore que, *vaï,* la demoiselle avait l'air bien mise à côté de ces petits loupiots.

– Une jeune fille ?

– Une petite demoiselle, sûr ! Du beau monde. »

Martial parut de plus en plus angoissé. Se pouvait-il que les quatre enfants aient suivi une inconnue, la première venue ? Il se mit à chercher comme un fou dans la foule qui ne cessait de le bousculer. L'heure tournait. Ses parents lui avaient donné rendez-vous à midi tapant devant le temple. Il ne restait plus que cinq petites minutes. Il retourna devant le perron de l'hôtel de ville, là où il avait quitté les enfants.

« Peut-être sont-ils revenus là-bas pour m'attendre ? » se dit-il.

Il n'y avait personne.

« Ne me voyant pas, ils ont dû repartir seuls vers le temple », tentait-il de se rassurer en se dirigeant vers son lieu de rendez-vous.

« Monsieur Damien, monsieur Damien ! »

Quelqu'un derrière lui l'appelait.

Le jeune garçon, surpris de s'entendre appeler « monsieur », s'arrêta net, se retourna, resta bouche bée.

« Vous ! ne put-il retenir. Mademoiselle Chabert ! Vous… vous les avez retrouvés ? »

Le cœur de Damien explosa dans sa poitrine. La jeune fille, qu'il n'avait pas quittée des yeux de toute la soirée lorsque celle-ci était venue se réfugier au Castandel avec son frère, était bel et bien devant lui et tenait son frère et sa sœur par la main.

« Je les ai vus tous les quatre perdus et apeurés. Alors je les ai consolés et leur ai promis de vous retrouver.

– Vous saviez que j'étais là ?

– Ils me l'ont dit.

– Vous êtes seule dans cette cohue ?

– Je suis venue accompagnée de mon frère. Il voulait se tenir au courant de ce qui se passait à la mairie. Il m'a laissée seule quelques instants. J'en ai profité pour me promener. C'est comme ça que j'ai rencontré les quatre enfants. »

Les deux adolescents se sentaient gênés l'un vis-à-vis de l'autre. Une timidité due à leur âge plus qu'à la différence de leur condition. Héloïse semblait ravie de revoir Damien, vers qui elle s'avança pour lui confier les enfants qu'elle tenait encore par la main.

« Je dois rentrer, dit brusquement Damien, en regardant le cadran de l'horloge au clocher de l'église.

– Vous reverrai-je ? demanda Héloïse.

– Je ne sais pas. Je descends à Saint-Jean une fois par mois avec mon père, le jour du marché.

– Alors peut-être qu'on se reverra.

– Avec votre frère ? osa ajouter Damien.

– Mes parents ne me laissent jamais sortir seule ! Je n'ai pas encore quatorze ans. Et vous ?

– Moi, j'en aurai bientôt seize », répondit Damien en rougissant.

Héloïse tendit sa main gantée de soie et, d'une petite voix qui trahissait son émotion, souffla :

« Au revoir, Damien. À bientôt.

– Au revoir, mademoiselle. »

Depuis le jour de l'arrivée impromptue des Chabert au Castandel, Damien n'avait pas revu la jeune Héloïse. Pourtant, il n'avait pas oublié son image angélique qui s'était gravée dans sa mémoire.

Il ne devait pas la revoir avant longtemps.

VIII

Coup de semonce

LA VIE REPRIT SON COURS. La République, si elle apporta dans les couches populaires une immense espérance, ne devait rien changer ni dans les habitudes de travail ni dans le quotidien de chacun. Les esprits étaient maintenant tournés vers les prochaines élections du mois d'avril d'où sortirait la nouvelle Assemblée élue au suffrage universel.

Mais l'espoir et la confiance furent de courte durée. Les querelles politiques divisèrent très vite le nouveau gouvernement tiraillé par les extrêmes, et la crise économique et financière plongeait le pays un peu plus chaque jour dans des abîmes sans fond. La question sociale devenait primordiale. Or elle divisait les républicains.

Au Castandel, comme à la Tourasse chez les Poujol, avril marquait avant tout le début de la campagne coconnière. Louis s'était déjà procuré la graine qu'il espérait meilleure que celle de l'année précédente. Beaucoup d'autres sériciculteurs gardaient des cocons intacts après le décoconnage et laissaient les chrysalides se transformer en bombyx. Ils produisaient ainsi leur propre graine d'une saison à l'autre.

Louis, lui, préférait acheter sa graine.

« J'ai l'impression que les cocons s'appauvrissent quand on ne renouvelle pas leur provenance, disait-il pour se justifier. C'est comme pour les brebis, il faut apporter du sang neuf pour éviter que la race ne s'abâtardisse. »

Les mûriers, dans les terres, ployaient déjà sous le poids de leurs ramages hirsutes. Les traversiers[1] s'endimanchaient d'émeraude et d'argent, et prenaient des allures de verger. La nature tout entière entrait en floraison et arborait une toilette de jeune mariée. Du bas pays montaient des fragrances parfumées de thym, de romarin et de lavandin que les garrigues laissaient échapper, insufflées par le vent du nord-est qui ressuyait le ciel de ses dernières écharpes de brume. Les collines exhalaient des senteurs miellées de fleurs printanières, tandis que, un peu partout, les ruches en éveil commençaient à vibrionner. Dans le petit matin, les prairies s'emperlaient de rosée, frileuses au sortir d'une nuit encore fraîche. Les bêtes sentaient l'appel des drailles et commençaient à s'agiter dans les étables. Les hommes eux-mêmes s'activaient et ne pensaient plus qu'à la saison nouvelle qui portait, comme chaque année, l'espérance de bonnes récoltes.

Loin des remous de la capitale, les habitants de Saint-Jean ne s'en tenaient pas moins au courant de ce qui s'y déroulait. Et les événements n'étaient pas glorieux : les élections d'avril avaient amené à l'Assemblée constituante une écrasante majorité de républicains

1. Traversier : *autre terme pour terrasse cultivée.*

conservateurs ; les socialistes avaient subi une écrasante défaite et les royalistes étaient encore nombreux dans l'hémicycle.

En mai, en pleine période de campagne coconnière, on apprit que les révolutionnaires parisiens avaient tenté un coup de force contre l'Assemblée et que leurs chefs avaient été arrêtés. En juin, la fermeture des Ateliers nationaux avait provoqué une véritable émeute réprimée violemment dans le sang. La République entrait dans la voie de la réaction et faisait même le lit de ses opposants.

À Saint-Jean, le jeune Martial Chabert pavoisait. Une fois de plus, la bourgeoisie triomphait et se vengeait par de terribles représailles.

Le fils du filateur prenait une place de plus en plus importante dans les affaires de son père, comme si celui-ci avait l'intention de lui passer la main avant l'heure. C'est lui en personne qui, dorénavant, était chargé de négocier les achats de cocons avec ses fournisseurs habituels.

Or le fils semblait plus intraitable que le père.

« Votre campagne a-t-elle été à la hauteur de vos espérances ? » demanda-t-il à Louis, lorsque celui-ci vint lui apporter sa production de cocons début juillet.

Louis fut surpris de voir arriver vers lui le jeune Chabert en personne. D'habitude, Lucien Chabert dépêchait Fernand Dutil, son acheteur, pour traiter directement avec ses fournisseurs. La pesée des cocons, toujours très minutieuse – la soie était une matière trop précieuse pour faire l'objet de mesures approximatives –, ne donnait jamais prétexte à contestation. Louis savait qu'il obtiendrait toujours plus que le prix moyen du marché en reconnaissance de la qualité de son produit. L'acheteur avait reçu des directives et les appliquait sans sourciller, n'ergotant jamais ni sur la qualité de ce qu'il achetait au nom de son maître ni sur la quantité enregistrée sur sa balance romaine. Pesée après pesée, il notait sur son carnet le poids au demi-gramme près et arrondissait toujours en faveur de son fournisseur. Tels étaient les ordres de son patron.

« Je ne dois pas me plaindre, monsieur Chabert, répondit Louis. Cette année me semble meilleure que la précédente.

– La production, en général, a bien repris. Elle est en hausse un peu partout. Heureusement, les maladies n'ont pas décimé les chambrées comme nous le craignions ! Aussi, vous le comprendrez, vu les quantités mises sur le marché, je ne puis vous accorder le même prix que celui de l'an dernier où la marchandise était plus rare. De plus, j'ai constaté que vos cocons sont moins beaux que d'habitude, moins blancs en tout cas.

– C'est Fernand Dutil qui vous a rapporté cela ?

– Je suis capable de me rendre compte par moi-même, monsieur Lacombe. Je me souviens fort bien de ce que vous avez livré à la filature l'année dernière. Vos cocons, malgré la maladie qui sévissait dans la plupart des magnaneries, étaient de bien meilleure qualité que cette année. Je ne peux vous donner que 4,30 francs le kilo.

– Mais c'est beaucoup moins que d'habitude ! s'insurgea Louis.

– Il faudra vous en contenter, monsieur Lacombe. En cette période de crise économique, nos coûts de production ne nous permettent pas d'octroyer des largesses à nos fournisseurs. Et Dieu soit loué, ce gouvernement républicain a évité le pire en excluant la racaille socialiste ! Vous aussi d'ailleurs l'avez échappé belle !

– Je ne fais pas de politique. Et je ne vois pas ce que cela vient faire dans nos tractations.

– Gardez-vous-en ! Savez-vous que ces graines de révolutionnaires vous auraient confisqué vos terres pour mieux les partager entre les moins nantis que vous ? Croyez-moi, vous n'avez pas à vous plaindre ! Quand les affaires reprendront, nous verrons ce que nous pourrons faire à nouveau. »

Louis n'était pas de taille à discuter. Il n'ignorait pas que, partout, dans les villes comme dans les campagnes, la situation n'avait fait qu'empirer depuis trois ans et que les aléas politiques n'étaient pas pour améliorer les choses.

Damien, à ses côtés, écoutait sans rien dire. Depuis deux saisons, il n'emmontagnait plus comme traspastre avec les bergers. Sa présence au mas, au plus fort de la campagne coconnière, était devenue indispensable. Il songeait :

« Comment cet homme si méprisant peut-il être le frère d'Héloïse ? »

L'offre d'achat de Martial Chabert fut donc retenue et acceptée. Louis ne se plaignit pas. La quantité de cocons qu'il avait fournie lui avait procuré une somme qui le mettait à l'abri du besoin pour l'année à venir.

* *
*

Depuis que Damien avait revu la jeune Héloïse à Saint-Jean, il avait l'esprit préoccupé par des idées contradictoires. Sans se l'avouer, il ne pouvait penser à elle sans que son cœur se mît à battre la chamade, sans que naquît en lui un sentiment étrange, mélange de joie, de crainte, d'espoir et de renoncement. Son être tout entier était troublé au point que son travail commençait à en pâtir.

« Damien, tu rêves encore ! l'invectivait son père. À quoi penses-tu donc ? Crois-tu que les feuilles tomberont toutes seules des branches ? Je ne sais pas ce que tu as, mais j'ai comme l'impression qu'une mouche t'a piqué. Il n'y a pas que les magnans qui soient endormis ! Mais eux, on sait pourquoi, ils muent. En ce qui te concerne, je ne crois pas qu'il s'agisse de la même raison. Tu ne serais pas amoureux par hasard ?

– Laisse-le donc, tu vois bien que ce petit n'aime pas que tu le taquines », devait s'interposer Noélie, plus perspicace que son mari.

En réalité, le jeune garçon vivait, depuis sa deuxième rencontre avec la demoiselle Chabert, dans le secret espoir de la revoir au hasard d'un jour de marché. Tous les premiers jeudis du mois, en effet, il accompagnait son père à Saint-Jean pour y effectuer les achats du mas : sucre, café, huile, savon, clous, manches d'outils ou autres ustensiles de travail que Louis ne fabriquait pas lui-même. Rien de superflu, l'essentiel était confectionné de ses propres mains. Ce jour-là, c'était toujours pour ce dernier l'occasion de retrouver quelques vieux amis, d'échanger les dernières nouvelles de leur quartier, de se tenir au courant des mariages, des décès, des naissances dans la commune. Louis ne manquait jamais de passer devant la mairie pour prendre connaissance des arrêtés municipaux et, après un repas consistant à l'auberge du Relais où s'arrêtait la diligence d'Alais, il reprenait son chemin, tirant sa mule derrière lui, tel un colporteur.

Damien, à qui il confiait certaines courses pour gagner du temps, eut beau sillonner les ruelles de la cité de long en large, jamais il ne croisa celle qu'il espérait tant rencontrer à nouveau.

De guerre lasse, il finit par se décourager et devint morose.

Pour oublier sa déception, il se réfugia avec acharnement dans le travail, abattant à lui seul des tâches qu'un adulte aurait eu peine à accomplir sans l'aide de quelqu'un.

« Laisse donc ! devait souvent lui conseiller Louis. Tu n'y arriveras pas. Je vais t'aider.

– Je n'ai besoin de personne. J'y arriverai seul. Je ne suis plus un enfant ! »

Et Damien de s'exténuer à redresser ici un mur éboulé, là à remonter sur son dos, dans une corbeille d'osier, la terre emportée par l'eau de ruissellement après un violent orage, ou encore à transporter jusqu'à la clède des quantités impressionnantes de châtaignes. Rien ne l'arrêtait. Rien ne l'effrayait.

« Il m'inquiète, ce petit, se plaignait Noélie. Quelle bête l'a piqué ? Lui qui n'était pas très vif, le voilà qui soulèverait des montagnes !

– Il est en pleine crise. À son âge, rien que de très normal, tentait de justifier Louis qui, peu clairvoyant, ne comprenait rien aux états d'âme de son fils.

– Moi, je crois qu'il est amoureux ! affirma un jour la petite Aline.

– Ne dis pas de sottises. Amoureux de qui, voyons ? Que vas-tu chercher là ? Il ne voit jamais de filles de son âge. En tout cas, jamais en dehors de notre présence, quand elles viennent ici avec leurs parents pour la veillée. Et s'il s'était passé quelque chose, je m'en serais aperçu, rétorqua Louis.

– Moi, je te dis qu'il est amoureux.

– Il est amoureux, il est amoureux ! s'exclamèrent en chœur les deux plus jeunes, Edmond et Lucie, que la discussion amusait.

– Heureusement que Damien ne vous entend pas ! les interrompit Noélie. Vous, pour jeter de l'huile sur le feu, vous n'êtes jamais en reste. Allez, ouste ! Déguerpissez ! »

Les deux enfants sortirent dans la cour, suivis de la chienne, Cali, qui n'attendait qu'eux pour aller s'ébattre dehors. Noélie, intriguée par les dires de sa fille, revint à la charge :

« Et tu sais de qui il est amoureux, ton frère ? lui demanda-t-elle.

– Oui, je sais.

– Il t'en a parlé ?

– Oh non ! Jamais. Mais je sais.

– C'est qui ?

– Je ne peux pas te le dire. C'est un secret.

– C'est lui qui t'a demandé de te taire ?

– Oui.

– Alors il t'en a parlé !

– Non. Mais j'ai deviné.

– Comment ça ?

– Parce qu'il parle sans cesse d'Héloïse Chabert.

– Alors c'est de cette jeune demoiselle qu'il s'agit ! »

Surprise d'avoir trahi malencontreusement son secret, Aline bafouilla :

« Ben… euh… oui. Mais tu ne lui diras pas que je te l'ai dit.

– Rassure-toi, ma chérie. Mais comment es-tu sûre qu'il est tombé amoureux de cette jeune fille ? Ils se sont à peine entrevus une seule fois, ici lorsque, avec son frère, nous avons donné l'hospitalité à cette demoiselle Chabert. Se sont-ils revus depuis ?

– Non. Enfin... rien qu'une fois, quand nous sommes allés tous ensemble à la fête, à Saint-Jean. Tu te souviens, même qu'il y avait des drapeaux bleu-blanc-rouge partout !

– Mais c'était l'année dernière ! Voyons, tu te trompes, Aline !

– Non ! Toujours il me parle d'elle. Héloïse par-ci, Héloïse par-là ! Comme s'il la voyait souvent !

– Pauvre petit ! Son cœur est tombé amoureux au bout de deux rencontres, et il vit maintenant dans un rêve ! Comment peut-on en arriver là à seize ans ?

– Il en a bientôt dix-sept ! Et elle doit avoir quinze ans maintenant. C'est Damien qui me l'a dit. Un jour, il m'a même annoncé que, lorsqu'il serait plus grand, il irait la chercher sur un beau cheval blanc, le même que celui avec lequel elle est arrivée ici quand elle s'est perdue avec son frère.

– Décidément, ton frère m'inquiète ! Il faudra que je lui parle. »

* *
*

Les soucis de Noélie n'avaient rien d'alarmant. Damien, en jeune adolescent, avait le cœur tourneboulé et l'esprit un peu trop romantique. Elle comptait sur le temps pour qu'il oublie.

« C'est la première fois que son cœur bat pour une jeune fille, avoua-t-elle à son amie Émilienne Poujol. Certes, il aurait mieux valu qu'il s'entiche d'une brave fille de notre milieu. On aurait pu faciliter leurs rencontres. Mais dans ce cas, il n'y a rien à espérer, et rien d'autre à faire que d'attendre que ça lui passe.

– Héloïse Chabert ! Qu'est-ce qui lui a pris de s'amouracher de la fille d'un patron, et qui plus est d'un patron catholique ? s'étonna Émilienne.

– Ce n'est pas sérieux, ça lui passera !

– De toute façon, il ne l'a jamais revue ?

– Non, pas depuis le jour où nous sommes allés fêter la République à Saint-Jean.

– Alors, ce ne sont que des enfantillages. Quand il rencontrera une autre fille, il l'oubliera. Tiens, dommage que ma petite Amélie soit encore un peu jeune, sinon on aurait pu les laisser seuls tous les deux un peu plus souvent.

– Mais elle n'a que onze ans ! Elle a le même âge qu'Aline.

– J'ai dit "dommage" ! »

Les deux femmes ne tarissaient pas de papotages quand elles se retrouvaient ensemble, les jours de grande lessive au lavoir communal, ou au moment du décoconnage, quand il fallait beaucoup de mains habiles pour enlever les cocons frais accrochés à la bruyère. Hommes, femmes et enfants s'y mettaient tous et allaient d'un mas à l'autre pour prêter main-forte et avoir plus vite fait. Les cocons en effet n'attendaient pas. Il fallait les étouffer sans tarder pour empêcher les chrysalides de se transformer en papillons.

L'entraide était encore le meilleur moyen de se sentir solidaires les uns des autres, surtout quand un malheur frappait une famille. Il en était de même au moment des châtaigniers ou de tuer le cochon en décembre. Et c'était aussi l'occasion de faire ensemble, le soir venu, un bon repas autour d'une table bien garnie.

La récolte de 1849 fut moyenne. Les magnaniers cévenols se débattaient toujours avec les miasmes d'une maladie qu'ils ne parvenaient pas à circonscrire.

Comme les années précédentes, Louis avait acheté sa graine, un jour de marché, toujours chez le même fournisseur.

« Cette année, je l'ai fait venir d'Italie, lui expliqua celui-ci. On m'a garanti que c'était la meilleure graine qui existe. Mais on ne sait jamais, tu devrais en prendre un peu plus que d'habitude. Si tu as de la perte, ça compensera.

– Je t'en prendrai six onces au lieu de quatre. Mais à condition que tu me fasses un prix. »

Le vieux marchand disparut dans son arrière-boutique. Puis il en ressortit un carton à la main.

« Tiens, en voilà sept. Mais je ne baisse pas mon prix. Si ça te convient, prends-les toutes. C'est tout ce qui me reste.

– Sept onces ! Mais si tous les œufs éclosent et vont jusqu'aux cocons, je n'aurai pas assez de place dans ma magnanerie ni de feuilles pour les nourrir !

– Tu en achèteras à tes voisins. Il doit bien y en avoir qui restent avec leurs feuilles. Avec ce que tu gagneras après coup, tu seras quand même gagnant. »

Louis emporta les sept boîtes de fer-blanc qui renfermaient la précieuse marchandise. De la qualité de ces graines dépendait toute l'année à venir.

En cette période de crise économique qui sévissait depuis maintenant cinq ans, il savait que la situation était précaire pour la plupart des sériciculteurs des vallées cévenoles, car ils étaient tous très dépendants de leur production de cocons.

En dehors de quelques agneaux gris qu'il vendait quelques mois après l'agnelage, Louis n'écoulait rien d'autre sur le marché. Contrairement aux autres paysans de la vallée, il possédait très peu de châtaigniers pour subvenir à ses besoins, en cas de mauvaise soudure. Il achetait même son vin à un voisin, ainsi que sa farine pour fabriquer son pain au four communal. Ayant misé sur la soie à une période où celle-ci faisait encore les beaux jours de la région, il en était donc très tributaire et ne pouvait se permettre plusieurs mauvaises campagnes successives.

Le pays se débattait toujours dans ses éternelles querelles politiques. L'élection de Louis-Napoléon Bonaparte à la présidence de la République n'avait pas calmé les oppositions les plus radicales. Et si l'ensemble du département avait voté pour le prince impérial, il était aussi, de tous, celui qui avait plébiscité le plus les deux candidats républicains. Leurs représentants à l'Assemblée législative étaient devenus un sujet d'alarme pour la bourgeoisie qui avait resserré les rangs derrière le parti de l'ordre largement majoritaire. Les ennemis de la République détenaient ainsi tous les pouvoirs en cette première année de la nouvelle décennie.

Les Saint-Jeannais, bourgeois filateurs comme paysans éducateurs, craignaient tout aussi bien les tensions politiques qui minaient la bonne marche de la nation que les méfaits éventuels d'une mauvaise campagne coconnière.

* *
*

Du haut de son échelle par laquelle elle grimpait dans sa magnanerie, Noélie tendit l'oreille en ouvrant la trappe. L'accès n'était pas facile. Louis lui avait promis de construire un escalier et une porte pour y entrer plus facilement. Mais il avait toujours remis à plus tard ce travail de maçonnerie qui, pourtant, aurait facilité le travail de sa femme et celui de Damien. De l'arrière du mas, le terrain étant en pente vers l'amont, la magnanerie ne se trouvait qu'à un étage au-dessus du niveau du sol. Le plus difficile était de percer le mur à hauteur du plancher.

« Quand je me serai cassé une jambe en tombant du haut de cette échelle, lui répétait Noélie, tu seras bien avancé !

– Je te promets de m'y mettre dès que les gros travaux de l'été seront terminés.

– J'enregistre. Tu as entendu ton père, Damien ? »

Le jeune homme s'apprêtait à suivre sa mère pour inspecter les chambrées. Depuis plusieurs semaines, les chenilles croissaient. Les masques n'étaient guère plus nombreux que d'habitude, ce qui était de bon augure. Vu la quantité de graines que Louis avait achetées comme l'année précédente et que Noélie avait couvées – elle en avait même placé dans son lit avec des bouillottes pour maintenir une chaleur constante –, la production dépasserait sans aucun doute les records des meilleures années.

Plus que jamais, Noélie avait discrètement apporté ses précieuses petites boîtes en fer-blanc au culte dominical. Une amie catholique du même quartier lui avait même ramené un peu d'eau bénite de l'église et les avait aspergées, à l'insu de Louis et de Damien.

« Ça ne peut pas leur faire de mal ! lui avait-elle déclaré. Deux précautions valent mieux qu'une. Heureusement qu'entre femmes nous nous comprenons ! Nos hommes sont bien tous les mêmes. Ils ont beau aller à l'église ou au temple, ils rouscaillent par-derrière quand ça va mal. Mais ils ne font rien pour mettre le bon Dieu de notre côté et ils nous reprochent d'être superstitieuses ! Y a que lorsqu'ils vont porter les bourrencs remplis de cocons à la filature qu'ils font les fiers-à-bras. Mais pour ce qui est du reste, *vaï*, si nous n'étions pas là, nous, les femmes, l'éducation des magnans ne serait pas ce qu'elle est ! »

Le gros du travail, en effet, était affaire de femmes : de l'incubation à la surveillance des mues jusqu'au décoconnage, ce sont elles qui jouaient le plus grand rôle, les hommes se contentant de la préparation de la magnanerie, de l'effeuillage des mûriers et du charroi des cocons à la foire ou à la filature, à la fin de la campagne.

La magnanerie était plongée dans un profond silence. La plupart des vers dormaient et avaient cessé de manger. Ils faisaient leur dernière mue. Après, à la fin du cinquième âge, ils monteraient dans la bruyère pour tisser leurs précieux cocons.

« Tout va bien, mère ? s'enquit Damien, resté en bas de l'échelle.

– Je crois que oui. C'est le calme plat.

– Normal, ils muent. Tu ne rentres pas ?

– Si, j'y vais. »

Louis était dans les prés et ramassait des feuilles de mûrier avec ses trois autres enfants, revenus depuis peu de l'école.

« Si tu n'as pas besoin de moi, poursuivit Damien, je vais rejoindre papa pour l'aider. La grande frèze va bientôt commencer. Nous ne sommes pas trop de cinq pour ramasser les feuilles. »

Noélie, munie d'une lampe à huile, pénétra dans la magnanerie, où régnait une douce chaleur entretenue par les deux cheminées. Elle eut aussitôt un haut-le-cœur. Une odeur putride la prit à la gorge. Paniquée, elle se précipita vers les pièges à rat pour vérifier si quelque rongeur ne s'y était pas fait prendre et n'était pas en train de se putréfier. Elle dut vite reconnaître que l'odeur nauséabonde n'était pas celle des rats crevés.

« Pourvu que les fourmis n'aient pas fait de dégâts ! » espéra-t-elle en regardant machinalement le pied des montants.

Elle avait pris toutes les précautions, comme chaque année. Pour éloigner les rats, elle avait même demandé à Damien de suspendre un peu partout des crapauds morts, ce qu'elle répugnait à faire elle-même. Non ! Elle dut se rendre à l'évidence, l'odeur venait bien des magnans.

Elle hésita à balancer sa lampe au-dessus des tablées. Les chenilles semblaient mortes.

« C'est normal, se dit-elle pour se rassurer, elles muent ! »

Mais leur aspect lui parut étrange. Beaucoup étaient inertes et ne semblaient pas de bonne taille.

« Ils sont morts et déjà à moitié pourris ! » s'exclama-t-elle, horrifiée par ce qu'elle venait de découvrir.

Beaucoup présentaient des taches brunâtres sur le corps.

« Bon sang, ils ont attrapé la maladie ! »

Elle inspecta méticuleusement toutes les tablées, faillit, dans sa précipitation, s'entraver les pieds dans les barreaux de l'échelle, fit un bond en arrière quand, à l'extrémité d'une tablée, un rat détala sous son nez, dérangé dans son repas.

À bout de souffle, paniquée à l'idée d'une catastrophe, elle redescendit de la magnanerie sans en refermer la trappe et, hors d'haleine, accourut dans les prés prévenir Louis.

Damien y avait rejoint son père. Perché dans un arbre dont il *trayait*[1] les plus hautes branches, il l'aperçut arriver tout affolée.

« Maman a l'air bizarre, lança-t-il à son père qui poursuivait son travail tranquillement.

– Louis, Louis ! Viens vite ! C'est une catastrophe. Ils ont la maladie. Tous, sur toutes les tablées. »

Louis et Damien se précipitèrent vers elle sans tarder. Les plus petits cessèrent aussitôt leur travail.

« Que dis-tu là ?

– J'ai vérifié. Ça sent tellement mauvais qu'il n'y a pas de doute. Beaucoup sont déjà morts. Je t'assure, c'est une vraie catastrophe.

1. Traire les feuilles de mûrier : se dit pour « effeuiller ».

– J'y vais. »

Louis n'hésita pas une seconde. Malgré ses réticences à pénétrer dans la magnanerie au moment des mues, il monta inspecter lui-même ses magnans.

Il en redescendit tout aussi déconfit que Noélie.

« Alors ? demanda aussitôt Damien.

– C'est foutu. Bien foutu. Cette fois nous y avons droit ! »

* *
*

Cette année-là, la plupart des magnaneries furent touchées par une véritable épidémie qui ne portait pas encore son nom[1], mais que beaucoup connaissaient déjà depuis longtemps.

Les magnans présentaient de petits points noirs sur le corps, à peine perceptibles à l'œil nu. Ils portaient en eux les stigmates d'un vrai fléau.

La production baissa de moitié par rapport à celle de l'année précédente. Plus jamais, elle ne devait l'égaler.

Ce n'était que le début d'une longue crise qui devait durer vingt ans et qui ne serait jamais tout à fait jugulée.

---

1. *La pébrine.*

IX

Inquiétudes

Au Castandel, comme dans la plupart des magnaneries de la vallée, ce fut la consternation. Ce que certains craignaient depuis plusieurs années déjà était arrivé, telle une tempête prévisible qui s'annonce par coups de vent successifs mais auxquels on feint de ne pas croire, jusqu'au jour où le raz de marée, déchaîné, arrache tout sur son passage.

Pour beaucoup, la récolte fut anéantie, le travail de toute une saison, l'espoir de toute une année. Il faudrait à nouveau se priver, vivre sans argent, se contenter de l'ordinaire en espérant que la moisson de l'été serait généreuse et que l'hiver ne serait pas trop rude.

Les éducateurs furent les premiers touchés, mais après eux les filateurs connurent à leur tour les méfaits de la pénurie. Cette fois les importations de cocons étrangers allaient se multiplier, ce qui, aux dires des plus avertis, représentait un réel danger pour l'avenir.

Ernest s'en plaignait haut et fort à Louis :

« Une fois que les filateurs auront pris l'habitude d'aller se fournir dans les pays de la soie, nous ne pourrons rien faire contre la concurrence. Le libre-échange que prônent certains hommes politiques influents n'est pas le meilleur moyen de nous mettre à l'abri, nous, les petits. Il faudrait que l'État protège aussi les producteurs.

– Dès que notre production aura repris son niveau d'avant, tu verras, tout rentrera dans l'ordre. Nos cocons garderont toujours la primauté. Tu oublies que le prix du transport doit bigrement grever le coût de revient de la marchandise étrangère. Je ne crois pas à la concurrence de ces pays lointains. Quand tu penses que, pour venir d'Inde ou de Chine, les cocons doivent encore contourner l'Afrique ou bien emprunter l'ancienne route de la soie par les déserts d'Orient et d'Asie centrale ! »

Louis se voulait rassurant et n'était pas si pessimiste ni si réaliste que son ami Ernest. Il ne croyait pas que la soie de l'Orient puisse un jour remplacer celle des grandes régions productrices du pays.

« Les industriels sont venus s'installer près des lieux d'éducation, c'est qu'ils y trouvent leur intérêt. Et si cette année ils manquent de cocons, rien ne permet d'affirmer qu'il en sera ainsi les années suivantes.

– Tu oublies que certains filateurs ont déjà équipé leurs usines de grandes salles qui permettent de conserver les cocons une fois ceux-ci récoltés, et qu'ainsi ils ont tout le temps pour les dévider et fabriquer leur soie.

– Les coconnières ! Oui, je sais. Mais elles sont encore rares dans la vallée.

– Si ces installations se répandent dans les pays d'Orient, rien n'empêchera les filateurs de s'y fournir à bon prix. Mon pauvre Louis, je ne suis pas si optimiste que toi. Je crois plutôt que nous entrons dans une ère où la concurrence sauvage va bouleverser les structures anciennes et que, si nous ne nous organisons pas pour réagir, ce sera la faillite pour bon nombre d'entre nous. »

Louis n'avait de raisons de croire encore en l'avenir que parce qu'il ignorait, comme la plupart des paysans éducateurs, que le monde de la grande industrie était en marche. Accroché à ses mûriers, il ne voyait pas plus loin que le bout de ses traversiers et n'avait d'autre horizon que celui de ses montagnes au pied desquelles il se sentait protégé.

Ce sentiment de protection était, chez les Cévenols, une sorte d'atavisme hérité de l'histoire de leurs aïeux qui avaient toujours cru que rien, pas même les invasions sarrasines à l'époque de Charlemagne, ni les dragons à l'époque de Louis XIV, ne pourrait jamais les mettre en péril. Avec leurs vallées enchâssées dans le schiste, leurs serres affûtées comme des lames de faux, leurs dédales de valats inextricables et leurs gorges profondes tapies dans les endroits les plus inaccessibles, avec leurs bastions cuirassés de granit, véritables remparts contre toute intrusion étrangère, les montagnes cévenoles passaient encore en ce milieu de siècle pour un refuge protégé de tout fléau venu de l'extérieur.

Leurs habitants y vivaient en dehors du temps, en dehors du siècle. Toujours chichement, même quand une manne leur était tombée du ciel – et la soie en était une depuis plus de cent ans. Affaire d'habitude, de reconnaissance pour ce qui était leur plus grande richesse et qui faisait leur discrétion devant les vicissitudes de la vie : leur pauvreté ! Gens humbles parmi les humbles, obligés devant Dieu pour leur avoir permis de vivre leur foi en dépit de toutes les persécutions dont ils furent l'objet, ils ne cherchaient pas à s'enrichir et se contentaient de ce qui était depuis toujours leur quotidien. Même quand ils gagnaient un peu d'argent, ils ne le dépensaient pas outrageusement, mais le thésaurisaient pour les jours futurs en cas d'adversité. Méfiants, besogneux, entêtés à vouloir vaincre une nature souvent hostile, ils étaient parvenus, à force d'acharnement et d'opiniâtreté, à créer leur jardin d'Éden là où d'aucuns auraient voué aux gémonies leur pire ennemi. Ils demandaient tout à la terre et lui restaient accrochés comme à un roc de certitude, persuadés qu'elle ne les trahirait jamais. Ils répugnaient à la quitter, à l'abandonner pour d'autres horizons. Ils la chérissaient malgré le prix qu'elle leur faisait payer pour les nourrir.

Aussi, quand leur principale source de richesse vint à être anéantie, bon nombre de paysans ne crurent, sur le moment, ni à un châtiment de Dieu – ce n'était pas conforme à leurs convictions et à leur éthique – ni à une catastrophe durable.

Pourtant, dans les milieux d'affaires, on commençait à s'inquiéter, car ce n'était pas la première fois que les magnaniers subissaient de lourdes pertes. Or les fluctuations de la production étaient préjudiciables à la bonne marche des entreprises. Certains en venaient à croire à une maladie endémique qui ne demandait qu'à s'étendre. Le Gouvernement avait été averti du problème et avait réagi en demandant à un savant naturaliste, Armand de Quatrefages, de bien vouloir entreprendre des recherches à propos de ce qui devait bientôt devenir une véritable épidémie.

Pour l'heure, tous étaient dans l'expectative. Lucien Chabert, lui, sur les conseils avisés de son jeune fils, envisageait à son tour de moderniser une seconde fois ses ateliers pour être moins dépendant des éducateurs locaux.

* *
*

Louis avait fait ses comptes : il n'avait récolté que le dixième de ce qu'il produisait habituellement. Ajouté aux méfaits de la crise générale, qui avait pour conséquence l'inflation des prix des marchandises de première nécessité, cela ne lui permettait pas de considérer l'année à venir avec enthousiasme.

« Nous ne pourrons pas tenir jusqu'à la saison prochaine, expliqua-t-il à Noélie en l'absence des enfants. Si seulement j'avais pu prévoir, j'aurais mis davantage de terres à emblaver. Maintenant il est trop tard. Nous ne produirons pas assez de blé ni de seigle pour nous en sortir. Le vin, ma foi, nous pouvons nous en passer. Mais ce n'est pas avec les produits du jardin que nous remplirons le ventre des enfants. Surtout en hiver ! Quant à nos châtaigniers, depuis qu'ils ont aussi attrapé la maladie, ils ne produisent plus suffisamment.

– On peut vendre les brebis, proposa Noélie.

– Je n'en tirerais pas un bon prix. Tout est à la baisse. Les maquignons en profitent. Ils nous savent acculés, ils baissent leurs offres d'achat pour s'engraisser sur notre dos. Et puis, si je vends les brebis, nous nous privons des agneaux pour l'année prochaine. Ce n'est pas une bonne solution.

– Alors que faire ? Si nous n'étions que deux, nous pourrions nous restreindre et nous contenter de peu. Mais il y a les enfants ! »

Noélie se mit tout à coup à sangloter. Elle alla se réfugier dans sa chambre.

Il n'était pas dans ses habitudes de montrer de tels signes de découragement. Dotée d'une force de caractère à toute épreuve, elle avait toujours fait montre de courage en toute occasion, quand la maladie avait emporté ses parents et ses beaux-parents dans la fleur de l'âge, quand elle avait perdu cinq ans plus tôt son dernier enfant, décédé deux semaines seulement après sa naissance, quand, enfin, les économies de l'année n'avaient pas été à la hauteur de ses espérances.

Louis s'en émut et vint la rejoindre.

« Il ne faut pas te faire du souci pour si peu ! Ce ne sera pas la première fois que nous devrons nous serrer la ceinture. Il n'y a rien de dramatique. Ce n'est pas la fin du monde !

– Si seulement les enfants étaient plus grands ! Ils pourraient t'aider ou trouver du travail ailleurs.

– Tu sais très bien que nous avons toujours tenu à ce qu'ils aillent à l'école jusqu'à la fin du cycle élémentaire. Nous n'allons pas revenir là-dessus. Aline n'en a plus que pour un an. À la saison prochaine, nous aviserons. »

Noélie paraissait inconsolable. Elle ajouta :

« Après Aline, il y aura une autre bouche à nourrir !

– Que veux-tu dire ?

– Je suis enceinte, Louis !

– Quoi ?

– Tu as bien entendu. Enceinte. À mon âge ! C'est une catastrophe. »

Louis ne sut que répondre. Il était abasourdi par cette nouvelle qu'il n'attendait pas. À quarante ans, il se disait avoir atteint l'âge d'être grand-père. Et Noélie, à trente-huit, était-ce bien raisonnable ?

Reprenant ses esprits, il fit mine de considérer l'événement avec bonheur :

« Une naissance n'est jamais une catastrophe, voyons ! C'est un don de Dieu.

– Comment ferons-nous ? Avec ce qui nous arrive, cela tombe bien mal ! Nous aurions dû faire attention.

– Ma chérie, nous avons toujours fait attention. Mais ce sont des choses, malheureusement, que nous ne maîtrisons pas toujours. Ce sont les aléas de la vie.

– Je ne te fais aucun reproche. C'est ma faute !

– Nous étions deux ! Et de quand ça date ?

– Sept à huit semaines, je crois. Je devrais accoucher au début de l'année prochaine, en plein cœur de l'hiver.

– Remarque, il vaut mieux en cette saison que pendant la période des magnans ! »

Sans attendre, Noélie et Louis tinrent leurs enfants informés de l'« heureuse nouvelle ».

« Un petit frère ! s'exclama, joyeux, le petit Edmond. Il était temps ! Avec toutes ces filles à la maison, je n'ai personne avec qui jouer.

– Et moi, tu me comptes parmi les filles ! protesta Damien. D'abord qui te dit que ce sera un petit frère ? Ce sera peut-être une petite sœur !

– Toi, c'est pas pareil ! Tu es trop grand. Tu es un homme à présent. Et tu ne penses plus à nous, nous ne comptons plus depuis que…

– Cessez de vous chamailler, coupa Noélie qui pressentait ce qu'Edmond allait dire.

– Depuis que ?... insista Damien.

– Depuis que tu es tombé amoureux d'Héloïse Chabert, ajouta Aline, qui n'était pas en reste de taquiner son grand frère.

– Ça suffit ! ordonna Louis. Laissez Damien tranquille ! Vous feriez mieux de vous rendre utiles. Tenez, venez m'aider à embarquer les cocons. Je m'apprêtais à les descendre à la filature. Pour ce qu'il y a, nous aurons vite fait. »

Louis s'approcha de Noélie dont les yeux larmoyants trahissaient sa déconvenue.

« Ne t'en fais pas, lui glissa-t-il dans le creux de l'oreille, tout se passera bien. »

Noélie ne sut s'il faisait allusion à l'événement qu'elle venait de lui annoncer ou aux tractations qu'il était sur le point d'engager avec les Chabert.

Louis chargea sa mule de son fardeau et s'apprêta à partir. Celui-ci était bien plus léger que les années précédentes, quand il devait faire plusieurs voyages pour apporter sa production à la filature. Au jugé, il estima sa récolte à soixante kilos, tout juste ce qu'aurait donné une once de graine.

« Avec ça, nous ne gagnerons pas grand-chose, se plaignit-il devant Damien qui l'avait aidé à harnacher le bourrenc sur le bât de la mule.

– Peut-être que M. Chabert nous fera un bon prix ?

– Ça ne compensera pas le manque à gagner. Et puis les cocons ne sont pas aussi beaux que d'habitude, il faut bien le reconnaître. Tu peux être sûr que son fils Martial ne se privera pas de nous en faire la remarque.

– Père, j'ai dix-huit ans à présent. Je peux gagner ma vie seule. Si c'est pour vous soulager d'une bouche à nourrir, maintenant que la famille va encore s'agrandir…

– Il n'en est pas question, fils ! Chez les Lacombe, jamais personne n'est allé faire le chemineau par monts et par vaux. Nous avons notre dignité. Ta place est parmi nous, au Castandel, le mas de tes aïeux, pas dans les fermes à faire le domestique chez les autres. Le jour où tu partiras, ce sera pour prendre femme et fonder un foyer. À moins que tu ne préfères t'installer sous notre toit pour prendre un jour ma relève. Tu es l'aîné, c'est ta place si tu le désires. »

Damien n'avait jamais imaginé partir, un jour, loin de ses traversiers et de la propriété que son père et son grand-père, avant lui, avaient reçue en héritage. À ses yeux, il allait de soi que le Castandel lui reviendrait plus tard et qu'il en partagerait les terres, à l'amiable, avec son frère Edmond, si tel était aussi le désir de ce dernier. Sa proposition lui était venue sans qu'il réfléchisse.

Pourtant, tout au long du trajet qui le conduisait avec son père à la filature Chabert, il ne put s'ôter de l'idée qu'un jour, peut-être, il lui faudrait partir.

Mais, songea-t-il dans les arcanes de son imagination :

« Ce jour-là, ce sera pour un grand destin ! »

Et Damien de repartir dans ses chimères !

X

Marchandage

La filature Chabert vomissait sans interruption ses fumées âcres au-dessus des eaux alanguies du Gardon. Celui-ci était à son niveau d'étiage et le manque d'eau pouvait devenir une autre source d'inquiétude pour les habitants de la vallée, dont l'existence dépendait de sa générosité. Les ateliers étaient alimentés par un *béal*[1] construit à l'écart du lit de la rivière et qui, jadis, faisait tourner le moulin à eau d'origine. Une petite retenue en amont régularisait son débit, de sorte que jamais encore Lucien Chabert n'avait eu à pâtir des sécheresses estivales. Mais sa filature se situant en aval de la cité, les paysans dont les terres s'étendaient entre la retenue et l'extrémité du béal souffraient de ce détournement des eaux au profit de l'usine et au détriment de leurs cultures.

Comme la plupart étaient aussi des éducateurs fournisseurs de la filature, ils n'osaient se plaindre et faisaient contre mauvaise fortune bon cœur.

1. Béal : *chenal.*

Les Chabert, père et fils, tenaient les paysans dans leurs mains et avaient les moyens de faire taire leurs envies de contestation.

Louis parvint à la filature au milieu de la matinée. Et, comme il s'y attendait, sur le carreau de l'usine, Martial Chabert surveillait Fernand Dutil à la pesée. Trois autres éducateurs le précédaient et attendaient leur tour. À leur mine attristée, Louis comprit qu'eux aussi étaient victimes de la terrible maladie et qu'ils ne devaient pas espérer tirer un bon pécule de ce qu'ils avaient à livrer.

Dans la cour, un petit groupe de paysans, l'air passablement mécontents, discutaient entre eux, à grand renfort de gestes brusques et expressifs qui en disaient long sur leur déconvenue.

« Ils profitent de notre misère pour baisser encore les prix ! s'exclamait l'un d'eux. À ce rythme-là, l'année prochaine, ce ne sera même plus la peine d'éduquer. Nous perdrons notre temps !

– Ce qu'on gagne ne paie même pas la graine, s'insurgeait un autre, rouge de colère.

– De toute façon, ils s'en moquent : ils font venir les cocons d'ailleurs.

– Il faudrait interdire les chemins d'accès aux usines à tous ceux qui apportent des cocons étrangers ! »

Un vent de colère soufflait dans les esprits agités et attisait les braises de la révolte.

Mais Martial Chabert demeurait impassible et exigeait de son acheteur qu'il continuât son travail. Le prix qu'il avait fixé était, affirmait-il, le plus juste, étant donné les circonstances qui accablaient aussi bien les industriels que les éducateurs.

Pour tenter de calmer les plus irascibles, il réclama le silence et souhaita être entendu :

« Messieurs, lança-t-il, si j'augmente le prix d'achat du kilo de cocons, je mets en péril la bonne marche de l'usine. C'est autant de trésorerie dont nous ne disposerons plus pour rembourser nos emprunts qui sont très lourds, je ne vous le cache pas.

– On ne prête qu'aux riches ! » laissa échapper un paysan courroucé.

Martial Chabert ne se laissa pas intimider. Il poursuivit :

« Il y a quelques années, mon père a beaucoup investi pour moderniser et agrandir l'usine. Il faut du temps et de l'argent pour amortir de telles immobilisations de capital. L'industrie ne vit pas d'une année sur l'autre comme l'agriculture. Grâce à ces investissements, mon père a pu améliorer les conditions de travail des fileuses et des tourneuses. Deux de ses trois ateliers ont été entièrement équipés d'une chaudière à vapeur et de tours mécaniques. Contrairement à ce que certains prédisaient de façon malintentionnée, il n'a mis personne au chômage ; au contraire, il a embauché d'autres fileuses.

– Est-ce vrai que vous avez l'intention de vous moderniser encore en vous équipant d'une coconnière ? » coupa un éducateur bien informé.

Martial Chabert éluda la question et poursuivit, imperturbable :

« C'est toute la vallée qui dépend du bon fonctionnement des usines de filature. De la nôtre et de celles de nos concurrents. Mais si nous ne prenons pas le train en marche, d'autres le prendront à notre place. Croyez-moi, je suis le premier désolé de devoir vous demander de gros sacrifices. Il y va de notre survie à tous. Si je vous accorde ce que vous nous réclamez, nous serons contraints de débaucher des ouvrières. Le chômage gagnera. Vous serez les premiers touchés, car vos femmes, vos filles, pour la plupart, travaillent dans nos ateliers, certaines même quasiment toute l'année. »

Martial Chabert avait trouvé le bon argument. En effet, beaucoup de familles paysannes de la vallée trouvaient dans les filatures un complément de revenus non négligeable. Et même si les salaires annuels, en moyenne, n'étaient pas encore aussi élevés que les revenus issus de l'éducation des vers à soie, ils avaient au moins l'avantage d'être plus sûrs. Du moins jusqu'à présent. Car Martial Chabert venait de pointer le doigt sur une autre espèce de fléau : le chômage, cette maladie des temps modernes qui pouvait être encore plus fatale dans les villes industrielles que dans les campagnes, où la plupart des familles bénéficiaient de quelques arpents de terre pour subsister.

* *
*

« C'est tout ce que je peux vous donner, monsieur Lacombe. Vous n'avez même pas un quintal cette année. Et je ne tiens pas compte de la qualité ! »

Louis tenait dans sa main les quelques billets, fruit de sa vente, que Martial Chabert venait de lui remettre.

« Je ne m'en sortirai pas avec ça ! se plaignit-il sans honte. Vous n'ignorez pas que je suis l'un des rares éducateurs à avoir tout misé sur les magnans.

– Vous avez manqué de prévoyance, monsieur Lacombe. Un paysan ne doit jamais mettre tous ses œufs dans le même panier. »

Derrière son père, Damien fulminait et trépignait d'impatience. Sa jeunesse l'empêchait de se dominer. Il s'apprêtait à intervenir pour plaider la cause des siens et pour dire ce qu'il pensait au jeune Chabert, qu'il considérait comme un exploiteur. Louis s'en aperçut et l'éloigna à dessein :

« Ne reste pas là, Damien. Je préfère discuter seul à seul avec M. Chabert. Puis-je voir monsieur votre père ? » ajouta-t-il à l'adresse du fils de ce dernier.

Piaffant d'une colère mal contenue, Damien s'éloigna en traînant les pieds et disparut de l'enceinte de l'usine.

« Monsieur Lacombe, reprit Martial Chabert, mon père ne vous dira rien d'autre que ce que je vous ai dit à tous il y a un instant. Si je fais une concession à l'un d'entre vous, j'aurai vite tous vos collègues sur les bras.

– J'insiste ! Devrais-je vous rappeler que je vous ai ouvert ma porte il y quelques années de cela, quand vous aviez besoin de mon hospitalité ? C'est à votre tour maintenant de m'ouvrir la vôtre. »

Le jeune filateur, piqué au vif dans son orgueil, ne broncha pas.

« Je n'oublie pas, monsieur Lacombe. Je suis en dette avec vous. L'ingratitude n'a pas cours chez les Chabert. Veuillez me suivre, s'il vous plaît. Mon père vous recevra dans un instant, le temps que je le fasse prévenir de votre visite. Monsieur Dutil, poursuivit-il, continuez la pesée sans moi ! »

Louis suivit son interlocuteur dans une partie de l'usine qu'il ne connaissait pas.

« Les bureaux, lui expliqua Martial. Mon père y passe le plus clair de son temps. Restez là une seconde ! »

Du fond du bâtiment sourdait un bruit répétitif de mécanique, telle une complainte languissante et assourdissante. Une ruche en plein travail où des ouvrières rivées à leurs postes étaient entraînées malgré elles par les cadences infernales imposées par les machines. Parfois le bruit de ces dernières était étouffé par une litanie aux consonances liturgiques. Étrange atmosphère où se mariaient le dur labeur des ouvrières et une forme de réjouissance extériorisée avec peine. Des fileuses chantaient des cantiques qu'il connaissait bien, ployées au-dessus de leurs bassines, tandis que d'autres reprenaient en chœur les refrains. Monde insolite où l'exaltation l'emportait sur la colère, où la joie spirituelle sublimait la souffrance physique !

C'était la première fois que Louis pénétrait dans cet univers si particulier de la filature. Il n'avait encore rien vu, mais il imaginait ces femmes et ces filles transcendées par leur travail au point d'en louanger l'Éternel en même temps qu'elles gagnaient durement leur pain quotidien.

« Monsieur Lacombe ! Mon père vous attend. »

Louis s'avança et entra dans le bureau directorial de Lucien Chabert.

Les deux hommes se connaissaient de longue date et n'avaient jamais eu à se plaindre l'un de l'autre.

Lucien Chabert était un bourgeois d'une quarantaine d'années, de petite taille et d'une allure qui dénotait une santé précaire. Un visage glabre tout en lame de couteau, un front dégarni, un regard perçant ne le rendaient pas très attachant au premier abord. Son entourage le savait volontaire, opiniâtre, battant, autant de qualités qui lui avaient permis de réussir là où bien d'autres avant lui avaient échoué. Détestant les faux-fuyants, les demi-mesures et les mensonges, il ne cachait jamais rien à personne et ne se privait jamais de dire à chacun sa part de vérité. D'une grande probité dans les affaires comme en religion, il avait élevé son fils dans la rigueur, la droiture, la fierté de sa race, et lui avait inculqué le sens du négoce et le désir de vaincre l'adversité.

Celle-ci ne l'avait pas épargné : sa première épouse, Hortense, était morte en couches six ans après la naissance de sa fille Héloïse. Remarié sans tarder après le temps nécessaire imposé par son veuvage, il n'obtint jamais plus, à son grand regret, d'autre descendance de sa seconde et affriolante épouse qui, plus jeune que lui d'une vingtaine d'années, passait plutôt pour la sœur aînée de ses enfants que pour leur belle-mère.

Plus que jamais, il avait donc reporté tous ses espoirs sur son unique fils à qui il espérait transmettre sa fortune héritée de son propre père et qu'il n'avait cessé de faire fructifier.

Louis ignorait tout de la vie de Lucien Chabert. Sa bonne foi, son intégrité, son attachement à sa religion, fût-elle catholique, lui suffisaient pour lui accorder son respect et sa confiance. Mais l'attitude de son fils Martial le chagrinait depuis que ce dernier semblait décider à sa place et prenait des directives peu conformes à celles que le fondateur de la filature avait toujours prises à l'égard de ses fournisseurs.

« Monsieur Lacombe, entrez donc, je vous prie, et asseyez-vous. Excusez le désordre, mais nos bureaux manquent cruellement de place à l'usine. Heureusement qu'au château j'ai fait aménager un grand espace de travail où je peux m'étendre à loisir. Mon fils m'a entretenu de votre situation et de ce qui vous préoccupe.

– Si je me suis permis de…

– Ne vous excusez pas, monsieur Lacombe, le coupa le filateur. Je connais parfaitement votre situation. Et croyez-moi, je compatis. Mais vous comprendrez que, devant les autres éducateurs, je ne pouvais faire autrement. Il ne peut y avoir deux poids deux mesures. Je vous écoute : que voulez-vous ? Qu'attendez-vous de moi ? »

Louis hésita. À vrai dire, il ne pensait pas demander autre chose qu'une révision du prix d'achat de sa maigre quantité de cocons. Que pouvait-il quémander d'autre ?

« Je vous coupe immédiatement, ajouta Lucien Chabert : il est hors de question de vous donner plus qu'aux autres. Sinon je suis bon pour une jacquerie parmi mes éducateurs. La justice et l'égalité sont deux notions que défend la République, n'est-ce pas ? Ce n'est pas moi qui vous l'apprendrai. Et je ne sache pas que vous soyez adversaire de notre nouveau régime !

– Je ne fais pas de politique, monsieur, répliqua, une fois encore, Louis.

– Quand les braves gens auront compris que seule la monarchie peut sauver notre nation du marasme dans lequel elle se vautre, ils reviendront de leurs chimères ! »

C'était la première fois que Louis entendait Lucien Chabert faire étalage de ses idées politiques. Étaient-ce les vicissitudes de la jeune République qui le faisaient ce jour-là sortir de sa réserve habituelle et le poussaient à dévoiler soudain ses convictions royalistes ?

Louis s'en trouva surpris, mais ne répondit pas, ne désirant pas se laisser entraîner sur des sentiers qu'il ne fréquentait qu'avec ses amis à qui il n'avait rien à cacher de ses sentiments républicains.

« Alors, je vous écoute !

– Eh bien… je croyais pouvoir obtenir… »

Pris de court, Louis réfléchit rapidement à ce qu'il pouvait ajouter. Il poursuivit :

« … une avance sur l'année prochaine.

– Vous me demandez de vous prêter de l'argent, en somme !

– Rien que pour pouvoir assurer la soudure en toute tranquillité et redémarrer sur de bonnes bases. Une fois la récolte prochaine rentrée, je vous rembourserai, intérêts et capital comme on dit.

– Hum… je vois, je vois. Mais quel gage me donnez-vous en échange ? Quelle est ma garantie ? Nous pourrions passer chez le notaire pour hypothéquer une partie de vos biens. Car vous êtes propriétaire de vos terres et de votre mas, n'est-ce pas ?

– Euh… oui », confirma Louis.

Celui-ci n'avait jamais envisagé cette éventualité. L'idée de devoir abandonner une partie de son bien lui parut inconcevable.

« Est-ce vraiment utile ? osa-t-il demander.

– Il me faut bien une garantie ! Rien ne permet d'affirmer que l'année prochaine votre production de cocons reviendra à son meilleur niveau.

– Il faut espérer que si !

– Ce que vous me demandez est fort gênant, monsieur Lacombe. Je n'ai pas l'habitude de laisser mes gens dans le besoin. Mon épouse s'occupe elle-même d'un cercle catholique de bienfaisance pour les indigents de notre commune.

– Je ne demande pas l'aumône ! s'insurgea Louis.

– Certes, mais je vois bien que mes conditions ne vous siéent pas. J'ai autre chose à vous proposer, si vous voulez. Mon fils Martial m'a rapporté la petite mésaventure qu'il a connue avec sa sœur, il y a quelques années je crois. Il m'a dit vous avoir promis d'embaucher l'un des vôtres, le jour où vous seriez dans le besoin. Le moment n'est-il pas venu d'y songer ? »

Sur le coup, Louis parut décontenancé par ce rappel de l'offre faite par le fils du filateur trois ans plus tôt. En réalité, il ne l'avait pas prise au sérieux et n'y avait plus pensé.

« Voilà, reprit Lucien Chabert, je vous prête la somme qui vous manque pour assurer votre année en toute sérénité. En retour, j'embauche votre fille à la filature.

– Aline ?

– C'est votre aînée, n'est-ce pas ? Quel âge a-t-elle à présent ?

– Douze ans.

– C'est le meilleur âge pour commencer. À moins que vous ne préfériez que je prenne votre femme ?

– Ma femme ! Impossible, monsieur Chabert. Elle est… Elle attend un enfant.

– Encore ! Cela vous en fait combien ?

– Ça fera cinq. J'ai aussi un grand fils de dix-huit ans.

– Oui, je sais. Je l'ai aperçu tout à l'heure à vos côtés. Beau garçon ! Il doit abattre sa part de travail !

– Il m'aide bien. Mais il faut parfois le secouer.

– Donc, j'embauche votre petite Aline comme apprentie. J'ai un atelier où les fileuses sont secondées par des tourneuses. Les guindres n'y sont pas encore mécanisés. Les tourneuses font d'excellentes fileuses si elles sont attentives et appliquées. Après deux ans d'apprentissage, les meilleures d'entre elles deviennent fileuses à leur tour. Une belle carrière s'offre à elles. »

Louis écoutait sans rien dire.

« Je dois vous préciser que l'apprentissage n'est pas payé. C'est l'usage. Mais les jeunes filles ne font que deux saisons à raison de deux à trois heures par jour après la campagne coconnière, de juillet à septembre. Puis quand elles deviennent fileuses, elles gagnent 1,50 F par jour. Comptez : six jours par semaine, cela fait un bel appoint.

– Il me faudra donc envoyer Aline à l'usine trois ans pour vous rembourser ! s'étonna Louis.

– Peut-être une année de plus en fonction de ce que vous me demanderez de vous prêter. Si vos besoins n'excèdent pas 650 F, un an et demi suffira en plus des deux années d'apprentissage pour éponger votre dette. »

Acculé, Louis ne savait que répondre. Il n'avait pas prévu un tel marchandage. Certes, l'offre lui paraissait honnête et ne cachait rien d'inattendu. Mais pouvait-il l'accepter sans en avoir parlé à Noélie et à Aline qui n'était encore qu'une enfant ?

« Que décidez-vous, monsieur Lacombe ? J'attends votre réponse. Si c'est oui, vous partirez avec la somme qui vous manque. Je donnerai immédiatement l'ordre à mon comptable d'aller la quérir à ma banque. C'est une question d'une heure. Pendant ce temps, je vous ferai signer le contrat d'apprentissage. »

Louis hésita encore. Il n'y avait aucun piège dans l'offre de Lucien Chabert.

Sa confiance en lui fit le reste.

« C'est bon, dit-il, je signe. »

Le filateur fit venir son comptable et lui donna l'ordre de prévenir son banquier pour une transaction urgente.

Tandis que Louis s'apprêtait à signer le contrat d'embauche de sa fille, Damien s'approchait de la demeure de la famille Chabert qui, non loin de la fabrique, s'érigeait dans un écrin de verdure, bien dissimulée au regard des curieux.

XI

Naissance d'une idylle

PENDANT QUE LOUIS TENTAIT DE CONVAINCRE Lucien Chabert de lui accorder son aide financière, Damien, fou de colère contre Martial, dont les remontrances et le quant-à-soi l'avaient exaspéré, avait préféré s'éloigner de l'enceinte de l'usine.

Cet univers de grisaille, de fumées, de vapeurs chaudes, d'odeurs désagréables et de bruits mécaniques ne lui inspirait rien d'attirant. Dans la cour, les portes des ateliers étant grandes ouvertes afin d'assainir et de rafraîchir l'air ambiant, il se hasarda en passant à jeter un furtif coup d'œil à l'intérieur. Le spectacle le surprit. Les fileuses, rivées à leurs bassines d'eau chaude, portaient la joie sur leurs visages. Elles chantaient de bon cœur et n'avaient pas l'air malheureuses. Pourtant le décor n'avait rien d'agréable : les machines se succédaient dans un alignement quasi géométrique et martelaient la cadence dans un bruit assourdissant d'engrenages, de bielles et de pistons en action. Les fils de soie s'enroulaient autour des roues comme de longs fils d'Ariane qu'un être mystérieux déroulait derrière lui. Les fileuses semblaient battre la mesure avec leurs *escoubettes*, balais de bruyère avec lesquels elles accrochaient les fils des cocons avant de les nouer ensemble et de les envoyer sur les guindres. De leurs mains habiles, elles réparaient très vite les fils cassés, ne craignant pas l'eau bouillante dans laquelle elles jetaient les cocons pour les ramollir avant de les dévider. Et toujours, elles chantaient, malgré leurs mains crevassées à force de les tremper dans les bassines brûlantes, malgré l'odeur fétide des *bâbos*[1] et la bourre de soie qu'elles respiraient à longueur de journée. Beaucoup d'entre elles toussaient de façon inquiétante, les poumons encrassés. Certaines mouraient dans la fleur de l'âge, emportées par une insidieuse maladie pulmonaire. Dans les allées, une surveillante faisait les cent pas, l'œil aux aguets, prête à fondre sur celle qui faiblirait. De temps en temps, elle s'approchait du contremaître responsable de l'atelier et lui chuchotait à l'oreille des mots que couvrait le bruit des machines.

Damien imaginait les galériens ferrés à leurs rames.

« Eux ne souriaient pas et ne chantaient pas, se dit-il, mais, *vaï,* ici il s'agit bien d'une autre galère ! »

Habitué au grand air, à n'avoir d'horizon que la ligne de crête de ses montagnes, il se mit à plaindre sincèrement ces jeunes filles et ces femmes, malgré la joie de travailler qu'elles laissaient transparaître.

« Elles font semblant d'être heureuses, mais je suis sûr que, si elles le pouvaient, elles crieraient leur dégoût d'être ainsi exploitées ! La soie nous fait vivre, mais à quel prix ! » songeait-il.

---

1. Bâbos : *chrysalides étouffées dans leur cocon.*

Damien ignorait que, tandis qu'il devisait sur le sort des fileuses, son père était en train de signer le contrat d'embauche de sa jeune sœur.

Il détourna le regard, se retourna vers les fenêtres du bureau de Lucien Chabert où il croyait que son père marchandait simplement le prix de vente de ses cocons, sortit de la cour par le grand portail de fer forgé qui donnait accès au château.

Personne ne gardait l'entrée de celui-ci. Il hésita, embrassa du regard le paysage verdoyant qui s'étendait devant lui, presque à l'infini, vérifia que nul ne le voyait et s'immisça sans traîner dans le parc privé du châtelain.

Il s'écarta immédiatement de l'allée centrale bordée d'ormes et de frênes dont les branches ployaient sous le poids des ramures. Il emprunta plutôt une allée latérale afin de ne pas être vu, évita de traverser les pelouses, tomba en admiration devant les massifs de fleurs. Les haies avaient été fraîchement taillées, aucun rameau ne dépassait. Leur implantation se dessinait dans une symétrie parfaite dont le point de fuite n'était autre que le château lui-même. De quelque endroit où l'on se trouvait dans le parc, le regard ne pouvait ignorer la présence de celui-ci au sein d'un véritable écrin de verdure qui se déployait jusqu'aux verts pâturages des rivages du Gardon.

Les trilles des oiseaux dans les branches, les effluves suaves des roses les plus délicates, l'éclatante lumière de juillet qui lustrait le feuillage des arbres, les murmures de la rivière qui fuyait au loin en reflets furtifs enivraient l'esprit de Damien qui croyait découvrir enfin le paradis.

« C'est pas Dieu possible, pensa-t-il, qu'on puisse vivre dans un tel coin de paradis ! Dire qu'à côté, c'est presque l'enfer pour ces pauvres filles ! »

Il ne savait où poser ses yeux émerveillés.

Il suivit une allée étroite tout encailloutée, le long d'un petit étang qu'enjambait un pont de bois au tablier ogival. Des cygnes glissaient à la surface de l'eau comme sur un miroir de cristal ; des canards s'ébrouaient sur les berges engazonnées au milieu de statues de marbre blanc. Il franchit le pont, poursuivit son chemin, toujours sur ses gardes, car il craignait d'être surpris. L'étang était alimenté par une conduite provenant de l'usine et trouvait son exutoire dans un chenal tortueux qui ramenait l'eau plus bas vers la rivière.

Non loin de la demeure, plaquées contre une haute muraille grisâtre, de grandes baies vitrées réfléchissaient la lumière du soleil. Intrigué, Damien s'en approcha subrepticement, n'ayant pas conscience qu'il prenait le risque d'être vu ou entendu des fenêtres du logis dont certaines étaient grandes ouvertes.

« Des serres ! » s'extasia-t-il intérieurement.

Des vases d'Anduze émaillés, à moitié remplis de terre, attendaient quelque transplantation. Au-dehors, un alignement de citronniers et d'orangers, plantés dans des vases de la même facture, formait une contre-allée qui menait, par côté, jusqu'à l'escalier à balustres du château.

Les serres étaient largement ouvertes aux deux extrémités et laissaient s'échapper une chaude humidité. Damien osa quelques pas de plus et, mû par la curiosité, pénétra à l'intérieur de l'une d'elles. Sur toute la longueur, une rigole d'eau chaude s'écoulait paresseusement pour rejoindre à l'extérieur le chenal du parc en aval du pont. L'eau chaude des bassines de l'usine était ainsi récupérée et servait, en hiver, à chauffer les serres aux plantes exotiques. Certaines d'entre elles, trop volumineuses pour être déplacées, se déployaient avec exubérance jusqu'au plafond de la pièce vitrée. Au centre de celle-ci, sur une rangée de tables, de petits godets remplis de terreau étaient prêts à être ensemencés.

Damien semblait transporté dans un rêve. Lui, le jeune paysan, n'imaginait pas qu'un tel jardin pût exister. Il ne connaissait de la terre que les grandes étendues de prairies et de cultures, d'arbres que ses mûriers ébouriffés, ses fruitiers du verger, les châtaigniers sur les collines voisines, et les légumes du jardin de son père. Tout ce que la terre produisait au Castandel fournissait la nourriture quotidienne ou y participait. Le travail, les récoltes contribuaient aux peines et aux joies selon les caprices du temps. Rien n'était gratuit. Rien ne se faisait sans effort.

Aussi s'émerveillait-il :

« Comment peut-on faire pousser de telles plantes, de tels arbres, uniquement pour le plaisir ! Voilà bien une occupation de riches ! »

* *
*

« C'est beau ! n'est-ce pas ? »

Damien admirait de magnifiques magnolias en pleine floraison. Leurs fleurs inondaient l'air de la serre d'un parfum enivrant. Surpris, il se retourna et resta coi.

« Je vous ai fait peur ? lui demanda Héloïse Chabert en souriant. Ne craignez rien. Je suis seule à la maison. Ma belle-mère est sortie en ville. Elle est à ses œuvres. Mon père et mon frère sont à l'usine. Quant aux domestiques… ils ont bien trop à faire !

– Je… vous… excusez-moi, bredouilla Damien, rouge de confusion. Je ne devrais pas être là.

– Ne vous excusez pas ! Je suis heureuse de vous revoir. »

Le jeune garçon revint subitement à la réalité, et prit conscience qu'il avait pénétré dans le parc du château de l'industriel sans autorisation. Il se sentit coupable d'avoir commis une effraction et ne trouva aucun motif d'excuse. Pour ne pas s'enfoncer dans quelque pénible et fausse explication, il fit un pas en arrière et dit :

« Mon père m'attend. Il doit se demander où je suis.

– Attendez ! Ne partez pas si vite. Je viens de l'usine. Mon père et le vôtre sont en grande discussion. Vous avez encore un peu de temps devant vous.

– Mais…

– Que faisiez-vous dans le parc ?

– Oh, rien de mal !

– J'imagine.

– Mon père m'a demandé de l'attendre dehors pendant qu'il discutait avec M. Chabert. J'ai été attiré par votre parc et, je ne sais trop pourquoi, j'y suis entré. Je n'aurais pas dû !

– Vous cherchiez à me voir ? »

Damien, très intimidé, bégaya :

« Euh… non… pas vraiment. Enfin… je…

– Je suis heureuse de vous revoir. Et vous ?

– Moi ? Oui, bien sûr, très heureux. Mais, si jamais quelqu'un me surprend en votre compagnie, vous allez vous faire réprimander. Pour moi, ce n'est pas très grave, mais vous !

– Ne vous inquiétez pas ! Ne partez pas encore. Il est si rare que quelqu'un vienne me voir. Je ne peux malheureusement pas vous recevoir dans la maison. Vous me comprenez, n'est-ce pas ? Mais entrons un peu plus dans la serre. Nous y serons plus tranquilles, même s'il y fait un peu chaud. »

Damien était trop heureux pour refuser la proposition d'Héloïse. Quelque chose, au fond de lui, l'avait poussé inconsciemment vers le château, où il savait pouvoir rencontrer la jeune fille. Il n'osa ouvertement se dévoiler, mais laissa sa joie s'exprimer sans retenue.

« C'est la troisième fois que nous nous rencontrons, déclara-t-il. Mais j'ai l'impression que nous nous connaissons depuis longtemps.

– Trois fois en trois ans, c'est peu !

– Si je pouvais…

– Oui ?

– Ce que j'allais dire n'est pas convenable.

– Dites toujours !

– Je voulais dire que… j'aimerais vous revoir plus souvent. Mais je sais que cela est impossible. »

La jeune fille détourna son regard, fit mine d'être surprise et, sans hésitation, avoua :

« Damien – je peux vous appeler Damien, n'est-ce pas ? –, je n'ai pas pu oublier cette merveilleuse soirée que j'ai passée chez vous, il y a trois ans.

– Mais vous étiez si jeune ! Vous n'étiez qu'une enfant !

– J'avais treize ans. Et vous ?

– Quinze.

– Vous n'étiez guère plus âgé que moi ! Pourtant, j'ai bien vu que vous ne faisiez que me regarder du fond de la pièce.

– Trois ans ont passé. Mais, moi non plus, je n'ai pas oublié. Et lorsque nous nous sommes revus l'année d'après à Saint-Jean, vous m'avez paru encore plus…

– Plus ?

– Je n'ose pas vous le dire.

– Plus jolie ?

– Euh… oui, plus merveilleuse encore. Même que j'en ai été très attristé.

– Pourquoi donc ?

– Ignorez-vous qui je suis ? Et qui vous êtes ?

– Je sais que vous êtes un garçon intelligent, travailleur, un peu taciturne, rêveur même. Vous voyez, je sais beaucoup de choses sur vous !

– Comment savez-vous tout cela ?

– Je me suis renseignée. »

Héloïse ne montrait aucune fausse pudeur devant Damien. Sa franchise n'avait d'égale que la sincérité des sentiments qu'elle nourrissait, elle aussi, pour le jeune garçon. D'un naturel très droit, elle était à l'image de son père : elle n'aimait pas les détours inutiles, les cachotteries, les faux-semblants. Elle souffrait trop de devoir tenir son rang pour vivre continuellement dans l'apparence des choses. Certes, devant sa belle-mère et surtout devant son père, elle évitait de dévoiler ce qu'elle pensait de l'éducation qu'elle avait reçue et qui ferait d'elle, immanquablement, un bon parti pour l'homme à qui son père la destinait et qu'il lui choisirait bientôt. À seize ans, elle savait que ses jours de liberté – liberté très surveillée – étaient comptés.

De sa défunte mère, elle avait hérité un esprit espiègle, voire frondeur. Et si elle feignait de se soumettre à l'autorité parentale, elle n'en éprouvait pas moins beaucoup de rancœur à devoir satisfaire à ses obligations avant de pouvoir satisfaire ses envies.

Héloïse se sentait une jeune fille libre. Mais prisonnière des contraintes dues à sa condition. Avec l'adolescence, ses tendances à se rebeller n'avaient fait que s'accuser. Dans l'ombre de son frère, elle évitait de relever la tête, et profitait de ce que ce dernier semblait croire qu'elle se soumettait pour obtenir de son père la liberté de l'accompagner partout où la présence d'une jeune fille de bonne famille n'était pas indésirable. C'étaient les seuls moments où elle pouvait échapper à la tutelle de sa belle-mère et à la surveillance de son père.

Dans ces moments de liberté, Héloïse voyait le monde comme il était et non tel qu'elle le percevait au travers des descriptions que lui en faisait son entourage. Elle avait envie de vivre par elle-même et non par l'intermédiaire de parents qui décidaient de tout pour elle depuis le jour de sa naissance. Rebelle sans le montrer, apparemment soumise aux règles de la bienséance de son milieu, Héloïse Chabert ne manquait pas une occasion de satisfaire sa soif de vivre.

Et, en cet été de ses seize ans, son cœur lui insufflait cette ivresse.

* *
*

Les deux jeunes gens n'avaient aucune envie de se quitter. Pourtant Damien se rendit compte le premier qu'il lui fallait interrompre leur conversation.

« Mon père doit en avoir fini avec le vôtre, prétexta-t-il. Il doit me chercher partout.

– J'aimerais que vous reveniez me voir, lui répondit Héloïse en s'approchant de lui. Allons-nous attendre encore deux ans pour nous retrouver ?

– Tout dépend des circonstances, hélas, mademoiselle !

– Appelez-moi Héloïse, je vous en prie. Cela rompra une barrière de plus entre nous.

– Héloïse, moi aussi, j'aimerais vous revoir. Dites-moi où et quand.

– Pourrez-vous vous échapper de chez vous ?

– Oh, je ne vis pas en prison ! Et mes parents ne sont pas des geôliers. Et vous, le pourrez-vous ?

– Ici, dans le parc du château. C'est encore l'endroit le plus sûr. On ne viendra pas nous y surprendre, si nous prenons toutes les précautions utiles et si vous prenez garde de ne pas vous montrer en y entrant.

– Les chiens ?

– Ils sont dans leur cage au fond du parc. Ce sont des chiens de chasse.

– Les domestiques alors ?

– Venez, je vais vous montrer comment échapper à leur vigilance. »

Héloïse entraîna Damien derrière l'enceinte du château et lui indiqua une petite porte de service à l'abri des regards.

« Elle est fermée à clé, mais je vous ouvrirai. Par là vous pourrez entrer sans risque de vous faire découvrir. Je vous attendrai dans la grande serre après-demain.

Mon père et mon frère doivent s'absenter toute la journée. Je crois qu'ils vont démarcher des éducateurs de la région de Saint-Hippolyte-du-Fort.

– Mon père et son ami Ernest Poujol craignent les approvisionnements en provenance de l'extérieur de la vallée. C'est une mauvaise concurrence.

– Si vous me promettez de venir, je vous tiendrai au courant de ce que mijote mon frère. C'est lui qui pousse mon père à se passer le plus possible des éducateurs locaux. Moi, j'avoue que je n'y comprends pas grand-chose. Alors, vous viendrez ?

– Ce n'est pas pour cela que je viendrai. Mais seulement pour vous, Héloïse, autant que vous le souhaiterez. »

Damien osa à peine esquisser un pas vers la jeune fille pour lui dire au revoir, tant la retenue le privait du moindre geste de courtoisie à son égard. Héloïse, moins timide, lui prit la main et, l'attirant vers elle, lui déposa un baiser sur la joue, juste à la commissure des lèvres.

« M'aimez-vous ? » lui demanda-t-elle sans détour et d'un petit air effronté.

Le jeune garçon exultait, mais ne savait toujours pas extérioriser sa joie ni ses sentiments.

« Je file ! lança-t-il pour toute réponse. Je reviendrai dans deux jours. Promis. À bientôt, Héloïse. »

* *
*

Dans la cour, Louis trépignait d'impatience. Ses tractations étaient terminées depuis un bon quart d'heure.

D'autres éducateurs attendaient leur tour pour faire évaluer leur récolte.

Damien ne prit pas garde et sortit précipitamment du parc en empruntant l'allée principale. Au moment de franchir le portail, il se heurta à Martial Chabert qui rentrait au château après avoir consulté son père à propos de la proposition que celui-ci avait faite à Louis.

Les deux jeunes hommes faillirent se bousculer.

« Eh bien, mon brave ! explosa le fils du filateur. Où courez-vous ainsi ? »

Puis, reconnaissant Damien, il ajouta aussitôt :

« Mais dites voir, que faisiez-vous dans ce parc ? Vous n'avez rien à y faire ! Votre père vous attend dans la cour de l'usine.

– Excusez-moi, monsieur. Je ne faisais rien de mal.

– J'insiste : pouvez-vous me dire qui vous a permis de pénétrer dans le parc du château ? Je ne sache pas qu'on vous y ait autorisé ! Espionneriez-vous par hasard ? Ou vous a-t-il pris l'envie de quelque larcin ?

– Oh, monsieur ! Dans notre famille, il n'y a pas de voleurs.

– Alors, j'attends vos explications. »

Pris sur le fait, Damien bredouilla quelques mots inaudibles.

« Je vois, je vois, reprit Martial Chabert.

– En attendant mon père, j'ai été attiré par la beauté de votre parc, finit par avouer Damien. Je n'ai jamais rien vu de si beau. Pardonnez mon indiscrétion. Je sais que la curiosité est un vilain défaut. Cela ne se reproduira plus.

– J'espère bien ! La vie privée est un bien trop sacré pour se le laisser violer par les sans-gêne de votre espèce ! Si mes domestiques vous y surprennent encore, vous le regretterez, jeune homme. Je vais tantôt les prévenir de vous lâcher les chiens dans le cas où ils vous mettraient la main au collet une autre fois. Méfiez-vous donc ! Et tenez-le-vous pour dit !

– Excusez-moi, monsieur, excusez-moi encore ! »

Damien, penaud comme peut l'être un enfant pris en faute, fila sans plus attendre, la rage au ventre de s'être laissé surprendre et d'avoir dû baisser l'échine devant celui qui, un jour, déciderait de la destinée de sa famille.

« Ce fils de bourgeois ne mérite pas son rang ! grommela-t-il entre ses dents. Héloïse, décidément, ne lui ressemble pas ! »

« Où étais-tu passé ? lui demanda son père dès qu'il le vit arriver, encore rouge de colère. Et pourquoi t'es-tu mis dans un tel état ? Tu as couru, par cette chaleur ?

– Je suis allé me promener le long du Gardon, mentit Damien. Je voulais me baigner. Mais quand j'ai entendu l'heure au clocher de l'église, je me suis aperçu qu'il était trop tard et je suis vite revenu en courant. »

Louis ne lui posa pas d'autres questions et l'invita à s'occuper de leur mule.

En chemin, il lui expliqua ce qui avait été convenu avec Lucien Chabert. Damien ne put contenir sa désapprobation :

« Tu vas envoyer Aline travailler à l'usine, dans ce vacarme et cette puanteur ! Et en plus pendant quatre ans sans être payée ! Si ce n'est pas de l'exploitation, qu'est-ce que c'est ?

– Tu oublies que Lucien Chabert m'a prêté l'argent que nous aurions gagné si nous avions fait une bonne récolte.

– C'est un voleur quand même !

– Tu n'as pas le droit de dire ça !

– Tu le défends ? On ne fait pas travailler les enfants pour rien !

– Ta sœur va rembourser notre dette. Avais-tu une autre solution ? »

Damien, dépité, se tut. En réalité, il en voulait plus à Martial Chabert qu'à son père ; son emportement trouvait là sa véritable raison.

Quand ils furent de retour au Castandel, peu après midi, les deux hommes se séparèrent sur le pas de la porte. Damien alla s'occuper immédiatement des chèvres dans leur étable. Il ne désirait pas entendre son père s'expliquer à nouveau devant sa mère, ni assister aux pleurs de sa sœur, car, il en était persuadé, Aline n'allait pas accepter de gaieté de cœur ce que Louis avait conclu pour elle et à son insu avec l'industriel.

Noélie ne se montra pas chagrinée. Elle savait que cette solution était la moins mauvaise de toutes.

« Tu apprendras un métier qui, plus tard, te permettra de ne pas dépendre uniquement des magnans », expliqua-t-elle à sa fille, qui, contrairement à ce qu'avait pensé Damien, ne versa aucune larme de dépit.

La petite fille n'avait pas idée de ce qui l'attendait à l'usine, et, sur le moment, deux ou trois heures par jour ne lui semblèrent pas insurmontables.

« Quand tu auras appris à être une bonne tourneuse, ajouta son père, tu pourras devenir fileuse. Tu verras, c'est un beau métier, plein d'avenir. C'est toi qui fabriqueras les fils de soie à partir de nos cocons. Ainsi tu poursuivras le travail que nous faisons ici, au mas, dans la magnanerie. »

Vu sous cet angle, l'enfant accepta plus facilement le sacrifice que ses parents lui demandaient.

« Et je pourrai rentrer tous les soirs ? demanda-t-elle pour se rassurer tout à fait.

– Bien sûr, ma chérie, l'usine n'est qu'à une heure à pied.

– Plutôt deux ! » bougonna Damien qui arrivait de l'étable des chèvres.

Aline était la première de la famille à s'apprêter à entrer dans l'univers des fileuses.

XII

Heurs et malheurs

L'ANNÉE NOUVELLE COMMENÇA DANS LA DOULEUR au Castandel. Noélie en effet éprouvait de grandes difficultés à faire face à ses obligations tout en prenant soin de l'enfant qu'elle portait. Aline, qui travaillait depuis juillet à la filature, lui manquait, et son absence lui procurait un surcroît de travail qui finissait par l'éreinter en fin de journée.

Dès le quatrième mois de sa grossesse, elle crut qu'elle ne parviendrait pas au terme de celle-ci. Elle sentait l'enfant s'agiter en elle. Les frémissements qu'elle percevait en son sein ne lui étaient pas coutumiers. Ils lui disaient que son corps nc voulait pas de ce petit être qu'elle craignait de perdre avant l'heure. Le docteur Roux, que Louis avait appelé à son chevet, un matin qu'elle ne pouvait pas se sortir du lit, ne lui cacha pas la vérité :

« Ce petit risque de se détacher trop tôt, le prévint-il à demi-mot pour que Noélie ne puisse entendre ses paroles. Votre femme doit se ménager et rester allongée le plus longtemps possible.

– Docteur, dites-moi la vérité : sa vie est-elle en danger ?

– Pas si elle écoute mes conseils et si elle se montre raisonnable. Mais si le fœtus se décroche, il y a toujours le risque d'une hémorragie. »

Louis ne laissa pas transparaître son inquiétude. Il demanda à Noélie de penser un peu plus à elle et à l'enfant avant de songer à reprendre ses occupations. Mais elle n'entendait que son devoir et refusait d'être une charge supplémentaire à un moment où l'avenir du Castandel semblait s'assombrir.

« Je vais dire à Aline de ne plus aller à la filature, décréta Louis. Ainsi elle pourra mieux te seconder.

– Non ! objecta Noélie. Elle a la chance que M. Chabert l'ait gardée plus longtemps que prévu. Avec l'argent qu'elle gagne, nous serons plus vite libérés de notre dette. Je peux très bien faire face. »

Louis eut beau arguer avec toute sa conviction pour ramener son épouse à la raison, il ne parvint pas à la convaincre de garder la chambre pendant les cinq mois qui la séparaient encore de la délivrance. Ses quatre enfants ne savaient que faire pour soulager sa peine et accomplissaient souvent avant elle ce qui, d'ordinaire, lui incombait. Mais, entêtée, Noélie se trouvait d'autres tâches à entreprendre, persistant ainsi à démontrer qu'elle pouvait toujours se rendre utile et qu'elle n'était pas femme à se résigner devant la fatalité.

Malgré ses souffrances quotidiennes, elle finit par atteindre la fin du huitième mois. Elle se croyait tirée d'affaire. Janvier s'achevait dans la neige et le vent glacial. Le ciel, plombé dès l'aube par une chape d'ardoise, étouffait toute velléité de vie dans une nature ankylosée et rendait les âmes moroses. Dans les prairies cristallisées par un givre permanent, les mûriers, dépouillés, tendaient leurs moignons squelettiques comme des êtres décharnés au sortir d'une terrible famine. Février s'installa dans un froid plus intense encore et répandit partout une armure d'acier que rien ne semblait pouvoir déverrouiller. Le gel brisait en éclats les branches des plus vieux chênes, brûlait les herbages et les blés d'hiver à peine sortis de terre. La couverture neigeuse, complètement pétrifiée, rendait tout déplacement illusoire. La rivière elle-même s'était figée par endroits et emprisonnait les rives dans un étau de glace.

Noélie entamait son dernier mois de calvaire. Elle ne pouvait plus se mouvoir qu'à l'intérieur de la maison, du lit au fauteuil et du fauteuil au lit, telle une *mamée* condamnée à l'immobilité. Chacun de ses déplacements lui dévorait ses dernières forces, le peu d'énergie qui lui restait. Dans son ventre rebondi, l'enfant ne faisait que bouger, lui jetait sans cesse de violents coups de pied comme pour annoncer qu'il voulait sortir de sa prison charnelle.

Au point où elle en était, Noélie souhaitait qu'il vînt au monde avant la date estimée par le médecin. Elle savait cependant que, pour la santé de l'enfant, il valait mieux qu'elle le retînt jusqu'à son terme.

Louis veillait sur elle jour et nuit, interrompait son activité plusieurs fois dans la matinée et dans l'après-midi, s'inquiétait :

« Ça va ? ne cessait-il de lui demander en entrouvrant la porte le plus étroitement possible pour empêcher le froid de s'immiscer dans la maison.

– Ça va, lui répondait Noélie, assise dans le cantou, à se réchauffer près de l'âtre. Ne t'inquiète pas, je le tiens bien au chaud. »

Lucie et Edmond étaient à l'école, Aline à l'usine, Damien aidait son père à la traite du matin. L'hiver, les chèvres étaient le principal travail : celui de Noélie. Les deux hommes la remplaçaient sans rechigner, mais reconnaissaient volontiers qu'ils n'avaient pas la main si agile ni si douce que celle de Noélie pour obtenir des bêtes les plus récalcitrantes tout le lait qu'elles gardaient jalousement dans leurs pis. Les pélardons, qu'ils fabriquaient avec le même soin qu'elle, n'avaient pas la même texture ni la même saveur.

« Ta mère a un savoir-faire qui n'appartient qu'à elle ! » devait reconnaître Louis.

Février arrivait à son terme. La délivrance approchait. Noélie était tellement encombrée par la grosseur de son ventre qu'elle était persuadée de porter des jumeaux. Le docteur Roux, qui venait régulièrement aux nouvelles, n'était pas de cet avis. Il pensait plutôt à un gros bébé.

« Ce doit être un joli garçon de huit livres, huit livres et demie ! » disait-il sans plaisanter.

Noélie était soucieuse. Depuis plusieurs jours, elle ne sentait plus l'enfant bouger en elle.

« Il doit dormir tout le temps, la rassura le brave docteur. Il a trop profité de vous. Il est repu avant l'heure. »

En réalité, le docteur était aussi inquiet que sa patiente. Mais il évitait de le lui montrer. Selon lui le terme était arrivé, or Noélie n'avait toujours pas de contractions et rien n'indiquait que l'enfant s'apprêtait à naître. Louis à son tour commençait à trouver le temps long. Il feignait lui aussi de ne rien remarquer d'anormal et continuait à entourer sa femme de toute son attention.

Quand mars chassa les dernières froidures, que l'eau dans les béals recommença à s'écouler et la terre à se ramollir sous l'effet du redoux, Noélie sombra dans le désarroi. À une semaine près, elle savait que le terme de ses neufs mois de patience était dépassé.

« Que se passe-t-il, docteur ? L'enfant ne veut pas venir au monde !

– Je crois qu'il va falloir l'aider un peu, finit par avouer le médecin. Il est grand temps qu'il sorte de son nid douillet. »

À vrai dire, le docteur craignait le pire et, en toute discrétion, avait averti Louis :

« J'espère me tromper. Mais j'ai peur que l'enfant soit mort-né.

– Faites au plus vite, docteur, répondit Louis, atterré. Est-ce que les jours de ma femme sont en danger ?

– Je ne peux me prononcer pour le moment. Dans l'immédiat, vous lui ferez boire de la tisane de racine de roseau. Ça aidera à provoquer les contractions et accélérera l'accouchement. Vous lui donnerez aussi de la mauve contre la fièvre inflammatoire. Ça la calmera.

– Dois-je faire venir l'accoucheuse ?

– Si vous voulez. Si elle habite près d'ici, elle sera sur place quand le travail commencera. Mais en cas de complications, faites-moi appeler sans tarder. Où que je sois, j'accourrai. »

Plusieurs jours passèrent encore, dans la douleur et l'inquiétude. Noélie semblait dépérir de plus en plus. La vieille Albertine, l'accoucheuse du quartier, restait de longues heures auprès d'elle. Elle craignait une infection utérine, car la fièvre ne tombait pas malgré les remèdes du docteur. Tous se relayaient à son chevet pour qu'elle ne fût jamais seule un instant.

Après plusieurs jours d'une attente interminable et force infusions de plantes médicinales, Noélie fut prise enfin de violentes contractions. Tout alla très vite. Albertine n'eut pas le temps de se retourner ni d'appeler Louis ou l'un de ses enfants, tous occupés dans les terres. Noélie fut délivrée et soulagée en moins de temps qu'il ne lui en fallut pour chacun de ses quatre autres enfants.

Anéantie, elle sombra aussitôt dans un profond sommeil.

Quand elle revint à elle plusieurs heures après, Louis et le docteur Roux entouraient Albertine, qui ne pouvait retenir ses larmes.

« L'enfant ? » demanda sans tarder Noélie.

Louis lui prit la main, lui épongea le front et chuchota :

« Il n'a pas vécu. Mais tes jours sont hors de danger. »

* *
*

L'année s'annonçait sous de tristes augures. Les esprits étaient chagrins, d'autant que la conjoncture ne laissait pas espérer une amélioration immédiate de la situation. La crise sévissait encore et la République se débattait toujours dans ses querelles politiciennes qui minaient ses frêles fondements. Déjà on prêtait au prince-président l'arrière-pensée de vouloir profiter de ses fonctions pour préparer le rétablissement de l'Empire.

Pour comble de malchance, en cette année 1851, la récolte de Louis fut une seconde fois anéantie par la maladie. Il ne put fournir à la filature que le tiers de ce qu'il espérait. Pourtant, à nouveau, Noélie n'avait pas ménagé ses efforts pour que le ciel fût clément, et Louis avait scrupuleusement redoublé de vigilance pour que le moindre recoin de sa magnanerie fût plusieurs fois désinfecté.

« Il faut se rendre à l'évidence, se plaignait-il devant son ami Ernest qui connaissait les mêmes difficultés, la maladie ne vient pas des chenilles. Elle vient des œufs. La graine doit être contaminée, à coup sûr ! Elle donne des magnans qui, dès leur naissance, portent le mal en eux.

– Pourtant, toi comme moi, nous achetons notre graine à l'extérieur. Je comprendrais que les vers issus des œufs de papillons eux-mêmes porteurs du mal soient malades. La plupart des petits éducateurs produisent eux-mêmes leur propre graine. Ils ont pu ainsi engendrer un cercle vicieux : d'une année sur l'autre, les papillons malades pondent des œufs porteurs de la maladie qui se transmet ensuite aux futurs magnans. Mais en ce qui nous concerne, ce ne sont pas nos vers qui sont en cause puisque nous ne gardons pas de chrysalides pour la reproduction. »

Ernest, pas plus que Louis, ne comprenait l'origine du mal endémique. Mais force leur était de constater que toutes les éducations de la vallée étaient touchées et que l'épizootie ne parvenait pas à être circonscrite. Comme tous les éducateurs, ils ignoraient encore que le mal était non seulement héréditaire mais aussi très contagieux. Ce qui expliquait que les meilleures graines d'Italie ou d'Orient donnaient finalement des chenilles sans vigueur, vite atteintes par la même maladie. De plus, beaucoup étaient victimes de revendeurs peu scrupuleux qui, pour vendre leur graine étrangère moins cher et donc plus facilement, n'hésitaient pas à la mélanger avec de la graine locale issue de papillons contaminés.

« Pourtant, les filatures tournent toujours, ajouta Ernest, le moins touché des deux.

– Ce n'est pas grâce à nos cocons, hélas ! Les filateurs achètent leur matière première hors de la région, depuis bien longtemps.

– Le jour où ils importeront en grande quantité des cocons d'Orient, notre sort sera définitivement scellé.

– Ce n'est pas encore pour demain !

– Détrompe-toi, Louis ! *L'Écho des Cévennes* de cette semaine rapporte qu'un filateur d'Anduze fait tourner ses machines presque uniquement avec des cocons importés de Turquie. »

Depuis quelques semaines, Louis avait l'esprit préoccupé. Aline, qui en était à sa deuxième année d'apprentissage à la filature, lui avait certifié avoir entendu que le fils du filateur allait entreprendre un grand voyage.

« Qui t'a dit cela ? lui demanda Damien, plus inquiet que son père.

– Rachel, la fileuse avec qui je fais équipe.

– Et comment l'a-t-elle appris ?

– Je ne sais pas. Mais les femmes entre elles ne parlent que de ça. M. Martial fait beaucoup parler de lui dans l'atelier. Même que Mme Chavane, la surveillante, doit sans cesse les faire taire.

– Ce jeune Martial joue les coqs de basse-cour à l'usine, ajouta Noélie. Toutes les filles sont folles de lui. Il se sait bel homme, jeune et avenant. Il en profite pour tourner les cœurs de ces demoiselles et pour exiger d'elles toujours plus de rendement. Je l'ai entendu dire de la bouche même de Léontine, la femme de Barthélemy Mazel. Ça fait vingt ans qu'elle est fileuse chez les Chabert. Je crois qu'elle y a été embauchée dès la création du premier atelier. C'est la plus ancienne.

– C'est exact, confirma Aline. Elle est à la première bassine dans l'atelier qui ne comprend que des tours mécaniques, celle qui porte le numéro 1. C'est la plus confirmée.

– Tu en sais des choses pour une petite apprentie tourneuse ! remarqua Louis.

– Oh, les filles entre elles ne font que papoter ! Et parfois, à la pause, elles rigolent bien.

– Dis, papa, coupa la petite Lucie, moi aussi, je pourrai aller travailler à la filature quand j'aurai l'âge d'Aline ?

– Tu es encore bien jeune, ma chérie, lui répondit Noélie, pour penser à cela ! Il faut encore aller à l'école.

– Je vais bientôt avoir neuf ans !

– C'est bien ce que je dis, tu as le temps.

– Moi, je n'irai jamais travailler à la filature ! interrompit Edmond. Je ne veux pas être enfermé toute la journée dans le bruit et la puanteur. Et surtout pas avec des filles ! »

Damien, qui entrevoyait Héloïse Chabert presque chaque semaine depuis maintenant un an, depuis leur première entrevue fortuite dans le parc du château, se trouvait fort contrarié par ce qu'il venait d'apprendre de la bouche de sa sœur.

« Se pourrait-il qu'Héloïse me cache quelque chose ? pensa-t-il. Serait-elle au courant que son père manigance de nous mettre tous sur la paille en se passant définitivement de nos cocons ? »

* *
*

Les deux jeunes gens n'avaient pas tardé à se revoir. Damien inventa tous les prétextes pour s'échapper du Castandel, laissant croire qu'il avait rencontré une jeune fille dans un hameau voisin. Vu son âge, ses parents ne virent aucune objection à le laisser sortir, pourvu que son travail fût terminé. À dix-huit ans, il faisait partie de cette jeunesse que l'on voyait les soirs de la Saint-Jean sauter au-dessus des flammes du bûcher cérémoniel, dans l'espoir de trouver l'âme sœur avant de tirer au sort.

Ni Louis ni Noélie n'avaient insisté pour connaître le nom de l'élue de son cœur. Ils considéraient que leur fils entrait ainsi dans sa vie d'adulte et qu'il ne fallait pas lui forcer la main.

« Il faut lui laisser faire ses premières armes ! avait estimé Louis. Quand il aura trouvé chaussure à son pied, il sera tout heureux de nous la présenter. Pour l'instant, laissons-le s'amuser sans nous immiscer dans ses affaires de cœur.

– Tu es bien un homme ! » avait soupiré Noélie.

Pourtant, tous les deux avaient été très intrigués de ne pas voir leur fils en galante compagnie le soir de la Saint-Jean. Certes, les cœurs n'étaient pas à la fête en ce début d'été car, dans les magnaneries, les chenilles semblaient faire la grève de la faim et ne grossissaient pas à souhait. Beaucoup entrevoyaient encore une nouvelle catastrophe.

Ce soir-là, Damien était entouré d'une bande d'amis dont la plupart habitaient le même valat. Parmi eux se trouvaient plusieurs filles que ses parents connaissaient bien, dont la jeune Amélie Poujol qui avait fêté ses quatorze ans quelques semaines plus tôt. Celle-ci était la meilleure amie de sa sœur Aline, les deux adolescentes étant presque du même âge. Pendant toute la soirée, Amélie s'était tenue aux côtés de Damien et n'avait eu de regards et d'attention que pour lui. Celui-ci, trouvant cette situation cocasse, s'en était amusé et, après réflexion, avait estimé que sa jeune amie lui donnait parfaitement le change sans le vouloir.

Effectivement, Louis et Noélie, qui assistaient de plus loin à la fête, crurent qu'une idylle était née entre leur fils et la fille de leurs meilleurs amis.

« As-tu remarqué ce que nous venons de découvrir ? » demanda Louis à Ernest.

Celui-ci regarda son épouse d'un air intrigué comme pour lui retourner la question. Tardant à répondre, Émilienne lui coupa la parole :

« Qu'avez-vous remarqué, Noélie et toi ?

– Eh bien, regarde donc nos enfants ! Tu comprendras. »

Émilienne et Ernest, les premiers surpris, cherchèrent leur fille dans la foule.

« Là-bas, près du bûcher, insista Louis.

– Qu'ont-ils donc, nos enfants ?

– Ta fille, mon fils… Hein, tu ne crois pas ? insista Noélie en entraînant Émilienne par le bras. Regarde-les. Ils ne se quittent pas.

– Je n'ai rien remarqué, fit Émilienne. Ma fille ne m'a rien dit.

– Normal ! Elle n'a pas osé. Mais ne s'absente-t-elle pas de temps en temps depuis quelques mois ?

– S'absenter ? Jamais ! Amélie est trop jeune pour courir seule par tous les chemins. Je peux vous assurer à tous les deux que notre fille ne s'est pas compromise avec votre fils. »

Émilienne se sentait brusquement mise en cause. L'honneur de sa fille lui semblait avoir été atteint par les insinuations de ses amis.

« Ne t'offusque pas, Émilienne, la rassura aussitôt Noélie. Si nos enfants se sont trouvé quelques affinités, nous n'irons pas le leur reprocher. Amélie a quatorze ans. Elle est un peu jeune, certes, mais dans quelques années il n'y paraîtra plus.

– Je peux t'affirmer, Noélie, qu'Amélie n'a pas pu avoir de liens plus qu'amicaux avec ton fils. Nous ne la laissons jamais sortir seule. Remarque, si cela devait être, je serais la première rassurée. Damien est un brave garçon, honnête et courageux. »

Louis avait entraîné Ernest boire un verre à la buvette qui avait été dressée à l'écart. Tout près, un vielleux et trois violoneux faisaient danser les couples, sur des airs de polkas, de valses et de bourrées, et cadençaient leur musique en claquant des talons sur les planches de l'estrade sur laquelle ils avaient pris place.

La nuit était profonde, d'un bleu intense, toute ponctuée d'une myriade de petits diamants finement ciselés par la main d'un ténébreux magicien. Un souffle épicé, léger comme un frôlement de mousseline, caressait les visages et enivrait les esprits chagrins qui, pour quelques heures, avaient fini par oublier leurs tourments. Les feux de l'été avaient le don de rassembler, de vivifier, de redonner espoir aux jeunes et aux moins jeunes. Les unions se forgeaient comme sur l'enclume d'un maréchal-ferrant, dans la chaleur des braises incandescentes ; d'autres se consolidaient pour affronter d'un bon pied l'adversité. Les anciens se projetaient encore dans l'avenir en constatant que leurs enfants étaient toujours là, à leurs côtés, prêts à prendre la relève. Ceux-ci montraient à leurs aînés qu'ils en étaient capables. Les futurs conscrits venaient fêter leur proche départ et sceller des serments qu'ils s'efforceraient de tenir jusqu'à leur lointain retour. Les filles, tout endimanchées, feignaient d'y croire et s'abandonnaient dans leurs bras, le temps d'une danse, sans honte et sans retenue, sachant que ce soir-là tout leur serait pardonné.

« Donc, insista Louis, tu me certifies, comme ta femme, qu'il n'y a rien entre ta fille et mon fils !

– J'en mettrais ma main au feu. Pour sûr ! Et un soir comme aujourd'hui, ce n'est pas un vain serment que je te fais là. Mais pourquoi sembles-tu déçu ? Si ça doit se faire, ça se fera. Un jour peut-être. Ils ont le temps. Ils sont jeunes. »

Louis raconta en quelques mots les escapades discrètes de Damien. Lui était persuadé qu'il partait jouer les jolis cœurs et, ce soir-là, il pensait avoir deviné qui il allait rejoindre avec tant de hâte chaque semaine.

« Si tu veux, je questionnerai ma fille. Comme ça, on en sera sûrs tous les deux.

– N'en fais rien. Après tout, si ce n'est pas ta fille, ce doit être une autre. Il finira bien par nous en parler. »

Héloïse et Damien, effectivement, se voyaient à l'insu de leurs parents, presque chaque semaine. Le jeune garçon n'avait pas trop à mentir pour obtenir quelques heures de liberté. Louis et Noélie lui faisaient confiance et, quand il leur annonçait qu'il partait rejoindre des amis, il ne leur dissimulait en réalité que leur identité et leur nombre.

Toutefois Noélie avait remarqué combien il prenait soin de se changer avant de partir. Elle ne lui en fit jamais la remarque, mais au fond d'elle-même son cœur de mère ne la trompait pas.

Pour Héloïse, les rendez-vous avec l'élu de son cœur étaient plus compliqués, mais le danger n'ajoutait que plus de piment à la situation et attisait la fébrilité dans laquelle elle se trouvait quand, discrètement, elle allait ouvrir la porte de service du parc, par où son héros allait bientôt s'immiscer furtivement pour venir à sa rencontre. Consciente qu'elle bravait tous les interdits familiaux et sociaux, elle se trouvait confortée dans son acte de désobéissance par l'attitude de sa belle-mère qu'elle jugeait scandaleuse.

Élisabeth en effet se pavanait au bras de son frère et semblait se complaire dans l'ambiguïté. Martial, quant à lui, loin de vouloir trahir son propre père, entretenait avec sa belle-mère des relations très filiales qui ne laissaient aucun doute, dans l'esprit d'Héloïse, sur leur nature et sur l'honnêteté de son comportement.

En réalité, la jeune fille n'aimait pas la femme qui avait pris outrageusement la place de sa mère, et voyait en elle une aventurière, une usurpatrice sans scrupule, prête à tous les subterfuges pour assouvir ses ambitions. Entre les deux femmes, ce n'étaient que paroles acerbes, remarques aigres-douces, fausse amitié et relations mielleuses. Lucien Chabert, qui tenait à assurer la paix sous son toit et aimait sa fille par-dessus tout, tentait de raisonner celle-ci. Mais comme il ne voulait pas froisser la susceptibilité de sa jeune épouse qu'il craignait de perdre, il évitait de lui reprocher quoi que ce soit et de lui attribuer tous les torts.

Héloïse se sentait donc dédouanée de ce qu'elle faisait et n'en aimait que plus tendrement son valeureux chevalier servant qui osait pénétrer, à l'insu des domestiques et de sa famille, et dans l'irrespect des convenances, dans la citadelle intouchable que son père avait édifiée autour d'elle pour mieux la protéger.

En dépit des malheurs que sa famille connaissait depuis deux ans, Damien, lui, nageait dans le parfait bonheur.

XIII

Malgré la crise

La pébrine fut définitivement dépistée au cours de cette année 1851. Mais les recherches du naturaliste Armand de Quatrefages ne donnaient aucun moyen de lutter efficacement contre le mal. Celui-ci devait encore sévir de nombreuses années sans que les éducateurs ne pussent rien faire d'autre que prendre les précautions d'usage, qu'ils connaissaient bien pour les autres maladies mais qui, malheureusement, ne permettaient pas d'éviter le pire. Leurs revenus diminuèrent de moitié et la baisse continua encore, de sorte que bon nombre d'entre eux, complètement ruinés, ne purent trouver d'autre expédient que celui d'abandonner leurs magnaneries. La soie cévenole entrait dans une longue phase de déclin.

Pour soulager leurs familles et espérer encore en un avenir meilleur, les jeunes allèrent s'embaucher dans les usines et les mines du bassin alaisien. Les campagnes commencèrent à se vider de leur trop-plein de population. L'heure était à l'industrie. Certains voyaient dans ce terrible fléau le tournant d'une époque révolue, la fin d'une civilisation restée ancrée depuis des siècles dans les profondeurs du terroir, le triomphe d'une ère nouvelle qui verrait les villes supplanter les prairies et les labours.

Les filateurs, à l'image de Lucien Chabert, furent moins touchés que les éducateurs, surtout ceux qui disposaient d'une large couverture financière et qui purent rapidement réagir à la pénurie de cocons en allant s'approvisionner à l'extérieur de la région.

Lucien Chabert, depuis plusieurs années, avait diversifié ses activités en investissant dans le foncier, l'ouvraison et le négoce. Comme un certain nombre de ses confrères, il possédait non seulement des ateliers de filature, mais aussi des hectares de champs de mûriers et deux usines de moulinage, l'une sur le site même de sa filature de Saint-Jean, l'autre dans le Vivarais ardéchois où la profusion des eaux courantes favorisait l'installation des moulins à soie.

Son fils Martial s'occupait des relations commerciales et, à tout juste vingt ans, était devenu l'interlocuteur incontournable des établissements Chabert. Lucien pouvait compter sur ses compétences et son sens inné des affaires ainsi que sur son dynamisme. À la fin de la saison coconnière de 1851, il prit une grande décision :

« Étant donné la crise qui sévit depuis maintenant deux ans, lui dit-il, j'aimerais que tu te rendes en Asie Mineure. De là tu gagneras le Levant et, si besoin est, tu prospecteras les grands foyers de production de l'Orient.

– Père, ça me prendra des mois et des mois ! Un an peut-être.

– Le temps ne compte pas quand il s'agit de sauver ou de faire prospérer ses affaires. Le problème est trop grave pour se contenter d'aller démarcher les seuls éducateurs des cités voisines, comme nous l'avons fait jusqu'à présent. La maladie touche maintenant les magnaneries de toutes les régions. Si nous ne réagissons pas à temps, nous n'aurons bientôt plus de cocons dans nos filatures. Seuls ceux qui prennent les devants aujourd'hui s'en sortiront demain. »

Martial n'avait pas envisagé s'exiler dans des pays si lointains, se transformer en commis voyageur au long cours, partir pour des contrées qu'il savait à peine localiser sur une carte. Chercher des débouchés en Angleterre, en Hollande, en Allemagne, certes, il l'avait déjà fait et s'apprêtait encore à le faire, mais aller à l'aventure sur la route de la soie, comme jadis Marco Polo et ses frères, ne le tentait guère.

« Pensez-vous, père, qu'il est vraiment utile d'aller si loin pour acheter nos cocons ? Jusqu'à présent nos fournisseurs de graine…

– Nos fournisseurs de graine revendent aux éducateurs de la graine avariée. Les œufs portent en eux-mêmes la maladie. Comment peut-on encore leur faire confiance ? J'en ai discuté avec tous mes confrères au cercle industriel de Saint-Jean. Nous sommes tous unanimes : ceux qui n'iront pas chercher les cocons en Orient en grande quantité seront voués à la disparition.

– Ne peut-on pas dépêcher un de nos hommes de confiance ?

– La filature Chabert ne peut être représentée que par un Chabert, objecta Lucien. Aurais-tu une bonne raison pour ne pas partir ? Si j'avais ton âge, je n'hésiterais pas un instant !

– Tranquillisez-vous, père, si vous estimez qu'il est de mon devoir de m'absenter pour le bien de nos affaires, je le ferai. »

Martial Chabert n'avait pas dévoilé à son père ses ambitions politiques. Depuis que le président Louis-Napoléon Bonaparte ne dissimulait plus ses intentions de restaurer l'Empire, il nourrissait l'espoir de se présenter aux élections cantonales en vue d'obtenir le siège de conseiller de Saint-Jean. Ses idées, son entregent et ses relations personnelles avaient fait de lui, dans le petit cercle qu'il fréquentait à l'insu de son père resté fidèle à ses convictions orléanistes, l'un des plus fervents candidats bonapartistes au conseil général. Aussi, le projet de Lucien le contrariait-il.

« Ne pourrait-on pas temporiser et remettre ce voyage à l'année prochaine ? finit-il par demander, sans fournir d'explications.

– Un an passé est un an perdu, mon fils ! Pendant ce temps, nos concurrents prendront la place sur les meilleurs marchés et nous laisseront la part du pauvre. Je te croyais plus incisif en affaires, Martial ! Quelle est donc la raison de tes hésitations ? Les longs voyages te font-ils peur ? Ou y aurait-il une charmante personne qui te retienne ici à Saint-Jean ?

– Père !

– N'oublie pas, mon fils, que je suis intervenu en personne pour t'éviter de partir accomplir tes obligations militaires. Le bon numéro que tu as tiré n'est pas sorti du chapeau d'un magicien. Si je n'étais pas intervenu, tu aurais pu tirer un mauvais numéro… Et tu serais parti je ne sais où pour plusieurs années.

– Nous aurions trouvé un remplaçant !

– Un Chabert ne se défile pas devant ses obligations. Je n'en aurais rien fait. Il valait mieux que j'agisse avant. Ainsi l'honneur est resté sauf. Du moins en apparence. »

Martial savait gré à son père de lui avoir épargné la conscription. En ces temps de conquête coloniale, où serait-il parti pour marquer les terres lointaines de la présence française ?

« Mon fils, j'ai préféré te garder près de moi pour que tu te rendes utile là où est ta place. La France a besoin de ses fils de paysans pour défendre son empire au-delà des mers, mais elle a aussi besoin de ses fils d'industriels pour se défendre de la concurrence étrangère. Les Anglais ne nous font aucune concession ni dans la conquête coloniale ni dans la lutte industrielle et commerciale. »

Martial se tut. Il remit à plus tard ses ambitions politiques et s'apprêta à entreprendre un long voyage. Il osa toutefois une ultime question :

« Qui veillera sur ma jeune sœur ?

– Héloïse n'a plus besoin de chaperon. C'est une jeune fille à présent. D'ici que tu reviennes de ton périple à travers l'Orient, je lui aurai trouvé un bon parti. C'est encore le meilleur moyen d'assagir ses passions. Je la connais obéissante et elle sait où est son devoir. Ne t'inquiète pas pour elle. Ta belle-mère veillera sur ses jours et je lui assurerai son bonheur. »

Martial savait pouvoir compter sur Élisabeth, sa jeune belle-mère. Âgée de vingt-six ans, celle-ci passait parfois pour son amie quand, ensemble, ils se promenaient bras dessus bras dessous dans les rues de Saint-Jean, sans se soucier des regards équivoques et du qu'en-dira-t-on. La jeune femme montrait une certaine fierté à s'afficher au bras d'un homme à peine plus jeune qu'elle et ne s'embarrassait pas des préjugés de ceux qu'elle ne comptait pas parmi ses amis intimes. Veuve à vingt ans d'un beau militaire tombé au champ d'honneur, elle s'était laissé courtiser sans hésitation par Lucien Chabert qui cherchait à se remarier avant d'avoir atteint la cinquantaine. Voyant en lui un avenir sans difficultés financières, la jeune veuve ambitieuse, qui ne voulait pas se suffire d'une maigre pension militaire toute sa vie, n'avait pas hésité longtemps, malgré l'âge avancé de son prétendant, à lui ouvrir sa porte à défaut de lui ouvrir son cœur.

La présence auprès de son futur mari d'une fille de dix ans sa cadette et d'un fils qui aurait pu passer pour son jeune amant ne l'avait pas non plus rebutée. D'un caractère tranché, les idées bien arrêtées, elle s'était installée sans vergogne sous le toit des Chabert et y tenait toute la place occupée jadis par Hortense, la première épouse de l'industriel. Elle avait l'œil sur la domesticité, veillait aux fréquentations de sa belle-fille, se montrait aimable avec son beau-fils, et savait flatter l'entourage de son mari.

Élisabeth Chabert, veuve Dutilleul, était une parfaite maîtresse de maison, une épouse modèle, une belle-mère attentive, une jeune femme aux dents longues.

« Élisabeth, ma chère épouse, ta belle-mère dévouée, saura te remplacer auprès de ta sœur, ajouta Lucien Chabert. Quant à ta place près de moi, je la confierai à mon ami Pierre Silhol à qui j'ai demandé d'être mon fondé de pouvoir.

– Votre fondé de pouvoir ! s'étonna Martial.

– Notre entreprise est trop importante à présent pour que tout repose sur mes seules épaules. Un fondé de pouvoir me sera très utile. Et quand je te passerai la main, tu me sauras gré d'avoir un homme de confiance à tes côtés, un homme qui connaîtra autant que toi ta propre entreprise.

– Faites comme bon vous semble, père. Pierre Silhol est en effet un homme très dévoué. Il a montré depuis longtemps son attachement à notre famille. »

* *
*

Martial Chabert partit de Saint-Jean en septembre, une fois les comptes financiers prévisionnels terminés. Étant donné ce qu'avaient fourni les magnaniers à la filature, et malgré les approvisionnements qu'il était allé chercher dans les campagnes voisines, il devenait urgent de trouver en Orient les quantités de cocons nécessaires à la bonne marche de l'usine.

Il se rendit d'abord à Marseille par la diligence, ne voulant pas se mêler à la foule qui se pressait dans les trains depuis que la ligne Alais-Beaucaire avait été ouverte dix ans plus tôt et permettait de rejoindre par le rail la grande ville portuaire de la Méditerranée. De la cité phocéenne, il s'embarqua ensuite sur un grand voilier qui appareillait pour le Levant, et commença son périple de prospection dès qu'il posa le pied à Tripoli.

Ses intentions étaient bien arrêtées : démarcher les grandes régions séricicoles du Levant et d'Anatolie, acheter sur place les futures productions de cocons, envisager de faire installer des coconnières et se mettre en relation avec les compagnies de transport. C'était une lourde tâche qui nécessiterait de longs mois, de nombreux contacts et de fastidieuses démarches.

Toutefois, Martial n'avait nulle envie de passer trop de temps en Orient, malgré les charmes de ces contrées exotiques que ses amis du cercle bonapartiste qu'il fréquentait n'avaient pas manqué de lui vanter.

« Quand tu auras goûté aux petites musulmanes, lui disaient certains d'entre eux avant son départ – plus pour se moquer que pour le consoler de devoir s'absenter à un moment où le régime tournait en leur faveur –, tu ne voudras plus revenir. À toi la vie de pacha à l'ombre fraîche des palmiers, enivré par les doux parfums des petites moukères, le soir dans les jardins fleuris des palais. Ah ! les loukoums, le thé à la menthe et les pâtisseries au miel. Prends garde de ne pas te laisser emprisonner dans les bras des belles Orientales. Elles savent tendre des pièges inextricables pour retenir les jeunes chrétiens dans leurs rets. Attention au chant des sirènes ! Pense au voyage d'Ulysse. »

Martial n'avait pas besoin de ces conseils. Il n'avait aucune envie de prolonger inutilement son séjour dans les pays des contes des *Mille et Une Nuits*. Constantinople, Antioche, Jérusalem, Bagdad, Ispahan ne le faisaient pas rêver. Il se doutait qu'il ne trouverait dans ces cités mythiques que misère et dénuement. Le faste et la beauté des palais princiers, la majesté des grandes mosquées et des medersas, la puissance des forteresses militaires cachaient, il le savait, une grande pauvreté qui jetait à la rue la grande majorité de la population. Certes, il n'était pas homme à s'apitoyer sur le sort de tous les déshérités de la terre, mais il répugnait à côtoyer l'indigence et craignait d'y contracter quelque sournoise maladie. Il n'ignorait pas non plus que les grandes épidémies provenaient de ces pays lointains à l'hygiène déplorable, et avait encore en tête les dates des derniers grands assauts de la peste et du choléra.

« Ne vous inquiétez pas, avait-il rétorqué à ses amis avant de leur faire ses adieux, dans moins d'un an, je serai de retour. D'ici là, j'espère que notre prince-président aura mené à bien ses intentions. Vive Louis-Napoléon Bonaparte ! Vive l'Empereur !

– Vive l'Empereur ! » avaient-ils répondu tous en chœur.

* *
*

L'absence de Martial laissa le champ libre à sa jeune sœur. Celle-ci, libérée de son chaperon, put mieux organiser ses rendez-vous galants avec Damien. Sa belle-mère, attristée par le départ de son chevalier servant, chercha à meubler sa soudaine solitude en fréquentant plus assidûment le cercle de charité chrétienne que les dames catholiques de la ville entretenaient depuis peu autour du père Dufour, le jeune et nouveau curé de l'église Saint-Antoine. Deux fois par semaine, elle se rendait à la cure et, autour du prêtre, les épouses des principaux représentants de la bourgeoisie catholique locale organisaient des collectes d'habits pour les nécessiteux de la paroisse, des ramassages de denrées non périssables en vue de l'hiver pour les sans-abri qui viendraient se réfugier sous le porche de l'église, des dons d'argent pour l'entretien de celle-ci et de son bon pasteur.

Chaque jeudi après-midi, elle tenait salon sous les lambris du château de son mari. À cette occasion, elle retrouvait les dames charitables, le curé Dufour, quelques messieurs de la bonne société saint-jeannaise. Les hommes lisaient et commentaient entre eux les articles décapants des gazettes ; les dames, quelques bonnes pages des derniers romans à la mode. On papotait beaucoup dans le boudoir, on se délectait de bons cigares dans le fumoir, on refaisait le monde entre deux tasses de thé fumant.

Élisabeth se sentait courtisée et n'en était que plus radieuse.

Lucien Chabert, lui, pendant ce temps, s'échinait à faire face aux difficultés qu'éprouvait son entreprise à lutter contre la concurrence acharnée de ses confrères, mais aussi, de plus en plus, contre celle des autres régions de production : le Lyonnais, la Touraine rivalisaient avec les Cévennes, dont la production de soie grège demeurait néanmoins la plus importante du pays.

Pour assurer et consolider l'avenir de son entreprise, Lucien décida, une fois encore, d'investir dans la modernisation de ses ateliers, toujours à la recherche de meilleurs rendements et d'une plus grande qualité de ses produits. En accord avec son nouveau fondé de pouvoir, à qui il avait donné mission de convaincre les banquiers, il se lança dans de grands projets de rénovation.

« La crise ne doit pas être un prétexte pour nous replier sur nous-mêmes, lui avait-il affirmé. C'est dans ces moments-là qu'il faut au contraire faire de judicieux investissements, afin d'être les premiers quand s'amorcera le rebond de l'économie.

– Ne croyez-vous pas que nos immobilisations finiront par peser trop lourd sur notre trésorerie et nous empêcheront de parer à nos échéances. Il faut pouvoir rembourser nos emprunts et payer nos ouvrières ! lui avait opposé Pierre Silhol, plus prudent.

– En modernisant, nous gagnerons sur le coût de la main-d'œuvre et de production, et nous produirons davantage. Au final, nous dégagerons plus de bénéfices. Ce qu'il faut, c'est dépasser nos concurrents, proposer sur le marché le meilleur produit, démarcher toujours de nouveaux débouchés, de sorte que les soyeux de Lyon et d'ailleurs ne soient pas tentés d'aller acheter chez nos confrères ce que nous produisons dans nos propres usines. Quand mon fils Martial nous aura assuré un approvisionnement de cocons régulier et meilleur marché, vous serez le premier étonné du bien-fondé de mes arguments, mon cher Silhol. Nos affaires ne connaîtront plus d'incertitudes. L'avenir appartient à ceux qui vont de l'avant, crise ou pas crise !

– Certes, mais en attendant les dettes de l'entreprise vont encore augmenter.

– Il faut emprunter sur le long terme. Et diversifier les investissements. Je vous charge de trouver quelques bonnes valeurs mobilières qui nous mettront à l'abri des soubresauts de la conjoncture. Pensez aux chemins de fer. C'est actuellement un très bon placement. Et je crois que le prince-président y est très favorable, ça ne peut que faire monter le cours des actions en ce domaine.

– Ne croyez-vous pas au contraire qu'il y a là un risque de perdre beaucoup d'argent ? Miser sur des valeurs mobilières comporte toujours un danger en cas de faillite.

– Il faut être de son temps, mon cher Silhol. L'argent appelle l'argent. Notre patrimoine foncier et immobilier est là pour garantir nos arrières si la conjoncture venait à nous être subitement défavorable. Croyez-moi, il faut investir dans le mobilier.

– Et pour rembourser les emprunts ?

– Les bénéfices que nous dégagerons de la vente de notre soie grège couvriront largement nos remboursements d'emprunt et nous laisseront encore une bonne marge de manœuvre pour alimenter notre volant de trésorerie. »

Lucien Chabert fit donc entreprendre de gros travaux pour faire de sa filature une usine à la pointe du progrès. Il n'ignorait pas que son principal concurrent, à Valleraugue, avait déjà beaucoup d'avance sur lui. Pour le moment il n'était pas en son pouvoir de rivaliser avec lui. Mais, dans la vallée de Saint-Jean, il pensait pouvoir atteindre très rapidement la première place dans la production de soie grège et des produits d'ouvraison.

Ses ateliers fonctionneraient donc toute l'année, car il misait sur la réussite des démarches de son fils pour lui assurer des cocons douze mois sur douze. D'abord, il fit ouvrir de grandes baies vitrées dans tous les ateliers.

« Les fileuses doivent bénéficier de toute la lumière du jour pour travailler mieux et plus longtemps ! » expliqua-t-il à l'architecte qu'il avait chargé des travaux.

Puis il fit installer l'éclairage à l'acétylène de manière à ce que la journée de travail ne fût plus dépendante de la longueur du jour. En chaque saison, il voulait assurer la journée de douze heures, ce qui, avec les pauses toutes les quatre heures, devait maintenir les ouvrières à l'usine pendant treize heures d'affilée douze mois sur douze.

Il supprima les derniers guindres manuels et les remplaça par des tours mécaniques mus par une nouvelle machine à vapeur fonctionnant au charbon. Enfin, il fit poser un circuit de ventilation dans chaque unité de production afin d'améliorer les conditions de travail de ses ouvrières.

Aux objections de Pierre Silhol, qui estimait que le confort des fileuses n'était pas une priorité, il rétorqua :

« Meilleures seront leurs conditions de travail, meilleur sera leur rendement. Au reste, n'oubliez pas que la mécanisation nous fera économiser de la main-d'œuvre et que nous gagnerons sur la masse salariale. »

Les travaux durèrent de septembre à juin de l'année suivante. Pendant ce temps, les fileuses restèrent à leurs postes, mais durent supporter la poussière provoquée par les maçons et les charpentiers, le bruit occasionné par les mécaniciens qui installaient les nouvelles machines. Lucien Chabert, très affairé, supervisait les travaux, laissant à son fondé de pouvoir le soin de gérer les finances de l'entreprise et de répondre aux rares lettres qu'envoyait Martial depuis le fin fond du Moyen-Orient, pour confirmer la signature de ses premiers contrats de production.

« Votre fils a besoin de trésorerie pour assurer l'installation sur place d'étouffoirs et de coconnières modernes, annonça bientôt Pierre Silhol.

– Vendez une partie de nos actions et faites-lui parvenir au plus vite la somme qu'il réclame. Ne perdez pas de temps ! Nos nouvelles installations seront fonctionnelles dès juillet prochain. Si Martial réussit à nous faire parvenir à temps ses premiers achats de cocons, nous pourrons immédiatement les traiter sans qu'il y ait de problèmes en cas d'insuffisance de la production locale. Je crains en effet une nouvelle mauvaise récolte de nos magnaniers. Entrez au plus vite en relation avec l'agent de notre banquier installé à Constantinople. Il se chargera du transfert des fonds. »

Tout allait très vite. L'entreprise Chabert semblait prendre un nouveau départ en dépit de la maladie qui sévissait encore dans les magnaneries.

Malgré la réduction de personnel – les jeunes tourneuses, pour la plupart, ayant été renvoyées chez elles –, Aline eut la chance d'être gardée à l'usine. La dette de son père n'était pas encore entièrement remboursée, et s'était même accrue à cause d'une seconde mauvaise récolte. Lucien Chabert, reconnaissant volontiers ses compétences et sa bonne volonté, fit donc savoir à son magnanier qu'il embauchait sa fille comme ouvrière.

Bientôt deux ans s'étaient écoulés depuis le début de son apprentissage. Aline, âgée maintenant de quatorze ans, s'apprêtait à prendre chaque matin le chemin des fileuses.

XIV

Arrestations

Damien n'avait jamais étalé au grand jour ses opinions politiques. Discret, prudent comme son père Louis, il gardait ses convictions pour lui et évitait de froisser la susceptibilité des autres en s'opposant à eux ou en se démarquant. Croyant préférable d'écouter plutôt que de s'imposer, jamais le jeune homme n'avait émis le moindre avis concernant les événements qui secouaient le pays, lors de ses rendez-vous galants avec Héloïse. Il savait celle-ci d'une famille attachée aux valeurs monarchistes, aussi s'était-il bien gardé d'amener lui-même, le premier, la conversation sur un sujet qui aurait pu les conduire tous deux à la mésentente, voire à la discorde.

La conjoncture pourtant avait de quoi le faire réagir. Comme beaucoup le craignaient, Louis-Napoléon Bonaparte n'avait pas tardé à étendre ses pouvoirs. Son mandat venant à expiration en 1852 et la Constitution lui refusant le droit d'être de nouveau candidat, il ne lui restait plus qu'à préparer un coup d'État pour se maintenir au pouvoir. Ce qu'il réalisa le matin du 2 décembre 1851, sans effusion de sang. Les principaux responsables de l'opposition furent arrêtés ; la Chambre, occupée par la troupe ; l'Assemblée nationale, dissoute ; un plébiscite d'approbation, annoncé.

Les républicains furent sévèrement touchés par la répression qui suivit leur tentative de soulever les ouvriers des grandes villes. Fusillades, arrestations, déportations décapitèrent leur mouvement pour longtemps.

Fort du succès du plébiscite du 21 décembre, le prince-président put à loisir préparer l'étape suivante : le rétablissement de l'Empire.

Louis et Ernest déploraient cette situation. Ils y voyaient un grave recul de la démocratie.

« Tout est prêt pour un retour à l'absolutisme sous couvert de la République, se plaignait Ernest devant Louis, alors qu'ils étaient partis ensemble acheter leur graine pour la prochaine campagne coconnière.

– Napoléon le Petit veut marcher sur les traces de son oncle ! Sous des apparences républicaines, son seul objectif est le retour à la monarchie impériale et à la politique de grandeur.

– Nos amis républicains ne se laisseront pas enfermer sans réagir, s'interposa Damien qui les accompagnait.

– Aurais-tu des amis parmi les républicains ? » s'étonna son père.

Le jeune homme hésita, puis finit par avouer :

« Des amis, pas vraiment. Mais comme toi, mes préférences vont aux partisans de la République. »

Les trois hommes avaient pris le chemin de Saint-Jean pour se rendre chez Émile Loriol, leur fournisseur de graine habituel. Celui-ci était un commerçant que les paysans connaissaient bien dans la vallée. Il leur fournissait tout ce dont ils avaient besoin pour la vie quotidienne et pour leur travail. Il vendait toutes sortes d'objets : des outils, de la quincaillerie, en passant par les pièces de tissu et la vaisselle pour le ménage, des habits pour les hommes et pour les femmes. Dans son magasin, on trouvait de tout et, quand un article faisait défaut, il se débrouillait pour le dénicher chez un confrère d'une ville voisine : Anduze, Saint-André ou Saint-Étienne. Connu pour son franc-parler, il ne cachait pas son attachement à la République et son hostilité viscérale à l'Église catholique, les « papistes » comme il disait quand il discutait avec ses amis protestants. En 1848, il avait été l'un des premiers à brandir le drapeau tricolore sur le perron de l'hôtel de ville, puis à se présenter aux élections municipales. Fort du soutien des républicains, il avait été élu conseiller et, en séance, il ne mesurait pas ses diatribes pour dénoncer les déviances du régime en place.

Trois mois s'étaient écoulés depuis le coup d'État du prince-président. Ni Louis ni Ernest n'étaient redescendus à Saint-Jean depuis Noël où ils avaient assisté en famille au culte de la Nativité, dans le grand temple de la commune. Damien de son côté, malgré ses fréquentes visites à Héloïse, n'était pas au courant des petites péripéties de la cité. Les deux jeunes gens avaient d'autres soucis en tête et d'autres sujets de conversation !

Quand ils parvinrent devant les vitrines du magasin d'Émile Loriol, tous trois furent surpris de trouver porte close. Les volets de bois obturaient encore la devanture. Un écriteau portait la mention : « Magasin fermé ».

« L'Émilou serait-il en train de faire son inventaire ? s'étonna Ernest. Ce n'est pourtant pas la période !

– À moins qu'il n'ait revendu son affaire, supposa Louis. Avec la crise, ce ne serait pas étonnant. Pourtant, je suis certain qu'à Noël il était encore ouvert.

– Depuis, il a pu avoir des difficultés d'argent.

– Étonnant ! Son affaire marchait bien. Je le sais, lui-même s'en vantait. Et il était seul sur la place, hormis les colporteurs. »

Damien était aussi intrigué que son père et son ami. Il les quitta sans rien leur dire et s'éloigna dans une ruelle voisine. Il pénétra dans une cour ombragée qui débouchait dans la ruelle par un étroit couloir et frappa à la première porte.

« C'est moi, Damien ! »

Une voix répondit de l'intérieur :

« Damien ! Mais il n'était pas prévu que tu viennes aujourd'hui. J'ai travaillé tard hier soir, le patron m'a donné ma matinée pour récupérer.

– Je n'ai pas le temps d'entrer dans les détails. Ouvre ! »

Un jeune homme, à peine plus âgé que lui, sortit sur le seuil de la maison.

« Entre, lui dit-il, les yeux encore ensommeillés et les cheveux tout ébouriffés.

– Pas le temps. Je suis avec mon père et un ami.

– Qu'est-ce qui t'amène ? Tu veux que je te prête la chambre aujourd'hui ?

– Non, ce n'est pas pour ça que je suis venu. D'ailleurs, Héloïse ne sait même pas que je suis descendu à Saint-Jean.

– Alors que veux-tu ? »

* *
*

Julien Vandernoote était un homme du Nord. Flamand d'origine, venu dans les Cévennes en quête d'un emploi au soleil, il avait d'abord été embauché dans les forges de Tamaris, près d'Alais. La place ne lui convenant pas, il avait fini par trouver un poste de chauffeur, d'abord dans une filature concurrente de celle de Lucien Chabert, puis chez ce dernier, peu après le début des travaux qu'il avait entrepris. Il s'occupait de l'entretien et du fonctionnement de la nouvelle chaudière à vapeur. Républicain convaincu, il affichait sans crainte ses idées et ne se privait pas de tenter de rallier autour de lui les plus hésitants. Persuadé que les agissements de Louis-Napoléon Bonaparte ne faisaient que cristalliser contre lui les partisans de la vraie république, il se tenait prêt pour le *grand soir* et agissait en conséquence dans l'inconscience la plus complète. Il se savait surveillé de près par la police du régime, mais cela ne l'arrêtait pas. Celle-ci, discrète, avait déjà ses espions infiltrés partout où se trouvaient des républicains. Et les Cévennes en comptaient un bon nombre, surtout en milieu huguenot.

Le jeune Flamand avait fait la connaissance de Damien un jour que celui-ci, par imprudence, s'était introduit dans la serre où il rencontrait habituellement Héloïse. La jeune fille l'avait averti sans autre explication de ne pas venir à leur rendez-vous. Intrigué, mû pour la première fois par une profonde déception tout imprégnée d'une certaine pointe de jalousie, Damien lui avait fait savoir qu'il viendrait malgré tout au château en redoublant de prudence, pour connaître les raisons de ce brusque changement d'attitude de son amie.

Il ignorait en réalité que la belle-mère d'Héloïse s'était aperçue de ses manigances et qu'elle lui avait tendu un piège pour mieux déceler ses petits secrets. Héloïse, se méfiant de sa marâtre à qui elle prêtait les plus mauvaises intentions, et se sentant surveillée, avait alors demandé à Julien, qu'elle avait rencontré plusieurs fois dans les allées et dans la cour de l'usine, de lui rendre un petit service :

« Puis-je compter sur votre aide et sur votre discrétion ? » lui avait-elle dit à mots couverts.

Étonné par cette subite intimité qui le mettait brusquement dans la confidence de la fille de son patron, Julien ne put qu'accepter.

« Si je peux vous être utile, mademoiselle, ce sera avec grand plaisir. Que puis-je pour vous ? »

Jusqu'à ce jour, Héloïse n'avait fait que croiser le jeune ouvrier. Celui-ci n'avait pas baissé les yeux quand elle avait porté sur lui son regard. Sa beauté l'avait subjugué comme elle avait subjugué Damien avant lui. Depuis son arrivée à la filature, il l'avait remarquée, mais jamais, étant donné son rang et sa place de simple chauffeur, il n'aurait eu l'audace de l'apostropher sans une bonne raison. De plus, entre elle et lui se dressait un trop grand fossé, une barrière infranchissable qui le confortait dans ses idées très arrêtées quant au monde des nantis et à la lutte des classes.

Républicain, socialiste et partisan de la révolution, Julien Vandernoote ne croyait qu'en la lutte armée pour voir un jour le prolétariat accéder pleinement au pouvoir. Il avait fourni à Damien un exemplaire du *Manifeste du parti communiste* de Marx et Engels publié en brochure dans une édition londonienne en 1848, et lui avait vanté les mérites du socialisme scientifique.

Damien, certes, ne reniait pas ses convictions républicaines et, comme son père, éprouvait beaucoup de sympathie pour les socialistes dont les idées commençaient à se répandre dans la classe ouvrière. Il en fréquentait d'ailleurs les représentants dans les estaminets de la petite cité saint-jeannaise. Loin de s'en faire des amis, il aimait discuter avec eux car ils portaient, selon lui, les germes de l'avenir en voulant changer le monde au profit des masses laborieuses. Ce qui le faisait rêver, à son tour.

Damien n'avait jamais renoncé à ses rêves d'adolescent ni à l'ambition qu'il avait depuis toujours de devenir quelqu'un de respectable dans sa vie d'adulte, un homme considéré pour la fonction qu'il aurait acquise par son travail et son mérite. Sans renier ses origines, il nourrissait encore l'espoir d'échapper à la condition de ses aïeux. Il ne savait ni quand ni comment cela se produirait, mais il se tenait prêt, si l'occasion se présentait, à renoncer un jour à ce que son père pensait lui transmettre en héritage. Il ne lui ouvrait jamais le fond de ses pensées pour ne pas l'attrister ni le décevoir, mais il s'était armé pour être capable de lui dire bientôt : « Père, je quitte cette terre de mes ancêtres, ce mas, cette vie, mais je reviendrai un jour la tête haute, car je sais d'où je viens et je suis fier de mes racines. »

Pour autant, Damien ne suivait pas aveuglément son nouvel ami Julien sur les chemins tumultueux et périlleux sur lesquels il tentait de l'entraîner. Il se tenait à l'écart des provocations des socialistes révolutionnaires et savait raison garder.

Héloïse Chabert avait donc demandé au jeune ouvrier de son père de lui servir de messager pour avertir Damien de ne pas se rendre à leur rendez-vous.

« Demain vers 15 heures pourriez-vous vous trouver dans la grande serre située dans le parc du château, celle qui est chauffée avec l'eau chaude de l'usine ?

– Je connais l'installation. C'est moi qui m'occupe du réglage et de l'alimentation de la nouvelle chaudière. J'ai parfois l'occasion d'aller vérifier la tuyauterie qui amène l'eau vers le chenal du jardin.

– Donc personne ne trouvera étrange de vous voir aller et venir dans le parc ?

– Non, si je fais semblant de vérifier l'installation.

– Alors voilà : vers 15 heures vous trouverez un jeune homme dissimulé derrière les orangers. Il y a là une sorte d'abri où le jardinier range ses outils. Le mercredi, c'est son jour de repos. Il n'y sera pas.

– Que dois-je lui dire, à ce jeune homme ?

– Ne faites pas de bruit, sinon il se méfiera et s'enfuira aussi vite par là d'où il sera venu.

– Dois-je comprendre, mademoiselle…

– Ne me posez pas de questions. Faites seulement ce que je vous dis et dites-lui ceci : qu'il rentre vite chez lui et qu'il ne revienne plus au château pendant quelques jours, le temps que je trouve une solution. Ma belle-mère a tout découvert. Vous n'avez pas besoin d'en savoir plus. Il comprendra. »

Julien Vandernoote n'en demanda pas davantage, ayant aussitôt deviné les vraies raisons de la démarche d'Héloïse.

« Vous pouvez compter sur moi et sur ma discrétion, mademoiselle. Je ferai la commission.

– Vous ajouterez que je m'arrangerai pour trouver un autre moyen de nous revoir. »

Julien comprit rapidement la cocasserie de la situation. Quand, pour la première fois, il rencontra Damien tapi dans sa cachette, il n'éprouva que plus de satisfaction d'avoir accepté d'aider Héloïse Chabert. Un jeune paysan à la conquête du cœur d'une jeune bourgeoise, dans un premier temps, cela l'amusa ; puis il vit dans ce paradoxe une occasion supplémentaire d'aider le destin et de nuire, à sa manière, à la classe bourgeoise.

Par la suite, il s'arrangea pour revoir Damien, pour lui venir en aide afin qu'il pût retrouver sa bien-aimée en toute sécurité, et lui proposa son propre logement comme lieu de rendez-vous.

« Vous y serez à l'abri de toute indiscrétion, lui expliqua-t-il. J'habite au fond d'une cour dans une impasse. Jamais personne n'y vient. Si ton amie sait se faire discrète, vous y serez comme des coqs en pâte.

– Pourras-tu trouver le moyen de convaincre Héloïse de venir m'y rejoindre ?

– Ne t'inquiète pas. Je la vois souvent à l'usine. Personne ne m'y soupçonne. Je la persuaderai. Maintenant que je suis dans la confidence et que j'ai gagné sa confiance, je me fais fort d'amener ta dulcinée dans tes bras jusque chez moi. »

Héloïse ne fut pas difficile à convaincre. Elle profita des après-midi pendant lesquels sa belle-mère se rendait à ses œuvres pour s'absenter discrètement par la porte de service du parc. Elle prenait soin de laisser croire qu'elle étudiait dans sa chambre et exigeait que personne ne la dérangeât. Elle s'habillait comme une jeune fille du peuple, Damien lui ayant procuré des vêtements appartenant à sa sœur Aline. Et, très amusée d'arborer un tel déguisement, elle s'éclipsait furtivement, rasant les murs, les yeux rivés au sol, le visage dissimulé dans une coiffe empesée trop grande pour elle, les épaules couvertes d'un vilain châle de laine à moitié dévoré par les mites. Comme toute jeune paysanne, elle portait aux pieds des galoches qui la faisaient boiter. Mais elle endurait cette souffrance avec d'autant plus de ténacité que ses sentiments pour son jeune amant n'avaient jamais cessé de la transcender au-delà de tout ce que son cœur amoureux avait pu imaginer.

Héloïse et Damien vivaient une grande passion qui les transportait toujours plus loin vers des rivages paradisiaques, chaque fois qu'ils se retrouvaient. La chambre sordide que leur prêtait Julien Vandernoote aussi souvent qu'ils le désiraient leur paraissait un nid douillet, un véritable éden où leur amour ne demandait qu'à s'exprimer au grand jour, en toute liberté. Aveuglés par leurs sentiments exacerbés, excités par l'interdit et le danger dans lesquels ils se complaisaient, les jeunes amants en oubliaient le temps, ignoraient le monde, se noyaient dans un océan de rêves.

* *
*

Louis et Ernest en étaient encore à deviser sur les raisons de la fermeture de la boutique d'Émile Loriol quand, derrière eux, deux gendarmes perchés sur leurs montures les apostrophèrent.

« Que faites-vous devant cette vitrine ? leur demanda l'un d'eux. Vous voyez bien que c'est fermé.

– Nous le constatons en effet, répondit Ernest. Nous voulions voir notre ami Émile Loriol.

– Que lui voulez-vous, à ce M. Loriol ?

– Mais cela ne concerne que nous ! »

Louis savait son ami susceptible et peu amène avec les représentants de la maréchaussée, qu'il considérait comme les instruments de la répression.

« Nous venions lui acheter notre graine de magnans, ajouta-t-il pour empêcher son ami d'envenimer une conversation qui commençait mal.

– Vous ignorez que votre Émile Loriol a été arrêté ?

– Arrêté ! Pour quelle raison ?

– C'est un républicain un peu turbulent. Et fier de l'être !

– Quel mal y a-t-il à cela ? explosa Ernest. Nous sommes encore en République, nom d'un chien ! Et dans votre uniforme, vous en êtes les défenseurs et les représentants. C'est une injustice ! »

Les gendarmes retenaient leurs chevaux qui piaffaient d'impatience. Le plus gradé des deux descendit de sa monture, tendit les rênes à son subordonné, esquissa un froncement de sourcils, puis rétorqua :

« Qui êtes-vous pour nous parler sur ce ton ? Vous insultez les représentants de l'ordre !

– Je ne suis qu'un honnête citoyen qui sait encore ce que les mots “démocratie” et “liberté” veulent dire, nom de Dieu !

– Ernest, calme-toi ! le coupa Louis.

– Mais c'est qu'il me manque de respect, le ci-devant citoyen ! Donnez-moi votre nom ou je vous embarque sur-le-champ.

– Vous n'avez rien à me reprocher. Et vous n'avez aucun compte à me demander. Je suis libre d'aller où je veux et de rendre visite à qui bon me semble.

– Sauf aux anarchistes !

– Arrête de discuter Ernest et obtempère », glissa Louis dans le creux de l'oreille de son ami.

Rouge de colère, Ernest se calma, puis reprit :

« Je m'appelle Ernest Poujol. Je suis paysan de mon état et surtout magnanier. Je venais avec mon ami Louis Lacombe acheter ma graine pour l'année et quelques bricoles. Où est le problème ?

– Hum, hum ! se contenta de lui répondre l'adjudant de gendarmerie. Tu le crois ? ajouta-t-il en s'adressant à son brigadier.

– Faut voir, fit celui-ci en lissant sa moustache. Faut voir.

– Le problème, mon cher monsieur, c'est que nous surveillons la boutique et la maison de votre ami le républicain afin de savoir qui il fréquentait.

– Nous n'étions pour lui que de bons clients.

– C'est ce qu'ils disent tous ! Trois mois après son arrestation, vous n'allez pas me faire croire que vous vouliez encore lui acheter quelque chose.

– Nous ignorions qu'il avait été arrêté ! ajouta Louis. Vous pouvez me croire. Nous habitons dans un valat éloigné du chef-lieu, nous ne venons pas chaque semaine à Saint-Jean. D'ailleurs, en hiver nous n'y descendons jamais.

– On ne vous croit pas, coupa le brigadier. Vous êtes suspects. Allez, on vous embarque.

– Mais vous n'avez pas le droit ! s'écria Ernest, fou de rage. Nous sommes en république !

– Les vrais républicains ne s'opposent pas au régime. »

À son tour, le brigadier descendit de cheval et passa les liens à ses deux prévenus. Ébaubis, ceux-ci restèrent sans réaction, se laissèrent ligoter les poignets et attacher au harnais des deux chevaux. Puis les gendarmes remontèrent en selle et, au pas, se dirigèrent vers le poste de gendarmerie, tirant derrière eux leurs deux prisonniers.

À l'instant même où leurs silhouettes s'éclipsèrent à l'angle de la rue, Damien, essoufflé d'avoir couru, les aperçut et arrêta net sa course, médusé de voir son père enchaîné comme un forçat derrière l'uniforme d'un gendarme.

Dans les rues de la petite cité, c'est à peine si les passants prêtèrent attention aux malheureux qui venaient, pensèrent certains, de se faire prendre la main dans le sac.

« Encore deux misérables qui ont tenté de dépouiller un brave marchand ! se disait-on en les voyant passer la tête basse.

– Des bandits de grands chemins ! affirmaient d'autres.

– À moins que ce ne soient encore des arrestations arbitraires ! » supposaient les plus subtils.

Quand le triste cortège passa devant l'auberge du Relais, un client affalé près du comptoir s'étonna :

« Mais c'est le Louis du Castandel et l'Ernest de la Tourasse. C'est pas des brigands ni des voleurs !

– Mais qu'est-ce qu'ils ont fait pour être arrêtés ? se demanda à voix haute l'aubergiste qui les connaissait bien.

– Pour sûr, ils ont dû se mêler de ce qui ne les regarde pas !

– *Boudiou !* Par les temps qui courent, faut pas grand-chose pour être suspect, affirma un client. Mieux vaut se taire que de clamer ses idées sur tous les toits. Je le connais, moi, l'Ernest, il n'a pas sa langue dans sa poche. Il a dû parler trop fort. Et les bicornes l'ont arrêté. Tiens, combien tu paries qu'il est allé se plaindre de l'arrestation de l'Émilou. Ils ont les mêmes idées tous les deux. Sauf que l'Émilou, lui, a commis l'imprudence d'aller manifester à Alais après le coup d'État en décembre. »

Ce matin-là, les commentaires fusèrent autour des tables de la petite auberge. Louis et Ernest firent la une de toutes les discussions, chacun y allant de ses suppositions tout en évitant de prendre ouvertement parti.

Car, même parmi ceux qu'on connaissait, se dissimulaient des mouchards prêts à renseigner la police d'un régime populiste et autoritaire, qui se mettait progressivement en place en préparant les esprits à accorder au prince-président un large consensus plébiscitaire.

« Julien ! Ouvre-moi. C'est encore moi, Damien !

– Qu'y a-t-il, vieux ? L'arrestation du camarade Loriol n'est pas une catastrophe. Je t'ai expliqué tout à l'heure qu'ils n'avaient aucune charge contre lui. Ils le font mijoter derrière les barreaux pour qu'il parle. Mais il ne dira rien. C'est un dur à cuire.

– Ce n'est pas de lui qu'il s'agit, mais de mon père.

– De ton père ! Qu'est-ce qu'il vient faire dans cette histoire ? Explique-toi !

– J'ai vu les gendarmes l'embarquer, là, il y a un instant, quand je suis sorti de chez toi.

– Reprends tes esprits. Il faut aviser. »

Damien ne savait que penser de ce qui venait d'arriver. Son père, pas plus qu'Ernest Poujol, n'avait jamais rien commis de répréhensible et n'avait jamais fréquenté des opposants au parti du président.

« C'est ma faute ! se reprocha-t-il. Entièrement ma faute.

– Pourquoi dis-tu ça ?

– Ils ont arrêté mon père parce que je te fréquente, toi et tes amis. Les gendarmes doivent penser qu'il fait partie des vôtres. »

En réalité, Damien ne s'était jamais compromis avec Julien et ses amis qui se réclamaient du mouvement insurrectionnel de février 1848. Il les côtoyait parfois dans un cabaret à la sortie de la ville tenu par l'un des leurs, et ne se cachait nullement pour y aller boire un verre quand il s'en revenait de Saint-Jean, le cœur joyeux d'avoir retrouvé Héloïse. Julien Vandernoote leur avait confié une clé de son logement pour qu'ils pussent s'y aimer en toute tranquillité. Mais ils se rencontraient rarement. Au reste, la jeune fille ignorait tout des activités secrètes de l'ouvrier de son père et de ses relations avec Damien.

« Il ne faut pas qu'Héloïse apprenne que nous nous revoyons en dehors de ce qui nous unit tous les trois, ajouta Damien. Je ne veux pas la mêler à tout cela. Si les gendarmes découvrent que nous nous rencontrons chez toi, elle aussi sera soupçonnée. Son père saura facilement la mettre hors de cause. Mais entre nous deux, plus rien ne sera possible. Tout sera à jamais terminé.

– Tranquillise-toi ! le rassura Julien. Mais mieux vaut prendre nos précautions. Je vais avertir ton amie de ne plus venir chez moi. Je vous trouverai un autre endroit plus sûr pour vous rencontrer. »

Damien rentra chez lui sans plus attendre.

Quand il annonça aux siens la terrifiante nouvelle, le Castandel plongea dans la consternation.

XV

Tumultes

Le printemps s'annonçait sous de tristes auspices. Louis et Ernest n'avaient pas été relâchés. Les gendarmes les avaient envoyés à Alais où ils avaient été enfermés au fort Vauban, en attendant qu'un juge statuât sur leur sort.

Pourtant, dans les prairies, autour des mas ou le long de la rivière, les mûriers commençaient à se réveiller. Leur feuillage éclaboussait de lumière les terrasses ensauvagées par un hiver d'inactivité. La sève gonflait leurs bourgeons. C'était pour tous les magnaniers le signal du début de la saison, le moment propice pour mettre la graine à éclore. Déjà les plus pressés d'entre eux s'étaient mis à traire les feuilles pour les stocker au frais dans leurs caves, quelques jours avant l'éclosion des premiers œufs. Le vent du nord essorait le ciel des derniers nuages de pluie, s'engouffrait dans les ramures vert tendre des arbres d'or, les séchait de l'humidité de l'aube naissante.

Avril nimba les combes d'une lumière virginale. Mai auréola les crêtes d'un jaillissement de feu. La montagne tout entière s'enrubannait de ses plus beaux atours et exhalait les fragrances des plus subtils nectars. Cuirassées de schiste ou caparaçonnées de granite, les serres affûtées comme des lames de faux réfléchissaient le soleil comme pour mieux aveugler les intrus venus ici et là creuser sur leurs flancs quelque route nouvelle ou établir le tracé d'une future voie ferrée. On s'agitait partout, on circulait toujours plus loin, on dérangeait souvent la tranquillité des hameaux endormis dans les valats les plus reculés. L'heure était à la modernité, à l'industrie, à l'affairisme.

Mais au Castandel, le printemps n'était pas au rendez-vous, obscurci par l'absence de Louis et l'inquiétude qu'elle avait engendrée.

Damien était soucieux. Sans son père, il savait que la saison des magnans serait compromise. Certes, à onze ans, son frère Edmond pouvait l'aider aux gros travaux ; Lucie elle-même, du haut de ses dix ans, pouvait ramasser sa part de feuilles et soulager Noélie, tandis qu'Aline continuerait à travailler à la filature. Mais il faudrait renoncer à éduquer autant de magnans que les années précédentes, ce qui, étant donné les dégâts toujours occasionnés par la maladie, réduirait encore les gains escomptés pour l'année.

« À ce rythme-là, se plaignait Noélie, nous ne parviendrons jamais à rembourser notre dette. Nous perdons un peu plus chaque année.

– Père pensait pourtant s'en acquitter à la fin de cet été, avec la prochaine récolte, objecta Damien.

– S'il ne revient pas à temps, je crains fort, hélas, que nous soyons dans l'incapacité de tout régler.

– M. Chabert commence à s'impatienter. C'est Héloïse qui me l'a confié.

– Héloïse ! Tu vois la jeune Chabert ? » s'étonna Noélie.

Damien avait parlé sans réfléchir. Ne pouvant plus nier sans se contredire, il expliqua :

« Je l'aperçois de temps en temps à Saint-Jean, quand j'y descends voir mes amis.

– Elle ose te parler malgré la différence qui vous sépare ?

– Euh... oui. Elle n'est pas aussi hautaine que son frère, ni aussi austère que son père.

– Hum ! Je crois comprendre certaines choses », susurra Noélie entre ses dents.

Se sentant découvert, Damien détourna la conversation et invita son frère et sa petite sœur à le suivre pour aller ramasser les premières feuilles.

« Mère, demanda-t-il, quand donc les œufs commenceront-ils à éclore ?

– Dans deux ou trois jours, au plus tard. Certains ont déjà changé de couleur et sont devenus blanchâtres. »

Faute d'avoir pu s'approvisionner chez Émile Loriol, Damien avait acheté sa graine chez un fournisseur d'Anduze qu'un voisin lui avait conseillé.

« C'est de la graine d'Italie, lui avait affirmé le marchand. Là-bas ils ne connaissent pas la maladie. On devrait être tranquilles ! »

Damien, échaudé par les mauvaises récoltes des deux années précédentes, ne se montrait pas si optimiste :

« Tant que personne n'aura pas élucidé les causes réelles de la maladie, nous travaillerons toujours dans l'incertitude.

– Les magnans ont toujours eu la maladie ! Ce n'est pas nouveau. Ça va, ça vient. Ça finira bien un jour.

Quand plus personne ne gardera des cocons pour la reproduction, la maladie finira par disparaître.

– Vous avez peut-être raison. Mais ce sera long pour faire changer les habitudes. Beaucoup de magnaniers préfèrent produire eux-mêmes leur graine. C'est aussi une question d'argent. »

* *
*

À la filature, les ouvrières travaillaient au ralenti, dans l'attente des premières livraisons. Dans un mois, les chambrées les plus précoces allaient fournir les premiers cocons. À vrai dire, Lucien Chabert craignait lui aussi que ceux-ci ne fussent pas plus abondants que les années précédentes. Or il s'inquiétait du silence de Martial qui n'avait plus donné de ses nouvelles depuis deux longs mois.

Dans sa dernière lettre, celui-ci avait indiqué que ses démarches avaient abouti, et qu'avec l'argent que Pierre Silhol lui avait fait parvenir *via* la banque de Constantinople, il avait pu faire installer des coconnières. Il affirmait aussi qu'il allait sans tarder s'occuper de faire acheminer ses premières quantités de cocons secs par bateau et que, d'ici la fin juillet, la filature Chabert serait en mesure de traiter de grosses quantités de cocons d'Orient.

« Tout va pour le mieux, avait affirmé Pierre Silhol. Vos projets sont en train de se réaliser. Dorénavant, vous ne serez plus dépendant de la crise qui sévit dans les magnaneries de la région. »

Mais deux mois s'étaient écoulés et Lucien Chabert n'avait rien vu venir.

Juillet s'annonçait une fois de plus dans la morosité pour les éducateurs. Partout, dans les magnaneries, les tablées étaient couvertes de vers de toutes les tailles, ce qui prouvait que beaucoup ne mangeaient pas suffisamment. Après la quatrième mue, ils gardaient une teinte jaunâtre anormale au lieu de blanchir comme quand ils sont sains.

Une fois encore, Noélie observa sur le corps de la plupart de ses magnans des petits points noirs, preuve qu'ils avaient de nouveau la pébrine.

« On ne viendra jamais à bout de cette maudite maladie ! se plaignait Damien, chaque fois que sa mère redescendait de son échelle.

– Si seulement ton père était là !

– Il ne ferait rien de plus. J'ai pris les mêmes précautions. Cela n'a rien empêché. Pourtant la graine venait d'Italie. »

* *
*

Pendant la campagne coconnière, très occupé, Damien rendait à Héloïse de moins fréquentes visites. Julien Vandernoote leur avait trouvé un autre endroit pour qu'ils se rencontrent sans craindre de se faire surprendre. Lui-même, ayant aperçu les gendarmes rôder autour de sa maison, avait préféré déménager sans laisser de traces de son passage et avait abandonné son travail à la filature.

La jeune fille prenait beaucoup de risques en allant à ses rendez-vous galants. Elle sentait sa marâtre aux aguets et se demandait bien pourquoi celle-ci ne lui avait jamais montré ouvertement qu'elle la soupçonnait de lui mentir quand elle la questionnait sur son emploi du temps. Un soir, rentrant de ses œuvres, Élisabeth avait failli la confondre :

« Qu'avez-vous donc fait cet après-midi, ma chère Héloïse ? lui avait-elle demandé d'un ton mi-ironique mi-suspicieux.

– J'ai étudié, comme chaque fois que vous me laissez seule au château. Un peu de littérature, beaucoup d'anglais pour faire plaisir à mon père, une heure de piano pour mon propre plaisir.

– Tiens donc ! Il me semble que vous ne dites pas tout à fait la vérité.

– Qu'est-ce qui vous permet de supposer cela ? Je n'ai pas l'habitude de mentir ! » s'insurgea la jeune fille.

Héloïse sentit monter en elle les feux de la trahison. Rouge de confusion, elle détourna le visage, s'éloigna, fit mine de ne plus s'intéresser à la conversation.

Élisabeth reprit :

« Une de mes amies croit vous avoir aperçue en ville en se rendant à notre cercle de charité.

– En ville ! C'est impossible. Elle se trompe. Elle a dû me prendre pour une autre.

– Alors comment expliquez-vous qu'aucun domestique ne vous ait entendue jouer du piano ? Je me suis renseignée.

– Vous m'espionnez à présent ?

– Non, je veille sur votre conduite afin que votre père n'ait pas à rougir de sa fille.

– Vous n'êtes pas ma mère, Élisabeth ! Et ici je suis chez moi. De quel droit vous permettez-vous de me faire surveiller ? Vous n'êtes ici qu'une étrangère !

– Je suis l'épouse de votre père, ma chère Héloïse. Que cela vous plaise ou non !

– Une intrigante, devriez-vous dire !

– Comment osez-vous ?

– Si vous croyez que personne ne comprend vos manigances, vous vous trompez. Il n'y a que les aveugles pour ne pas voir quelles sont vos arrière-pensées. Vous vous pavanez au bras de mon frère de façon éhontée, sans vous soucier du qu'en-dira-t-on ! Vous vous êtes installée sous notre toit en maîtresse de maison. Il n'y a que mon père pour ne pas voir la réalité en face !

– Je vous interdis, petite sotte ! »

La conversation dégénéra rapidement en une violente dispute. Élisabeth ne contenait plus sa colère et ne mesurait pas les qualificatifs dont elle accablait sa belle-fille. Le ton montait de plus en plus. Dans les communs, les domestiques, tout à l'écoute, s'étaient arrêtés de vaquer à leurs occupations. Héloïse ne faisait que révéler haut et fort et au grand jour ce que tous, depuis longtemps, avaient remarqué. Tenant de la jeune fille, aucun ne s'était permis de répondre avec précision aux questions insidieuses de leur seconde maîtresse. Quand celle-ci leur demandait des renseignements sur sa belle-fille, ils se contentaient de réponses évasives et ne révélaient jamais ce qu'ils constataient. Or ils s'étaient tous aperçus qu'Héloïse profitait des absences de sa belle-mère pour s'éclipser discrètement du château.

Percevant le retentissement de leur querelle à travers les murs de son bureau, Lucien Chabert, qui dépouillait son courrier, tenant encore une lettre de Martial à la main, s'en vint au-devant d'elles :

« Mais, par saint Georges, que vous arrive-t-il ? Est-il permis de faire autant de bruit en discutant ?

– Père ! s'écria Héloïse sans laisser la parole à sa belle-mère, je ne peux plus supporter qu'Élisabeth se comporte avec moi comme si j'étais encore une enfant.

– Voyons, voyons ! Que se passe-t-il au juste ? Ne vous emportez pas de la sorte ! Élisabeth, pouvez-vous m'expliquer ?

– Les faits sont simples, mon cher époux. Il y a que votre fille est une petite dévergondée et une menteuse.

– Comment pouvez-vous affirmer de tels propos ?

– Demandez-lui plutôt ce qu'elle fait de ses après-midi quand je la laisse seule au château. »

Folle de rage, Héloïse se décontenança.

« Père, ne croyez pas cette femme, je vous en conjure !

– Ma chère Héloïse, cette femme est mon épouse. Et je te prierai de lui accorder ton respect et toute ta reconnaissance de veiller sur ton éducation en l'absence de ta mère regrettée.

– Je suis assez grande à présent pour me passer d'un chaperon ! »

Devant le mutisme d'Héloïse, Élisabeth informa son mari de ses suspicions.

« Qu'as-tu à répondre aux allégations de ta belle-mère, Héloïse ?

– Elle se trompe. Et… elle est très mal placée pour me faire la morale !

– Que veux-tu insinuer ?

– Rien.

– Mais encore ?

– Votre épouse me comprend très bien. Permettez-moi de me retirer dans ma chambre, père. Je trouve la discussion très désobligeante à mon égard.

– Je t'y autorise. Mais tu n'en sortiras que lorsque je te le ferai savoir. »

Ce soir-là, Lucien Chabert, trop heureux des dernières nouvelles que son fils lui avait envoyées, n'eut pas le cœur à prolonger un sujet de discorde entre les deux femmes qui comptaient le plus dans sa vie. Prenant son épouse par la main, il l'attira dans le petit salon et, lui tendant la lettre de Martial, annonça :

« Martial est de retour. Il est à Marseille avec sa première cargaison de cocons d'Anatolie. Il veille lui-même au bon transfert de la marchandise et sera à Saint-Jean dans trois jours. »

Élisabeth ne laissa pas transparaître ses sentiments, mais au fond d'elle-même son cœur se remplit de joie.

« Vos affaires vont donc reprendre d'un bon pas, mon cher époux !

– Oui. Et je le devrai au dévouement et au génie de mon fils. Je savais qu'il réussirait. À présent, crise ou non, nos ateliers ne connaîtront plus la pénurie. J'avais raison de croire en lui, et en l'avenir. Dire que si j'avais suivi les conseils de Pierre Silhol, j'aurais attendu et j'aurais perdu du temps et de l'argent !

– Vous êtes le meilleur filateur de la vallée, mon cher ! Et je suis fière d'être votre épouse. »

Lucien se dégagea doucement de l'étreinte de sa jeune femme, sembla s'assombrir, puis ajouta :

« Une chose toutefois me tracasse, ma chère.

– Quoi donc ?

– J'aimerais que vous fassiez la paix avec Héloïse. Vous savez combien j'aime ma fille. Elle me fait tant penser à… »

Il s'interrompit.

Élisabeth poursuivit à sa place :

« À Hortense, sa mère, n'est-ce pas ?

– Je ne voulais pas vous froisser ni vous être désagréable. Pardonnez-moi cette maladresse.

– Vous ne me froissez pas quand vous signifiez que vous portez encore votre première épouse dans votre cœur. Je ne peux pas être jalouse d'une morte ! Mais je souffre, je dois vous l'avouer, quand votre fille me rappelle sans vergogne que je ne suis que votre seconde épouse, celle qui a pris, ici, la place de sa mère.

– Je veillerai à ce que cela ne se reproduise plus. Je lui parlerai dès demain, quand son esprit aura recouvré la sérénité. Elle comprendra. De votre côté, tâchez de vous rendre… comment dire… plus sympathique avec elle, en tout cas moins… marâtre, si je puis dire. Soyez plutôt une amie pour elle, lâchez-lui un peu plus la bride sur le cou. Héloïse va sur ses dix-huit ans, c'est une jeune femme à présent, plus une enfant !

– Vous me semblez bien libéral tout à coup, mon cher Lucien. Je croyais de mon devoir de veiller aux bonnes fréquentations de votre fille. C'est vous-même qui me l'aviez demandé.

– Je vous en sais gré, Élisabeth. Mais que cela ne doive pas détériorer les relations que vous entretenez avec elle.

– Je me le tiendrai pour dit dorénavant. »

* *
*

Louis et Ernest, finalement, furent relâchés sans autre forme de procès. Le juge devant lequel ils furent déférés, n'ayant rien de précis à retenir contre eux, les relaxa fin juillet après quatre mois de détention préventive.

Au Castandel et à la Tourasse, le soleil réchauffa de nouveau les cœurs à défaut d'embraser les mûriers et d'illuminer les magnaneries.

« Alors, s'enquit aussitôt Louis, comment s'est passée la saison ?

– Mal, fit Noélie. Une fois de plus nos magnans ont eu la maladie. Il y a eu de grosses pertes. »

Louis était juste arrivé pour la fin de la campagne. Étant donné la maigre quantité de cocons à enlever des bruyères, il décida de n'avoir recours qu'à l'aide des Poujol. À neuf, Aline étant occupée à la filature, ils auraient vite fait pour décoconner. Puis ils iraient chez eux pour leur rendre le même service.

Noélie avait installé de grands draps propres dans le pré situé derrière le mas et préparé la collation qu'elle servirait au milieu de la matinée quand les mains commenceraient à sentir la fatigue et les gorges à s'assécher.

Le soleil brillait de tous ses feux. Tous s'installèrent à l'ombre d'un gros mûrier qui n'avait pas été dépouillé de ses feuilles. Les jeunes discutaient des futures fêtes votives où ils escomptaient se rendre ; Noélie devisait avec Émilienne sur l'avenir de leurs enfants, inquiètes toutes les deux de ce qu'ils deviendraient si, comme elles le craignaient, l'âge d'or des vers à soie était à jamais terminé.

« Qu'aurons-nous à leur laisser quand nous ne serons plus là ? se plaignait Noélie. Des mûriers qui ne serviront plus à rien !

– Ils vivront comme tous ceux qui n'en possèdent pas. La terre, Dieu merci, ne fait pas pousser que des mûriers !

– Non, mais s'ils doivent se contenter, comme beaucoup, de châtaignes à tous les repas et de quelques pauvres légumes du jardin, je ne vois là aucune raison de me réjouir. La vie de nos enfants risque d'être moins facile que celle de leurs parents, c'est le monde à l'envers !

– Les garçons pourront toujours trouver du travail dans les usines d'Alais. Et les filles, dans les filatures de la vallée, comme Aline, puisque, paraît-il, les cocons viendront d'ailleurs.

– Ce n'est pas l'avenir que j'avais imaginé pour mes enfants. Nous sommes issus de la terre, nos racines y sont profondes. Je ne souhaite pas qu'ils partent pour devenir esclaves des machines modernes. D'ailleurs, dès que nous le pourrons, nous n'enverrons plus Aline à la filature. Sa place est ici, avec nous, en attendant qu'elle se marie.

– Avec un paysan ?

– Oui, bien sûr ! Quel mal y a-t-il à cela ? Renierais-tu tes origines, Émilienne ?

– Non, mais si mes enfants peuvent s'élever au-dessus de leur condition en faisant autre chose que de piocher la terre, je serai la plus heureuse des mères et la première à me réjouir.

– Tu rêves, Émilienne. Le sort des paysans est rivé à la terre. Chacun doit rester à sa place. N'est-ce pas, Damien ? Dis-lui que les enfants de paysans ne doivent pas songer à autre chose qu'à poursuivre le travail de leurs aïeux. »

Pris à partie, Damien hésita avant de répondre :

« Euh… oui, bien sûr ! Mais s'ils en ont l'occasion, ils ne doivent pas hésiter à partir. Il est toujours bon de s'élever.

– Ah, tu vois ! Ton fils n'est pas aussi obtus que toi, Noélie. Je suis sûre que si l'occasion se présentait pour lui, il saurait en profiter.

– En attendant, ce n'est pas en mélangeant les torchons et les serviettes que nous réglerons nos problèmes. »

Noélie se montrait amère. Depuis qu'elle savait que son fils avait revu la fille de Lucien Chabert, et qu'elle avait deviné les raisons de ses escapades amoureuses, elle se faisait du souci. Elle n'avait pas laissé à Louis le temps de se remettre de sa détention, que, déjà, elle lui avait fait part de ses craintes.

« Damien s'est amouraché de cette jeune fille, j'en suis persuadée maintenant, lui avait-elle confié dès le soir de son retour.

– En es-tu sûre ?

– Certaine. Je l'ai compris à la tête qu'il a tirée quand, par hasard, il a vendu lui-même la mèche. Je ne sais pas ce qu'il y a entre eux exactement, mais cela ne fait aucun doute. Il nous ment quand il nous laisse croire qu'il va rejoindre des amis à Saint-Jean.

– Il va avoir vingt ans. Il sait ce qu'il fait. Et il a la tête sur les épaules. Il doit s'amuser. C'est de son âge.

– Avec les idées qu'il a, je crains qu'il ne cherche l'impossible. Et il se rendra malheureux.

– Remarque, il va bientôt tirer au sort. Dans deux mois, il saura à quoi s'en tenir. Et nous aussi, par la même occasion. Je ne lui souhaite pas de tirer un mauvais numéro, mais si cela devait être le cas, l'éloignement lui ferait peut-être le plus grand bien. Quand il reviendra, il aura repris ses esprits et cette jeune fille l'aura oublié. »

Louis n'avait pas parlé à son fils. Mais il se souvenait très bien de cette scène au cours de laquelle les plus jeunes de ses enfants se moquaient de leur grand frère en lui clamant effrontément qu'il était amoureux, faisant allusion à la jeune Héloïse.

« Noélie doit avoir raison ! songea-t-il. Dire que je n'ai rien vu venir ! »

* *
*

Comme prévu malheureusement, les gains de Louis furent une nouvelle fois très amoindris à cause de sa mauvaise récolte.

« Je ne vois qu'une seule solution pour vous venir encore en aide, lui proposa Lucien Chabert, envoyez-moi votre seconde fille à l'usine. Dans deux ans, elle sera opérationnelle et, comme sa sœur, elle gagnera un petit salaire. Vous n'aurez pas perdu de temps.

– Deux ans, c'est long ! Si encore l'apprentissage était rémunéré !

– J'embaucherai votre femme si c'est pour vous sortir de vos difficultés. Je lui trouverai aisément un travail de manutention. Elle sera moins payée qu'une fileuse, certes, mais vous n'aurez pas à attendre.

– Je ne crois pas qu'elle accepte de venir travailler à la filature.

– Et vous, Louis ?

– Qui donc s'occupera du travail au mas ? Mon fils risque de devoir partir s'il tire un mauvais numéro. Il n'y aura personne pour me remplacer.

– Je vous ai fait mes propositions. Réfléchissez ! Mais n'oubliez pas, Louis, que vous êtes mon débiteur.

– Je ne l'oublie pas, monsieur Chabert. Je ne saurais faire durer cette situation éternellement. »

Louis n'avait pas la solution.

« Envoyer Lucie à l'usine ! Jamais ! s'était-il offusqué une fois rentré chez lui. Elle est bien trop jeune. Ces industriels embauchent des gamines de dix ans ! C'est une honte !

– Il n'y a que moi qui puisse nous sortir d'affaire, intervint Noélie. Puisqu'il t'a proposé de m'embaucher à la manutention, profitons-en avant qu'il ne change d'avis. Je ne serai pas la seule dans ce cas. Beaucoup de femmes du quartier vont faire des heures dans les usines de la vallée. Mieux vaut ça que de mourir de faim !

– Nous en reparlerons plus tard, la coupa Louis. Pour l'instant, avec l'argent que nous avons obtenu, j'ai pu acquitter la moitié de ce qui nous restait à rembourser.

– Il ne reste plus rien ?

– Non, plus rien. »

Damien réfléchissait dans son coin, hésitant à intervenir.

« J'ai une idée », dit-il.

Ses parents se retournèrent vers lui.

« Tu étais là, s'étonna Louis, je te croyais parti pour Saint-Jean.

– Pas ce soir.

– Et quelle est ton idée ?

– Ce n'est qu'une supposition. Mais nous verrons bien comment les choses vont tourner pour moi : si je tire un bon numéro dans deux mois, je me proposerai pour remplacer quelqu'un qui ne demandera qu'à rester. Avec l'argent que j'empocherai, vous pourrez finir de rembourser Lucien Chabert et envisager la saison prochaine plus sereinement.

– Il n'en est pas question, refusa Louis. Si tu as la chance de bien tirer, tu ne vas pas risquer ta vie à te battre je ne sais où pour ce Badinguet au pouvoir. Tu seras plus utile auprès de ta famille. Nous nous arrangerons autrement.

– Alors j'irai m'embaucher sur un chantier de voie ferrée. Une ligne est en construction en Auvergne, entre Clermont-Ferrand et Issoire.

– J'ai lu ça dans *L'Écho des Cévennes.* Mais sais-tu que les conditions de travail sur ces chantiers sont épouvantables, et que tu y côtoieras toutes sortes d'hommes venant de partout, des aventuriers sans foi ni loi qui ne connaissent ni famille ni patrie !

– Je crois, père, que tu exagères. Mais quoi qu'il en soit, je saurai me défendre, s'il le faut. Ni le travail ni les hommes ne me font peur. »

À l'intonation de sa voix, Noélie sentit son fils chagriné. Il n'avait encore jamais parlé de départ avec autant de conviction, de volonté délibérée.

« Chercherais-tu à oublier quelque chose ? lui demanda-t-elle. Ou quelqu'un ? »

Damien fit mine de ne pas comprendre. Il garda le silence. La discussion en resta là.

« Nous en reparlerons en temps voulu, conclut Louis. Pour l'instant rien ne presse. »

* *
*

En réalité, Damien dissimulait un lourd secret.

Dès son retour, Martial Chabert fut informé par sa belle-mère des doutes qui avaient germé en elle à propos d'Héloïse. Sans en informer son père et sans inquiéter sa sœur, il fit sa propre enquête, usant de louches relations pour faire filer Héloïse en toute discrétion.

Celle-ci, certes, prenait davantage de précautions depuis la violente diatribe d'Élisabeth, et avait prié Damien de surseoir momentanément à leurs rendez-vous. « Le temps que tous oublient », lui avait-elle expliqué. Le jeune homme, attristé, avait accepté à contrecœur. Mais, n'y tenant plus, quelques jours après que son père eut descendu ses cocons à la filature en sa compagnie, il demanda à voir Héloïse sous prétexte d'avoir à lui annoncer une importante nouvelle. Intriguée, celle-ci se rendit à l'endroit indiqué par Damien, ne se doutant pas que, dans ses pas, se profilait l'ombre de son frère.

Les deux amants se jetèrent dans les bras l'un de l'autre comme s'ils ne s'étaient pas vus depuis une éternité.

« Que se passe-t-il, mon amour ? s'enquit aussitôt Héloïse. Sais-tu que j'ai pris énormément de risques pour venir te rejoindre ?

– Je ne l'ignore pas », répondit Damien.

Le jeune homme attira son amie sur le lit défait de la chambre que Julien Vandernoote leur avait dénichée avant de disparaître. Le propriétaire était une de ses connaissances et fermait les yeux sur ce qui se passait entre les murs de son immeuble. Celui-ci était situé à l'autre extrémité de la ville, derrière le foirail, dans une impasse déserte. Héloïse le gratifiait de temps en temps de quelques pièces de monnaie qu'elle dérobait dans les caisses du bureau de son père, et achetait ainsi son silence.

« Alors, qu'as-tu de si important à me dire ? reprit Héloïse en couvrant sa nudité d'un drap douteux. Tu ne m'as pas fait venir uniquement pour me faire l'amour ?

– Je crains fort que si, ma chérie. Je ne peux plus me passer de toi. »

Héloïse fit mine de se fâcher, se retourna, se dressa d'un bond comme si elle allait partir sans prendre la peine de se rhabiller. Damien la retint par la main, plaqua son corps contre le sien, commença à l'embrasser du bout des lèvres, puis plus tendrement. Il s'agenouilla devant elle, se réfugia dans son jardin secret, but à la source tiède et sucrée de sa rivière, se fondit en elle. Héloïse, enivrée par les caresses de sa bouche, perdit, une fois encore, toute notion du temps, du lieu, des bons usages qu'on lui avait inculqués. Elle prit le visage de Damien dans ses mains, l'attira jusqu'à ses lèvres. Ensemble ils basculèrent à nouveau sur le lit et, à son tour, elle chercha à lui redonner l'extase.

Les deux amants, ivres de caresses et de jouissance, étaient partis pour Cythère. Plus rien ne comptait pour eux, ni les interdits, ni les dangers, ni les convenances.

Perdus dans la chaleur de leurs ébats, à cent lieues de s'inquiéter de ce qui se passait dehors, ils n'entendirent pas les voix qui, en bas de l'escalier, ne faisaient que s'amplifier. Deux hommes se disputaient, l'un refusant à l'autre l'accès à l'étage.

« Je suis ici chez moi, monsieur ! Qui que vous soyez, vous n'avez aucun droit d'y entrer.

– C'est ce que nous allons voir, gredin ! Je saurai bien t'y obliger. »

Le bruit de lutte ne perturba même pas les deux amants qui n'entendaient toujours que les mots d'amour qu'ils se susurraient à l'oreille.

Dans un fracas d'enfer, la porte, derrière eux, vola en éclats.

« Ah, c'est donc bien vrai ce qu'on m'a rapporté ! s'époumona l'intrus. Ma sœur est une petite dévergondée qui se complaît dans la souille avec un misérable paysan ! »

Surpris, Damien n'eut que le temps de recouvrir du drap le corps de sa jeune maîtresse. Cherchant à son tour à masquer sa nudité, il se leva aussitôt pour protéger Héloïse des coups de canne que Martial Chabert s'apprêtait à lui assener.

« Vous ! s'écria-t-il.

– Moi, monsieur ! Et ne vous en déplaise, j'exige que vous déguerpissiez sur-le-champ. J'ai deux mots à dire à ma chère sœur.

– Je ne vous laisserai pas…

– Rhabillez-vous, monsieur ! Vous me faites honte. Votre nudité est choquante, et vous sentez mauvais ! Comment vous, ma sœur, pouvez-vous vous vautrer ainsi avec ce pourceau ! »

Damien, oubliant son état, se jeta sur Martial Chabert, les poings en avant pour le corriger. À vrai dire, le jeune filateur n'était pas de taille à se mesurer à lui. Menu de corpulence, précieux dans ses manières, nullement taillé pour la lutte, il tenait sans doute mieux en main un pistolet qu'il ne savait se servir de ses poings. Damien lui décocha un crochet du droit en plein visage et lui enfonça violemment son poing gauche dans le creux de l'abdomen.

Héloïse s'écria :

« Non, Damien, arrête ! C'est mon frère ! Tu vas le tuer ! »

Damien obtempéra. Martial Chabert restait groggy, plié en deux par la douleur.

« Vous me le paierez tous les deux ! menaça-t-il en peinant à se redresser. Vous, votre compte est bon, dit-il en s'adressant à Damien. Quant à toi, petite garce, rentre immédiatement au château ! Nous réglerons cela en famille.

– Héloïse ne sortira pas d'ici sans moi, s'opposa Damien. Tant que je serai là, vous ne l'emmènerez pas de force.

– C'est ce que nous verrons.

– Osez, si vous en avez le courage ! »

Héloïse pria son frère de sortir le temps qu'elle se rhabille et demanda à Damien de se calmer.

« Je vais rentrer chez moi, lui dit-elle. Je m'expliquerai devant mon père. Aie confiance ! Il m'aime. Il me comprendra. Rentre chez toi, mon amour, et attends que je te fasse signe. »

Damien, encore sous le coup de la colère, écouta son amie, la laissa repartir dans le sillage de son frère et retourna chez lui, l'esprit complètement anéanti.

* *
*

Quand il proposa à son père de partir pour les chantiers de construction des chemins de fer, Damien n'avait toujours pas eu de nouvelles d'Héloïse et craignait le pire.

Il ignorait ce qu'avait décidé Lucien Chabert pour laver l'honneur de sa fille et de sa famille.

XVI

Sanctions

LORSQUE MARTIAL RENTRA CHEZ LUI, il plongea le château dans la consternation. Encore sous le coup de la furie d'avoir été mis en échec par Damien, plus encore que par l'opprobre que sa sœur faisait rejaillir sur son nom, il exigea de voir son père sans tarder.

Celui-ci était en grande conversation avec son fondé de pouvoir et avec Eugène Couderc, son banquier. Enfermés dans le fumoir, ils discutaient affaires en se délectant de bons cigares et en buvant de la fine champagne en l'honneur de la réussite de la filature Chabert Père et Fils.

Martial n'attendit pas qu'ils aient terminé.

« Ah, tu tombes bien ! lui dit son père. Sans toi notre petit comité n'était pas au complet. Joins-toi à nous. Prends donc un de ces cigares que mon ami Pierre Silhol vient de m'offrir pour sceller notre collaboration et fêter notre réussite.

– Père, puis-je vous parler seul à seul ? » demanda Martial, impatient.

Voyant son fils très énervé, Lucien coupa court :

« Ça ne peut pas attendre ? Tu vois bien que je suis occupé. Et ta place est parmi nous, il me semble ! »

Lucien Chabert fit un pas vers son fils, vit son visage tuméfié, s'étonna :

« Mais tu es blessé ! Que t'est-il arrivé ?

– Cela n'est rien en regard de ce que j'ai à vous dire. J'ai des choses très importantes à vous communiquer. »

Se retournant vers ses collaborateurs, Lucien Chabert s'excusa :

« Continuez sans moi, messieurs. Je n'en ai pas pour longtemps. »

Pendant ce temps, Héloïse, qui avait suivi son frère à quelque distance, était montée s'enfermer dans sa chambre.

« Si mon père me demande, prévint-elle le majordome, dites-lui que je suis dans ma chambre, prête à le recevoir.

– Très bien, Mademoiselle. Voulez-vous que je fasse en sorte d'éloigner madame Élisabeth quand elle sera de retour ? s'enquit le chef de maison qui, ayant aperçu son jeune maître dans tous ses états, le visage sanguinolent, se doutait de la gravité de la situation.

– Ce ne sera pas utile. Je vous remercie. Ce que j'ai à dire à mon père, ma belle-mère peut l'entendre. »

Très respectueux, le domestique, dont la compassion pour Héloïse ne faisait aucun doute, se retira, non sans se préoccuper de la présence d'Élisabeth. Celle-ci n'était pas encore rentrée de son cercle de charité. Il alla donc rôder dans les allées du parc après avoir invité les autres domestiques à rester dans les communs.

« Ça va barder ! leur dit-il. Monsieur Martial est rentré fou furieux, le visage en sang, mademoiselle Héloïse derrière lui, habillée comme une va-nu-pieds, les cheveux défaits, blanche comme un linge. Il y a de l'orage dans l'air. Mieux vaut ne pas être dessous !

– Où vas-tu ? lui demanda Anna, la chambrière.

– Je vais faire les cent pas dans le parc pour retenir madame Élisabeth au cas où elle reviendrait. Il vaut mieux qu'elle ne se mêle pas de ce qui va se passer. C'est elle qui est à l'origine de tout cela. Elle ne ferait qu'envenimer les choses.

– Comment feras-tu pour la retenir ?

– Je ne sais pas, je lui mentirai. Je lui dirai que quelqu'un est venu au nom du curé et lui a demandé de se rendre au presbytère sans tarder.

– Tu risques gros !

– Je le fais pour mademoiselle Héloïse. »

Les sept domestiques du château écoutèrent les recommandations de leur majordome et s'enfermèrent dans la cuisine, l'oreille à l'écoute.

« Eh bien ! fit Lucien. Qu'y a-t-il de si important qui ne puisse attendre ? J'espère que ce n'est pas une mauvaise nouvelle ! À voir ton visage, je crains que tu ne m'apprennes que tu es tombé sur quelque margoulin, et que tu aies perdu ta bourse dans l'algarade !

– Vous n'y êtes pas, père. Il ne s'agit pas de moi. Mais plutôt de votre fille.

– Héloïse ?

– Héloïse, oui.

– Mais pourquoi alors ce coup au visage ?

– Allez donc lui demander vous-même ! Elle y est pour quelque chose. J'ai cru l'entendre monter dans sa chambre derrière moi.

– Qu'est-ce que tout cela signifie, voyons ? Pourrais-tu en deux mots m'expliquer la situation ? Je suis très occupé, Martial, et je te signale que j'aurais apprécié que tu nous honores de ta présence. Où es-tu encore allé rôder tandis que je m'entretenais avec MM. Silhol et Couderc ? Ta place était avec nous !

– Père, je suis allé éviter que votre fille traîne l'honneur de votre nom dans la boue. Malheureusement, je suis arrivé trop tard. Au reste, il y a sans doute longtemps qu'elle nous déshonore de la manière la plus vile.

– Comment cela ? Explique-toi !

– Montez donc la voir et exigez d'elle des explications loyales et franches. Pour ma part, j'ai eu mon content de bassesses pour aujourd'hui.

– Je reviens tout de suite. »

Lucien Chabert alla rejoindre ses amis dans le fumoir, s'excusa à nouveau et leur demanda de bien vouloir remettre à plus tard la fin de leur conversation.

« De toute façon, mon cher Chabert, vos affaires vont continuer à prospérer, fit Eugène Couderc. La banque Couderc ne peut que soutenir toutes vos initiatives. Vous pouvez compter sur notre soutien indéfectible. »

Les trois hommes se congratulèrent une dernière fois, puis Lucien fit quelques pas vers l'escalier à côté de ses amis :

« Je ne vous raccompagne pas. Vous connaissez le chemin. »

Il tira sur le cordon d'une sonnette. Un domestique apparut dans le vestibule.

« Hector, vous raccompagnerez ces messieurs dans le parc jusqu'à leur voiture », dit-il.

Une fois ses hôtes disparus, Lucien rejoignit Martial et, ensemble, ils se dirigèrent vers la chambre d'Héloïse.

Celle-ci avait fermé sa porte à clé.

« Ouvre-moi, Héloïse ! J'ai à te parler. »

La jeune fille avait remis de l'ordre dans sa coiffure, revêtu des habits convenables, masqué sa mine défaite sous un léger maquillage.

« J'arrive, père, le temps de finir de me coiffer. »

Quand elle ouvrit sa porte, elle fut stupéfaite d'apercevoir, derrière la stature de son père, son frère, le visage encore bleui, tout bariolé de sang coagulé, les yeux furibonds, tel un malandrin après une violente altercation.

« Tu ne t'es pas changé ? ne put-elle retenir.

– Il est vrai que tu en avais plus besoin que moi ! lui répondit sèchement Martial, les yeux injectés de sang.

– Entrons ! les coupa Lucien. Et expliquez-vous tous les deux. »

* *
*

Lucien Chabert fut abasourdi. Les propos que tint son fils, sans aucune précaution de langage, lui furent comme un coup de poignard dans le cœur. Martial parla de sa sœur comme d'une fille des rues, d'une fille de joie. Il avait tellement de rancœur d'avoir été humilié devant elle qu'il en oubliait qu'il parlait de sa propre sœur. Le jeune homme était comme pris d'une folie passagère, ivre de ressentiment. Et faute de pouvoir assouvir sa vengeance sur celui qui l'avait corrigé, il laissait sa colère se déchaîner contre celle qui n'avait que ses paroles pour se défendre.

Effondré par l'attitude de sa fille, écœuré par le flot d'offenses que Martial jetait au visage de sa sœur, Lucien Chabert resta sans voix pendant de longues minutes. Il sentit soudain le sol se dérober sous ses pieds, perdit sa respiration, commença à défaillir.

« Père ! Père ! fit Héloïse.

– Laisse-le donc ! s'interposa Martial. Ne le touche pas, tu finiras de le salir complètement et de lui ôter le peu d'honneur que tu lui as laissé. »

Il tira le cordon de la sonnette et vint soutenir son père.

« Ça va aller, mes enfants. Ça va aller, parvint à marmonner ce dernier. Qu'on m'apporte un verre d'eau ! »

Martial écarta sa sœur du bras et conduisit son père vers une bergère. Il dégrafa le col de sa chemise, ventila son visage à l'aide d'un mouchoir, essuya la sueur qui perlait sur son front. Une domestique apporta un verre d'eau et le tendit à Héloïse qui se trouvait près de la porte.

« Pas à elle, petite gourde ! fit Martial. Vous voyez bien que c'est monsieur qui a besoin de se rafraîchir. »

Quand le filateur revint à lui, le soir tombait. Élisabeth s'en revenait de ses œuvres et fut tout étonnée du silence qui régnait dans la demeure à une heure où, d'habitude, les bruits de cuisine commençaient à rappeler à tous que le repas du soir se préparait.

« Que se passe-t-il donc ? s'enquit-elle, intriguée. Charles, où est monsieur ?

– Monsieur est avec Monsieur Martial et Mademoiselle Héloïse dans la chambre de Mademoiselle, Madame.

– Que font-ils tous là-haut ? C'est une réunion de famille !

– Monsieur a demandé que Madame laisse Monsieur discuter avec ses enfants, mentit le majordome. Je crois qu'ils ont des choses importantes à se dire.

– Quelles sont ces cachotteries ? s'offusqua Élisabeth en gravissant les premières marches de l'escalier.

– Vous devriez attendre un petit moment, Madame. Le temps qu'ils aient terminé, s'interposa Charles en se postant en travers de l'escalier.

– C'est un complot !

– Excusez-moi, Madame, je ne fais qu'obéir aux ordres de Monsieur.

– Poussez-vous donc, Charles, et laissez-moi passer !

– Comme vous voudrez, Madame, mais Monsieur...

– Monsieur est mon mari et j'ai le droit de savoir ! »

Élisabeth passa outre au majordome et gravit lestement l'escalier.

« Lucien ! s'exclama-t-elle en pénétrant dans la chambre de sa belle-fille. Que se passe-t-il ? »

Remis de sa stupéfaction, mais encore sous le choc de l'infamante vérité qu'Héloïse n'avait pas démentie, Lucien Chabert pria son épouse de rester en dehors de cette histoire de famille. Vexée, Élisabeth n'insista pas et s'éloigna en maugréant.

« Ainsi, Héloïse, dit le maître des lieux, ce que me laissait entendre votre belle-mère était donc vrai ! Vous profitiez de notre indulgence à votre égard pour tromper notre confiance ! »

Lorsque le filateur vouvoyait ses enfants, c'était toujours chez lui le signe qu'il allait prendre une grave et importante décision. La dernière fois que cela lui était arrivé fut pour leur annoncer qu'il allait se remarier et pour leur demander d'accueillir sa future épouse avec courtoisie, déférence et reconnaissance.

Héloïse ne nia pas sa liaison avec Damien Lacombe. Elle insista même sur la profondeur et la sincérité de leurs sentiments mutuels. Elle reconnut que, depuis deux ans maintenant, leur amour n'avait fait que se magnifier et s'évertua à expliquer qu'elle ne faisait rien de mal à aimer quelqu'un qui l'aimait.

« Vous dérogez à votre condition, ma chère fille, et vous salissez le nom que je vous ai donné ! Comment avez-vous pu me trahir ainsi ?

– Elle s'est comportée comme une petite traînée ! ajouta Martial.

– Ça suffit, mon fils ! Châtie ton langage ! Héloïse est encore ta sœur, et elle porte le même nom que toi !

– Elle l'a déshonoré à tout jamais.

– Il ne revient qu'à moi d'en juger ! Tu as joué ton rôle de frère protecteur, cela ne te donne pas le droit de condamner. En traitant ta sœur comme tu le fais, tu nous traînes toi-même dans la fange d'où tu l'as sortie.

– Père !

– Il suffit ! Laisse-moi seul avec Héloïse. »

Martial obéit à son père sans discuter, mettant le comportement de celui-ci sur le compte du désarroi et du chagrin. Lucien resta plus d'une heure enfermé avec sa fille. Venue aux nouvelles, Élisabeth prit son beau-fils par le bras et l'entraîna dans la chambre mitoyenne d'où elle pensait entendre leur conversation.

À travers la cloison, seules des bribes de phrases leur parvenaient aux oreilles. Lucien Chabert parlait sans colère, mais de manière délibérée. Parfois Héloïse lui répondait, prononçait quelques mots entre deux sanglots. L'atmosphère paraissait tendue mais maîtrisée par les deux protagonistes. Aucune parole ne fusa plus haute que l'autre. Tout fut dit avec calme, détermination, réflexion. Ni l'un ni l'autre ne se retirèrent de leur position. Héloïse refusa d'admettre qu'elle s'était fourvoyée dans l'erreur et que ses sentiments pour Damien n'étaient qu'une forme d'échappatoire à la pression exercée par Élisabeth. Elle confirma la force et la sincérité de son amour et ne trouva pas de mots assez convaincants pour défendre Damien aux yeux d'un père qui la pourfendait avec la froideur d'un juge. Lucien, quant à lui, ne trouva pas de mots assez durs pour condamner sa fille, tout en restant maître de lui, contrairement à son fils.

Au bout d'une heure interminable, il finit par annoncer sa sentence :

« À partir d'aujourd'hui, Héloïse, vous resterez consignée dans votre chambre jusqu'à ce qu'il me plaise de vous en laisser sortir. Anna vous apportera vos repas trois fois par jour et vous aidera à votre toilette. Je vous ferai apporter vos livres d'études afin que vous occupassiez votre esprit à des choses saines. Pas de romans ni de poésie. Ce genre de lectures vous a sans doute tourné la tête. Quand vous aurez longuement médité sur votre attitude scandaleuse, vous me le ferez savoir. J'aviserai alors à ce qu'il convient de faire pour votre bien. Entre-temps, je me fais fort de vous trouver un bon mari. Puisque l'amour vous émoustille tant, seul le mariage vous calmera. Mais j'avoue que si cette histoire s'ébruite, il ne faudra pas faire la difficile. Qui voudra encore de vous ?

– Je refuserai de me marier de force ! s'écria pour la première fois Héloïse. Vous ne pourrez jamais me mettre dans le lit d'un homme sans mon consentement.

– Alors, ma chère fille, je vous ferai enfermer dans un couvent. Loin d'ici. Les sœurs sauront vous remettre sur le droit chemin et vous rendre à la raison.

– Damien viendra me chercher. Rien ne l'arrêtera. »

Héloïse, cette fois, ne se contenait plus.

Son père, courroucé à son tour, ajouta :

« Parlons-en, de votre Damien. Je lui réserve aussi une volée de bois vert. Si votre frère n'a pas eu le dessus, je trouverai d'autres moyens pour le châtier. Il regrettera vite d'avoir jeté son dévolu sur notre famille. »

Lucien Chabert n'en dit pas davantage à sa fille. Sentant de nouveau sa poitrine prise dans un étau, il sonna, se fit apporter un verre d'eau, ordonna à son majordome de venir sur-le-champ.

« Monsieur m'a fait appeler ? s'enquit celui-ci en regardant furtivement en direction d'Héloïse.

– Charles, vous donnerez l'ordre en cuisine de préparer à part les repas de mademoiselle Héloïse. Anna les lui apportera aux heures habituelles où nous prenons nos repas et se tiendra à son service. Mademoiselle Héloïse gardera la chambre jusqu'à nouvel ordre. J'interdis à quiconque de venir la voir, hormis Anna qui l'aidera à sa toilette et à tenir sa chambre en état.

– Bien, Monsieur. Est-ce tout ?

– C'est tout, Charles. Vous pouvez disposer.

– Merci, Monsieur.

– Dites, personne ne doit savoir que mademoiselle Héloïse est consignée dans sa chambre. Pour tout le monde, elle est souffrante. Je compte sur votre discrétion.

– Vous le pouvez, Monsieur. Personne n'en saura rien. »

À partir de ce jour-là, Héloïse ne reçut plus que la visite d'Anna, la chambrière, et n'entendit plus parler ni de son frère, ni de sa belle-mère, sources de son incarcération, ni de Damien, sur qui la vengeance de Lucien Chabert allait maintenant tomber.

* *
*

Celle-ci ne tarda pas.

Le filateur ne pouvait laisser impunie la forfaiture du fils de son magnanier. Et l'affaire lui paraissait trop grave pour lui faire donner une simple leçon. Mais il n'était pas homme à utiliser la complicité de quelque forban ou détrousseur de grands chemins pour lui ôter à jamais l'envie de recommencer.

Il s'enferma de longues heures dans son bureau, plusieurs jours de suite. Il n'en sortit que pour prendre ses repas. À table, c'est à peine s'il prenait la parole, et il ne prononçait guère plus de trois mots pour répondre aux questions de son épouse. Entre les plats, les silences étaient mortels. Élisabeth ne savait plus si son mari déprimait de chagrin ou s'il fulminait encore de rage. Quant à Martial, il évitait de croiser le regard doucereux de sa belle-mère qui finissait par le mettre mal à l'aise.

Le fils du filateur décida de laisser son père seul à sa décision et s'abîma dans le travail. Les premières cargaisons de cocons secs d'Anatolie venaient d'arriver sur le carreau de l'usine. Toutes les fileuses étaient à leur poste de travail, prêtes à faire tintinnabuler leurs balais de bruyère sur les parois de leurs bassines d'eau chaude. La chaudière avait été révisée ; les tuyauteries, vérifiées. La ventilation fonctionnait. Tout était en bon ordre pour lancer les machines à plein rendement. D'autres livraisons de cocons allaient bientôt suivre. Il en serait ainsi pendant plusieurs mois. Des silos de stockage avaient été construits pendant l'été. Avec ce que Martial avait pu acheter, les guindres allaient pouvoir tourner jusqu'à la saison prochaine. Puis la production locale prendrait le relais. À défaut, les agents qu'il avait engagés à Tripoli, Smyrne et Constantinople se chargeraient de lui envoyer la marchandise manquante.

Lucien savait qu'il pouvait compter sur son fils. Il s'accorda quelques jours de répit pour se remettre de l'effroyable situation dans laquelle Héloïse venait de le plonger.

Au bout de sa réflexion, il fit venir Martial et lui déclara :

« Je ne crois pas qu'il t'en coûterait beaucoup de faire ce que j'ai à te demander.

– Vous savez, père, que vous pouvez toujours compter sur moi. Mais j'ose espérer que vous n'avez pas l'intention de me faire repartir aux antipodes !

– Il ne s'agit pas de cela. Tu me connais, Martial. Tu sais que je n'aime ni l'injustice ni le laxisme. Et que j'ai toujours su prendre mes responsabilités.

– Certes, père. Mais où voulez-vous en venir ?

– Aux Lacombe. »

Martial parut surpris.

« Ah, c'est donc pour eux que vous m'avez fait demander !

– Effectivement. Louis Lacombe est un homme consciencieux, droit et honnête.

– Il vous doit toujours de l'argent !

– Il ne l'ignore pas et fait tout son possible pour me rembourser. Mais, hélas, son fils ne lui ressemble pas !

– C'est le moins qu'on puisse dire !

– Toute cette histoire me chiffonne. Je n'aime pas sévir. J'ai toujours eu en horreur de devoir punir les gens quand ceux-ci avaient trahi ma confiance. Et j'en ai déjà trop sur le cœur avec ta sœur sur qui, à mon corps défendant, je dois exercer toute mon autorité avec sévérité.

– Eh bien, que puis-je faire pour vous satisfaire ? »

Lucien Chabert hésitait, tergiversait, tardait à en finir. Il poursuivit :

« Je voudrais te charger de prendre à ma place les mesures qui s'imposent concernant les Lacombe. C'est au-dessus de mes forces. Je sais qu'il faut un châtiment exemplaire. Nous ne pouvons pas laisser impuni le crime de ce jeune Damien. Nous serions la risée de toute la ville si cette histoire venait à s'ébruiter. Mais, d'un autre côté, cela manquerait de discrétion si je prenais moi-même la sentence. Tu me comprends, j'espère !

– Vous voudriez que je m'occupe des Lacombe à votre place pour laver Héloïse du déshonneur.

– Tu m'as parfaitement compris. Tes décisions seront les miennes. Je te fais entièrement confiance. Je ne veux pas devoir expliquer à Louis Lacombe les raisons de me séparer de lui dorénavant.

– De lui et de sa fille !

– Ah oui, la jeune Aline ! Il est vrai qu'elle travaille à l'usine. C'est une bonne petite fileuse. Dommage !

– C'est une Lacombe !

– Certes !

– Et pour ce vaurien de Damien ?

– Je te laisse le soin de savourer ta vengeance. Après tout, c'est toi, l'offensé. Mais attention, Martial, je ne veux pas de brutalités.

– Je ne peux quand même pas le provoquer en duel en bonne et due forme ! On n'a jamais vu un gueux se battre dans l'honneur contre un gentilhomme.

– Donne-lui une bonne leçon dont il se souviendra longtemps. Mais, je te le répète : pas de brutalités. »

Martial rassura son père.

Le lendemain matin, à 5 heures, tandis que les ouvrières prenaient leur poste de travail, campé à l'entrée de l'atelier, Martial Chabert apostropha la jeune Aline Lacombe :

« Vous ! Un instant, s'il vous plaît. »

Aline, surprise de se faire héler par le fils du patron, crut que celui-ci allait lui reprocher de n'avoir pas atteint son quota de production. La veille en effet, elle n'avait pas déposé dans son panier la même quantité d'écheveaux de soie que d'ordinaire, et le surveillant lui en avait fait le reproche. Ses fils de soie s'étaient souvent cassés au cours du dévidage ; elle avait rencontré beaucoup de difficultés à renouer les bouts, et avait perdu beaucoup de temps. Les cocons importés d'Anatolie étaient de moins bonne qualité que ceux de la vallée et n'avaient pas la même texture que ceux dont elle avait l'habitude. Les fils de soie étaient moins souples, moins purs, plus cassants. La jeune fileuse manquait encore d'expérience et de dextérité pour dévider ensemble, sans s'y reprendre à plusieurs fois, les quatre à cinq cocons nécessaires à la confection d'un fil à bouts noués.

Elle s'arrêta net et, tremblante de peur, fit un pas en direction de Martial Chabert.

« Oui, Monsieur, dit-elle, penaude.

– Ce n'est pas la peine d'entrer dans l'atelier ce matin. Vous pouvez rentrer chez vous. Vous êtes renvoyée.

– Mais, Monsieur…

– Vous passerez au bureau. Le comptable vous réglera ce que nous vous devons. »

Interdite, Aline ne sut que dire. Elle tourna les talons et, sans y croire, s'éloigna du portail de l'usine, tandis que la sirène finissait d'appeler les dernières ouvrières sur le chemin des fileuses.

Dans la même journée, Martial Chabert dépêcha l'un de ses employés au Castandel pour convoquer d'urgence Louis Lacombe dans son bureau.

Croyant que le jeune patron allait lui expliquer les raisons du renvoi de sa fille, il se trouva très surpris quand il s'entendit expliquer par Martial lui-même :

« Dorénavant, monsieur Lacombe, vous devrez trouver un autre filateur pour écouler vos cocons. Je suis au regret de ne plus pouvoir vous les prendre.

– Mais votre père…

– C'est aussi la décision de mon père. Vous savez lire : sur le fronton de l'usine, il est écrit filature Chabert Père et Fils. De plus, je vous somme de bien vouloir acquitter au plus vite la dette que vous nous devez encore, disons dans un délai de huit jours. Dans le cas contraire, vous aurez affaire à la justice.

– Mais…

– Ce sera tout pour aujourd'hui. J'ai beaucoup de travail. Nos relations en resteront là, je vous prie. »

Martial Chabert indiqua du doigt la porte de son bureau et, sans un au revoir, signifia à Louis de bien vouloir prendre congé.

« Ah oui ! ajouta-t-il, j'allais oublier votre fils. Dites-lui qu'il ne perd rien pour attendre ! »

Sans comprendre, Louis quitta l'enceinte de l'usine.

Le soir même, il demanda à Damien d'expliquer l'allusion que Martial Chabert avait faite à son propos.

Damien ne lui cacha rien – ou presque – de ce qui s'était passé entre Héloïse et lui, et songea vraiment qu'il ferait mieux de disparaître, d'une manière ou d'une autre.

XVII

Vengeance

DAMIEN TOURNAIT COMME UN LION EN CAGE. Il se doutait qu'Héloïse était maintenue, malgré elle, enfermée dans le château de son père sous la surveillance de son frère et de sa belle-mère. Le manque de ses nouvelles lui était insupportable. Peu lui importait ce que Martial Chabert manigançait à son égard. Il le prenait pour un pâle freluquet et ne craignait pas d'avoir affaire à lui en personne. Au reste, il se sentait de taille à affronter les gredins que ce dernier pourrait lancer à ses trousses pour le punir. Un bon pugilat ne lui faisait pas peur. Ce qui le tourmentait davantage était l'attente. L'interminable attente de voir enfin son adversaire se dévoiler au grand jour.

« J'ignore ce qu'il a voulu dire, lui expliqua Louis, quand il a déclaré que tu ne perdais rien pour attendre. Mais méfie-toi ! Ce gaillard, bien que de bonne famille, ne m'inspire pas confiance. Il doit t'attendre au tournant. Et plus longue sera sa vengeance, plus celle-ci risque d'être inattendue.

– Je ne m'inquiète pas pour moi, mais pour Héloïse.

– Vous vous êtes mis dans de beaux draps ! déplora Noélie. Avec vos histoires impossibles, vous nous avez tous plongés dans l'embarras. Aline n'ose plus sortir et n'a plus de travail ; les petits craignent d'aller à l'école ; l'ombre de ce Martial les poursuit partout.

– Il n'osera pas s'en prendre aux enfants ! D'avoir renvoyé Aline, de sa part ça se comprend ! Il ne pouvait pas la garder après ce que je lui ai fait.

– Tu aurais pu y penser avant ! Le salaire de ta sœur nous était précieux.

– Ce n'est pas dramatique, apaisa Louis. Il n'y a pas que la filature Chabert à Saint-Jean. Dès demain j'irai chercher ailleurs une autre place de fileuse pour Aline et voir si je peux trouver pour l'année prochaine un autre acheteur pour nos cocons.

– Tant qu'à y être, fit Noélie, adresse-toi plutôt à un filateur protestant. Entre nous, ça sera plus facile.

– J'essaierai d'abord la filature Pelatan. Henri Pelatan est membre du consistoire et il passe pour un patron très humain. Certes, sa filature n'a pas la même importance que celle de Lucien Chabert et les installations y sont moins modernes, mais elle traverse la crise sans trop de difficultés. Et, d'après ce qu'on m'a rapporté, il n'importe pas de cocons d'Orient. C'est mieux pour nous, les magnaniers.

– Pas encore ! remarqua Damien. Jusqu'au jour où des gens comme les Chabert les leur revendront.

– De toute façon, nous n'avons pas le choix. Il faudra bien trouver une autre usine si nous voulons continuer à éduquer nos magnans l'année prochaine.

– Et pour la somme qu'exige Martial Chabert ? »

Louis s'assombrit. Il n'avait pas oublié ce problème. Il lui restait moins de huit jours pour se retourner et se procurer l'argent.

« Je ne vois qu'un moyen : vendre les brebis.

– Mais, c'est nous priver d'une source assurée de revenus ! objecta Noélie.

– Je sais. Mais, sauf à mettre en vente une partie de nos terres, ce qui serait pire encore, je ne vois pas d'autre solution. Jeudi, j'irai sur le foirail et je vendrai le troupeau. Puis je m'acquitterai de ma dette. Ainsi nous en aurons fini avec les Chabert. »

Damien ne pensait pas comme son père. Il s'attendait à tout de la part de Martial. Toutefois, dans l'immédiat, il voulait savoir avec exactitude ce qu'il adviendrait d'Héloïse. Il savait pouvoir compter sur la duplicité de certains domestiques du château. Héloïse lui avait souvent affirmé que Charles, le majordome, lui était tout dévoué. Il décida d'entrer en contact avec lui en tentant de rencontrer Maryse, la jeune servante qui s'occupait des menus travaux domestiques du château. Celle-ci se rendait chaque semaine sur le marché de Saint-Jean et passait commande pour ses maîtres des victuailles dont avait besoin la cuisinière.

« Jeudi je t'accompagnerai, père, suggéra Damien.

– Si tu veux. Nous ne serons pas trop de deux pour conduire le troupeau. »

Le jour du marché, ils descendirent de bon matin à Saint-Jean, et, tandis que Louis entamait les tractations avec les premiers acheteurs intéressés par ses bêtes, Damien s'éclipsa sous prétexte d'aller se rendre compte à quel prix les autres vendeurs proposaient leurs brebis et leurs agneaux.

« Ne traîne pas et aie l'œil ! Pense à Martial. Ne reste jamais seul, on ne sait jamais.

– Ne t'inquiète pas, père, il n'osera pas me toucher dans la foule des marchands. »

Damien serra les poings dans ses poches et se mit en quête de la jeune domestique. Celle-ci avait le même âge qu'Aline et avait eu l'occasion de la croiser dans la cour de l'usine. Appartenant au même valat, elles s'étaient toutes les deux liées d'amitié lorsqu'elles rentraient ensemble le samedi soir chez leurs parents après leur semaine de travail.

Il ne fut pas long à la trouver. Elle marchandait le prix d'une volaille à l'étal d'un boucher.

« Psitt ! fit-il discrètement sans se montrer. Maryse ! »

Interpellée, la jeune fille se retourna, aperçut Damien dissimulé entre deux charrettes, puis lui fit comprendre d'attendre sans bouger.

« Qu'y a-t-il ? demanda-t-elle, sitôt son achat terminé. Je ne devrais pas vous causer. Si mes maîtres l'apprennent, ils me mettront à la porte. Les Lacombe ne sont pas en odeur de sainteté chez les Chabert. Je ne sais pas ce que vous leur avez fait – ça ne me regarde pas – mais on ne vous aime pas ! J'ai entendu Monsieur Martial parler de vous à Madame, il ne mesurait pas ses mots.

– Ce n'est pas important.

– Et Aline, pourquoi ne vient-elle plus travailler à l'usine ? C'est à cause d'elle ?

– Non. Mais elle a été renvoyée. Un jour, tu comprendras. En attendant peux-tu me rendre un service ?

– Je ne sais pas. Je risque gros.

– Tu demanderas à Charles, le majordome, s'il peut venir me voir discrètement à l'auberge des Quatre-Chemins, à la sortie de la ville.

– Je connais. Elle est très mal fréquentée. C'est un repaire de rouges. C'est mon père qui me l'a dit.

– Peu importe. Le patron est un ami. Alors, tu lui demanderas ? »

Maryse hésitait.

« Fais-le pour Aline, ton amie. Et pour Mademoiselle Héloïse.

– Pour Mademoiselle Héloïse ! C'est donc vrai alors, le bruit qui court ?

– Quel bruit ?

– Qu'elle a un galant de modeste condition. C'est vous, Damien ?

– Là n'est pas la question.

– Nous aimons tous Mademoiselle Héloïse au château. Par contre sa marâtre, quelle peste ! Que le diable l'emporte !

– Bon alors, tu te décides ! Tu lui demanderas de venir ?

– Ben oui, si c'est pour vous aider et pour enquiquiner la marâtre. »

Damien fut rassuré. Il rejoignit aussitôt son père qui commençait à s'impatienter.

« Que faisais-tu depuis plus d'une heure que tu es parti ?

– J'ai fait le tour du foirail. Je me suis fait passer pour un maquignon.

– Qu'as-tu appris ?

– Ne sois pas trop gourmand ! Les prix sont bas.

– Ah, cette crise décidément ! Plus personne n'a d'argent pour acheter. »

* *
*

Dans les jours qui suivirent, Damien rencontra Charles Plantier, le majordome. Celui-ci lui raconta les événements dont il avait été témoin au château, du moins de ce qu'il avait pu percevoir en toute discrétion.

« Je ne connais pas les volontés de Monsieur Chabert, lui expliqua-t-il, mais Mademoiselle est bouclée dans sa chambre. Personne n'a le droit de lui rendre visite, hormis Anna, la chambrière, uniquement pour ses repas et sa toilette.

– Mon Dieu ! s'exclama Damien. Il l'a enfermée.

– Depuis, le calme est revenu dans la maison. Mais l'ambiance est abominable. Chacun feint d'ignorer que Mademoiselle est recluse dans sa chambre. Plus personne ne parle d'elle.

– Quelles sont les intentions de Lucien Chabert ?

– Je ne suis pas dans le secret des dieux, jeune homme. Je ne suis qu'un domestique au service de Monsieur. Et si ce n'était pour Mademoiselle Héloïse et le souvenir de sa défunte mère, Madame Hortense, je me garderais bien de vous faire toutes ces confidences !

– Je vous remercie de la confiance que vous me témoignez. Vous n'ignorez sans doute pas ce qui nous unit, mademoiselle Héloïse et moi !

– Je ne l'ignore pas en effet. Il y a longtemps que j'ai surpris votre petit manège. Au début, je dois vous avouer que je me suis méfié de vous. Je vous ai pris pour un petit intrigant de basse classe, un outrecuidant qui n'avait qu'un but : abuser des sentiments d'une frêle jeune fille de bonne famille. Puis, renseignements pris, quand j'ai su qui vous étiez, que vous n'étiez pas le fripon que je croyais, j'ai tout fait, sans qu'elle s'en aperçoive, pour aider Mademoiselle Héloïse. Ainsi vous avez pu pénétrer dans le parc du château et accéder à la serre sans être dérangé.

– Je vous en remercie du fond du cœur, Charles.

– C'était pour Mademoiselle Héloïse !

– Oui, je sais. Et maintenant, que va-t-il se passer ?

– Je l'ignore. Mais cela m'étonnerait que Monsieur Chabert pardonne aussi vite sa fille. Qui aime bien châtie bien ! Or Monsieur adule Mademoiselle.

– Et Martial ?

– Monsieur Martial, c'est autre chose ! Je sais qu'il vous en veut énormément. Les mesures de rétorsion qu'il a prises à l'encontre de votre famille ne sauraient en rester là. Je le connais. C'est un homme calculateur, retors et rancunier. Nous ne l'aimons pas au château. Il n'y a que Madame Élisabeth qui semble l'apprécier.

– Ah !

– C'est une autre histoire. Mais cela aussi finira par mal tourner, Si Monsieur n'y veille pas ! Voilà, c'est tout ce que je peux vous dire, jeune homme. Si vous voulez que je transmette un message à Mademoiselle Héloïse, cela ne me sera pas difficile. »

Damien y avait songé. Il sortit un pli cacheté de sa poche et le tendit à Charles :

« Tenez, vous lui remettrez ceci et lui ferez dire que je pense sans cesse à elle. Qu'elle patiente ! Il n'y a pas de problème sans solution. Dites-lui que Dieu est avec nous.

– Je ne crois pas que vous soyez de la même Église !

– Dieu reconnaît les siens, quelle que soit leur croyance.

– Je suis protestant, comme vous. C'est aussi pour cela que je vous suis venu en aide.

– Alors, Charles, allez porter la bonne parole à mademoiselle Héloïse, et sachez la convaincre de m'attendre. »

* *
*

L'été touchait à sa fin dans une touffeur inhabituelle. Les orages secs faisaient planer au-dessus de la vallée une atmosphère électrique qui rendait les esprits tendus. L'air brasillait sur les crêtes et s'appesantissait dans les valats, épais comme l'asphalte, saturé de l'effluve des étables qui restaient grandes ouvertes jour et nuit. Faute d'humidité, les arbres commençaient à s'endeuiller, passant de l'or au pourpre. Parmi eux demeuraient toujours quelques mûriers délaissés que les magnaniers n'avaient pas pris la peine d'effeuiller. D'épaisses vapeurs de moût remontaient des bas plateaux où les odeurs de futaille avaient envahi les rangées de vigne. La rivière avait atteint son niveau d'étiage et faisait apparaître son lit rocailleux entre des rives squelettiques.

Tous attendaient la pluie comme une manne divine, mais craignaient en même temps la fureur des cieux. Quand la sécheresse a mis la roche à nu, quand la terre craquelée se ride comme un vieux cuir racorni, quand, du sud, souffle le marin et que claquent les volets contre les murs lézardés, tout est à craindre à l'annonce de l'automne. Dès que les premières brumes stagnent dans le fond des vallées et enveloppent les prairies rases comme des paillassons, emprisonnant les hameaux d'une écharpe opaque aux premières lueurs du jour, commence alors la saison de tous les dangers. Celle qui voit se déchaîner les Gardons aux eaux devenues soudain torrentueuses, qui éventre les murs de pierres sèches, vomit la terre des faïsses et détruit les dernières récoltes. Celle qui saccage, inonde, noie, se venge d'avoir été devancée par une saison de trop grande tempérance. La nature rebelle et furibonde reprend ses droits, indique à ceux qui l'oublient que nul ne doit la défier sans craindre ses foudres, que chacun doit rester à sa place, celle qui lui est assignée par l'ordre des choses, sinon par le grand Ordonnateur.

C'est cette pensée que Martial Chabert ne cessait de ressasser depuis que son père lui avait confié la tâche ingrate de sévir contre les Lacombe. Chaque jour, il méditait la façon dont il se vengerait de l'affront que Damien lui avait infligé.

* *
*

L'occasion lui fut offerte début octobre, alors qu'une de ses vieilles connaissances l'avait invité à passer quelques jours à Nîmes pour évoquer ensemble le temps béni de leurs années d'études.

François-Olivier Brahic était un jeune capitaine d'artillerie. Contrairement à Martial qui avait fait des études relativement courtes sur décision de son père, il avait poursuivi les siennes à l'école militaire de Brienne et en était sorti officier. De retour dans son

Midi natal, il avait été affecté à Nîmes où il était responsable du recrutement des jeunes conscrits.

Martial n'osa lui apprendre que son père était intervenu en personne pour qu'il tirât un bon numéro l'année de sa conscription. Il lui avoua même, sans vergogne, qu'il regrettait de ne pas avoir eu la « chance » de servir son pays aux armées.

« J'admire les hommes, comme toi, qui portent l'uniforme et les couleurs de notre pays. Quand ils partent en campagne, c'est l'honneur de la patrie qu'ils défendent !

– Il fallait te porter volontaire et remplacer un pauvre bougre qui ne voulait pas partir ! lui rétorqua son ami sur le ton de la plaisanterie.

– J'y ai pensé, figure-toi ! Mais mon père avait besoin de moi pour ses affaires. L'industrie est une autre forme de défi des temps modernes. Et les industriels en sont aussi les capitaines. La concurrence internationale est notre guerre à nous. À chacun son combat ! »

Tandis qu'ils discutaient, il vint à l'esprit de Martial que, ce que son père avait fait en sa faveur, son ami François-Olivier pourrait sans doute le faire en défaveur de son ennemi, Damien Lacombe.

« Dis-moi, mon cher : penses-tu que tes relations te permettraient, disons, de donner un coup de pouce au destin ?

– Qu'attends-tu de moi ?

– Voilà : je sais que ce que j'ai à te demander te paraîtra singulier, mais je connais un jeune garçon à qui il serait salutaire de donner une bonne leçon.

– Bigre ! Te voilà bien mystérieux !

– Un jeune vaurien m'a gravement offensé.

– Provoque-le en duel ! Je te connais fine lame et bon tireur. Tu ne devrais pas manquer ton homme.

– Je ne le peux, hélas ! Ce triste personnage n'est qu'un gueux. Un misérable paysan.

– Un paysan ! Mais fais-le corriger par tes gens ou engage quelque pendard de basse besogne.

– L'idée m'est venue ; mais je dois éviter toute brutalité de peur que l'affaire ne vienne à s'ébruiter.

– Je crois comprendre.

– J'ai mieux à te proposer afin d'éloigner pour longtemps le lascar.

– Je t'écoute.

– Ce vaurien doit tirer au sort la semaine prochaine. Je me suis renseigné. Il dépend de ton ressort. Pourrais-tu t'arranger pour qu'il tire un mauvais numéro ?

– Tu me demandes de piper les dés !

– Disons, de favoriser le destin de ce jeune paysan qui ne demande qu'à rendre service à sa patrie !

– Cela ne devrait pas être très difficile.

– Alors, je peux compter sur toi ?

– La France peut compter sur la bravoure de l'un de ses jeunes paysans ! »

* *
*

L'automne fut d'une rare violence. Jamais de mémoire de vivant, octobre ne s'était déchaîné avec autant de furie : terres arrachées, prairies inondées, arbres déracinés, toitures soufflées ou éventrées, chemins transformés en torrents impétueux, rien ne semblait pouvoir arrêter la colère des cieux.

À la filature Chabert, les dégâts furent importants. Le Gardon, étant largement sorti de son lit, vint s'étendre jusque dans le parc du château et dans la cour de l'usine. L'eau pénétra dans les ateliers, dans la chaufferie. Heureusement, les silos, construits en hauteur, furent épargnés. Mais les machines avaient été endommagées et les murs s'étaient gorgés d'eau.

La catastrophe toucha la plupart des usines de la vallée. Bâties non loin de la rivière, elles en subissaient régulièrement les caprices douloureux ; certaines, moins que d'autres, ayant été érigées plus en hauteur à l'abri des crues. C'était toujours la même désolation, le même drame pour les ouvrières qui, privées de leur travail, étaient renvoyées chez elles sans que rien ne compensât leur perte de salaire.

Lucien Chabert n'était pas le plus à plaindre. Il fit face aussitôt. Grâce à son volant de trésorerie, il put remettre sans retard toutes ses machines en bon état de fonctionnement, et les précautions qu'il avait prises pour protéger ses cocons secs d'Orient lui permirent d'éviter une rupture d'approvisionnement. Il en profita même pour proposer de dépanner, à prix prohibitif, ses confrères malchanceux qui n'avaient pas été aussi prévoyants que lui et dont la plupart allaient, très rapidement, se trouver à court de matière première. Martial prit contact avec ses agents à Constantinople, Smyrne et Tripoli, et leur fit savoir de lui envoyer d'urgence une quantité double de cocons.

« La revente de nos cocons d'Orient devrait nous procurer de substantiels bénéfices ! se réjouit-il.

– S'ils arrivent à temps !

– Nous les aurons dans trois mois. Vos confrères pourront alors faire redémarrer leurs machines. Mais à quel prix ! Et leur soie ne sera plus à un coût concurrentiel. Nous raflerons les marchés.

– Finalement, je crois que nous avons fait un très bon calcul de nous lancer dans l'aventure orientale !

– Il faut dire que le ciel nous a bien aidés, même s'il nous a aussi occasionné quelques menus dégâts. »

Les ouvrières de la filature Chabert retrouvèrent rapidement le chemin de l'usine. Beaucoup de leurs collègues des filatures concurrentes durent encore attendre de longs mois, le temps que les réparations fussent terminées et que les approvisionnements en cocons fussent assurés.

Au Castandel, la tempête d'octobre avait aussi laissé de profondes cicatrices. Le toit de la bergerie avait été emporté ; heureusement, il n'y avait plus de brebis à l'intérieur, toutes ayant été vendues pendant l'été. L'eau avait envahi la porcherie, à demi enterrée sous l'étable des chèvres. Les deux cochons avaient failli périr noyés, et il fallut toute la force et la ruse de Damien et de Louis pour les faire sortir de leur bauge, les deux bêtes croyant leur dernière heure arrivée. Le fourrage dans la grange avait pris l'eau. Les lauzes du toit s'étant déplacées sous les coups de vent violents, une grosse fuite avait inondé le fenil pendant des heures. Une fois le calme et le soleil revenus, Damien avait aidé son père à sortir le foin pour le faire sécher. Mais l'herbe des prés étant partout mouillée, ils durent le répandre dans la cour en andains détrempés, déjà à moitié gagnés par la moisissure.

« Il n'est bon qu'à faire les litières ! déplora Louis.

– Remarque, pour cet hiver, comme nous n'avons plus de troupeau, ça ne nous manquera pas beaucoup. »

Les deux hommes se consolaient comme ils le pouvaient, mais leur cœur n'était pas aux réjouissances. Aline n'avait pas encore retrouvé du travail, or la catastrophe ne prédisposait pas les filateurs à embaucher de nouvelles ouvrières. Les économies avaient fondu comme neige au soleil. Les agneaux ayant été vendus avec les brebis pour rembourser la dette, il n'y aurait pas de rentrées d'argent en janvier. Et Damien attendait d'un jour à l'autre sa convocation pour aller tirer au sort, la date de ses vingt ans approchant.

* *
*

Le jeune homme n'avait trouvé d'échappatoire à sa peine qu'en se plongeant dans le travail. Il avait tenté de revoir Héloïse ; en vain. Il eut beau rôder discrètement autour de l'enceinte du château, épier les allées et venues des domestiques, il dut renoncer. Héloïse était bel et bien cloîtrée, et il eût été d'une extrême imprudence d'essayer de parvenir jusqu'à ses fenêtres. D'ailleurs, des chiens de garde peu avenants vagabondaient dans les allées du parc, quand personne ne s'y trouvait – il les avait aperçus par la grille de la porte de service. Martial en effet, méfiant, avait convaincu son père qu'il devait mieux se protéger des maraudeurs, et qu'avec des vauriens de la graine du jeune Lacombe il pouvait s'attendre à tout.

Aussi Damien ne pensait-il plus qu'à une chose : partir loin, fuir pour oublier. Mais plus il s'efforçait d'oublier Héloïse, moins il y parvenait, et plus grande était sa mélancolie.

Il mettait tous ses espoirs dans le tirage au sort. « Pourvu que je tire un bon numéro ! songeait-il. Je me proposerai alors pour remplacer quelqu'un. Les miens seront à l'abri de la misère avec l'argent que j'obtiendrai. Et je partirai loin, très loin, pour tout oublier. »

Le jour fatidique arriva début novembre. Damien ne dormit pas de toute la nuit. Au petit matin, Noélie l'accompagna jusqu'à la route de Saint-Jean en lui recommandant de prier afin que Dieu l'aidât dans cette épreuve. Elle n'ignorait pas que nombreux étaient les jeunes conscrits qui ne revenaient pas vivants de ces contrées éloignées où la présence française n'était pas toujours bien acceptée ; quand ils ne rentraient pas estropiés pour le restant de leur vie !

Toute la matinée, elle fit ses dévotions, s'en remit à Dieu et à tous ses saints afin que son fils tirât un bon numéro. Sans l'avouer à son mari ni à Damien lui-même, qui réprouvaient autant l'un que l'autre les actes de superstition, elle cousit dans la manche droite du vêtement de son fils une incantation dédiée à l'Éternel pour qu'Il exauçât ses vœux. Vers 10 heures, à l'heure où le tirage allait commencer, elle alluma discrètement un cierge sur le chevet de sa chambre et se recueillit longuement, n'ayant plus de pensées que pour son fils. Surprise par Lucie, elle invita celle-ci à en faire autant, tout en lui conseillant la discrétion :

« Ne raconte pas à ton père que nous avons prié devant un cierge allumé ! Il ne serait pas content.

– Pourquoi ? demanda naïvement la petite fille.

– Ce sont les catholiques qui agissent ainsi.

– Alors, pourquoi le fais-tu ?

– Cette flamme, vois-tu, c'est comme si j'étais plus près de Dieu pour prier en faveur de ton frère.

– Je ne dirai rien, promis ! Moi aussi, j'aime bien les bougies.

– Ce n'est pas une bougie ; c'est un cierge qu'Amandine Fontanille m'a donné. Elle est catholique ; elle l'a pris à l'église du curé. Son fils aussi est parti pour tirer.

– Le pasteur ne te dira rien ?

– Il n'en saura rien. Mais qu'importe si cela me rassure ! »

Lorsqu'il s'éloigna du Castandel, Damien ne remarqua pas en chemin qu'une ombre le surveillait, cachée derrière les arbres : Martial Chabert voulait s'assurer que le jeune Lacombe prenait bien le chemin de l'exil.

En passant aux abords du château, celui-ci ne put s'empêcher de s'y arrêter. Il longea le mur du parc, traînant les pieds, son bissac sur l'épaule. À quelque distance de lui, Martial, prêt à faire intervenir son homme de main, crut qu'il allait tenter l'irrémédiable : forcer la grille et pénétrer dans le parc pour entrevoir Héloïse. À vrai dire, Damien eut la même pensée. Mais les aboiements des molosses, derrière la porte de service, l'en dissuadèrent.

À la sortie de la ville, il prit la diligence pour Anduze, le chef-lieu de canton où devaient se rendre les conscrits des communes avoisinantes, et s'efforça d'oublier qu'il n'avait pas eu le courage de braver l'impossible. Il imagina Héloïse dans sa prison dorée, entre son frère et sa belle-mère, songea qu'elle aussi devait se morfondre, essaya en vain de la chasser de son esprit.

Parvenu à Anduze, il se rendit à l'hôtel de ville où il avait été convoqué par la gendarmerie. Avec lui, dans la salle des mariages, où pour l'occasion une grande caisse en bois remplie de petits papiers avait été dressée sur une estrade, des dizaines de jeunes conscrits attendaient leur sort. La plupart étaient des paysans qui craignaient tous de tirer un mauvais numéro. Leur présence au mas de leurs parents était indispensable, surtout après la catastrophe de l'automne ; or l'armée risquait de priver leur famille de leur soutien. Parmi eux, se tenant à l'écart, quelques jeunes bourgeois semblaient ne pas s'en faire. Ils devisaient entre eux, certains parlant argent. Damien comprit qu'ils devaient discuter de la somme qu'il leur en avait coûté pour payer le marchand d'hommes grâce auquel, déjà, ils avaient pu trouver un remplaçant.

Un sous-officier commença à énumérer les premiers noms de la liste. Chacun, à l'appel de son patronyme, sortit du rang et s'avança vers le coffre en bois dans lequel son destin allait se jouer en un tour de main. Damien examinait la scène attentivement, comme s'il y avait une manière de bien ou de mal tirer. Il remarqua que certains tiraient de la main gauche ; trop, pensa-t-il pour être tous gauchers ! Ils devaient tirer du côté du cœur pour favoriser le sort. D'autres plongeaient la main au fond, croyant sans doute que les mauvais numéros étaient au-dessus. Les bons numéros étaient les plus gros ; les plus petits étaient le passeport pour sept ans de galère.

Quand ce fut son tour de tirer, le sous-officier recruteur s'arrêta sur son cas :

« C'est toi, Damien Lacombe ! s'étonna-t-il.

– Oui, monsieur, pourquoi ? »

Le soldat parut hésiter, s'éloigna, parlementa avec un autre soldat, revint l'air dubitatif.

« Vas-y, tire ! »

Damien s'exécuta, craignant le pire.

Le militaire lui arracha le papier des mains avant qu'il ne pût lire lui-même le numéro, l'ouvrit et déclara :

« C'est bien, mon gars, tu attends maintenant que tous aient fini de tirer. »

Quand le tirage fut terminé, les gendarmes demandèrent aux jeunes conscrits de passer dans la pièce voisine. Le comité de recrutement allait délibérer, puis le conseil de réforme s'occuperait des malchanceux pour éliminer parmi eux les inaptes au service.

Après plusieurs heures de délibération, un gendarme les fit entrer à nouveau dans la salle où leur destin s'était scellé. Tous restaient silencieux, dans l'attente inquiète de connaître bientôt leur sort. Damien priait tout en pensant à Héloïse.

Quand il entendit le nom du dernier bienheureux qui allait échapper à la conscription, il sentit le sol tanguer sous ses pieds, ses veines se vider de son sang. Il s'avança vers l'officier recruteur et ne put réprimer un :

« Mais…

– Qu'y a-t-il ? aboya le militaire. Tu contestes déjà ! Il faudra t'habituer à obéir ici. Allez ! Prends ton paquetage et rejoins les autres. Le conseil de réforme va s'occuper de vous. En attendant, fais comme tout le monde ; va te déshabiller, qu'on y voie tes attributs ! Tu m'as l'air bien bâti, tu devrais être bon pour le service ! »

Dépité, Damien obtempéra et rejoignit la file des pauvres bougres qui avaient tiré un mauvais numéro.

Les réformés furent nombreux. Entre les trop petits, les rachitiques, les phtisiques, les boiteux ou encore les malvoyants et les édentés, le conseil de révision en élimina encore un bon quart. Damien savait qu'on ne lui trouverait rien ; c'est à peine s'il lui manquait une dent, il avait la vue perçante comme un aigle ; quant au reste, il respirait une santé de fer ! Il n'avait donc aucun espoir de se faire éliminer par le médecin-major.

Lorsque le conseil de révision donna son verdict, les heureux réformés allèrent grossir le groupe des chanceux qui avaient tiré un bon numéro. Ceux-ci ne se privaient pas d'exhiber leur joie, tandis que les autres, ceux qui allaient partir défendre la Patrie, faisaient pour l'occasion des têtes d'enterrement.

« Messieurs, fit le sous-officier, ceux qui ont l'infime honneur de servir leur pays recevront leurs feuilles de route fin novembre, début décembre. D'ici là, qu'ils profitent bien de leurs familles. Car, après, ils ne les reverront pas de sitôt. Vous pouvez disposer. »

Dans quelques semaines, Damien irait rejoindre la caserne de Nîmes, à moins, osa-t-il encore songer, qu'il ne trouvât d'ici là un remplaçant. Mais étant donné l'état des économies de sa famille, il savait que cela lui serait impossible : un remplaçant se monnayait plusieurs milliers de francs, ce qui représentait des années de gains, une somme énorme ! De plus, il oubliait qu'il était déjà trop tard.

Tandis qu'il se préparait à reprendre la diligence pour Saint-Jean, Damien ignorait qu'en réalité il avait tiré un bon numéro !

Seul Martial Chabert le savait.

À travers le drame que vivaient les Lacombe, le jeune filateur savourait sa vengeance.

Seconde partie

LE CHEMIN DES FILEUSES

XVIII

Une nouvelle vie

Le 2 décembre 1852 devait marquer le glas pour bon nombre de familles républicaines. Le prince Louis-Napoléon enterrait pour longtemps la République en se faisant proclamer empereur et instaurait pour de longues années une véritable dictature sous couvert d'un régime populiste et autoritaire.

Ce même jour, Damien reçut sa feuille de route. Depuis qu'il avait tiré au sort, le jeune Lacombe, complètement anéanti, restait prostré sur lui-même, ne sortait plus de chez lui et ne trouvait d'échappatoire à sa déconvenue qu'en s'épuisant au travail.

« Il faut que je me fasse les muscles, si je veux me sortir vivant de cette galère, disait-il en ronchonnant, quand Noélie tentait, en vain, de le ramener à la raison. Sept ans, c'est long ! Les mauviettes n'ont aucune chance de s'en tirer à bon compte. »

Noélie n'avait pas assez de larmes pour épancher sa peine. Toutes les pratiques auxquelles elle s'était adonnée pour que son fils tirât un bon numéro avaient été sans effet. Cette fois, elle devait bien l'admettre : les superstitions ne lui avaient pas porté bonheur.

« Sept ans ! geignait-elle devant Louis, quand Damien s'échinait dehors à quelque travail titanesque. Te rends-tu compte ? Quand il reviendra, il sera déjà un homme dans la force de l'âge. S'il revient !

– Ne sois pas pessimiste, Noélie ! Moi, je m'en suis sorti. Et, à l'époque, quand j'ai tiré, c'était pour huit ans.

– Damien n'a pas ta constitution ni ton état d'esprit. De plus, avec le chagrin qu'il a sur le cœur, je crains qu'il ne s'abandonne. Et qui sait où on l'enverra ?

– C'est ce qui m'inquiète le plus. Car, avec le retour à l'Empire, c'est la guerre qui nous attend. »

Damien n'avait pas cherché à revoir Héloïse. Il savait leur liaison impossible dès lors que l'armée le prenait pour sept longues années. Il se doutait que Lucien Chabert n'allait pas laisser sa fille attendre un impossible amour.

« Plus vite il la mariera, avait-il confié à Aline, qui était de toutes ses confidences depuis que la jeune fille avait été débauchée de la filature, plus vite sera oubliée notre aventure et lavé l'honneur de la famille Chabert. »

Quand il se mit en route vers sa nouvelle destinée, le Castandel sombra dans une atmosphère de deuil. La nuit traînait encore en longueur. Damien, qui n'avait pas fermé l'œil, se leva le premier, prit soin de ne pas réveiller Edmond et Lucie, et vint s'attabler dans la cuisine où il avait déposé son paquetage la veille au soir.

Noélie sauta du lit sans tarder, suivie de Louis et d'Aline. Ils l'entourèrent chaleureusement pour le réconforter jusqu'au dernier moment. Tous arboraient des figures d'enterrement et avaient peine à trouver le mot juste pour lui faire leurs dernières recommandations.

« Tiens, dit Noélie, emporte ces chaussettes de laine. C'est moi qui les ai tricotées l'hiver dernier. Là où tu iras, tu en auras peut-être besoin.

– Prends aussi cette tabatière, fils ! ajouta Louis, la gorge serrée. Quand tu bourreras ta pipe, tu penseras à ton vieux père. Ça te réchauffera le cœur. »

Aline pleurait discrètement dans son coin.

« Et toi, sœurette, tu ne me donnes rien ?

– Je t'avais préparé ce joli mouchoir brodé. Mais je l'ai trempé avec mes larmes.

– Donne-le-moi quand même. Tes larmes me laisseront un peu de ton parfum. Je ne le quitterai jamais. Ainsi c'est un peu de la maison que j'emmènerai partout où j'irai. »

Après avoir avalé un grand bol de café noir et une tranche de pain bis, Damien fit ses adieux.

« Inutile de m'accompagner sur le chemin, ajouta-t-il. Je préfère que vous restiez derrière la porte. Le jour où celle-ci s'ouvrira de nouveau devant moi, je veux vous y retrouver tels que je vous vois maintenant, comme si je n'étais jamais parti. »

Tandis que, dans la nuit, les fileuses regagnaient les usines en chantant, Damien, dans leur sillage, s'engageait sur un autre chemin, ô combien plus tortueux, dont il ne mesurait pas tout à fait les périls.

« Ohé, Damien ! fit derrière lui une jeune fille de sa connaissance. Te voilà bien pressé. C'est pas ordinaire de te voir en route par une heure si matinale !

– Je pars aux armées, ma belle. Tel que tu me vois, profites-en bien, je ne reviendrai pas de si tôt !

– C'est ta dulcinée qui doit pleurer à l'heure qu'il est !

– Personne d'autre que mes parents ne me pleurent, si tu veux savoir.

– On dit ça, on dit ça ! Mais tu dois bien laisser une âme en peine au pays.

– Personne, je te dis !

– Oh, tout le monde sait que tu as jeté ton dévolu sur une princesse ! À l'usine, on ne parle que de ça. Mais puisque tu ne veux pas en parler, n'en parlons pas ! Je ne te dirai pas ce que je sais.

– Et que sais-tu ?

– Ce que je sais, c'est que l'élue de ton cœur a été promise par son père à un beau mariage. »

Le sang de Damien se figea. Il s'était fait une raison de ne plus revoir Héloïse, avait presque oublié les paroles d'encouragement qu'il lui avait fait transmettre par Charles, le majordome. Depuis le jour fatidique du tirage au sort, il n'avait eu qu'une seule et unique pensée, une idée fixe : désormais il serait soldat au service de la nation ; il verrait du pays, ce qui l'aiderait peut-être à assouvir sa soif d'aventures, les ambitions qu'il nourrissait depuis l'enfance. « Si l'amour ne veut pas de moi, pensait-il dans ses moments de désespoir, je me réaliserai autrement. »

La révélation de la jeune fileuse ébranla tout à coup son assurance et infiltra une eau glaciale dans ses veines.

« Je ne sais pas de quoi tu parles ! répliqua-t-il en reprenant ses esprits. Je suis libre et demain je servirai mon pays sous les drapeaux. »

La jeune fille n'insista pas. Elle laissa Damien à ses réflexions et courut rejoindre ses camarades sur le chemin des fileuses.

À l'auberge du Relais, Damien attendit la première diligence du matin. Celle-ci l'embarqua pour Nîmes au moment même où la filature Chabert battait le rappel au son strident de sa sirène. Quand l'attelage longea les murs du parc du château, il se pencha par la fenêtre de la portière, regarda s'éloigner les toits de l'élégante demeure et resta de longues minutes la chevelure au vent.

« Vous nous faites geler, jeune homme ! grommela à l'intérieur une vieille dame récalcitrante. Fermez donc cette fenêtre ! L'air est glacial. »

Damien n'entendit pas et demeura le nez au vent, respirant à pleins poumons pour dénouer le nœud qui lui serrait la gorge.

« Jeune homme, je vous avertis, si vous ne fermez pas cette fenêtre, je fais arrêter la voiture !

– Madame a raison, mon garçon ! intervint un bourgeois au chapeau claque. Si vous avez trop chaud, montez donc à côté du postillon. »

Damien obtempéra et plongea dans une profonde mélancolie.

Quelques heures plus tard, quand il vit flotter au vent, sur le toit de la caserne, le drapeau tricolore flanqué de l'aigle impérial, il comprit vraiment qu'une autre vie avait commencé pour lui, et pour longtemps.

* *
*

Lucien Chabert n'avait pas tardé à s'occuper de la destinée de sa fille. Fort de ses relations, il avait convié à sa table les meilleurs partis de la ville et des cités voisines. Il ne dévoila pas tout de suite ses intentions, mais personne ne s'y trompa. Lorsque les parents des jeunes présumés prétendants reçurent les uns après les autres son invitation à venir partager sa table, chacun comprit à demi-mot que le maître filateur avait l'intention de marier sa fille. Pour l'occasion, Élisabeth, son épouse, s'était dévouée corps et âme pour offrir aux invités de son mari tout le faste et toute la magnificence avec lesquels elle tenait à les honorer. Toutes les familles de l'aristocratie locale furent conviées au château, ainsi que celles des confrères du filateur, catholiques et protestants, sans distinction.

« Il n'y a pas de mauvais parti à cause de la religion, s'était-il justifié devant Martial, qui n'entrevoyait pas agréablement de devenir le beau-frère d'un huguenot. S'il faut s'y résoudre, ce ne sera pas pire qu'une mésalliance ! »

Mais, très vite, les hôtes du château furent intrigués. S'il n'était un secret pour personne que le but des soudaines amabilités du filateur fut de marier sa fille, nul ne s'expliquait l'absence de la promise à la table festive. Lucien Chabert en effet désirait d'abord tâter le terrain, voir comment les uns et les autres réagissaient avant de parler mariage ouvertement, car il craignait par-dessus tout que la mésaventure de sa fille ne fût dévoilée et qu'on lui en tînt rigueur. Mais il dut vite se rendre à l'évidence : personne ne savait ; ce qui le déchargea d'un pesant souci.

Une dizaine de prétendants retinrent son attention. Parmi eux, une demi-douzaine de jeunes aristocrates dont les parents ne cherchaient qu'à unir la destinée de leur progéniture à un blason cousu d'or à défaut d'être orné de soie fleurdelisée. Quatre jeunes industriels issus de familles très catholiques que fréquentait Élisabeth à son cercle de charité et trois autres appartenant à la religion réformée étaient aussi en lice. Mais c'est un marquis d'un certain âge qui semblait avoir sa préférence.

Héloïse, quant à elle, était tenue dans l'ignorance. Personne ne lui parlait de ce qui s'ourdissait dans les alcôves du château. Chacun avait reçu la consigne de tenir secrètes les multiples visites que recevaient ses parents. Nul domestique n'aurait risqué sa place en dévoilant les intentions affichées par le maître des lieux. Anna, la chambrière, avait beaucoup de mal à ne pas se trahir quand elle passait, chaque matin, une bonne heure à la toilette de sa jeune maîtresse. Celle-ci ne cessait de la questionner sur les allées et venues qu'elle percevait plusieurs fois par semaine, au moment du thé de l'après-midi ou plus tard au moment du repas du soir.

« Monsieur votre père reçoit beaucoup pour ses affaires, lui mentait-elle pour ne pas éveiller ses soupçons.

– D'habitude il les traite dans son bureau. Pas autour d'une table bien fournie. Car – ne me mentez pas, Anna – il invite souvent à sa table ces temps-ci. Et pas toujours des hommes d'affaires !

– Vous vous méprenez, Mademoiselle. Je ne connais pas tous ces gens qui vont et viennent. Mais je pense qu'il ne s'agit que d'industriels avec qui Monsieur votre père est en relation.

– En tout cas, les odeurs de cuisine montent jusqu'à ma chambre. Elles ne me mentent pas, elles ! Mon père ne leur sert pas des merles en guise de grives !

– Pardonnez-moi, Mademoiselle, mais je ne travaille pas aux cuisines. »

Héloïse ne tira rien de plus d'Anna. Mais elle devina à son attitude trop prudente qu'elle en savait plus qu'elle ne l'affirmait. De ses fenêtres, certes, elle ne pouvait voir arriver les calèches, sa chambre donnant sur le flanc ouest du parc, du côté des serres. Mais le bruit des roues qui crissaient sur le gravier des allées ne la trompait pas : les visiteurs se succédaient à espaces réguliers, toujours aux mêmes heures, et ne quittaient le château que longtemps après leur arrivée. Elle s'en persuadait un peu plus chaque jour : son père ne recevait pas uniquement pour ses affaires. Au reste, lorsqu'il lui rendait visite dans sa chambre, une fois chaque jour, il tenait avec elle des conversations détournées, des propos toujours très fermes mais qui semblaient cacher une vérité qu'il ne désirait pas lui dévoiler. Il ne la quittait jamais sans lui rappeler son devoir :

« Vous pouvez sortir de cette chambre dès que vous le désirez. Il ne tient qu'à vous, ma chère fille, de reprendre votre place parmi nous. Vous m'en verriez heureux. Cela voudrait dire que vous admettez vos erreurs et vos errances passées, et que vous vous en repentez. D'ailleurs, l'abbé Dufour se tient à votre disposition pour vous entendre en confession.

– Père, je n'ai rien de mal à confesser. Les sentiments qui m'habitent ne sont que le reflet de l'amour de Dieu.

– Vous blasphémez, ma fille ! Taisez-vous donc ! Vous offensez Dieu et notre Sainte Mère l'Église. Vous vous égarez ! »

Héloïse n'était pas prête à reconnaître ses fautes. Ni les admonestations réitérées de son père, ni les conseils sournois de sa belle-mère, ni les remontrances à la hussarde de son frère ne l'incitaient à faire amende honorable et à reprendre la place et le rang qui étaient siens. Depuis des semaines, son cœur ne battait que dans l'inquiétude de savoir ce qui était advenu de Damien. Personne ne lui avait donné de nouvelles depuis l'intervention de Charles, le majordome. Celui-ci savait pourtant que le jeune garçon était parti aux armées. Mais il s'était bien gardé d'en faire part à sa jeune maîtresse, de crainte que celle-ci ne sût retenir son désarroi et ne dévoilât leurs discrètes accointances. Il finit, lui aussi, par estimer qu'il valait mieux qu'elle oubliât et qu'elle obéît le plus vite possible à son père afin d'éviter un drame.

Mais Héloïse s'entêtait.

* *
*

Trois mois s'étaient écoulés. Damien avait été affecté à un régiment de tirailleurs et envoyé en Algérie, sur recommandation personnelle du capitaine Brahic.

Au Castandel, lorsque ses parents reçurent la première lettre qu'il leur adressa juste avant de s'embarquer à Marseille pour les côtes de l'Afrique, ils durent la relire plusieurs fois pour admettre la terrible réalité.

« Ils l'ont envoyé aux colonies ! s'encoléra Louis. Comme un forçat ! Mais qu'ont-ils besoin d'envoyer notre jeunesse dans ces contrées perdues où les arbres n'ont que du sable pour pousser ? »

Ernest Poujol, venu réconforter ses amis, tentait en vain de les calmer :

« L'Algérie, ce n'est pas le bout du monde ! Et, à ce qu'il paraît, nos soldats n'y sont pas trop mal. Là-bas, les gens n'ont rien ; et on leur apporte tout. Ils doivent les accueillir à bras ouverts. Pense donc, ça aurait pu être pire, on aurait pu l'envoyer au Sénégal ou en Cochinchine. Napoléon III y a des visées. Je ne sais pas où il s'arrêtera, ce Badinguet, mais je crains fort que, faute de pouvoir s'étendre en Europe comme son oncle, il n'ait l'intention de poursuivre nos conquêtes coloniales partout où les Anglais sont les maîtres.

– Tant qu'il n'y a pas la guerre ! ajouta Noélie qui se rassurait comme elle pouvait.

– Parce que tu crois que les soldats se la coulent douce dans les colonies ! On leur mène une vie d'enfer. Les populations leur sont hostiles. Les rebelles leur tendent sans cesse des embuscades. Et c'est sans compter les maladies. Dans ces pays chauds, il y a toujours plein d'épidémies.

– Ne sois pas si pessimiste, Louis, reprit Ernest. Ton fiston s'en tirera bien. J'en suis persuadé. Il est courageux et il sait pourquoi il veut absolument revenir au pays. Quelqu'un l'attend.

– Tu fais allusion à la petite Chabert ?

– Émilienne m'a tout raconté.

– Tu ne penses quand même pas que cette fille de bonne famille va l'attendre, lui, un paysan sans le sou, et pendant sept ans par-dessus le marché ! Et ce sera un autre problème quand il apprendra la vérité.

– Quelle vérité ? demanda Noélie.

– Le bruit court à Saint-Jean que Lucien Chabert a l'intention de marier sa fille au plus vite. De là à ce que ce soit pour étouffer l'histoire de Damien, il y a gros à parier.

– Il fallait s'en douter. De toute façon, Damien n'avait rien à espérer d'une telle aventure. Quand il saura – car il finira bien par savoir –, ce sera un drame pour lui. J'ai peur alors qu'il ne fasse quelque bêtise. Je le connais ; il est capable des pires extravagances.

– L'armée lui mettra du plomb dans la cervelle, ajouta Ernest.

– Il est bien capable de déserter pour venir rejoindre celle qu'il aime, s'il croit la perdre pour toujours. Il est si entier, et si rêveur !

– Trop romantique, ajouta Noélie.

– Quand il aura connu les filles de joie comme tous les soldats qui restent longtemps loin de chez eux, il aura vite fait d'oublier la soie et la dentelle de son amourette. Il la trouvera bien fade et bien légère à côté de ces enjôleuses. Cette Héloïse Chabert n'est pas de notre monde. Il s'en rendra vite compte.

– Puisses-tu dire la vérité, mon brave Ernest ! soupira Noélie. En attendant, cela nous cause bien du souci. »

* *
*

Le premier printemps de l'Empire lustrait déjà les ramures des mûriers d'une éclatante lumière. Aucune ombre ne venait assombrir l'horizon éthéré, hormis celle que laissaient derrière elles les nuées virevoltantes des oiseaux migrateurs qui avaient retrouvé leur chemin vers l'étoile du Nord. L'aigle impérial régnait en maître absolu sur son nouvel univers et veillait à ce qu'aucun étourneau ne s'échappe ou ne se laisse détourner de sa route.

La paix sociale semblait assurée pour longtemps. La bourgeoisie d'affaires était tranquillisée et ne mesurait pas sa reconnaissance envers celui qui l'avait sauvée des rouges en 1851. Les classes rurales, dans leur majorité, lui gardaient leur confiance, voyant dans le neveu du grand empereur le rempart contre tout retour à l'ordre ancien. Le mariage du monarque avec l'héritière d'une vieille famille noble espagnole, dont le père avait servi dans la Grande Armée, rallia une grande partie des royalistes, hormis les légitimistes les plus farouches. Seul sujet d'inquiétude : comment allaient se comporter les républicains, qui ne manqueraient pas de se servir des masses ouvrières comme fer de lance ? Aussi, dans chaque département, les préfets avaient-ils reçu l'instruction d'étouffer les moindres velléités de contestation et de manifestation.

À Saint-Jean, la méfiance s'était peu à peu estompée, même si la population, en majorité, avait toujours préféré les candidats républicains aux précédentes consultations électorales. Force était de constater que le nouvel empereur des Français se montrait fort préoccupé par le sort des plus démunis, n'ayant pas caché ses intentions de s'intéresser aux pauvres et de favoriser les œuvres d'assistance. Ses partisans, à ce sujet, ne manquaient pas de rappeler qu'il était l'auteur d'un essai sur *L'Extinction du paupérisme*, preuve s'il en fallait que son règne serait celui de la lutte contre la pauvreté et du triomphe de l'égalité sociale.

« En attendant, reconnaissait volontiers Ernest Poujol, tout en se méfiant de ses voisins quand il parlait avec des amis à l'auberge du Relais, Badinguet a rétabli l'autorisation préalable pour les journaux ; à quand la censure ? Et il affiche un goût de plus en plus prononcé pour le pouvoir personnel !

– Tu devrais parler avec plus de discrétion, lui conseilla l'aubergiste, dont les idées républicaines étaient connues de la plupart. La police arrête pour moins que ça. Tu le sais bien, toi qui en as déjà fait les frais.

– Tu ne m'empêcheras pas de dire ce que je pense ! Ce Napoléon le Petit est l'homme des coups d'État. Ce n'est qu'un ambitieux assoiffé de pouvoir, qui mènera le pays à la guerre. N'est-ce pas, Louis ? Tu n'es pas de mon avis ? »

Depuis que Damien était parti aux colonies, Louis évitait d'afficher en public le fond de ses pensées. Il craignait trop que ses opinions pussent être reprochées à son fils et que celui-ci fût l'objet de quelque malveillance perverse de la part de ses supérieurs.

« Tant que nous vivons en paix ! se contenta-t-il de répondre. En ce qui me concerne, je n'en demande pas plus. Ce que je désire avant tout, c'est que mon fils revienne vite sain et sauf de là où il est. Le reste, pour moi, est devenu secondaire.

– Tu m'as l'air bien tiède ! Pourtant, il y a encore peu de temps, tu étais du même avis que moi. Tu affirmais qu'avec Badinguet on aurait la guerre ! Aurais-tu changé d'idée ?

– Peut-être me suis-je trompé ? Après tout, il s'est rapproché de l'Angleterre, notre ennemi de toujours !

– Stratagème ! C'est pour mieux contrer les Russes qui ont des visées sur les terres du sultan, et pour s'entendre sur les futures conquêtes coloniales. Tu verras ce que je te dis, j'espère me tromper, mais ton fils, malheureusement, connaîtra la guerre !

– Taisez-vous donc ! s'interposa l'aubergiste. Vous allez me causer des ennuis. Désormais, je ne veux plus que mes clients parlent de politique dans mon établissement.

– Aurais-tu retourné ta veste, Augustin ? lui reprocha Ernest.

– Je n'ai pas changé. Mais je suis prudent, voilà tout ! Si tu veux être utile à la République, il faut agir dans la clandestinité et éviter de se faire arrêter bêtement les uns après les autres. Que pourrons-nous encore espérer, quand tous les nôtres auront été envoyés au bagne ?

– Heureusement qu'il y a des gens comme ce monsieur Hugo qui osent s'exprimer sans se cacher ! Sinon c'en serait fait de toute opposition.

– Pour l'heure, si tu veux être utile à notre cause, rends-toi chaque vendredi soir à l'auberge des Quatre-Chemins, à l'entrée de la ville. Mon confrère l'aubergiste te mettra au parfum de nos réunions secrètes et de nos futures actions.

– Tu viendras avec moi, Louis ? demanda aussitôt Ernest.

– Non, je n'ai pas envie de me mêler de ces histoires politiques. Tant que mon fils sera sous les drapeaux, je ne veux pas risquer de lui causer des ennuis.

– Pourtant, ce serait pour nous une façon de servir la cause !

– Je sais. Mais pour l'instant, il vaut mieux que je m'occupe de mes magnans. La saison de l'incubation approche. Et il me faut encore trouver une place de fileuse pour Aline. Je lui ai promis de m'en occuper avant la période du décoconnage.

– Il est vrai que depuis que Lucien Chabert t'a remercié, une vie nouvelle a commencé pour toi et les tiens.

– Nouvelle, pas tant que ça ! Un filateur ou un autre, qu'est-ce que ça change ? C'est Damien qui a commencé une nouvelle vie. Une vie de solitude, pleine d'aléas, de pièges et de dangers. Qui sait comment il se sortira de là ?

– En attendant, ajouta l'aubergiste, pas mécontent que ses clients aient un autre sujet de conversation, puisque vous parlez de la famille Chabert, il y en a une qui va bientôt changer de vie, elle aussi.

– Ah bon ! Et qui ça ? demanda Ernest qui ignorait la rumeur.

– La petite Héloïse, la fille du patron. Paraît-il que son père a enfin trouvé un prétendant et que le mariage est prévu pour le jour de la Saint-Jean.

– Si vite !

– Eh oui, moi aussi, je trouve ça bizarre ! Et toi, Louis, tu ne trouves pas ça bizarre ?

– Euh… si, peut-être. De toute façon, je ne veux plus entendre parler de ces gens-là. »

XIX

L'exil

LUCIEN CHABERT N'HÉSITA PAS LONGTEMPS devant le nombre de prétendants qui défilèrent sous les lambris de son salon. Écartant d'office les jeunes freluquets trop peu expérimentés pour remettre une jeune fille perdue dans le droit chemin, les cupides attirés par la dot qu'il s'apprêtait à accorder malgré ce qu'il avait sur le cœur, les désargentés qui risquaient de vivre à ses crochets leur vie durant sans rien offrir en échange à sa fille, il fixa son choix sur un certain Léopold de Chambrun, aristocrate quinquagénaire aux origines fort honorables, qui cherchait à mettre un terme à dix ans d'un long et douloureux veuvage. Le filateur s'émut de la peine dans laquelle se trouvait encore son interlocuteur et estima qu'un cœur à ce point meurtri ne pouvait que rendre heureuse une jeune et charmante épouse. De surcroît, les terres qu'il possédait sur la commune de Quissac mettraient Héloïse à l'abri du besoin. Quant au titre de marquis qui auréolait sa maison, il ne pourrait, pensait-il, que faciliter l'acceptation de sa frondeuse de fille.

C'était bien mal connaître Héloïse.

Lorsque Lucien Chabert lui annonça enfin sa décision de mettre un terme à ce qu'il dénommait une « retraite salutaire », la jeune fille, au lieu de rester coite ou de s'effondrer dans le désarroi, entra dans une colère monstre, tempêta haut et fort, brisa toute la porcelaine qui lui tomba sous la main, osa défier son père comme s'il s'était agi d'un étranger. On l'entendit hurler à tous les étages, vociférer tout ce qu'elle avait sur le cœur, menacer de mettre fin à ses jours plutôt que de se laisser toucher par un vieillard.

« Jamais, père, explosa-t-elle, jamais, vous m'entendez, vous ne parviendrez à me marier contre mon gré ! Mon cœur appartient déjà à quelqu'un d'autre. Mon corps également.

– Taisez-vous donc, petite malheureuse ! Vous ne savez pas ce que vous dites. Votre Damien aura tôt fait de vous oublier là où on l'a envoyé. Quand il reviendra – s'il revient –, ce sera un autre homme. Cessez de vous comporter comme une enfant ! Le parti que je vous propose est de loin le meilleur pour une demoiselle qui a à rougir de son comportement passé. Le marquis de Chambrun ne vous reniera jamais, même s'il venait à apprendre vos turpitudes. Je l'ai très bien compris. Il est prêt à toutes les indulgences pourvu que sa promise sache lui donner ce que son cœur cherche en vain depuis le décès de sa tendre épouse. Un homme qui a beaucoup aimé et qui souffre est toujours un homme généreux et compréhensif. Dans votre cas, c'est l'homme qu'il vous faut. Je ne reviendrai pas sur ma décision. D'ailleurs, je l'ai assuré de votre consentement.

– Il ne l'aura pas !

– Il l'aura, Héloïse, aussi vrai que vous portez le nom des Chabert ! Je saurai bien vous faire fléchir. »

Lucien Chabert commençait à voir rouge. Il plia si fort la badine qu'il tiraillait dans ses mains que celle-ci se brisa.

« Je préfère mourir !

– Si vous me résistez, vous me verrez dans l'obligation de vous envoyer prolonger votre retraite dans un couvent. Il ne sera pas dit que je vous aurai laissé jeter le déshonneur sur notre famille !

– Je préfère encore ça que de sentir sur moi les pattes de ce vieux noble emperruqué.

– Le marquis de Chambrun est mon hôte à dîner demain soir. Je compte sur votre présence pour les présentations d'usage auxquelles vous ne sauriez vous soustraire. J'ai donné l'ordre à Anna de vous aider à vous tenir prête. La nuit porte conseil. J'ose espérer que demain matin vous serez dans de meilleures dispositions. Réfléchissez à ce que serait votre vie. Le mariage, après tout, peut être seulement une formalité pour remettre le cœur et l'esprit de certaines turbulences passagères.

– C'est ce que vous pensiez lorsque vous vous êtes remarié ? Je ne crois pas qu'Élisabeth apprécierait vos propos !

– Laissez votre belle-mère en dehors de tout cela. Elle approuve entièrement ma décision.

– Le contraire m'eût étonnée !

– Qu'est-ce que vous insinuez ?

– Que votre remariage, pour elle, a été une merveilleuse occasion. Pour ne pas dire avantageuse.

– Je ne vous permets pas de douter de la sincérité des sentiments de mon épouse.

– En tout cas, moi, je ne veux pas que mon mariage soit un arrangement ; je n'ai pas son état d'esprit.

– Cessons cette conversation qui n'a que trop duré ! Je vous attends demain soir. Soyez prête vers 18 heures. »

Lucien Chabert, ivre de contrariété et de courroux, tourna les talons et, sans se départir de son calme apparent, quitta la chambre de sa fille en claquant la porte derrière lui.

Le lendemain, Héloïse tint bon. Elle renvoya sa chambrière et jura de faire un scandale si on la contraignait à descendre contre son gré. Élisabeth tenta en vain de la convaincre qu'il était inutile d'affronter son père, lui expliquant avec une grande impassibilité qu'une première rencontre ne l'engageait pas définitivement :

« Présentez-vous ce soir, ma chérie. Faites bonne figure. Un dîner ne coûte rien. Vous apaiserez la colère de votre père et, qui sait, vous changerez peut-être d'avis en voyant ce monsieur de Chambrun.

– Jamais ! Je ne veux tromper personne. Ni mon père, que je respecte, ni ce marquis, qui sait très bien pourquoi il est invité chez nous ce soir. »

Martial vint au secours de sa belle-mère et n'usa pas de mots détournés pour faire comprendre à sa sœur où était son intérêt :

« Petite sotte ! Tu ne vois pas que ton obstination rend notre père très malheureux. Tu n'ignores pas que son cœur ne supporte plus les fortes émotions. Tu n'es qu'une égoïste. Tu ne penses donc qu'à toi ! Décidément, tu me déçois beaucoup. »

Héloïse s'obstina. Elle refusa de s'apprêter.

Lorsque Léopold de Chambrun arriva à 19 heures sonnantes, Lucien Chabert le reçut comme si de rien n'était. La table avait été dressée dans la grande salle à manger du château. Le limoges et l'argenterie rivalisaient d'éclats sous les lustres en cristal de Murano. Le majordome avait soigné sa tenue et donné ses ordres aux autres domestiques afin que rien ne manquât. Lucien et Élisabeth se portèrent au-devant de leur invité dès qu'ils entendirent le fiacre du marquis s'arrêter au pied du grand escalier, ne laissant rien paraître. Ils avaient chargé Martial d'essayer de fléchir Héloïse jusqu'au dernier moment.

Toutefois, le marquis ne tarda pas à percevoir sur le visage de son hôte les signes d'une grande contrariété. De plus, l'absence d'Héloïse le surprit.

« Mademoiselle Chabert n'est pas souffrante ? s'enquit-il au bout de quelques minutes de futiles palabres.

– Nullement, mon cher marquis. Mais vous savez comme moi comment sont les jeunes filles : toujours à s'attarder à leur toilette et à se faire attendre. J'ai chargé mon fils d'aller la prévenir de votre arrivée. »

Lucien Chabert espérait encore qu'Héloïse paraîtrait en robe du soir. Il n'avait pas songé un instant que sa fille pût lui désobéir jusqu'à la dernière extrémité. « C'est une Chabert, pensait-il, franche et obstinée, elle a de qui tenir ! Mais elle sait où est l'honneur de la famille. »

« Pense à notre père ! tenta de lui expliquer Martial en dernier ressort. Veux-tu sa mort après avoir jeté le déshonneur sur la famille ?

– C'est lui qui me déshonore en me vendant au premier venu.

– Alors fais-le pour notre mère ! Qu'aurait-elle pensé de tout cela ? Crois-tu qu'elle aurait apprécié tes coucheries avec ce bouseux ? »

Le fait de lui rappeler le souvenir de sa mère aurait pu attendrir Héloïse et l'inciter à entendre raison. Mais, par son ultime maladresse, Martial venait de la ramener vers Damien et de rouvrir en elle une plaie qui était loin de s'être refermée. Ses dernières paroles, qu'elle jugea des plus injurieuses, lui firent oublier les sentiments de compassion qui commençaient à naître en elle. Certes, elle ne souhaitait pas nuire à la santé de son père ni salir la mémoire de sa mère regrettée. Mais traiter Damien de manant et l'amour qu'il lui avait donné de coucheries en était trop.

Elle se ressaisit :

« C'est bon, céda-t-elle contre toute attente. Je descends, puisque c'est ce que vous voulez tous. Va dire à père que je serai prête dans dix petites minutes et appelle Anna pour qu'elle me passe une robe plus seyante. Pour ce que j'ai à dire, je me dois d'être présentable.

– À la bonne heure ! exulta Martial, enfin rassuré. Je vois que mes paroles ont touché ton cœur et que tu as retrouvé le sens du devoir.

– Va, te dis-je ! Dépêche-toi. Ils doivent s'impatienter. »

Héloïse changea brutalement d'apparence. Les traits de son visage se firent plus durs, plus glacials. Elle adopta un air hautain, rabroua sa chambrière parce que celle-ci traînait à lui enfiler sa robe et à la coiffer.

« Vite, vite, voyons ! Ne cessait-elle de lui souffler au visage. Que vous êtes molle, ma bonne amie ! Ces messieurs m'attendent.

– Mais, Mademoiselle... »

La pauvre Anna ne comprenait pas le soudain revirement de sa jeune maîtresse. Elle ne put se retenir longtemps :

« Mademoiselle a donc l'intention d'accepter la décision de Monsieur son père ? »

Héloïse, peu empressée, ne répondit pas.

« Ça suffira comme ça, Anna. Je suis prête à entrer dans la cage aux lions.

– Mademoiselle ! geignait Anna, jamais je n'aurais cru que vous auriez si vite oublié monsieur Damien ! »

La jeune chambrière, dès le début et secrètement, avait toujours soutenu sa maîtresse et s'était réjouie de la voir tenir tête à son père, et à son frère qu'elle n'aimait pas. Esprit romantique au cœur généreux, elle espérait, elle aussi, rencontrer le grand amour. Aussi de l'histoire attendrissante de sa maîtresse bien-aimée en avait-elle fait l'objet de ses propres rêves.

« Qui te dit que j'ai oublié ? Damien est l'amour de ma vie. Et il le restera toujours, quoi qu'il arrive. »

Héloïse sortit de sa chambre sans faire de bruit, s'arrêta sur le palier qui surplombait la salle à manger où les domestiques avaient commencé à servir les premières collations, écouta la conversation en retenant sa respiration. Elle épia pendant quelques secondes les va-et-vient de son frère qui semblait s'impatienter, observa attentivement le marquis. Puis, respirant à pleins poumons, elle s'avança en exagérant le frottement de sa main sur la balustrade.

« Ah ! Voici ma chère et tendre Héloïse », ne put contenir Lucien Chabert quand il entendit celle-ci paraître en haut de l'escalier.

Héloïse arbora un visage de marbre, fixa l'hôte de son père comme un marin fixe un point sur l'horizon pour ne pas se détourner de sa direction, souleva le bas de sa robe d'un geste élégant, descendit une par une les marches de l'escalier.

Parvenue en bas de celui-ci, elle laissa venir à elle son père et son frère, puis les arrêta net d'un geste de la main et se dirigea très stoïquement vers le marquis. Ce dernier esquissa un pas en avant pour le baise-main d'usage, resta déconcerté, la main en suspension. Héloïse, contre son attente, ne lui offrit pas sa main, et demeura droite, figée comme une statue de glace. Sans détour, elle lui déclara :

« Monsieur le marquis, je salue en votre personne l'invité de mon père. Mais afin que vous ne soyez pas dupe d'une tractation qui s'est faite sans mon consentement, je me vois obligée de vous dire que je ne suis pas à marier. Je suis désolée, croyez-moi, que vous ayez pu nourrir à mon égard l'espoir de me prendre pour épouse afin d'unir nos deux familles. Mon père n'a pas dû vous expliquer le différend qui nous oppose à ce sujet, ni vous avertir de ma décision de me retirer au couvent dès que possible.

– Héloïse ! ne put retenir Lucien Chabert, rouge de honte et de confusion. Comment pouvez-vous !

– Je suis navrée, père. Vous ne m'avez pas offert le choix d'agir autrement. Je ne puis laisser monsieur le marquis à ses illusions.

– Mon cher Chabert, coupa Léopold de Chambrun, comment avez-vous pu me faire croire…

– Cela n'est rien, monsieur le marquis. Rien qu'un petit incident sans importance. Ma fille est très émue de vous rencontrer. Elle ne sait pas ce qu'elle dit. Tout était réglé entre nous. Ne vous inquiétez pas.

– Cessez de mentir, père. De mentir à vous-même et de tromper monsieur le marquis. Vous m'avez proposé le mariage ou le couvent. Tenez parole ! J'ai choisi le couvent. »

Héloïse salua le marquis, toujours sans un sourire, puis fit un semblant de révérence, dit pour finir :

« Permettez que je me retire, monsieur. J'ai besoin de mettre de l'ordre dans mon esprit chagriné et de retrouver la sérénité avant d'aller affronter le silence du cloître. »

Ni Lucien, ni Martial, ni Élisabeth, qui se tenait à l'écart, n'eurent de mots pour retenir Héloïse. Celle-ci remonta l'escalier comme elle l'avait descendu, stoïque et déterminée. Puis elle s'enferma dans sa chambre dans l'attente de son prochain exil.

* *
*

Le temps s'écoula, un mois poussant l'autre. Malgré les précautions dont ils redoublaient, Louis et la plupart des sériciculteurs rencontraient toujours les mêmes difficultés. Le fléau de la pébrine s'étendait et s'accentuait. L'année 1853 fut marquée par une crise profonde. On importa de grosses quantités de graine d'Italie, qui furent contaminées à leur tour. Les importations de Turquie, du Caucase, de Chine même ne parvinrent pas à sauver les petites magnaneries car le prix de l'once de la graine orientale était exorbitant. Très vite les petits éducateurs n'eurent plus les moyens d'en acheter.

« Nous finirons par nous ruiner complètement en achetant cette graine d'Orient, se plaignait Louis. 12 F l'once la graine de Turquie, alors que nous l'avions à 1,50 F il y a encore peu de temps ! À ce tarif-là, beaucoup finiront par arracher leurs mûriers.

– Pourquoi ne pas prendre les devants ? s'enquit Noélie. Nous pourrions planter de la vigne à la place. Ernest y songe, lui. Il affirme que le vin a un grand avenir devant lui et qu'avec le développement des chemins de fer, les viticulteurs pourront plus facilement vendre leur production dans les régions du nord.

– On ne s'improvise pas viticulteur. Si c'est pour produire de la piquette, c'est pas la peine !

– Il faudrait se renseigner pour choisir de bons cépages. Nos terres sont bien exposées ; nous pourrions réussir. Tu devrais y réfléchir.

– C'est tout réfléchi. Je suis magnanier, pas viticulteur. À chacun son métier. De toute façon, je ne ferai rien tant que Damien ne sera pas de retour.

– Il n'a fait qu'un an. Il lui en reste six ! Nous avons le temps de brûler la chandelle par les deux bouts !

– Nous nous en tirerons comme nous nous en sommes toujours sortis. J'ai bien retrouvé une place pour Aline. Ça prouve que, malgré cette fichue crise, tout espoir n'est pas perdu. Et puis Lucie va avoir douze ans l'année prochaine, je pourrai la faire embaucher à son tour à la filature avec sa sœur. La crise semble moins toucher les usines que les éducations. Beaucoup travaillent avec les cocons secs, eux aussi importés d'Orient.

– Comme la filature de Lucien Chabert !

– Ne me parle plus de cet homme ! Il est la source de tous nos ennuis.

– Ce n'est quand même pas lui qui a déclenché la pébrine !

– Tu as raison, Noélie. Je dis des bêtises. »

Aline avait été embauchée à la filature d'Henri Pelatan. Celui-ci possédait une usine beaucoup moins importante que celle de son concurrent, Lucien Chabert. Ses installations souffraient de vétusté et ne disposaient que d'une seule machine à vapeur pour alimenter la chaudière. Les bassines étaient en cuivre, alors que les grandes filatures les avaient remplacées par des bacs en terre cuite pour éviter l'oxydation. Les guindres étaient toujours manuels et les tourneuses, encore indispensables. L'atmosphère des ateliers y était nauséabonde, la moiteur permanente car il n'y avait aucun système de ventilation mécanique. L'odeur âcre des bâbos prenait à la gorge et s'incrustait jusque dans les vêtements et la chevelure des ouvrières. Lorsque Aline revint chez elle le soir de son premier jour de travail, Edmond, son frère, ne put réprimer son dégoût :

« Ah ! tu pues, Aline. Tu sens le rat crevé.

– C'est l'odeur des fileuses, lui objecta Noélie pour sauver la mise à sa fille. Chez les Chabert aussi ça sentait mauvais.

– Oui, mais pas si fort ! Ajouta Aline. Là-bas il y avait la ventilation dans l'atelier. Et c'était mieux éclairé. C'était plus moderne. Dommage qu'ils m'aient flanqué à la porte. En plus j'étais mieux payée.

– C'étaient des papistes ! rétorqua Edmond qui, à douze ans, n'avait pas sa langue dans sa poche.

– Catholiques ou protestants, quelle différence !

– Un protestant ne t'aurait pas renvoyée pour une faute commise par ton frère.

– Damien n'a rien fait de mal ! s'insurgea Aline. Je te défends de l'accuser à tort !

– Allons, les enfants ! intervint Noélie. Ne vous chamaillez pas. Si votre père vous entendait, il vous gronderait. »

Avec le temps, Aline s'était peu ou prou habituée à ses nouvelles conditions de travail. La filature Pelatan étant un peu plus éloignée que celle de Lucien Chabert, elle s'y rendait le dimanche soir et n'en revenait que le samedi soir suivant après avoir effectué six longues journées de travail. Elle logeait sur place avec une vingtaine d'autres jeunes filles à peine plus âgées qu'elle pour la plupart. Henri Pelatan avait fait installer un dortoir dans un bâtiment jouxtant l'atelier de filature pour accueillir les fileuses descendues des valats les plus éloignés. Rares étaient les femmes d'un âge avancé, car le métier de fileuse s'arrêtait souvent avec le premier enfant.

Le soir, elles se retrouvaient dans la grande salle commune où elles préparaient elles-mêmes leurs repas avec les victuailles que le patron de l'usine leur fournissait en déduction de leur salaire. Elles dormaient dans des châlits sommaires, sur des paillasses de crin, dans un froid glacial l'hiver. Par mesure de sécurité, Henri Pelatan interdisait de garnir le poêle à bois avant l'heure du couchage. En bon huguenot, il se sentait responsable des jeunes filles qu'il hébergeait. Aussi tenait-il à ce que la bonne moralité régnât dans son établissement. Il avait imposé un règlement draconien de bonne conduite qui défendait à ses pensionnaires de recevoir aucune visite dans le dortoir, de veiller au-delà de 21 heures l'hiver, 22 heures l'été. Il leur fournissait gratuitement la chandelle et le bois de chauffage, mais avec parcimonie afin d'éviter tout gaspillage. Enfin, il n'autorisait que les chants religieux, les cantiques et les psaumes, et proscrivait les chansons profanes. Mais, en ce domaine, les jeunes filles en prenaient à leur aise et n'obéissaient guère au règlement, pas plus au dortoir que dans les ateliers. Une surveillante passait chaque matin entre 5 et 6 heures, et battait le rappel pour que toutes soient à leur poste de travail à 5 h 30 en été, 7 heures pendant les jours les plus courts. Le soir, le patron lui-même se déplaçait pour l'extinction des feux et pour bien refermer la porte du dortoir à clé. Il craignait les maraudeurs attirés par la présence de jeunes filles sans défense. Au besoin, il affirmait être prêt à lâcher les chiens pour ôter aux malintentionnés l'envie de rôder autour du dortoir de l'usine.

« Je crois plutôt que c'est pour nous empêcher de sortir ! s'esclaffaient les jeunes filles que toutes ces mesures de vigilance amusaient plus qu'elles ne les gênaient. De toute façon, ce n'est pas ici que nous donnerions rendez-vous à nos galants ! La paille de nos fenils est bien plus agréable et elle sent bon le foin coupé. »

Henri Pelatan n'avait que de bonnes intentions. Lui-même n'avait eu qu'une fille de sa défunte épouse, une enfant qu'il avait quasiment élevée seul avec amour et dans les règles les plus strictes de la religion réformée. Zélie avait l'âge de la plupart de ses ouvrières, dix-huit ans. Elle ne paraissait jamais dans l'usine de son père, consacrant toute son existence à l'étude, à la musique et au temple, sous la surveillance toute maternelle de sa gouvernante. D'une santé fragile – on la disait anémique –, elle s'exposait de longues heures au soleil sur la terrasse de la maison qui surplombait la petite filature. C'était au cours de ces rares instants de détente qu'elle s'octroyait que les ouvrières pouvaient l'apercevoir en regardant à travers les baies vitrées de l'atelier.

Aline souffrait beaucoup d'être éloignée de sa famille toute une longue semaine. Elle ne se faisait pas à sa vie de pensionnaire. Les distractions après le travail étaient rares, et la présence de ses compagnes d'atelier ne remplaçait pas celle de son frère et de sa sœur. Elle aussi vivait cet éloignement comme un exil.

« Nous sommes trois à présent à être loin de nos familles, avoua-t-elle un dimanche soir, juste avant de se remettre en route pour l'usine.

– Trois ! s'étonna Noélie. Qui est donc le troisième ? Je ne vois que ton frère et toi dans cette situation. Encore que pour toi, ce n'est pas pareil, tu reviens chaque semaine, et la filature n'est pas à l'autre bout du monde.

– Héloïse Chabert aussi est exilée. On m'a appris à l'usine qu'elle est cloîtrée dans un couvent chez les sœurs à Avignon, depuis plus d'un an.

– Dans un couvent ! Elle a pris le voile ?

– Non. D'après ce qu'on m'a dit, elle a refusé d'épouser l'homme que son père lui avait choisi pour la caser, un vieux noble. Ils se sont violemment disputés. Son père l'a envoyée au couvent. Je ne crois pas qu'elle soit devenue bonne sœur. Mais elle vit recluse. Dis, maman, tu crois que c'est à cause de Damien tout ce qui lui arrive ?

– Je l'ignore, ma chérie. Mais c'est fort probable. Cette jeune fille devait beaucoup tenir à ton frère. Damien n'en parle jamais dans ses lettres.

– Il l'aimait aussi beaucoup. À moi il le disait.

– Je sais ; tu étais sa confidente, n'est-ce pas, avant qu'il ne s'en aille. Et toi, Louis, tu étais au courant de toute cette histoire ?

– Un peu. Pas beaucoup. Je n'ai jamais pris cette aventure au sérieux.

– Et tu ne nous en as rien dit !

– À quoi bon ! C'est du passé tout cela. Parlons plutôt du présent et de l'avenir.

– Tu détournes la conversation !

– Pas du tout. Mais il y a plus important que ces histoires de cœur qui ne sauraient arranger nos affaires.

– Et qu'as-tu à nous annoncer ?

– D'abord qu'Henri Pelatan accepte de prendre Lucie comme apprentie. Elle sera d'abord tourneuse, elle travaillera au guindre derrière Aline. Puis, après son apprentissage, elle pourra devenir fileuse.

– C'est la vérité ? demanda la petite fille. Moi aussi, je vais devenir fileuse !

– Ne te réjouis pas trop vite, lui objecta Aline. Tu verras, la vie à l'usine n'est pas toujours facile !

– Et en plus, elle sera un peu payée, ajouta Louis. Henri Pelatan est un homme intègre. Il m'a dit que tout travail mérite salaire et que les apprenties doivent être rémunérées en fonction de ce qu'elles produisent. Oh ! tu ne gagneras pas beaucoup. Mais ce sera toujours ça en plus. Si Aline était restée chez les Chabert, tu n'en aurais pas eu autant.

– C'est une bonne nouvelle, reconnut Noélie.

– Ce n'est pas tout. J'ai bien réfléchi à ce que tu me disais. J'en ai parlé à Ernest. Il a su me convaincre : je vais arracher les mûriers de la terre du Coutil et y planter de la vigne. Ce sont les faïsses les mieux exposées au soleil et le sol y est bien drainé. Ça devrait marcher. Nous nous aiderons mutuellement pour les vendanges comme pour le décoconnage. Et nous mettrons en commun le matériel nécessaire à la vinification. Ça nous coûtera moins cher.

– Je vois que tu écoutes plus tes amis que ta femme ! fit mine de s'offusquer Noélie.

– Pas du tout. C'est toi qui m'as fait entendre raison. La diversification est encore le meilleur moyen de lutter contre la crise. Mais avant d'entreprendre quoi que ce soit, je vais en faire part à Damien. Je vais lui écrire pour l'avertir. D'ici la fin de l'été, il aura le temps de me répondre. Nous commencerons alors l'arrachage des arbres et la plantation des premiers ceps à l'automne. »

* *
*

Bien au-delà de la mer, Damien tentait d'oublier celle pour qui son cœur battait toujours de chagrin. De son côté, après un moment de découragement quand elle sut qu'on avait exilé son bien-aimé si loin de chez lui, Héloïse reprit courage et entreprit de lui écrire. Depuis son couvent, elle lui adressa de nombreuses lettres, ayant appris par le majordome de son père qui la tenait secrètement informée à quel régiment il avait été affecté. Mais ses lettres restaient sans réponse car elles ne parvenaient pas à son destinataire. La poste aux armées contrôlait le courrier du jeune soldat, sur ordre explicite du capitaine Brahic à qui Martial Chabert avait encore eu recours afin de s'assurer que les ponts étaient bien coupés entre sa sœur et son ancien amant.

Damien ignorait donc qu'Héloïse vivait recluse et qu'elle nourrissait encore l'espoir de le revoir un jour. Dans le bled où ses supérieurs l'envoyaient fréquemment en mission, pour des opérations périlleuses d'avant-garde, il finissait par se faire une raison et commençait à se détacher de l'idée de retrouver un jour sa terre natale. Quand il reçut la lettre dans laquelle son père lui annonçait son intention d'arracher les mûriers du Coutil, il ne s'en émut même pas. Tout lui était devenu indifférent, si éloigné de ses nouvelles préoccupations. Il se disait que sa vie finirait sans doute sous le soleil brûlant du désert, un pays de galériens qu'il commençait cependant à apprécier parce que les hommes qu'il y rencontrait avaient, pour la plupart, rompu les amarres avec leur passé et leurs malheurs.

De longues saisons s'étaient écoulées depuis son départ. Le printemps fleurissait à nouveau en rose et blanc dans les prés et les vergers. Le ciel azuré, lavé par le vent du nord, était baigné de lumière. Mais la grisaille empoisonnait encore les esprits chagrins. La crise persistait. Rien ne parvenait à la juguler.

De guerre lasse, Héloïse finit par se décourager. Jamais elle ne reçut de réponse aux nombreuses lettres qu'elle envoyait à Damien. « Il m'a rayé de son cœur », pensait-elle.

Aussi, après trois ans d'exil volontaire chez les sœurs, elle fit savoir à son père qu'elle était prête, à présent, à lui obéir.

Celui-ci ne tarda pas à accourir pour la sortir de sa retraite, le cœur enfin soulagé, et lui déclara :

« Ma chérie, te voilà enfin rendue à la raison ! Je ne peux te cacher la joie qui m'habite. Ces trois années, nous les considérerons, si tu le veux bien, comme une fâcheuse parenthèse, comme une retraite de méditation, n'est-ce pas ? Sache que le marquis de Chambrun est toujours disposé à t'accueillir et à te prendre pour épouse. Ses sentiments à ton égard n'ont pas changé. Il est tout disposé à oublier l'affront que nous lui avons fait. Tu vois, je dis *nous*. Je m'en veux en effet de ne pas avoir su te faire comprendre où était ton intérêt pour ton futur bonheur. Je n'ai pas su trouver les mots qu'il fallait. Le marquis est un homme de parole. Il m'avait promis d'être patient. Sa patience a été récompensée et j'en suis moi-même fort gratifié. Je te pardonne, mon enfant, pour la peine que tu as pu m'occasionner. La jeunesse, je le sais, ignore souvent les limites qu'il ne faut pas franchir. Plus jamais un tel drame ne se produira sous notre toit.

– Père, faites dire à votre marquis que je l'épouserai dès que les fiançailles auront duré le temps nécessaire aux bonnes convenances. Je suis prête à devenir la marquise de Chambrun. »

XX

Le retour du soldat

Le mariage d'Héloïse Chabert avec le marquis Léopold de Chambrun fit grand bruit à Saint-Jean. Non à cause de cette forme de mésalliance qu'il représentait, entre une famille roturière issue de l'industrie et une maison de vieille aristocratie foncière – les blasons ternis étaient nombreux à l'époque à rechercher l'or brassé par la bourgeoisie d'affaires –, mais à cause de la grande différence d'âge qui séparait les deux époux.

À vingt-deux ans, Héloïse paraissait sortir de l'enfance. Et ce n'étaient pas les toilettes les plus chatoyantes et les plus ostentatoires qu'elle arbora dès le premier jour des fiançailles qui lui donnèrent subitement des allures de grande dame. Son mari, de trente ans son aîné, aurait pu passer pour son père avec ses cheveux grisonnants, son lorgnon et son dos légèrement voûté. Toujours vêtu à la mode ancienne, il se montrait rarement en habit de bourgeois et ne parvenait pas à se départir des gestes précieux et désuets qui faisaient de lui, assurément, un homme d'une époque révolue.

Le mariage eut lieu six mois après l'annonce officielle des fiançailles. L'automne traînait en longueur et baignait encore la vallée d'une douce lumière mordorée. Sur les terrasses, les mûriers restaient teintés de roux et d'ocre, tandis que le vent distillait encore des relents de futaille provenant des coteaux du bas pays. L'union des deux époux eut lieu à Saint-Jean, sous la bénédiction de l'abbé Dufour, ami de la famille Chabert. Les fiacres, calèches et tilburys défilèrent devant le parvis de l'église, dans une ronde incessante, bloquant pour l'occasion la circulation dans le cœur de la cité. Les badauds et les curieux, attirés par un tel rassemblement de beau monde, se pressèrent à la sortie de la cérémonie nuptiale, chacun poussant son voisin pour voir passer la mariée dans sa robe blanche de satin tout ornementée de mousseline et de dentelle du Puy. Le marquis avait accepté de troquer ses éternels habits d'ancienne noblesse pour une redingote des plus seyantes. Il avait même consenti, sur les conseils empressés de sa future épouse, à choisir un brocart de couleur rouille, où les fils d'or et de soie rivalisaient d'éclat, plutôt que le noir qu'il arborait depuis son lointain veuvage. L'esprit et le cœur tout enivrés à l'idée de faire d'elle sa femme à part entière dès le soir des noces, il n'avait pas hésité un instant à suivre ses conseils dans le seul but de lui être agréable et de se montrer le plus prévenant des hommes. Il n'ignorait pas que son âge ne lui permettait pas de se comporter avec elle en être autoritaire et pourvu de petites manies, tel qu'il était le plus souvent avec son entourage. « Si je veux acquérir son amour une fois marié, s'était-il juré, il faudra que je change mes habitudes ! »

Léopold de Chambrun était conscient que sa jeune femme s'était résignée au mariage sur insistance de son père. Certes, il n'espérait pas d'elle une descendance, mais si tel était son désir d'enfanter, il s'avouait prêt, malgré ses cinquante-trois ans, à accéder à ses souhaits et à accepter ainsi une ultime paternité.

De sa première épouse issue de la petite noblesse d'Uzège, il avait eu quatre enfants, trois filles et, sur le tard, un fils qui le combla de joie. Ainsi, son titre de marquis avait-il été sauvé des oubliettes. Mais l'inquiétude des enfants de son premier lit venait ternir le bonheur qu'il éprouvait soudain après dix ans de renoncement et d'abstinence. Lorsqu'il les avait présentés à Héloïse juste avant les fiançailles, il perçut immédiatement leur manque d'enthousiasme, qu'il prit aussitôt pour de la réprobation. Héloïse elle-même, qui avait le même âge que ses futures belles-filles, avait ressenti une grande froideur dans leur accueil. Lorsqu'elle en fit part à son père, celui-ci lui répondit :

« Il ne faut pas t'offusquer, ma chère fille ! Nous ne sommes pas du même monde ! Mais lorsque tous comprendront que le choix de leur père leur aura permis de redorer leur blason, ils te témoigneront plus d'égards. Crois-moi ! La noblesse a trop besoin de gens comme nous qui ont non seulement acquis la suprématie économique mais aussi le pouvoir politique. Au fond, ils nous envient parce qu'ils se savent déchus de leur piédestal. À nous de leur montrer que nous sommes l'avenir des nations. D'ailleurs, ils le savent bien, puisqu'ils viennent quémander nos filles pour unir leurs familles aux nôtres. »

Héloïse ne répondit pas, tant elle trouvait la fierté de son père déplacée. Pour elle, plus rien n'avait d'importance dès lors que son avenir était enchaîné à un homme qu'elle n'aimait pas et que l'amour de sa vie lui avait définitivement échappé.

Seule Anna, qui resta à son service après le mariage, était de toutes ses confidences. La jeune chambrière était devenue la gouvernante de sa nouvelle maison, une gentilhommière sise sur les rives du Vidourle, qui tenait plus d'un relais de chasse que d'un château. Le marquis lui avait avoué sa préférence pour cette demeure modeste, le château, qu'il occupait avec son épouse et ses enfants à quelques lieues de là, en plein cœur de son domaine, étant, selon ses propres dires, trop austère pour un couple de jeunes mariés et trop imprégné de douloureux souvenirs. Héloïse ne lui opposa aucune objection, trop heureuse d'éviter ainsi la cohabitation avec sa belle-famille, dont l'aïeule, la mère du marquis, paraplégique de soixante-quinze ans, menait encore tambour battant la domesticité de son marquis de fils.

* *
*

Les mois passèrent, une année nouvelle succéda à l'ancienne sans que la situation ne s'améliore. Le marasme régnait dans toutes les exploitations. Rien, sur l'horizon de la conjoncture régionale, ne semblait pouvoir redonner espoir à ceux qui avaient tout misé sur l'or des mûriers. Chacun tentait de s'en sortir comme il pouvait. Certains redécouvrirent la générosité des châtaigniers ; d'autres tentèrent l'aventure de la vigne ; beaucoup de jeunes commencèrent à quitter leur mas familial pour aller s'embaucher dans les usines des cités industrielles du Piémont. Là-bas on ne voyait que par le charbon, l'acier et les chemins de fer. La vie grouillait, aussi dense que les fumées d'usine qui encrassaient l'azur du ciel. La révolution industrielle était en marche. Rien ne pouvait plus l'arrêter. L'Empereur lui-même, flanqué de son fidèle duc de Morny, indiquait la direction à prendre. N'avait-il pas déclaré dès 1852 : *« J'en conviens, j'ai, comme l'Empire, bien des conquêtes à faire. Nous avons d'immenses territoires incultes à défricher, des routes à ouvrir, des ports à creuser, des rivières à rendre navigables, des canaux à terminer, notre réseau de chemins de fer à compléter. »*

Ainsi les pépinières de l'avenir avaient-elles subitement fleuri, donnant aux masses ouvrières l'occasion de se mettre courageusement au travail et d'en remercier le régime. L'aménagement et l'agrandissement de Paris, les grandes banques, les grands magasins, le percement de tunnels sous les Alpes, l'assainissement des régions insalubres pour le développement agricole marquaient déjà cette première décennie du règne.

« Et ce n'est pas tout, commentait Ernest en parcourant son *Écho des Cévennes*, un soir de veillée chez ses amis Lacombe. Tiens, Louis, lis ça ! »

Louis lui prit le journal des mains et lut à haute voix :

« Le Gouvernement a donné son accord pour que M. Ferdinand de Lesseps entreprenne les travaux de percement du canal de Suez qui reliera la mer Méditerranée à la mer Rouge et permettra d'atteindre nos comptoirs des Indes sans contourner l'Afrique.

– Autrement dit, le coupa Ernest, les cocons d'Orient seront encore moins chers à l'importation et les nôtres paraîtront toujours trop chers ! Nous serons un jour obligés de nous aligner.

– Je crains effectivement que ce projet finisse par nous donner le coup de grâce. Les filateurs n'utiliseront plus bientôt que des cocons d'importation.

– Ils en feront même venir de Chine et du Japon. Déjà certains le font. C'est la mort des magnaniers !

– Remarque, il n'est pas encore percé, ce canal. D'ici là, bien des événements peuvent se passer.

– Si personne ne parvient à guérir nos magnans de cette fichue pébrine, de toute façon, nous disparaîtrons. Alors, canal ou pas, notre sort est scellé, mon pauvre Louis. »

Les femmes écoutaient leurs maris d'une oreille distraite, tout entières à leurs travaux de ravaudage qu'elles accomplissaient ensemble à la lueur de l'âtre dans le cantou.

L'hiver était arrivé brutalement après un automne paresseux et avait surpris de nombreuses familles qui n'avaient pas encore terminé de mettre leur provision de bois coupé de l'an vieux à l'abri.

« Il commence à neiger, constata Edmond en regardant par l'unique fenêtre de la pièce.

– Ferme donc les volets, que le froid n'entre pas ! fit Noélie. Il neige alors que les dernières feuilles des arbres ne sont pas encore tombées, il neigera sept fois dans l'hiver ! »

Edmond s'apprêtait à obéir, quand quelqu'un frappa à la porte en se tapant les pieds sur le seuil comme pour ôter la neige accumulée sous ses semelles. Tous dans la pièce arrêtèrent leur ouvrage.

À une heure si tardive, et par un tel froid, qui cela pouvait-il être ? se demanda Noélie en son for intérieur.

« Eh bien ! va ouvrir, ordonna Louis à son fils. Ce n'est pas à tes sœurs d'aller ouvrir à un inconnu. »

Edmond s'approcha de la porte et, prudent, interrogea avant d'ouvrir :

« Qui est-ce ?

– C'est moi, grand nigaud ! Ton frère. Ouvre vite, *je me sanglace*[1].

– Damien ! » s'écrièrent en chœur Noélie et Émilienne.

Les deux femmes se levèrent d'un bond de leurs fauteuils en osier et se précipitèrent au-devant du jeune soldat.

« Mon fils ! ne put retenir Louis, les larmes aux yeux. Viens là que je t'embrasse. Finis donc d'entrer. »

Après de longues effusions, passant dans les bras de tous à tour de rôle, Damien, encore dans son uniforme détrempé par la neige, vint s'asseoir au cantou pour se réchauffer.

« Alors, fit Louis le premier, te voilà revenu au pays !

– J'ai eu une permission. Mais c'était trop tard pour vous prévenir.

– Il était temps ! La première depuis bientôt quatre ans.

– Et ce sera sans doute la dernière. Mais j'ai un mois devant moi.

– Comme tu as changé, mon grand ! s'étonna Noélie. Tu as forci. Mais je te trouve triste mine. Tu n'es pas malade au moins ?

---

1. *Je me gèle.*

– Une vilaine dysenterie depuis quelques semaines. Mais je prends ce qu'il faut.

– Ils te mènent la vie dure ? s'enquit Ernest.

– Ça dépend. Parfois nous restons de longues semaines, peinards à attendre. Rien que des patrouilles de routine. Puis on nous envoie en opération dans le bled contre des pillards ou des groupes de rebelles qui s'insurgent contre notre présence. C'est pas toujours facile, mais à force on s'y fait. »

Cette soirée-là dura une bonne partie de la nuit. Damien ne savait plus à qui répondre, tant les questions fusaient autour de lui.

Dans un coin, Aline attendait de le retrouver seul à seul, impatiente de savoir s'il allait lui parler d'Héloïse. Lorsque, tard dans la nuit, tous allèrent enfin se coucher, elle s'arrangea pour l'embrasser la dernière.

« Tu n'as rien à me demander ? » lui susurra-t-elle dans le creux de l'oreille.

Damien, tombant de sommeil, lui répondit d'un air moqueur :

« Ça y est, tu as un amoureux ! »

Aline fronça les sourcils.

« Mais non ! Pas ça.

– Ah, dommage ! Ça m'aurait fait plaisir de te savoir amoureuse. Le fils Poujol ne te plaisait pas un peu quand tu étais petite ?

– Tu plaisantes ! Pierre n'a que seize ans.

– Et toi, quel âge as-tu maintenant ?

– Tu le sais bien, voyons ! J'ai dix-huit ans. Le même âge qu'Héloïse quand tu es parti. »

Damien s'assombrit.

« Ne me parle plus d'elle, s'il te plaît. Elle m'a oublié. Et moi aussi. Tout ça, c'est de l'histoire ancienne. Je ne veux plus en entendre parler.

– Tu ne désires pas savoir ce qui est advenu d'elle après ton départ ?

– Non, je m'en contrefiche. »

Au ton avec lequel Damien venait de lui répondre, Aline comprit qu'il ne disait pas la vérité. Elle crut bon de l'avertir :

« Si tu rôdes à Saint-Jean, tu ne manqueras pas de l'apprendre. Et on risque de te dire des bêtises. Aussi, il vaut mieux que ce soit moi qui t'en parle la première.

– Ça ne m'intéresse pas !

– Damien, tu sais bien que je t'aime beaucoup. Et je ne voudrais pas que tu souffres inutilement à cause des mensonges qu'on pourrait colporter et qui te parviendront tôt ou tard aux oreilles. »

Le jeune soldat s'assit sur le lit, ôta difficilement les bottes qu'il portait encore aux pieds, déboutonna le col de sa chemise.

« Qu'as-tu à m'apprendre sur Héloïse que j'ignore ?

– D'abord qu'elle est mariée. »

Prudente, Aline n'en dit pas plus, scrutant la réaction de son frère. Celui-ci blêmit, se mordit les lèvres, mais ne se décontenança pas davantage. Il poursuivit :

« C'est tout ? Il fallait s'en douter. Depuis quatre ans, elle n'allait pas m'attendre, moi, un va-nu-pieds. Que pouvait-elle espérer de moi ?

– Tu te trompes, Damien. Je suis au courant de bien des choses que beaucoup ignorent. Héloïse t'a longtemps attendu. Elle a refusé de plier face aux exigences de son père quand celui-ci s'est mis en tête de lui trouver un mari, peu après ton départ pour l'Algérie.

Elle a préféré entrer au couvent, chez les bonnes sœurs, à Avignon. Là-bas, paraît-il, elle t'a écrit. C'est Anna, la chambrière des Chabert, qui me l'a appris. Elle communiquait avec Héloïse. Mais tu ne lui as jamais répondu.

– Je n'ai jamais reçu aucune lettre d'elle ! C'est faux.

– Elle n'avait aucun intérêt à mentir.

– Et que disait-elle dans ses lettres ?

– Je l'ignore. Mais tu peux le deviner. À force de se heurter à ton silence, elle s'est découragée et elle a accepté d'épouser l'homme que son père lui avait choisi trois ans auparavant.

– Trois ans ! Elle est restée trois ans enfermée dans un couvent à m'attendre !

– Oui, trois ans. Si elle ne t'avait pas aimé, elle aurait renoncé à toi bien avant. Et elle se serait arrangée pour décider son père à choisir un prétendant un peu moins vieux que ce marquis qu'elle a finalement épousé.

– Un marquis !

– Oui, Léopold de Chambrun. Un vieux marquis qui pourrait largement être son père. Il a plus de cinquante ans, d'après ce qu'on dit. »

Damien allait de stupéfaction en stupéfaction.

« Pourquoi me racontes-tu tout cela ? Finit-il par demander, complètement dépité.

– Pour que tu n'ailles pas croire tout ce qu'on te racontera : qu'Héloïse t'a rapidement oublié, par exemple, qu'elle a préféré un beau mariage à une impossible aventure avec un jeune paysan sans le sou. Et j'en passe.

– Remarque, crois-tu vraiment qu'elle le regrette ?

– Je peux te dire que, depuis son mariage, on ne la voit plus à Saint-Jean. Elle ne rend plus jamais visite à son père et les bruits courent qu'elle n'a toujours pas consommé son union.

– Comment peut-on affirmer de telles choses ?

– Anna, toujours Anna ! Elle est plus que jamais devenue sa seule et grande confidente. Héloïse l'a emmenée avec elle à Quissac où elle réside avec son marquis. Et Anna parle quand elle vient à Saint-Jean. Elle ne s'en prive pas ! Elle aime trop sa maîtresse. Elle ne peut garder secret le malheur qui s'est abattu sur elle. »

Ce premier soir, Aline n'en dit pas davantage. Elle laissa Damien à ses pensées, soulagée de lui avoir révélé une vérité qui, croyait-elle, allait apaiser son esprit et aguerrir son cœur.

* *
*

Le jeune soldat retrouva vite sa vie d'antan et ne se fit pas prier pour soulager son père dans ses tâches les plus lourdes.

« Je vois que tu n'as pas perdu la main, fils ! L'armée ne t'a pas ramolli. Le contraire m'eût étonné.

– Là-bas ce n'est pas pour le bois de chauffe que nous abattons les arbres, mais pour la construction de nos fortins. Et quand nous creusons la terre, ce ne sont pas des sillons que nous laissons derrière nous, mais des tranchées pour mieux nous protéger. Quant à nos fusils, ils ne nous servent pas uniquement à chasser le gibier, si tu vois ce que je veux dire. »

Une question taraudait l'esprit de Louis depuis le premier jour où Damien avait commencé à raconter les échauffourées voire les combats auxquels il avait participé :

« Dis-moi, est-ce qu'il t'est arrivé de tirer sur des hommes ?

– De tirer ! s'étonna Damien. Bien sûr ! Crois-tu qu'on nous ordonne de tirer sur les oiseaux quand nous sommes assaillis.

– Et as-tu déjà… comment dire ?

– Tué un ennemi ?

– Oui, c'est cela.

– Je le pense. Comment en être sûr ? Quand tu vois l'homme que tu tiens au bout de ton fusil s'effondrer, tu peux penser que tu as fait mouche et qu'il a eu son compte. Que veux-tu, c'est la guerre ! Au début, moi aussi, tout cela me révoltait. Je me disais que nous n'avions rien à faire dans ces pays qui ne nous ont rien demandé. Quand il fallait user de nos armes pour nous défendre, je tirais au-dessus des têtes pour être certain de ne pas tuer. Je laissais faire les autres, pour me donner bonne conscience. Mais j'ai vite compris que la vie de mes camarades dépendait aussi de moi, et que si je refusais de les aider en faisant semblant de tirer, je les mettais en danger. Par contre, eux me protégeaient en obéissant aveuglément aux ordres. Alors j'ai cessé de me retrancher derrière mes bonnes résolutions et j'ai fait comme tout le monde. J'ai tiré dans le tas. Mais jamais sur des hommes sans défense. J'espère que je n'aurai jamais à le faire, par mesure de représailles par exemple.

– Ça arrive ?

– Hélas, oui ! Nous ne sommes pas des anges. Quand nous retrouvons une sentinelle égorgée ou quand on nous renvoie une avant-garde décapitée, la tête plantée au bout d'une lance, tu peux imaginer quel est notre état d'esprit ! Beaucoup ne pensent alors qu'à une chose : se venger. Et certains le font dès qu'ils reçoivent l'ordre de rechercher les responsables.

– C'est une sale guerre que vous faites dans ces colonies.

– Parce que tu crois que les guerres de Napoléon auxquelles ton père a participé étaient plus propres !

– C'était pour libérer les peuples d'Europe de l'oppression de leurs souverains absolus. Tandis que Badinguet, lui, il fait exactement le contraire. Il opprime à son tour et réduit en esclavage des peuples qui ne nous ont rien demandé.

– Tu as raison, père. Mais le résultat est le même : des morts, des viols, des tortures, des enfants affamés et pour finir la haine. »

Damien semblait désabusé. Ses quatre ans passés aux colonies l'avaient endurci et lui avaient ôté toutes ses illusions et ses rêves d'enfant.

« Que feras-tu quand tu reviendras ?

– Je ne sais pas. À vrai dire, il n'y a pas encore longtemps, je pensais ne pas revenir, rester là-bas pour tirer un trait sur le passé. Je me disais qu'une fois rendu à la vie civile, je pourrais travailler la terre auprès des autochtones, pour leur être utile, pour les aider et non pour les exploiter.

– Ils te chasseront, ils ne voudront pas de toi. Tu te berces d'illusions. Là-bas tu n'es pas chez toi, tu n'y seras jamais ; surtout si tu dois ta tranquillité à la force des fusils. Ta place est ici, Damien. Je croyais que tu avais de grandes ambitions. Souviens-toi, tu disais jadis que tu voulais qu'on t'appelle « monsieur » plus tard, et réussir là où tes aïeux avaient échoué. Nous ne sommes jamais que des paysans besogneux. L'avenir appartient à ceux qui sauront évoluer et suivre la marche du siècle. Je reconnais qu'à mon âge il ne faut plus trop m'en demander. Avec la crise qui perdure, je ne vois pas l'avenir en rose. Mais toi, tu es jeune. Avec ta jeunesse et ton intelligence, tu trouveras le moyen de mieux faire.

– J'avoue, père, que je n'ai plus trop envie de revenir sur mes pas.

– C'est cette histoire qui te rend si morose ?

– Quelle histoire ?

– Tu sais bien : ce qui est arrivé à Héloïse Chabert. »

Damien tarda à répondre. Il ne songeait pas à elle en dévoilant ses états d'âme. Il finit par rompre le silence :

« Je crois en effet que cette histoire m'a profondément changé. Mais je ne veux plus y penser. »

Louis respecta le souhait de son fils et se jura bien de ne plus faire allusion à Héloïse jusqu'à la fin de sa permission.

Pourtant, Damien ne put contenir très longtemps son envie de savoir comment vivait la nouvelle marquise de Chambrun. Quelques jours avant son départ, il ne se retint plus et, sous prétexte d'aller rendre une dernière visite à des amis à Saint-Jean, il fila à Quissac par la première diligence du matin. Noélie ne dit rien à Louis de ses suspicions, mais elle était persuadée que son fils ne lui avait pas dit la vérité. « Pourvu qu'il n'aille pas faire une bêtise au dernier moment ! » pria-t-elle tout au long de la matinée.

Damien ne fut pas long à trouver la demeure du marquis de Chambrun. Il rôda autour des terres emblavées et des vignobles de son domaine, franchit discrètement les grilles du parc en les escaladant et, tapi derrière un bosquet non loin de l'entrée de la maison, épia les allées et venues des domestiques. Au bout de deux heures, il vit une calèche s'avancer au pied du perron, un homme d'un certain âge, au pas hésitant, sortir et s'engouffrer dans la voiture.

« Le marquis ! » pensa-t-il.

Il attendit que l'attelage eût disparu et n'hésita plus un seul instant. Retrouvant son âme de héros romantique, il se présenta devant la porte d'entrée, frappa, attendit qu'un domestique vînt lui ouvrir. À sa grande surprise, il vit apparaître Anna qu'il reconnut aussitôt.

« Vous ! ne put retenir la gouvernante. Monsieur Damien ! Vous êtes revenu !

– Je n'ai plus que trois jours devant moi, Anna. Pouvez-vous aller prévenir votre maîtresse que je suis là ? »

Anna parut hésiter.

« C'est que… je ne sais pas si Madame désire vous recevoir. Vous savez sans doute que Madame Héloïse maintenant est mariée.

– Oui, je sais. On me l'a appris. Faites vite, Anna, je ne peux me permettre de demeurer ici trop longtemps, vous devez comprendre. »

Au fond de la pièce, Héloïse s'interrogeait sur la présence de l'inconnu avec lequel sa gouvernante semblait en grande conversation.

« Qui est-ce, Anna ? Fais donc entrer, si ce n'est pas un importun.

– C'est que, Madame, je ne sais pas si je dois ! »

Héloïse s'approcha et, reconnaissant Damien, resta stupéfaite.

« Obéis donc, voyons ! ordonna-t-elle. Tu vois bien qu'on se gèle dehors. »

Les deux jeunes gens éprouvèrent une grande gêne de se retrouver l'un en face de l'autre et n'eurent pas immédiatement les mots qui convenaient à cette situation embarrassante. Damien eut l'impression de revenir des années en arrière, le jour où, à seize ans à peine, il avait rencontré Héloïse au hasard, dans la foule en liesse qui se pressait dans les rues de Saint-Jean, le jour du triomphe de la République.

« Te souviens-tu ? lui dit-elle la première. C'était il y a presque dix ans. Tu avais perdu ton frère et tes sœurs dans la cohue.

– Et tu les avais aidés à acheter des sucres d'orge. C'était la deuxième fois que nous nous rencontrions.

– Je m'en souviens comme si c'était hier.

– Bien de l'eau est passée sous le pont depuis.

– Tu m'as oubliée, Damien. Et tu m'as laissée seule à mon chagrin.

– C'est faux, Héloïse. Je n'ai jamais reçu les lettres que tu m'as envoyées. Voilà pourquoi, moi aussi, j'ai cru que tu m'avais effacé de ta vie. J'ai essayé de me faire une raison.

– Alors pourquoi es-tu revenu me voir ? Maintenant il est trop tard, je suis mariée depuis un an. J'appartiens au marquis de Chambrun.

– Tu l'aimes ?

– Comment peux-tu croire cela ?

– Il t'a fait un enfant ?

– Tu le saurais déjà !

– Alors quitte-le et viens avec moi ! »

Damien se pressa contre Héloïse, voulut la prendre dans ses bras comme jadis, retrouver le parfum de son corps, la douceur de ses lèvres. Son esprit chavirait.

Héloïse le repoussa sans conviction.

« Non, Damien ! Il ne faut pas. Je suis mariée !

– Tout est possible quand on s'aime. Si tu le veux, je t'enlève, ici même et maintenant. Nous partirons loin. Personne, jamais, ne nous retrouvera, ni ton père, ni ton mari. Personne !

– Et l'armée ! Crois-tu qu'elle te laissera en paix ? Tu seras considéré comme déserteur. Tu seras recherché. On finira par nous retrouver. Tu seras jugé et fusillé. Qu'aurons-nous gagné au bout du compte ? Toi, la mort ! Et moi, encore plus de chagrin.

– Un peu de bonheur volé à ceux qui nous en ont toujours voulu.

– Non, Damien ! Je ne veux pas qu'on te fusille. Je t'aime encore trop pour te laisser faire de telles bêtises. Je préfère te savoir loin de moi et vivant que de vivre avec toi quelques instants de bonheur sans lendemain et te perdre ensuite à jamais. »

Damien fit deux pas en arrière, blême de dépit.

« Je comprends, fit-il. Je comprends trop.

– Tu comprends mal, Damien. Je t'aime. Je n'ai jamais cessé de t'aimer. Mais à présent il est trop tard. »

Héloïse, les yeux noyés de larmes, tira le cordon de la sonnette. Anna parut dans l'embrasure de la porte, le visage défait ; elle avait tout entendu derrière la porte.

« Reconduis monsieur jusqu'à la grille du parc, Anna. Et surtout que personne ne le voie !

– Mais, Madame !

– Fais ce que je te dis !

– Très bien, Madame.

– Adieu, Damien. Ne m'en veux pas. Je ne t'oublierai jamais. »

Héloïse pivota sur ses talons, resta quelques secondes à hésiter, essuya ses larmes, faillit revenir en arrière, quitta la pièce sans un mot de plus, morte de chagrin.

Trois jours plus tard, Damien reprit la route pour Marseille où un steamer amarré au quai de la Joliette attendait ses derniers passagers. Il s'embarqua, l'esprit vide, l'âme en peine, pour trois ans supplémentaires de vie militaire sous le soleil brûlant du désert. « Trois ans ! songea-t-il. Si j'arrive jusqu'au bout ! »

XXI

L'enlisement

Le sort semblait s'acharner sur les paysans du Midi, et plus particulièrement sur ceux des Cévennes. À peine la vigne de Louis et d'Ernest avait-elle commencé à produire ses premières grappes de raisin qu'elle fut touchée, comme la plupart des vignobles languedociens, par un champignon dévastateur qui anéantit les vendanges plusieurs années de suite. L'oïdium sévissait déjà depuis quelques années, mais les dégâts étaient surtout catastrophiques pour les grandes exploitations. Au moment où les deux magnaniers avaient décidé de consacrer quelques arpents de leurs terres à la vigne, le mal avait déjà beaucoup régressé.

« Je croyais bien que nous n'en serions pas affectés, avoua Ernest qui regrettait d'avoir entraîné son ami dans cette mésaventure. Voilà deux ans de perdus ! Et rien pour remplacer, puisque nos mûriers sont partis en bois de chauffage.

– Ne te culpabilise pas, dit Louis pour l'encourager. Nous replanterons. Et cette fois nous réussirons, après que nous aurons assaini nos terres. »

Dès le printemps, quand le sol fut bien détrempé par les premières pluies d'équinoxe, ils attelèrent un brabant à une paire de bœufs que leur prêta un ami pour la seconde fois et, ensemble, commencèrent à défoncer la terre pour en extraire les ceps contaminés. Plutôt que de perdre leur temps à soufrer comme on le leur avait préconisé, vu la jeunesse de leurs ceps, ils préférèrent arracher ceux qui avaient été touchés par la maladie et tout reprendre de zéro en changeant de cépage. Ils se renseignèrent auprès de grands viticulteurs de la plaine du bas pays qu'ils allèrent rencontrer jusque dans la région de Nîmes et de la vallée du Rhône, et suivirent leurs conseils. Ils mirent en commun leurs économies, hypothéquèrent raisonnablement une partie de leurs biens, achetèrent quantité de nouveaux plants qu'ils s'empressèrent de mettre en place y compris dans d'anciennes prairies non loin de la rivière.

« C'est un peu humide et moins bien exposé que les terrasses au soleil, expliqua Louis à Noélie, inquiète de la fièvre nouvelle qui s'emparait de son mari, mais le terrain est bon.

– Tu ne crois pas que vous prenez trop de risques, Ernest et toi ! La vigne, ce n'est pas notre métier.

– C'est un métier de paysan ! Ne sommes-nous pas des paysans ?

– L'oïdium ne vous a pas échaudés ?

– Au dire de tous, c'est terminé. La crise est derrière nous. Nous n'avons pas eu de chance, nous l'avons attrapé les derniers. Les plants que nous avons achetés sont plus résistants. On nous l'a confirmé. De plus nous soufrerons préventivement. »

Depuis que Damien était reparti six mois plus tôt, juste après Noël, Louis n'était plus le même homme. Il se montrait très versatile, sombrait fréquemment dans des moments de grand pessimisme et s'enthousiasmait aussitôt après comme si, tout à coup, il avait recouvré l'insouciance de sa jeunesse. Mais son entourage constatait que ses périodes d'euphorie ne duraient pas et étaient de plus en plus rares. Noélie s'inquiétait :

« C'est l'absence de Damien qui le perturbe, la rassurait Aline. De l'avoir vu repartir pour trois longues années lui a miné le moral.

– À quarante-sept ans, il n'est plus tout jeune ! Or au lieu d'en rabattre un peu, il agit toujours comme s'il avait vingt ans. Il aurait bien besoin de l'aide de Damien.

– Edmond a seize ans ! Il le seconde comme Damien l'aurait fait. Et puis, cette vigne, ça lui procure de nouveaux espoirs. Il vaut mieux le voir réagir ainsi que se laisser anéantir par cette crise des magnans qui n'en finit pas. Sais-tu que certains éducateurs de la vallée se sont suicidés parce qu'ils étaient ruinés à force d'hypothéquer leurs terres ?

– Je l'ignorais. Qui t'a raconté ça ?

– Des amies à l'usine. De source sûre.

– C'est bien dramatique, ce fléau qui touche les éducations ! Te rends-tu compte, cela fait huit ans que cela dure ! Et rien n'y fait. »

Les paysans des vallées cévenoles n'étaient pas au bout de leurs malheurs. En cet automne 1857, des pluies diluviennes s'abattirent sur leur région, faisant déborder les Gardons, transformant le moindre ruisseau en torrent, provoquant de terribles inondations.

Les dégâts furent à l'aune de la violence des orages. Bien qu'habitués aux caprices du ciel, les paysans ne surent plus où donner de la tête, tant les décombres s'amoncelaient partout. Le pire était la terre arrachée, les arbres déracinés, les cultures ravagées, les prairies défoncées.

« Si je ne me retenais pas, explosa Louis en constatant l'état de sa vigne fraîchement replantée, je me ferais sauter le caisson !

– Tu n'as pas le droit de dire de telles horreurs ! le rabroua Ernest. Il ne faut pas baisser les bras. Même devant les pires adversités. Tu oublies que tu as une famille à nourrir, et un fils qui n'attend que de revenir au pays pour retrouver son père et travailler avec lui.

– Damien ne reviendra peut-être pas. Il me l'a dit lui-même avant de regagner l'Algérie. Il préférerait rester travailler là-bas. Il paraît qu'on donne la terre aux colons pour les aider à s'installer.

– *Vaï,* nous n'allons pas abdiquer ! Mettons-nous au travail avec nos fils. Nous replanterons une troisième fois. Cette fois, ce sera la bonne. »

Ernest faisait preuve d'un courage et d'un optimisme à toute épreuve. Il détourna la conversation :

« Dis-moi, Émilienne m'a appris que Lucie est passée fileuse !

– Oui. Elle a terminé son apprentissage. Elle est fileuse à présent, comme sa sœur, depuis deux semaines.

– C'est plutôt une bonne nouvelle. Avec deux salaires, vous pouvez envisager l'avenir plus sereinement. Le travail ne manque pas dans les filatures malgré la crise et les catastrophes naturelles.

– Henri Pelatan s'en est bien tiré. Sa filature a été épargnée par les inondations. Ce n'est pas le cas de celle de Lucien Chabert, une fois de plus !

– Tu ne vas pas te mettre à le plaindre !

– Je ne veux de mal à personne, Ernest. Même si Lucien Chabert a trahi ma confiance, je ne peux pas me réjouir du malheur qui s'abat sur lui. Après tout, il fait vivre de nombreuses familles dans la vallée, dont le sort est lié à celui de son usine.

– Ne crains rien pour elles ! Les Chabert ont les reins solides. Ils auront vite fait de rebondir dès que leurs dégâts auront été réparés. »

* *
*

Lucie avait fait son apprentissage de tourneuse en compagnie de sa sœur aînée. Trois ans s'étaient écoulés depuis l'embauche de celle-ci à la filature Pelatan. Les deux sœurs étaient à nouveau réunies et ne se quittaient plus : toute la journée à l'atelier, le soir au dortoir, le dimanche au Castandel. Aline fut la première à se réjouir de l'embauche définitive de sa jeune sœur. Ellc éprouva même beaucoup de fierté à l'initier à son nouveau métier. Ses qualités de précision, d'habileté manuelle, d'attention et d'endurance avaient fait d'elle l'une des meilleures fileuses de l'usine. Aussi Henri Pelatan l'avait-il récompensée en augmentant légèrement son salaire. Celui-ci s'élevait maintenant à 1,50 F par jour au lieu des 1,25 F octroyés à sa jeune sœur pour ses débuts. Avec un peu plus de 460 F par an pour la première et 380 F pour la seconde, les rentrées d'argent au Castandel mettaient la famille à l'abri du besoin, sans assurer à elles seules la subsistance de tous.

« Il faut espérer que les magnans redonneront bientôt comme avant ! » souhaitait Noélie pour encourager Louis dans ses moments de désespoir.

Lucie se montrait très appliquée et mettait un point d'honneur à imiter sa sœur qui l'avait prise en main dès le premier jour où on lui avait confié une bassine. Aline n'était pas avare de conseils. Travaillant juste à côté d'elle, elle filait ses propres cocons tout en surveillant la bassine de sa sœur. La première fois qu'elles furent en poste, Aline commenta tous ses gestes afin que Lucie fît de même de façon synchronisée. C'était merveille de les voir travailler à l'unisson, malgré le bruit assourdissant qui régnait dans l'atelier :

« Bats bien les cocons avec ton escoubette pour que les bouts se détachent comme il faut. Bon, maintenant, rassemble tes fils et passe-les dans le trou de la filière[1]. Entortille-les bien, il faut leur donner au moins cent cinquante tours de spires avant de les envoyer sur les *barbins*[2].

– Je n'y arrive pas ! se plaignait parfois la jeune fileuse.

– Ne te décourage pas. Recommence. Ne va pas trop vite.

– Mais c'est que je me brûle les mains, l'eau est trop chaude !

---

1. Filière : *petit disque de porcelaine fixé sur le bord de la bassine.*

2. Barbin : ou *porte-bout, espèce de crochet de verre placé à quatre-vingts centimètres au-dessus de la bassine.*

– Ça, ma petite, il faudra t'y faire ! Allez, reprends tes bouts. »

Après les barbins, Lucie savait ce qui advenait des fils grèges dont elle avait fini la croisure. À l'asple derrière elle, une nouvelle apprentie de onze ans l'avait remplacée à son ancien poste. Elle n'en éprouvait que plus de fierté à travailler maintenant devant une apprentie, même si la surveillante venait de temps en temps la reprendre en dépit des conseils de sa sœur.

« N'oublie pas d'enlever régulièrement de ta bassine les cocons vides, lui soufflait Aline quand elle voyait venir la surveillante. Ramasse-les avec ton écumoire et jette-les avec le *bassiné*[1]. »

Lucie apprenait vite. Au bout de quelques mois, elle fut capable de dévider quatre à cinq cocons à la fois pour obtenir un fil à bouts noués d'un meilleur titre[2]. Quand un des fils se cassait, elle avait tôt fait de retrouver les bouts et de les nouer. Sa dextérité, sans égaler celle de son aînée, n'avait rien à envier à celle de fileuses aguerries.

Aussi éprouvait-elle un certain contentement quand, à la fin de sa journée, malgré douze heures de travail éreintant, elle reliait entre eux ses cinq à six écheveaux de soie grège par les deux extrémités avant de les envelopper dans une feuille de papier coloré.

« Quand tu en feras deux de plus comme moi, lui dit Aline, alors tu seras une fileuse confirmée.

– J'espère bientôt y arriver. »

Le samedi soir, elle ne traînait pas à empaqueter tout son travail de la semaine. Elle inscrivait soigneusement

1. Bassiné : *résidu des bassines.*
2. Titre : *poids du fil par rapport à sa longueur.*

son numéro de fileuse sur ses paquets et les disposait à côté de ceux de sa sœur. Le lundi matin, fébrile, elle attendait le passage du contremaître. Parfois, celui-ci était accompagné du patron en personne. Ils s'arrêtaient devant chaque fileuse et leur adressaient des compliments ou des reproches sur leur ouvrage accompli la semaine précédente.

« C'est bien, petite ! lui disait souvent le contremaître. M. Pelatan est très satisfait. Continue comme ça ! Tu vas vite devenir aussi adroite que ta sœur. »

Lucie ne pouvait s'empêcher de s'enorgueillir de ces compliments et rougissait de plaisir et de timidité. Puis elle se remettait aussitôt au travail, en chantant les chansons que toutes ses compagnes fredonnaient.

Ainsi, sur le chemin des fileuses, Aline et Lucie, main dans la main, affrontaient-elles ensemble les difficultés de la vie auxquelles leurs parents s'efforçaient de faire face en s'obstinant à éduquer coûte que coûte quatre, puis trois, puis deux onces de graines qui ne leur donnaient plus qu'un maigre revenu d'appoint.

* *
*

Héloïse tenait son mari à distance. Depuis qu'elle avait revu Damien, son esprit était à nouveau perturbé et son cœur battait la chamade. Il lui en avait beaucoup coûté de le renvoyer comme on repousse un être indésirable. Très vite elle regretta son geste et tenta de le réparer en lui faisant parvenir une longue lettre. Cette fois, elle se renseigna pour que celle-ci puisse lui être remise sans problème. Elle contacta discrètement Charles, le majordome de son père, toujours à son service. Ce dernier eut recours à un parent qui faisait carrière dans l'armée, un « planqué au ministère de la Guerre », reconnut-il en souriant.

« Ne vous inquiétez pas, il fera parvenir votre lettre en main propre », lui assura-t-il.

Mais c'était méconnaître les services de l'armée. La lettre, une fois de plus, ne parvint jamais à son destinataire.

Damien s'efforça de tirer un trait sur ce passé avec lequel il avait tenté de renouer. Il se porta volontaire pour des missions à risques, espérant trouver dans le danger sinon la mort du moins l'oubli. Il se surprit lui-même à s'acharner sur ses victimes lorsque sa vie était mise en péril, tirant sur l'ennemi avec hargne comme s'il était pris soudain de démence. Ses compagnons de ligne ne le reconnaissaient plus.

« Tu as mangé du lion ! lui fit remarquer un jour le soldat Alexandre Roure, un « pays » originaire de Florac. Calme-toi, on ne nous demande pas de trucider la terre entière. Au train où tu tires, tu gaspilles les munitions. Si tu continues, le 'pitaine te le reprochera et t'enverra en éclaireur à la prochaine sortie.

– C'est ce qui pourrait m'arriver de mieux !

– Arrête ! Tu sais bien ce qui arrive une fois sur deux aux éclaireurs. T'as envie de finir les couilles coincées au fond de ta gorge !

– La prochaine fois que j'en attrape un, c'est moi qui les lui ferai bouffer !

– Ne dis pas de conneries. Tu n'es pas de cette race-là. Tiens-toi peinard, on a fait le plus gros maintenant. »

Les conseils de son ami ne calmèrent pas la rage que Damien avait au ventre. Au cours d'une patrouille destinée à rechercher un fellah suspecté d'avoir égorgé une sentinelle, il montra tellement de zèle à interroger ceux qui lui tombaient sous la main que son capitaine en personne dut l'arrêter.

« Qu'est-ce qui te prend, soldat Lacombe, à t'acharner ainsi ? On te demande d'interroger les suspects, pas de les réduire en bouillie. À quoi serviront-ils quand tu les auras complètement bousillés ? Morts, ils ne parleront plus ! Je vais t'envoyer au quartier général à Alger pour quelque temps. Ça te permettra de remettre tes idées en place. »

Dans la Ville blanche, dont les terrasses des maisons dominaient la Méditerranée, Damien reprit ses esprits. Souvent, le soir, après la relève, il déambulait dans les ruelles de la casbah et laissait ses pas le conduire vers le port où de grands voiliers et des steamers emplissaient leurs soutes de toutes sortes de marchandises exotiques en partance pour l'Europe. Là-bas, sur l'autre rive de la grande mer, il imaginait Héloïse au bras de son vieux marquis, menant grand train dans le luxe et l'opulence. Ces visions altérées d'une fausse réalité le faisaient souffrir, mais il puisait en elles la force de renier celle que son cœur ne pouvait oublier.

Héloïse, de son côté, ne recevant aucune réponse à sa lettre, comprit que Damien lui avait définitivement échappé. « Tout est ma faute ! se reprochait-elle chaque fois qu'elle pensait à lui, je n'ai pas su le retenir, lui faire comprendre combien je l'aimais, sotte que j'ai été de mettre mon mariage en avant pour me retrancher derrière les convenances ! »

La jeune femme décida, elle aussi, de tirer un trait sur le passé et essaya de trouver dans la présence de son mari une source de consolation. Après l'avoir fait attendre deux ans, elle lui ouvrit enfin la porte de sa chambre et, faute de trouver dans ses bras du plaisir, s'efforça d'y plonger dans l'oubli.

Tandis que le soldat Lacombe s'enlisait dans les sables du désert, la marquise de Chambrun s'enlisait dans le renoncement de sa jeunesse.

* *
*

De retour dans son corps d'armée, Damien, l'esprit plus serein, se porta aussitôt volontaire pour une mission de pourparlers avec un chef rebelle réputé pour sa barbarie avec ses prisonniers.

« Cet Abdel Khrim ne te laissera jamais revenir vivant, le prévint Alexandre Roure. Qui sait ce qu'il te fera ?

– Nous serons deux et nous y allons pour parlementer, nous n'avons pas l'intention de lui tendre un traquenard !

– Tu sais bien comment il reçoit les émissaires qu'on lui envoie. Il les courtise, tente de les amadouer pour leur tirer les vers du nez, et après il les torture pour en savoir plus. Jamais il ne les renvoie vivants.

– De toute façon, je n'ai plus rien à perdre. Mais je ne suis pas prêt à me laisser faire pour autant.

– Alors je pars avec toi. Je vais dire au 'pitaine que je suis volontaire pour remplacer Lecœur qui a été désigné pour t'accompagner.

– Fais comme tu voudras, Alex ; toi au moins, tu sais ce qui nous attend. »

En réalité, Damien ne pensait pas revenir de cette mission. Il s'était mis en tête d'abandonner ses armes et son uniforme dès les premières barkhanes[1] passées et de filer droit vers les rebelles pour se livrer à eux et rejoindre leurs rangs. Peu lui importait ce qu'ils feraient de lui, un ami, un otage, un prisonnier ? « Seul Dieu décidera ! » pensa-t-il au moment de se mettre en route.

Rien ne se passa comme il l'avait souhaité. Il n'eut pas le temps de mettre ses intentions à exécution. Les hommes d'Abdel Khrim assaillirent les deux soldats français avant qu'ils pussent approcher de leur camp. Damien et Alexandre, pris sous le feu nourri de plusieurs dizaines d'assaillants, furent contraints de tirer pour se défendre et de fuir à bride abattue pour tenter de leur échapper. En entendant au loin le bruit de la fusillade, leur capitaine ordonna aussitôt une sortie en force pour les secourir. Les deux éclaireurs avaient mis pied à terre et s'étaient réfugiés derrière un buisson épineux. Tenant leur monture à la main pour faire écran, ils tiraient tant qu'ils pouvaient, épuisant leurs munitions.

Avant que les secours n'eussent le temps d'être sur eux, Damien ressentit un grand choc qui le plaqua au sol, puis une violente brûlure. Il perdit aussitôt connaissance.

Lorsqu'il se réveilla, il se trouvait à l'infirmerie du camp. Alexandre était à son chevet.

« Nous l'avons échappé belle ! lui avoua-t-il. Un peu plus et nous étions faits comme des rats. Et à cette heure, nous aurions les tripes à l'air !

– Qu'est-ce qui m'est arrivé ? » demanda Damien, en grimaçant de douleur.

---

1. Barkhanes : *dunes du désert.*

Alexandre hésita.

« Ne parle pas, ça te fatigue.

– Dis-moi la vérité. Je suis foutu ? »

L'abdomen de Damien était entièrement entouré de pansements sanguinolents. Un feu horrible lui brûlait les entrailles jusqu'à l'aine.

« Tu t'es reçu plusieurs balles dans le bide, lui dit son ami. C'est moche, si tu veux savoir la vérité.

– Alors je suis foutu. C'est mieux ainsi.

– Dis pas de conneries ! On ne va pas te laisser mourir. On va te transférer à Alger, à l'hosto. Là-bas on va te soigner et tu t'en sortiras.

– Je suis foutu, je te dis, foutu. »

Damien fut rapidement transporté à Alger où il resta entre la vie et la mort pendant plus d'un mois. L'intestin perforé, l'artère fémorale abîmée, il faillit plus d'une fois y laisser la vie à cause des hémorragies qui le vidaient de son sang et de ses dernières forces.

Quand ses jours ne furent plus en danger, le médecin-major vint le prévenir en personne :

« Soldat Lacombe, vous avez fait montre d'un grand courage en vous portant volontaire pour cette mission. Vous devez à présent vous montrer aussi courageux pour ce que j'ai à vous dire. Mais une mauvaise nouvelle ne vient jamais seule dans l'armée. Il y a aussi pour vous une bonne nouvelle. Alors par laquelle voulez-vous que je commence ? »

Damien, très affaibli, semblait hors du temps. Il ne comprenait pas où voulait en venir le médecin.

« Peu importe, dit-il. Je m'en contrefiche.

– Alors la mauvaise d'abord : vous avez failli mourir plus d'une fois. La gangrène a même fini par attaquer vos chairs. Mais nous l'avons stoppée à temps.

Toutefois, si tout le reste a été réparé, nous n'avons pas pu sauver votre jambe. Elle a été très touchée. »

Damien se tâta les deux jambes par-dessus les draps. Il ne sentit rien.

« Vous m'avez amputé !

– Non, jeune homme, mais il s'en est fallu de peu. Vous conserverez vos deux jambes. Mais le nerf de la jambe gauche a été touché. Le nerf, on ne peut rien y faire. Vous aurez une jambe raide pour le restant de votre vie. Mais mieux vaut une jambe raide qu'un moignon, n'est-ce pas ? C'est un miracle que vous vous en sortiez dans cet état ! »

Damien ne dit rien, abasourdi.

« J'aurais mieux fait d'y rester, ajouta-t-il.

– Ne dites pas de bêtises ! La bonne nouvelle maintenant : dans votre état, vous n'êtes plus très utile à l'armée de Sa Majesté. Vous allez être démobilisé et renvoyé dans vos foyers après le conseil de réforme.

– Renvoyé chez moi !

– Oui, jeune homme. Je suppose que cela vous fait plaisir. Il y en a plus d'un qui aimerait être à votre place.

– Je n'avais pas pensé à cette éventualité, surtout avec une jambe en moins. Il me restait encore deux ans à tirer.

– Eh bien, soyez heureux !

– Sans ses deux jambes un paysan est comme un cheval bon pour la réforme.

– Ne vous plaignez pas ! Ça aurait pu être pire. Pensez à vos camarades tombés au champ d'honneur. »

Damien plongea dans une longue période de morosité, ne se faisant pas à l'idée que son avenir ne serait pas vraiment comme il l'avait imaginé.

Après deux mois de convalescence, il passa devant le conseil de révision et fut démobilisé avec les honneurs dus à ses services accomplis pour la Patrie.

Il flâna longtemps à travers la ville, sur les quais du port, hésitant à s'embarquer. Le soir, il trouvait refuge dans des bars malfamés et noyait son désespoir dans les bras des prostituées. Il choisissait toujours les jeunes Mauresques plutôt que les Européennes pour ne pas être tenté de retrouver à leur contact les sensations qu'il éprouvait dans les bras d'Héloïse, qui hantait toujours son esprit. Il appréciait la couleur ambrée de leur peau, la fermeté de leurs seins, le goût épicé de leurs baisers. Il s'enivrait de jouissance, prenait sans se soucier de donner et, plus il s'enfonçait dans ses turpitudes, plus il ressentait l'ivresse de l'enlisement.

Plusieurs mois passèrent ainsi. Il ne savait plus très bien depuis combien de temps il errait entre le port et la casbah, où il logeait dans une chambre crasseuse qu'un Arabe lui louait pour une bouchée de pain. Sa santé déclinait car il avait de nouveau attrapé une mauvaise dysenterie à force de boire l'eau des puits et de manger n'importe quoi. L'alcool et le kif qu'il fumait de plus en plus l'aidaient à rompre les amarres avec ce qui restait de sa mémoire.

Peu à peu, Damien devint une véritable épave.

Il dut son salut *in extremis* à un jeune missionnaire, protestant comme lui, originaire de La Rochelle. Pierre Doutreau était pasteur de l'Église réformée et avait débarqué au Maghreb un an auparavant pour créer une mission religieuse. Il avait besoin d'aide et cherchait quelqu'un qui connaissait bien l'Algérie. Voyant en Damien une âme en perdition, il le persuada en usant de beaucoup de patience et de persévérance qu'un homme n'est jamais tout à fait fini tant qu'il dispose de sa vie.

« Dieu t'a fait don du plus beau cadeau qui existe en ce monde en te donnant la vie. Il n'appartient qu'à toi d'en faire le bien ou le mal. Fais avec moi un bout de chemin, tu retrouveras peut-être la lumière. »

Damien finit par entendre les paroles d'apaisement du jeune pasteur. Celui-ci parvint à lui redonner le goût de vivre en l'incitant à se consacrer aux autres, à renouer aussi avec sa famille à qui il accepta d'envoyer de ses nouvelles. Peu à peu, son esprit se libéra de ses mauvais démons, jusqu'au jour où, enfin prêt, il déclara :

« Je vais m'en retourner au pays. On m'y attend. »

La décennie s'achevait. Sept ans s'étaient écoulés depuis son départ pour l'Algérie.

Damien avait fait son temps.

XXII

L'autre côté du mur

À SON RETOUR À SAINT-JEAN, Damien ne chercha pas à revoir Héloïse. Devant les siens, il feignit de laisser croire qu'il avait tiré définitivement un trait sur son passé. La coloniale avait fait de lui un autre homme, plus mûr, fermement décidé à commencer sa nouvelle existence sur de nouvelles bases.

Louis et Noélie se réjouissaient de revoir leur fils revenir à de si bonnes intentions. Louis surtout, qui pensait que son aîné allait rester auprès de lui, au Castandel, pour le seconder jusqu'au jour où, l'âge aidant, il lui passerait la main.

Le printemps 1860 s'annonçait clément et si chacun semblait reprendre espoir parce que, ici ou là, la crise montrait parfois des signes d'accalmie, en réalité celle-ci était loin d'être jugulée. Les éducateurs de vers à soie vivotaient, la concurrence des cocons étrangers finissait de les étrangler. Seules les filatures qui avaient une bonne couverture financière continuaient à prospérer. Les tisserands lyonnais s'arrachaient toujours leur soie grège, préférant la soie issue des cocons cévenols à celle de toute autre provenance.

À vrai dire, les sériciculteurs ne maîtrisaient plus rien, ni leur capacité de production d'une année à l'autre, ni la qualité de leurs cocons, ni leurs revenus rendus aléatoires à cause des variations du prix de la matière première.

Louis avait mis tous ses espoirs dans le retour de son fils. Après sept longues années d'absence, celui-ci saurait reprendre l'exploitation en main, pensait-il. À cinquante ans, il éprouvait le besoin de se reposer sur celui à qui il espérait bien transmettre le Castandel.

« Damien a toujours été passionné par l'éducation des magnans, affirmait-il sans cesse pour se convaincre lui-même. Il trouvera le moyen de nous sortir de cette misère, j'en suis certain ! »

Noélie ne le contredisait pas. Mais elle connaissait son fils, qui ne lui avait jamais caché ses secrètes intentions, ses rêves parfois peu réalistes. Damien, en effet, avait toujours souhaité s'élever au-dessus de sa condition, pour ne pas rester toute sa vie un simple paysan rivé à sa terre, sans espoir de faire mieux que ses aïeux.

« La soie, certes, mais cousue d'or ! » avait-il un jour proclamé au cours d'une discussion avec son père et son ami Ernest.

Louis n'avait pas relevé ce qu'il avait pris, à l'époque, pour une galéjade. Rêve de jeunesse ! Avait-il pensé.

Les mois qui suivirent son retour à la vie campagnarde, Damien ne montra pas beaucoup d'enthousiasme à reprendre son ancien travail. Tout lui portait peine et c'était toujours sans entrain qu'il entreprenait les tâches qui lui incombaient.

À dix-neuf ans, Edmond abattait maintenant plus d'ouvrage que lui et ne rechignait pas quand son père le commandait. Le travail de la vigne lui plaisait beaucoup plus que celui des magnans pour lequel, tout jeune, il avait toujours éprouvé une certaine aversion. Passé à l'âge adulte, le plus jeune des fils Lacombe s'en donnait à cœur joie à labourer au pied des ceps pour désherber et aérer le sol, à soufrer, à tailler, à vendanger et à fouler aux pieds le raisin de sa récolte. Certes, il ne produisait pas beaucoup et son vin ne pouvait passer pour un grand cru, mais il était fier de le faire déguster à ses amis et à ceux de son père à qui il reconnaissait la paternité d'une telle réussite. Louis le laissait faire, heureux au fond de lui-même d'avoir consacré une partie de ses terres à cette autre culture qui commençait à donner des résultats prometteurs.

Noélie mettait le manque d'enthousiasme de son aîné sur le compte de son handicap.

« Avec sa jambe raide, le plaignait-elle, il faut avouer qu'il n'a plus la même aisance qu'avant. Tu ne peux quand même pas lui demander de grimper aux arbres pour ramasser les feuilles de mûrier, ni même de grimper aux échelles de la magnanerie !

– Certes ! reconnaissait Louis. Mais il pourrait au moins s'intéresser aux magnans, te dire ce qu'il en pense. Bon sang, quand il était plus jeune, la magnanerie était son royaume ! Ah, l'armée nous l'a bien changé ! »

Louis faisait contre mauvaise fortune bon cœur, et attendait fébrilement le mois de juillet pour aller vendre ses cocons à la foire d'Anduze qui se tenait pendant la campagne coconnière deux fois par semaine.

« J'espère qu'il recouvrera là le goût de l'éducation ! La foire aux cocons, c'est l'aboutissement du travail et d'un an d'espérance. C'est là où chacun de nous retrouve ses vraies valeurs.

– Tu es bien un homme ! lui reprocha gentiment Noélie. Vous êtes tous les mêmes, vous, les hommes, à vous pavaner, fiers comme Artaban, quand arrive le jour de la foire. Vous oubliez le travail que nous faisons, nous, les femmes, pour produire les cocons. Et quand je vois le résultat depuis dix ans, je commence à comprendre le découragement de Damien. »

En réalité, Damien n'avait pas envie d'abandonner l'univers de la soie. Il souhaitait seulement passer de l'autre côté du mur, celui qui représentait toujours à ses yeux l'obstacle qui, pensait-il encore, l'avait empêché de conquérir Héloïse.

Fort des épreuves qu'il avait endurées pendant ces sept dernières années, il s'était forgé autour du cœur une carapace, croyait-il, à toute épreuve. L'esprit endurci, persuadé que la vie ne lui ferait pas de cadeaux, il avait les idées bien arrêtées sur son avenir. « Je me suis montré trop faible et trop idéaliste, se reprochait-il chaque fois que ses vieux tourments remontaient à la surface. Si je veux qu'on me respecte, il faut d'abord que j'acquière une situation et que je devienne quelqu'un. »

En cela ses idées n'avaient pas changé depuis l'époque où, tout jeune encore, il souhaitait qu'un jour on l'appelât « monsieur ». Mais à vingt-sept ans, il se voulait plus pragmatique.

« Il faut cesser de rêver, de penser que l'impossible est réalisable, avait-il confié à Aline peu après son retour. Je m'aperçois à présent combien mon aventure avec Héloïse était, dès le départ, vouée à l'échec. Un monde nous séparait, infranchissable. J'ai cru que tout était possible. Tout n'est pas possible. Il faut savoir cesser de rêver. Je l'ai compris un peu tard et j'en ai beaucoup souffert.

– Qu'as-tu l'intention de faire à présent ?

– Je l'ignore. Mais je ne resterai pas prisonnier du Castandel toute ma vie.

– C'est père qui sera déçu !

– Je ne lui ai encore rien dit. J'attends que ça mûrisse dans ma tête.

– Tu cherches une porte de sortie ?

– Je ne vois pas les choses ainsi. Je veux saisir ma chance dès qu'elle se présentera.

– Et Héloïse ?

– Héloïse ! C'est terminé depuis longtemps. Bien terminé. J'ai tourné la page.

– Tu vas bientôt quitter le Castandel ?

– Je ne sais pas. Pourquoi ? »

Aline hésitait à répondre. Elle poursuivit, tout sourire :

« Je vais bientôt m'en aller, moi aussi.

– Alors, ça y est cette fois ! Tu l'as trouvé, ton amoureux ?

– Oui.

– Depuis quand ?

– Bientôt six mois. Il s'appelle Cyprien.

– Les parents le savent ?

– Oui, mais il n'y a rien d'officiel. J'attendais ton retour pour le présenter. Nous voulons nous fiancer à Noël et nous marier au printemps prochain.

– Je suis heureux pour toi, Aline. Je comprends mieux pourquoi tu t'inquiétais de savoir si j'avais l'intention de partir.

– D'autant qu'Edmond doit tirer l'année prochaine. Imagine qu'il tire lui aussi un mauvais numéro, nous serons trois partis en l'espace de quelques mois. »

Damien s'assombrit.

« Tu comptes sur moi pour rester et aider papa.

– Je pensais…

– J'ai vingt-sept ans, Aline ; je n'ai pas envie de m'enraciner comme un vieux chêne. Père en rabattra, il s'adaptera. Nous, partis, il y aura moins de bouches à nourrir au Castandel.

– Il faudra bien que quelqu'un reprenne les terres après lui !

– Edmond s'en fera une joie, j'en suis sûr. Il est plus paysan dans l'âme que moi. »

Aline ne parvint pas à faire changer son frère d'avis. Celui-ci resta campé sur ses positions. Cependant, il tenta de la rassurer.

« Ne crains rien, je ne ferai rien tant que tu ne seras pas mariée et tant qu'Edmond n'aura pas tiré. »

* *
*

Le jour de la foire aux cocons, Damien accompagna son père à Anduze. Celui-ci avait choisi le plus bel échantillon de sa production afin de le présenter à l'acheteur d'Henri Pelatan avec lequel il avait rendez-vous comme tous les ans à pareille époque. Le courtier ne lui prenait pas systématiquement le produit de sa magnanerie. Le temps des relations privilégiées avec Lucien Chabert était révolu depuis que la crise sévissait. Chaque année il devait parlementer, marchander, et n'était jamais certain que le filateur lui achèterait ses cocons. Si ceux-ci n'étaient pas de bonne qualité, il les lui prenait à bas prix ou les lui refusait. Louis était logé à la même enseigne que tous les autres éducateurs.

La montre qu'il présenta était saine, bien garnie ; les cocons, bien jaunes et rebondis. Aucun cocon double, satiné ou velouté. Louis en était sûr : cette année, ses cocons avaient toutes les qualités pour donner une bonne soie. Il n'avait gardé dans ses litières que les magnans les plus voraces, ceux qui ne cessaient pas de dévorer entre chaque mue, et s'était débarrassé au fur et à mesure que Noélie s'en apercevait de tous ceux qui cessaient de manger ou qui changeaient anormalement de couleur. Par une surveillance accrue de sa magnanerie, il était parvenu chaque année à préserver une grande partie de ses tablées. Mais le manque à gagner par rapport à l'époque bénie de l'âge d'or était toujours énorme.

Damien redoublait d'attention et n'avait de regards que pour les courtiers qui représentaient les grandes filatures. « Assurément, se dit-il, ces hommes font la pluie et le beau temps, maintenant que les producteurs ne sont plus assurés d'écouler leur marchandise. » Il les entendait parler sans transiger. À un éducateur qu'il connaissait, l'un d'eux affirmait :

« Mon pauvre monsieur, vos cocons sont grisâtres. Ils ne valent même pas ceux que mon patron achète à bas prix aux entrepôts de Marseille ! Avec de tels cocons, le fil de soie manquera d'élasticité, de ténacité et de brillance. Il sera terne et ne prendra pas correctement la teinture. Vous savez comme moi qu'une mauvaise porosité empêchera une bonne imprégnation des couleurs. Non, je ne peux vous les prendre cette année ! Trouvez un autre acheteur. »

Les filateurs ne pouvaient perdre leur temps au moment de la vente des cocons. Ceux-ci n'étaient mis sur le marché et vendus frais que pendant deux à trois semaines au mois de juillet. Les meilleures productions étaient vite raflées par les acheteurs attitrés des gros filateurs. Ces derniers n'hésitaient pas à mettre le prix pour accaparer le marché car, à l'autre bout de la fabrication, ils étaient certains de pouvoir vendre au prix fort leur soie grège de haute qualité aux commissionnaires des soyeux lyonnais. Pour les éducateurs malheureux, il ne restait plus que la possibilité de rabattre leur prix afin de décider un acheteur peu exigeant, au service d'une petite filature dont la production ne trouvait pas immédiatement preneur et dont la marque était peu connue ou non représentée par les grandes maisons de commission.

« Cette année, avoua Louis à son fils, j'espère bien vendre mes cocons au plus fort prix. Tant pis si Henri Pelatan ne me les prend pas.

– Pourquoi ne te les prendrait-il pas ? demanda Damien.

– Il n'a pas les reins aussi solides qu'un Lucien Chabert. Il ne peut acheter les meilleurs cocons. Ils sont trop chers par rapport à la moyenne des prix. Alors il attend et finit par acheter ceux des éducateurs qui restent sur le carreau.

– La soie qu'il fabrique n'est pas de grande qualité ?

– Disons que sa fabrique n'est pas encore reconnue et qu'il se heurte à la concurrence des grandes marques, comme les Teissier à Valleraugue, les Dumas à Lasalle, les Gervais ici à Anduze et les Chabert à Saint-Jean.

– Si tu lui refuses tes cocons parce qu'un autre te les prend à un meilleur prix, ne crains-tu pas qu'il s'en prenne à Aline et à Lucie ? Elles travaillent chez lui. Il a fait beaucoup pour elles !

– Je défends mes intérêts, fils ! Si tu veux, je te laisse discuter avec l'acheteur et mener la transaction. »

Pris de court, Damien ne répondit pas immédiatement. Puis, se ravisant, il se décida :

« Je m'en occupe, père. Fais-moi confiance. »

Damien retrouvait l'envie de se dépasser, de se prouver qu'il était capable de faire autre chose que son banal travail d'éducateur.

Ce jour-là, il était prêt à sauter par-dessus le mur de ses préjugés.

Il mena rudement la transaction, sut convaincre l'acheteur qu'il était de l'intérêt de son patron d'acquérir, même au prix fort, de meilleurs cocons, afin qu'il puisse mieux se positionner sur le marché de la soie grège et mettre sa marque en valeur. L'acheteur, un homme d'une soixantaine d'années, l'écoutait, amusé de percevoir dans le jeune homme qu'il avait devant lui non un paysan ordinaire, mais un véritable homme d'affaires qui savait aussi bien que lui mener une discussion et défendre ses intérêts. Il eut l'impression d'affronter un courtier, comme lui, mais d'une autre pointure.

À la fin de la discussion, le représentant d'Henri Pelatan, un certain Auguste Bonnafoux, lui fit une proposition :

« Dites-moi, jeune homme. J'ignore qui vous êtes. Je ne vous connais pas. Mais, voyez-vous, j'ai soixante-cinq ans passés et j'ai l'intention de me retirer du métier. Je cherche quelqu'un pour me remplacer auprès de M. Pelatan. Un homme jeune et débrouillard qui sache défendre son grain et celui de la maison qu'il représente. Vous avez toutes les qualités requises pour tenir ma place. M. Pelatan serait ravi d'avoir à son service un courtier aussi zélé et convaincant que vous. Si vous voulez, la place est à vous. Je n'ai qu'un mot à dire à M. Pelatan.

– Moi, courtier ! s'étonna Damien. Et d'Henri Pelatan !

– Pourquoi pas ! Vous connaissez les magnans aussi bien que moi. Vous vous débrouillez très bien et vous savez discuter. »

Damien réfléchit.

« Décidément, c'est le jour de sauter, dit-il.

– Je vous demande pardon !

– Non, rien… c'est une façon de parler.

– Vous hésitez ?

– Non. Je suis votre homme. Topez là ! »

Louis aperçut les deux hommes se taper dans les mains, comme le font les maquignons et les éleveurs quand ils parviennent à un accord. Il crut aussitôt que son fils avait gagné sa transaction.

« Alors, fils, c'est dans la poche ?

– C'est gagné, père. J'ai sauté le mur ! »

* *
*

Sur le chemin du retour, Damien expliqua à son père ce qu'il avait convenu avec le courtier. Louis ne put contenir sa joie. Mais aussitôt il s'assombrit :

« Alors tu vas nous quitter et ne plus jamais t'occuper du Castandel !

– Je continuerai à t'aider, père. Le métier d'acheteur ne me prendra qu'une partie de l'année, quelques mois pas plus. J'aurai encore le temps de m'occuper des magnans. »

Damien omit volontairement d'avouer à son père que le courtier d'Henri Pelatan faisait aussi office de contremaître dans ses ateliers et qu'il était donc employé à plein-temps toute l'année. Il garda cette information pour le moment où il annoncerait sa décision au Castandel. Sa mère, pensait-il, saurait ramener son mari à la raison.

Sitôt arrivé, il leur annonça :

« Si j'accepte d'être le courtier d'Henri Pelatan, j'accepte aussi le poste de contremaître de ses ateliers de filature.

– Contremaître ! s'étonna Noélie. Mais c'est une bonne place !

– Tu n'y connais rien au travail des fileuses, remarqua Louis, moins enthousiaste que sa femme.

– Auguste Bonnafoux m'a promis de m'apprendre les rudiments de son métier et de rester avec moi tout le temps qu'il faudra. Il m'a avoué qu'il n'est pas utile de savoir filer la soie pour en reconnaître les qualités et les défauts. Être contremaître consiste davantage à savoir contrôler la production, sa quantité et sa qualité en fonction des commandes passées, à veiller à ce que les ouvrières soient scrupuleuses, à aider à l'embauche. Pour ce qui est du savoir-faire des fileuses, les surveillantes s'en chargent.

– Comment feras-tu pour m'aider au mas ?

– Ne t'inquiète pas, père. Ce n'est pas ma jambe folle qui m'empêchera de venir faire ma part de travail. De plus je serai bien placé pour nos propres cocons. À condition bien sûr qu'ils soient de bonne qualité pour assurer un titre supérieur à la moyenne.

– Tu parles déjà en digne représentant d'un patron !

– Quand tu sauras le salaire que je peux espérer, tu comprendras vite que je n'ai pas hésité longtemps à toper dans la main d'Auguste Bonnafoux.

– Combien ? demanda Noélie sans lui laisser le temps de finir.

– Mille francs par an, mensualisés.

– Mille francs ! s'exclama Aline qui écoutait la conversation sans être encore intervenue. Plus du double de ce que je gagne !

– Et près de trois fois mon salaire ! ajouta Lucie.

– Les filles, restez en dehors de tout cela ! les coupa Louis. L'argent n'est pas tout. Cela ne me dit pas comment je ferai si je me retrouve seul à travailler au moment des gros travaux.

– Avec ce que je vais gagner comme contremaître, tu n'auras plus de soucis d'argent, argua Damien pour appuyer ses sœurs. Je ne vous laisserai jamais dans la misère.

– N'empêche, il manquera des bras !

– Edmond est toujours là. Il tirera peut-être un bon numéro. Et puis, dans nos familles paysannes, jamais les enfants n'abandonnent leurs parents. Ça ne s'est jamais vu !

– Damien a raison, Louis, renchérit Noélie. Cesse donc de te tracasser à l'avance. Tu te fais du mal. Comptons sur nous-mêmes. Nous sommes loin d'être à plaindre. »

Louis fit grise mine toute la soirée. Ce qui le chagrinait le plus en vérité était d'imaginer que son fils allait partir un jour, pour vivre sa propre vie et qu'il ne serait plus à ses côtés au Castandel. Pour lui, le schéma du fils aîné reprenant la terre de ses pères était immuable, c'était, plus qu'une tradition, un devoir moral. C'était ainsi depuis des temps immémoriaux : les aînés succédaient à leurs pères et gardaient la propriété, les cadets étaient lotis en argent ou en terres acquises au plus tard au moment du partage. Ainsi avait-on pu maintenir les terres et les transmettre, sans grignoter le patrimoine gagné à la sueur de son front et au prix de lourds sacrifices. Qu'en serait-il à l'avenir, se disait-il, si les fils se désintéressaient de leur héritage ? Vendraient-ils le bien que leurs aïeux avaient eu tant de mal à obtenir ?

Après une nuit agitée, le lendemain il recouvra sa sérénité.

* *
*

L'été éclatait chaque matin dans toute sa splendeur et répandait, dès l'aube, des senteurs parfumées de lavande sauvage, des effluves miellés de fleurs des montagnes, des fragrances épicées de sapins des hauts massifs boisés. Le haut et le bas pays se rencontraient en Gardonnenque[1], à la faveur des vallées où cascadaient les eaux vives descendues des cimes et où s'immisçaient comme des caresses veloutées les souffles épuisés des vents des garrigues. Pays de

1. Pays des Gardons.

l'entre-deux, véritable trait d'union unissant deux mondes opposés, la Cévenne des serres et des valats vivait une grande mutation dans un monde en gestation. Tandis qu'à l'orée de la nouvelle décennie l'Empereur décidait de libéraliser son régime, d'aucuns prédisaient déjà la naissance d'un monde nouveau où il n'y aurait place que pour l'industrie.

Damien le pressentait. Le jeune paysan sériciculteur de Saint-Jean n'avait plus qu'une idée en tête : prendre en marche le train de la modernité. Comme son cousin éloigné Ruben Lapierre qui, lui, s'apprêtait à quitter son mas du Fournel à Saint-Étienne pour aller s'embaucher sur les chantiers de construction des voies ferrées[1], il songeait à entrer dans le milieu de l'industrie pour s'y faire une place et gravir un à un les échelons de la société qui était en train de voir le jour.

« Ce n'est pas en restant accrochés aux vieilles pierres de nos mas que nous permettrons à nos Cévennes de renaître et d'assurer leur avenir, expliquait-il à ses sœurs, toujours subjuguées par ses discours emphatiques. Je ne peux proclamer cette vérité devant notre père. Cela le ferait trop souffrir. Il est d'une autre époque. Je ne le juge pas et je le comprends. Moi aussi, je suppose, un jour j'aurai fait mon temps, et mes enfants me tiendront le même langage. Mais, pour le moment, je n'ai aucune envie de finir mon existence dans l'incertitude du lendemain comme le font tous ceux qui hésitent à changer leur mode de vie. Beaucoup de paysans dans la plaine se sont lancés dans la culture extensive de la vigne ;

1. *Voir* Le Chemin des larmes, *même auteur, même éditeur, 2007.*

ailleurs ce sont des champs de céréales à perte de vue qui couvrent les plaines et les plateaux de notre pays. Il faut voir grand sous peine de disparaître ! L'agriculture dans nos vallées étroites est vouée à un déclin inéluctable, j'en suis persuadé. Et les magnaneries, hélas, sont en sursis. Un jour, les filatures se passeront complètement de nos cocons. Beaucoup d'entre elles, d'ailleurs, ne survivront même pas à cette lente agonie. Les soies d'Orient finiront par nous envahir. Le canal de Suez est en chantier, c'est le signe inexorable d'un grand chambardement. L'Empereur ne s'y trompe pas, il sait parfaitement que le monde s'ouvre vers de nouveaux horizons ; voilà pourquoi il ne peut qu'assouplir son régime s'il veut que les masses populaires acceptent les changements sans relever la tête.

– Et tu penses vraiment qu'en étant simple contremaître dans une petite filature cévenole, tu participeras à ces grands changements ! le coupa Aline, incrédule à la suite du long monologue de son frère.

– Tu as l'air de te moquer de moi !

– Je ne me moque pas, Damien. Je m'étonne. Je te retrouve tel que tu étais avant.

– Avant quoi ?

– Tu le sais bien. À l'époque où Héloïse te faisait rêver.

– J'ai cessé de rêver, je te l'ai déjà dit.

– Je te trouve pourtant peu réaliste.

– L'avenir me donnera raison, tu verras ! Mais ne crains rien pour nos parents. Je veillerai à ce qu'ils ne manquent jamais de rien.

– Nous sommes une famille unie, n'est-ce pas ? ajouta Aline qui avait besoin d'être rassurée. Nous le resterons quoi qu'il puisse arriver ! »

À la veille de prendre, elle aussi, son envol, Aline avait besoin de certitudes. Elle n'avait pas, comme son frère aîné, d'autres grands desseins dans la vie que celui de se marier, de fonder à son tour une famille, un foyer sur des bases solides, paysannes comme les siennes. Cyprien, son promis, était le fils d'un autre magnanier de la vallée qui se débattait aussi contre les aléas de la conjoncture. Le brave garçon n'avait d'autres ambitions que celle d'assurer la relève de son père et de maintenir, au moins en leur état actuel, les terres dont il s'occupait déjà depuis son plus jeune âge et dont il hériterait un jour prochain. Il avait fait jurer à Aline de quitter la filature dès la naissance de leur premier enfant. Celle-ci avait promis. Elle l'avoua le même soir à Damien qui s'en insurgea :

« Quand donc les épouses cesseront-elles d'abdiquer devant les exigences de leurs maris ? Les femmes aussi doivent participer au monde de demain ! Ce n'est pas en restant cloîtrées dans leurs fermes qu'elles s'épanouiront !

– Parce que tu crois qu'à l'usine nous nous épanouissons ! répliqua Aline. Nous travaillons dur douze heures par jour, six jours par semaine, pour un salaire de misère. Nous devons nous taire car les surveillantes et le contremaître sont sans cesse sur notre dos. Tu verras par toi-même quand tu seras contremaître !

– Je veillerai au bien de tous. Ce n'est pas en négligeant leurs ouvriers que les patrons peuvent obtenir d'eux les meilleurs résultats.

– Demande à Lucie ce qu'elle pense ! Elle a changé d'avis depuis qu'elle est à la production comme fileuse. »

La plus jeune des Lacombe était aussi la plus discrète. Si Damien et Aline ne se privaient pas de dire tout haut ce qu'ils pensaient, si Edmond prenait toujours le parti de son père sans se soucier de passer pour rétrograde, Lucie demeurait plus secrète et n'extériorisait pas ses sentiments. À dix-huit ans, de frêle constitution, elle en paraissait deux ou trois de moins. Ses cheveux blonds comme les blés et son joli visage d'ange la faisaient passer pour maladive et certaines de ses compagnes d'atelier affirmaient que l'atmosphère de l'usine finissait de lui pourrir les poumons. Pourtant, elle était toujours fidèle à son poste et produisait autant que la plupart des autres fileuses.

Elle reconnut :

« Aline n'a pas tort. Le travail à l'usine est harassant. Et nous n'avons aucun droit pour nous défendre. Quand nous manquons pour maladie, nous perdons nos journées de salaire. Quand l'une de nous se blesse grièvement, elle n'a aucune aide de quiconque et elle doit se débrouiller avec ses seules ressources. Quand les plus âgées s'en vont, épuisées, elles n'ont aucune compensation.

– Je sais tout cela, reconnut Damien. Je suis le premier touché par le sort des ouvrières de nos filatures. Quand je me rendais à la filature Chabert, je n'avais pas les yeux dans ma poche, et je discutais parfois avec les ouvrières quand celles-ci prenaient leur temps de pause. Les chansons qu'elles fredonnent ne trompent personne. Elles s'encouragent ainsi pour mieux oublier leur misère et la dureté de leurs conditions de travail. Je ne suis pas dupe. Quant au paternalisme des patrons, je sais qu'il n'est pas si désintéressé que cela. Un patron est un patron ! Un ouvrier, un ouvrier ! Mais c'est une raison supplémentaire pour me donner envie de passer de l'autre côté du mur, afin d'être en mesure d'agir en conséquence. Il faut être dans l'arène pour combattre le taureau, pas dans les tribunes. Ce n'est donc pas en demeurant paysan que j'aiderai les travailleurs de demain à mieux défendre leurs droits. Je vous vois trimer toutes les deux pour de maigres salaires ; pour un peu, j'aurais honte d'accepter ce qu'on me propose ! Mais je ne veux pas rester plus longtemps à contempler mes mûriers. Le monde bouge. Je bougerai avec lui. »

Ce soir de grande discussion, Damien ne parvint pas à convaincre ses sœurs du bien-fondé de sa décision. Elles le jugèrent trop utopiste. Elles portaient en elles le poids d'un lourd héritage. Toutefois, elles se gardèrent bien de faire part à leur père de ce qu'il leur avait confié, afin que ce dernier ne se fasse pas du mauvais sang.

« Je crains que Damien n'ait quelque arrière-pensée ! soupira Aline en mouchant la chandelle avant de s'endormir.

– Quelle arrière-pensée ? demanda Lucie.

– Oh, rien de mal ! Mais une arrière-pensée de revanche.

– De revanche !

– Oui, sur sa vie passée. Sur la vie. »

Lucie ne releva pas. Elle tira le drap sur elle. Le lendemain, c'était dimanche. Elle pourrait paresser au lit et oublier l'usine, le temps d'une belle journée ensoleillée.

XXIII

Le défi

LES MOIS PASSÈRENT, puis les saisons. Le cycle du temps ne changeait en rien la morosité des esprits. Dans les mas cévenols, personne ne faisait plus fortune avec les magnans. Même les hommes d'affaires commençaient à s'effrayer, car la guerre d'Italie dirigée contre l'Autriche, mal acceptée par les milieux conservateurs, menaçait la situation financière du pays et n'en était pas à son dernier soubresaut. La prépondérance française en Europe, inaugurée par l'annexion de Nice et de la Savoie, n'allait-elle pas conduire infailliblement à la ruine ? De plus, l'abaissement des droits de douane avec l'Angleterre, résultat du traité de commerce conclu entre l'Empereur et la souveraine britannique, irritait les industriels.

Pour toutes ces raisons aussi, Napoléon III avait décidé d'adoucir son régime autoritaire. Mais dans les milieux protestants des Cévennes, l'heure était toujours à la méfiance.

Henri Pelatan ne fut pas long à apprécier les qualités de son nouveau contremaître. Damien faisait montre d'une perspicacité et d'un zèle étonnants.

Après quelques mois passés en compagnie d'Auguste Bonnafoux, il sut rapidement prendre la mesure de son nouveau métier. Sa discrétion dans l'usine rassurait les fileuses qui voyaient en lui le frère de leurs compagnes de travail plutôt que leur nouveau chef d'atelier. Seules Aline et Lucie n'étaient pas à l'aise, craignant, étant donné sa fonction, un favoritisme qui les aurait mises toutes deux en porte-à-faux vis-à-vis de leurs camarades. Aussi, le lundi matin, Damien laissait-il à son patron le soin d'apprécier lui-même l'ouvrage de ses sœurs, se réservant l'inspection des autres fileuses. Pour autant, il ne montrait aucun signe de complaisance avec les filles qu'il connaissait bien, et ne se permettait aucune faveur à leur égard. Il se voulait juste et droit, disait à chacune ce qu'il pensait de la qualité de son travail, sans jamais tomber dans l'excès de reproches ni de compliments.

Il se rendit vite compte des mauvaises conditions de travail des ouvrières, étant donné la vétusté des ateliers et du matériel. Se souvenant des installations de Lucien Chabert, il comprit pourquoi Henri Pelatan ne pouvait s'offrir que des débouchés de second ordre sur le marché de la soie lyonnaise.

Après plusieurs mois pendant lesquels il prit peu à peu une place que le filateur ne regrettait pas de lui avoir confiée, il s'acharna à établir une liste de tout ce qu'il faudrait changer dans l'usine afin d'améliorer la qualité de la production et, par là, obtenir de meilleurs débouchés.

Il s'en ouvrit un jour à son patron qui, étonné du dynamisme de son jeune contremaître, l'écouta attentivement.

« D'abord, lui dit Damien, il faudrait songer à améliorer les conditions de travail de nos fileuses. Je ne dis pas cela parce que mes sœurs font partie de nos ouvrières. Mais il faut reconnaître qu'elles pourraient travailler mieux et moins longtemps et seraient ainsi plus productives. Réduire la journée de travail à dix heures serait une première étape.

– Il faudra embaucher, rétorqua Henri Pelatan. Cela augmentera la masse salariale. Et les ouvrières seront mécontentes de gagner moins.

– Pas si nous maintenons leurs salaires en l'état.

– Vous voulez ma ruine !

– Ne nous emballons pas. Si nous améliorons les techniques de fabrication, nous pouvons gagner en rendement et en productivité, donc produire davantage, et une soie de meilleure qualité que nous vendrons à meilleur prix. Les investissements en frais de fonctionnement et la hausse des coûts salariaux seront vite compensés par les bénéfices générés par l'amélioration quantitative et qualitative de notre production.

– Et où dégagerons-nous les sommes à investir en attendant les premiers résultats ? Car il faudra compter sur un temps de latence de plusieurs années avant que tout cela ne porte ses fruits !

– Si nous présentons un projet sérieux, les banquiers ne manqueront pas de nous accorder leur confiance. L'heure est aux investissements industriels, je ne vous apprends rien.

– Autrement dit, vous pensez à l'emprunt !

– Les grandes banques fleurissent dans toutes les villes : les Pereire, les Rothschild ouvrent partout des comptoirs d'escompte. Ce serait bien le diable si l'une d'entre elles n'acceptait pas de nous aider ! »

Le filateur n'était pas un patron très téméraire. En bon protestant qu'il était, il s'était toujours gardé de dépenser l'argent avant de l'avoir gagné et n'avait eu recours aux prêts bancaires que pour des projets modestes et sur de courtes durées.

« Que proposez-vous donc ? finit-il par demander.

– J'ai vu comment fonctionnait la filature de Lucien Chabert. Ma sœur Aline y était employée à ses débuts. Je vous propose d'aller dans le même sens que toutes ces grandes maisons qui ont pignon sur rue. Nous devons profiter du vent de libéralisme que l'Empereur fait souffler sur notre pays, et non nous en protéger frileusement. Les marchés s'ouvrent. Ouvrons-nous aussi et engouffrons-nous partout où nous pouvons. D'abord, il faut nous montrer plus solidaires de nos magnaniers, les aider à lutter efficacement contre les maladies qui les terrassent, les assurer qu'ils peuvent compter sur nous. Nous devons devenir une filature de soie authentiquement cévenole et prouver que nous pouvons nous passer des cocons d'importation. Pour cela, il faudra mettre le prix et rafler les productions locales. Je m'en charge. J'irai démarcher et conseiller l'un après l'autre chaque éducateur de la vallée.

– Vous allez vous heurter aux plus grands que nous. Ils feront de la surenchère.

– Nous tiendrons ferme sur les prix en les garantissant par avance à nos fournisseurs. Il faudra aussi nous faire reconnaître par les commissionnaires des tisserands lyonnais, traiter directement avec ceux qui sont attitrés par les grands négociants. Nous devons nous spécialiser dans la soie cévenole issue uniquement des cocons de nos magnaneries, pour mieux marquer notre différence avec ceux qui n'hésitent pas à avoir largement recours aux cocons d'Orient.

– Vous n'ignorez pas que la pébrine fait toujours d'immenses ravages dans les éducations. Sans les cocons d'Orient, nous manquerons de matière première. Et puis les cocons cévenols sont deux à trois francs plus coûteux au kilo !

– Je suis bien placé pour en connaître le prix.

– Contre la pébrine, malheureusement, nous ne pouvons pas lutter. Si, une année, nos fournisseurs sont dans l'incapacité de nous satisfaire, comment ferons-nous ? Nous serons bien obligés d'avoir recours, nous aussi, aux cocons d'importation. Nous ne serons plus crédibles ni auprès de nos fournisseurs ni auprès de nos clients !

– Il faut d'abord convaincre les éducateurs de trier leurs magnans dès que ceux-ci commencent à grossir ; d'éliminer les douteux et les malades précoces ; de ne pas acheter de la graine bon marché, celle-ci est souvent avariée ; enfin et surtout de ne pas garder de chrysalides pour la reproduction si leurs magnans sont infectés. En prenant toutes ces précautions, en plus des autres qu'ils connaissent bien, ils devraient amoindrir les risques d'une mauvaise récolte. Cela en attendant qu'un jour un homme de science se penche sérieusement sur le problème et trouve enfin la solution à ce fléau.

– Ça n'intéresse personne ! Qui donc passera tout son temps à chercher un remède à cette maladie qui touche des chenilles ! À l'heure où la science est plus préoccupée par la lutte contre les grandes épidémies, cela paraît dérisoire ! Surtout quand on peut importer d'Orient des cocons secs bien moins chers.

– Cessez donc d'être comme mon père, monsieur Pelatan. Votre manque d'optimisme nuit à la bonne marche de votre usine.

– Je vous donne carte blanche, mon cher Damien. Faites-moi, dans le détail, toutes vos propositions. Présentez-moi un plan de financement sérieux et cohérent. Trouvez les capitaux. Prouvez que notre trésorerie est capable de supporter un endettement sur le moyen terme. Et nous en reparlerons. »

Galvanisé, Damien rcleva le défi et se jura de réussir le challenge qu'il avait proposé à son nouveau patron.

* *
*

Début mai, alors que la campagne coconnière n'allait pas tarder à débuter, Aline, tout de blanc vêtue, épousa Cyprien Bastide. L'heure fut à la fête deux jours durant. Les *novis*[1] se marièrent dans le temple de Saint-Jean en présence de nombreux convives qui affluèrent des trois grandes vallées cévenoles. Les familles ramifiées sur plusieurs générations répondirent chaleureusement à l'invitation des deux partis et se rassemblèrent aussitôt après la cérémonie nuptiale dans les prés du Castandel, à l'ombre des mûriers séculaires.

Pour l'occasion, Noélie, aidée de son amie Émilienne, avait dressé de longs tréteaux en forme de U, qu'elle avait pris soin de recouvrir de belles nappes de coton blanc et de décorer de bouquets de fleurs printanières. Louis et Edmond débouchèrent deux barriques de vin

1. Novis : *jeunes mariés.*

nouveau de leurs dernières vendanges. Et, sous l'effet de la chaleur et de l'alcool, nombreux furent ceux qui, au milieu de l'après-midi, finirent par s'allonger sous les ramures en attendant la musique et les danses promises pour la soirée par un quartette de violoneux.

Lucie avait trouvé un cavalier à son goût et ne le quittait plus des yeux. Le jeune garçon appartenait à la famille du marié et affichait une grande timidité. Renaud Teissonniel n'était pas tout à fait comme les autres garçons venus aux noces avec leurs parents. Tout dans son allure et dans son apparence trahissait ses origines citadines. Sans avoir l'air d'un bourgeois de la ville, il semblait un peu guindé et mal à l'aise dans un milieu qui, apparemment, n'était pas le sien. Son père était pharmacien à Alais et avait épousé une cousine éloignée de Cyprien, ce qui faisait de lui un cousin au troisième degré d'Aline. Cette parenté par alliance fut, pour Lucie, l'occasion d'aborder le jeune homme qui n'osait faire le premier pas vers elle. Sans se montrer ni effrontée ni effarouchée, elle prit prétexte d'une polka attaquée par les violoneux pour l'approcher.

« Vous ne savez pas danser ? » lui demanda-t-elle pour engager la conversation.

Le jeune garçon rougit, bégaya :

« C'est-à-dire… si, un peu.

– Alors vous m'invitez !

– Je ne sais si je peux.

– Devez-vous demander l'autorisation à vos parents ? ajouta-t-elle d'un petit air narquois.

– Non, ce n'est pas cela. Mais si votre fiancé nous voit, il ne sera pas content.

– Mais je n'ai pas de fiancé !

– Alors je vous invite. »

Lucie, ravie de ne plus faire banquette et d'avoir dépassé ses propres réticences, se laissa emporter par le tourbillon de la fête et, de valse en polka et de polka en valse, se grisa de danses et de musique dans les bras de son jeune et beau cavalier.

Edmond, de son côté, ne mesurait pas la joie qu'il éprouvait depuis plusieurs semaines. Le jeune classard en effet avait tiré un bon numéro et échappait ainsi à la conscription. Ce qui, étant donné le danger que faisait encourir la politique de l'Empereur au Mexique, avait énormément soulagé ses parents. Louis surtout qui se voyait donc assuré de conserver l'un de ses fils à ses côtés, Edmond n'ayant aucune envie de suivre le même chemin que celui de son aîné.

« Ne crains rien, lui avait-il affirmé juste avant d'aller tirer au sort, je suis sûr de bien tirer et, avec moi, le Castandel ne sera jamais abandonné. »

Aussi, ces deux jours de noces, Louis ne compta pas les pichets de vin qu'il engloutit, heureux qui, comme Bacchus, avait grand besoin de s'enivrer pour oublier sa crainte du lendemain.

Damien, lui, pavoisait. Il semblait avoir définitivement oublié les déboires de sa vie précédente. Il mordait à pleines dents sa nouvelle existence, se montrait enjoué, heureux de vivre. Le défi qu'il s'était donné le galvanisait, d'autant plus qu'Henri Pelatan lui avait finalement accordé son entière confiance. Il le lui avait prouvé en acceptant sans manières son invitation à participer à la fête nuptiale de sa sœur.

« Je ne peux vous refuser de vous honorer de ma présence, lui avait-il répondu. Après tout, Aline est aussi mon employée. Je lui dois bien un cadeau de mariage. Et je tiens à le lui apporter en personne le jour des noces.

– Alors, monsieur, vous serez le bienvenu au Castandel. »

Henri Pelatan ne vint pas seul au mariage d'Aline. Zélie l'accompagnait. La jeune fille arborait une robe en organdi, rose et blanc, très printanière. Son visage, légèrement hâlé par les bains de soleil qu'elle ne cessait de prendre même en hiver au plus chaud de la journée, traduisait une certaine tristesse, celle que les âmes en peine affichent au sortir d'un profond chagrin. Sa vie, passée entre une gouvernante toujours à ses petits soins et un père trop souvent accaparé par ses affaires, manquait cruellement d'attraits et d'amusement. À l'âge où les jeunes filles s'éveillent à l'amour et se font affriolantes, Zélie, elle, menait une existence terne, presque recluse, dans la maison austère de son père où rien n'avait changé depuis la mort de sa mère, de nombreuses années auparavant. Aussi, malgré l'atmosphère de joie qui régnait autour d'elle, elle ne parvenait pas à s'amuser, à se mêler à la jeunesse turbulente qui ne songeait qu'à faire la fête.

Damien s'en aperçut. Depuis le début de la cérémonie au temple, il avait remarqué les traits très purs de son visage assombri par la mélancolie. Il en fut très ému et n'eut de cesse de se rapprocher d'elle à la première occasion, afin de lui parler et de la distraire. Jamais encore il n'avait eu la chance de la rencontrer, Zélie ne pénétrant jamais dans les locaux de l'usine. Dès qu'il put se dégager de ses obligations familiales, il vint au-devant de son patron, le salua et, d'un geste de déférence, marqua sa gratitude envers la jeune fille.

« Je vous présente Zélie, ma fille, fit Henri Pelatan. Je crois que vous ne vous connaissez pas.

– Je n'ai pas eu l'honneur encore de rencontrer mademoiselle votre fille.

– Je te présente monsieur Lacombe, poursuivit le filateur à l'adresse de Zélie. Monsieur Lacombe, Damien, est mon nouveau contremaître et courtier à part entière. »

La jeune fille rougit, baissa les yeux en présentant sa main gantée de soie. Damien la lui baisa du bout des lèvres et la retint quelques secondes. À son contact, il ressentit sa profonde émotion.

« Je suis enchanté de vous rencontrer, dit-il. Si ce n'est pas vous offusquer, permettez-moi d'être votre cavalier pour cette journée de fête, mademoiselle.

– Faites donc, mon cher Damien, répondit à sa place le père de Zélie. Ma fille ne connaît personne ici, elle sera plus rassurée en votre compagnie. »

Damien semblait radieux. Noélie ne put s'empêcher de s'en réjouir auprès d'Émilienne avec qui elle se complaisait à passer tout le monde en revue, non par médisance – ce n'était pas du tout son habitude – mais par amusement.

« Je crois que mon aîné a trouvé chaussure à son pied. Si seulement il pouvait s'attacher à quelqu'un ! Cela m'ôterait un grand souci.

– Tu crains toujours qu'il ne pense à Héloïse Chabert ?

– Effectivement. Je le connais bien : c'est mon fils ! Parfois, il est comme son père : il s'enthousiasme rapidement et, aussitôt après, il sombre dans les idées noires. C'est heureux que son nouveau métier lui plaise énormément. Il y trouve beaucoup de satisfaction. Il réalise ses rêves de jeunesse.

– Il ne lui reste plus qu'à se trouver une gentille fille à marier, si je comprends bien. C'est ce que tu espères !

– Je ne peux rien te cacher. À son âge, il est grand temps ! »

Ce soir-là, Noélie n'eut de regards curieux que pour son fils. Elle épia chacun de ses gestes, le suivit dans chacune des danses qu'il accorda à Zélie, remarqua avec ravissement qu'il n'invitait qu'elle.

Zélie, il est vrai, n'était pas insensible au charme de son cavalier. Sans le montrer, elle commençait à éprouver pour lui une attirance de plus en plus forte.

Quand, au moment de prendre congé, son père lui demanda de bien vouloir aller saluer les parents de la mariée en sa compagnie, elle laissa traîner sa main dans celle de Damien. Celui-ci dit :

« Je vous précède. Mes parents seront ravis de vous revoir en d'autres circonstances. »

Zélie comprit que Damien désirait la revoir. Elle ne répondit pas, mais pour la première fois de la soirée, son visage s'illumina. Elle lui sourit, le regarda sans détour dans les yeux. Son teint rosit à peine.

« Au revoir, Damien. À bientôt.

– À bientôt, Zélic. »

Sans l'avoir prémédité, Damien venait de se lancer un autre défi : celui d'effacer de son cœur l'image même d'Héloïse, de redevenir totalement un homme libre, ayant rompu à tout jamais les amarres qui l'attachaient à son passé.

* *
*

Dès le mois de juin, alors que la campagne coconnière battait son plein dans toutes les magnaneries, il se mit en chemin pour visiter les éducateurs de la vallée qu'il connaissait. Il écuma serres et valats d'Anduze à Saint-Jean, et de Saint-Jean jusqu'à Saint-André-de-Valborgne et Saint-Étienne-Vallée-Française, n'hésita pas à contacter ceux chez qui il n'avait encore jamais mis les pieds, tâcha de convaincre le plus grand nombre d'entre eux du bien-fondé de sa démarche et d'obtenir leur assentiment pour livrer chez son patron leur récolte de cocons frais en fin de saison.

« Bien sûr, leur dit-il, je peux vous garantir le prix que je vous propose uniquement pour vos cocons sains qui satisferont aux normes de qualité. Mais dès l'année prochaine, si vous écoutez mes conseils, je crois que nous pourrons tout vous prendre.

– À ce prix-là, répondirent la plupart, nous sommes prêts à vous suivre. Surtout si vous nous le garantissez. Il est vrai que, depuis que les importations d'Orient se sont généralisées, même quand nos cocons sont sains, nous ne sommes jamais certains de les vendre au meilleur prix. On nous reproche d'être trop chers. Quand la marchandise se fait rare, c'est normal que les prix grimpent ! Il faut compenser. Mais il nous faut toujours nous aligner. Et ce que nous en tirons ne résorbe pas le manque à gagner dû aux maladies. »

C'était partout le même discours.

Damien savait toutefois qu'il ne pouvait se heurter aux acheteurs des grandes filatures sans prendre le risque d'un conflit ouvert. Or Henri Pelatan, en bon chrétien qu'il était, ne voulait pas nuire à ses confrères ni provoquer d'incidents fâcheux.

« Je vous demande de respecter les règles honnêtes de la concurrence loyale, avait-il recommandé à son courtier. Sachez reconnaître les limites au-delà desquelles vous devez vous effacer. Restez modeste, ne faites pas de propositions alléchantes que nous ne pourrions tenir. »

Damien ne débaucha pas les sériciculteurs qui avaient quasiment contrat avec les grandes filatures, comme son père avant la crise. Il préféra s'intéresser aux autres, à ceux pour qui l'avenir était toujours incertain et qui n'étaient jamais assurés d'écouler leur production. Au reste, dans certains mas, il se fit purement et simplement éconduire, les magnaniers préférant rester fidèles à leur acheteur habituel plutôt que de faire confiance à un inconnu qui leur promettait monts et merveilles en contrepartie de changer leurs sacro-saintes habitudes.

Mais au final, il ne fut pas mécontent de ses premières démarches.

« Pour cette année, avoua-t-il à son patron, il faudra compter sur un approvisionnement moyen. J'ai pu examiner beaucoup d'échantillons provenant de nombreuses chambrées. J'ai pris option sur plusieurs magnaneries. Nous serons en mesure de traiter une grosse quantité de cocons sains qui devraient donner un fil de soie de bonne qualité. Mais l'année prochaine, si tous ces éducateurs nous restent fidèles et travaillent en suivant scrupuleusement nos conseils, nous accroîtrons notre production. Reste à faire connaître notre vocation de fabricant de soie cent pour cent cévenole sur les grandes foires. À commencer par celle d'Alais, pour la Saint-Barthélemy, puis celles d'Anduze et de Saint-Ambroix. Là je pourrai entrer en contact avec les commissionnaires des grands négociants lyonnais. S'il le faut, je monterai moi-même à Lyon.

– Vous n'avez pas froid aux yeux, Damien ! Je reconnais bien là votre jeunesse. Qu'est-ce qui vous pousse ainsi à vous démener ? L'ambition !

– Simplement la rage de vivre. J'ai pris conscience, un peu tard, que la vie ne donnait rien sans rien, qu'elle ne faisait pas de cadeaux à ceux qui attendent tout d'elle sans se surpasser. J'ai vécu sept ans en Algérie, je me suis laissé enliser dans les sables du désert, croyant sans doute que le meilleur moyen de vivre était d'oublier. Erreur ! Il faut se souvenir de ses échecs pour mieux rebondir. »

Le filateur n'avait pas entendu un tel discours depuis longtemps, depuis l'époque où son père lui avait transmis son usine. Qu'en avait-il fait, lui, le descendant de ces hommes qu'on appelait encore les « chapeaux noirs », et qui appartenaient au milieu dominant ?

À Saint-Jean, comme dans toutes les petites villes industrielles des Cévennes, ces quelques familles rivalisaient entre elles pour assurer leur suprématie sur la société locale. Toutes faisaient partie de cette nouvelle aristocratie d'affaires et se targuaient de tenir le haut du pavé. Potentats locaux dans la commune, ils se disputaient la place enviée de maire ou de conseiller général du canton, et leur *oustau*[1] n'avait rien à envier à celui des familles de l'ancienne aristocratie.

Mais Henri Pelatan avait mal utilisé l'héritage qu'il avait reçu de son père et n'avait pas su le faire fructifier, comme l'avait fait Lucien Chabert qui passait

1. Oustau : *littéralement, maison.*

donc à Saint-Jean pour le « chapeau noir » le plus respecté de la ville.

« Un jour, avoua Damien, nous rivaliserons avec la filature Chabert. À titre de revanche ! »

Henri Pelatan ne comprit pas, sur le moment, l'allusion de son jeune courtier. Il ne répondit pas, mais le jugea assurément un peu trop ambitieux.

« Avec les années, la fougue de sa jeunesse se tempérera ! » se dit-il, amusé.

XXIV

Le traquenard

La décennie avait déjà deux ans[1]. Les affaires enfiévraient le pays tout entier ainsi que les esprits les plus entreprenants. La politique libérale de l'Empereur se confirmait, faisant mentir ceux qui n'y voyaient qu'un subterfuge, une ruse pour mieux consolider un pouvoir vacillant. La nation était soumise à un régime hybride, mélange étrange de despotisme éclairé et de libéralisme économique.

L'heure était triomphale pour la bourgeoisie qui pouvait compter sur la stabilité politique et l'ouverture des marchés. Damien ne s'y trompait pas. Il épiait constamment le moindre frémissement de la conjoncture économique et savait prendre les bonnes décisions au nom de son patron. Celui-ci, partisan du protectionnisme comme l'étaient les petits entrepreneurs frileux, lui laissait de plus en plus de prérogatives et ne s'opposait pas à ses idées libre-échangistes. La concurrence anglaise n'avait pas ralenti les progrès de l'industrie française ; les industriels étaient contraints

1. *1862.*

de sortir de leur routine coutumière, de se moderniser, de baisser leurs prix.

« Toutes ces nouvelles données, affirmait Damien, ne peuvent que nous être favorables, si nous aussi nous allons de l'avant. »

Fort de son esprit d'initiative et de ses compétences naturelles, il était devenu le véritable bras droit d'Henri Pelatan. Celui-ci l'avait finalement remplacé dans ses ateliers par un autre contremaître, afin qu'il pût se consacrer entièrement à la gestion de l'entreprise. Plus qu'un simple courtier, Damien faisait figure de directeur de la filature.

Ayant obtenu l'aval du tout jeune Crédit foncier, il avait supervisé en personne les travaux de modernisation des ateliers. Les emprunts qu'il avait fait contracter à son patron ne grevaient pas trop lourdement sa trésorerie et, vu les prévisions à moyen terme qu'un expert de la banque leur avait dressées, cinq ans seulement seraient nécessaires pour dégager de substantiels bénéfices.

« Et dans moins de huit ans, leur avait-il confirmé, vous aurez doublé votre chiffre d'affaires. »

La petite filature s'était donc agrandie d'un atelier supplémentaire ; ce qui portait le nombre de ses bassines à quatre-vingt-dix. Des tours mécaniques mus par une nouvelle machine à vapeur remplaçaient les anciens guindres manuels. Toutes les tourneuses étaient passées fileuses sur les nouveaux postes créés, ce qui, tel que l'avait souhaité Damien, n'avait mis personne au chômage. Un circuit de ventilation et l'éclairage à l'acétylène avaient été installés pour le plus grand bien des ouvrières. Enfin une coconnière avait été construite dans le fond de la cour pour permettre à l'usine de fonctionner toute l'année sans connaître de périodes de surchauffe et d'atonie. Damien avait obtenu d'Henri Pelatan de ne recourir aux cocons d'importation qu'en cas d'extrême nécessité, et était parvenu à marquer l'enseigne de l'entreprise du sceau de sa spécificité : « Soie cent pour cent cévenole. »

Ainsi modernisée, la nouvelle filature Pelatan entrait dans la cour des grands noms de la profession. Certes, elle n'avait pas la dimension des plus importantes ni la prétention de rivaliser avec elles, mais elle pouvait escompter se tailler une meilleure part du marché, surtout si des soyeux lyonnais la sélectionnaient parmi les quelques-unes avec lesquelles ils traitaient directement par l'intermédiaire des maisons de commission.

Jusqu'à présent Henri Pelatan, comme la plupart des petits filateurs, ignorait où partait sa soie grège une fois celle-ci achetée, chez quel tisserand lyonnais, et quel tissu elle servait à fabriquer. Sa production trouvait toujours acheteur, mais elle s'écoulait rarement au début de la campagne de vente, les marques demandées par les tisserands partant toujours les premières. Or depuis que Damien avait pris les affaires en main, la situation avait changé. Il s'était fait reconnaître par le représentant d'une des plus grandes maisons de commission. Ces dernières – très rares, deux ou trois seulement dans toutes les Cévennes – exerçaient un véritable monopole sur le marché des transactions. Aussi était-il salutaire pour un filateur d'être dans la manche de l'un de leurs représentants. Les commissionnaires, se lamentaient la plupart des filateurs, avaient un pouvoir exorbitant et favorisaient trop les filatures commanditées aux dépens de celles qui étaient dépourvues d'engagement avec eux. C'est ce à quoi Damien remédia immédiatement dès lors que la soie grège d'Henri Pelatan n'avait rien à envier à celles des plus grandes marques.

Il obtint, non sans mal, la reconnaissance d'une maison de commission qui avait pignon sur rue à Alais et qui recommanda aussitôt les soies Pelatan à plusieurs grands négociants lyonnais. Les commandes n'avaient pas tardé à se multiplier, la marque à être de plus en plus demandée.

« À ce rythme-là, se plaignait parfois le vieux filateur, nous ne parviendrons pas à tenir les cadences et à fournir tous nos clients.

– Nous nous agrandirons encore ! objectait Damien, fier de sa réussite. Il faut voir grand si nous voulons que l'avenir nous ouvre ses portes ! »

Henri Pelatan restait parfois songeur. Quelque chose semblait l'inquiéter. Un jour, alors qu'il avait invité son jeune directeur à dîner, il s'en ouvrit, profitant de l'absence de sa fille :

« Cette réussite, après des années de stagnation, je vous la dois, mon cher Damien. Il me faut bien le reconnaître.

– N'exagérons rien. Je n'ai fait que vous convaincre de mes idées. Si vous n'aviez pas vous-même franchi le pas, rien ne se serait passé.

– Votre modestie vous honore. Mais je sais ce que je vous dois. Toutefois un fait me chagrine. »

Henri Pelatan se leva de table et invita Damien à le suivre au salon.

« Venez, nous serons plus à l'aise par ici pour discuter. »

Damien obtempéra et accepta le cigare que son hôte lui offrit. Celui-ci poursuivit :

« Cet avenir, que vous me faites miroiter, je crains hélas qu'il ne soit de courte durée !

– Pourquoi donc ? Nous n'en sommes qu'aux tout premiers balbutiements. Votre filature ne peut que consolider ses assises et prospérer si nous tenons nos engagements. Notre trésorerie est saine. Nos fournisseurs nous font confiance. Nos clients se multiplient. Je ne vois là que de bons présages.

– Qu'adviendra-t-il après moi ? le coupa le filateur. Y avez-vous réfléchi ? »

Damien ne s'était pas posé cette question.

« Je n'ai pas de fils pour me succéder. Je n'ai pas su créer ma dynastie, comme la plupart de mes confrères l'ont fait depuis longtemps. Voyez les Teissier de Valleraugue ! Toute une famille est issue du patriarche qui, le premier, est descendu de son hameau de Bonperrier au siècle dernier. En ce qui me concerne, je n'ai même pas un neveu pour reprendre mes affaires quand je quitterai ce monde !

– Votre fille Zélie ne tardera pas à se marier. Elle épousera peut-être un homme du métier. »

Depuis le jour où Damien avait rencontré la jeune fille au mariage de sa sœur, un an s'était écoulé. Les deux jeunes gens ne s'étaient revus que deux ou trois fois, à l'occasion d'une invitation qu'Henri Pelatan avait faite à son nouveau directeur. En réalité, si Damien s'était senti attiré par la jeune fille, il s'était aussitôt méfié des sentiments qui avaient germé en lui. La situation lui rappelait trop celle dans laquelle il s'était fourvoyé avec Héloïse. « Une fille de patron, avait-il songé, ne peut m'être destinée. Ces gens-là ne se mélangent pas avec le peuple ! » Et malgré les regards alanguis de la douce Zélie, Damien avait toujours refusé de nouer avec elle une quelconque relation de complicité amoureuse. Il ne voulait lui accorder que son amitié, de crainte que l'amour ne le fît souffrir une seconde fois.

« J'avais pensé, mon cher Damien, poursuivit Henri Pelatan, que vous feriez pour moi un gendre idéal. Et pour ma fille, un parfait mari. »

Damien cessa de tirer sur son cigare, s'étouffa en avalant la fumée, toussa pour reprendre sa respiration.

« J'apprécie beaucoup la confiance que vous me témoignez, monsieur Pelatan, ainsi que l'honneur que vous me faites en pensant à une telle union. Mais...

– Zélie ne vous plaît pas ? Je croyais au contraire que vos sentiments à son endroit étaient, comment dire, plus qu'amicaux. J'ai cru percevoir dans vos regards réciproques une petite flamme qui en disait long sur ce que vous éprouviez l'un pour l'autre.

– Mademoiselle votre fille est charmante et je suis persuadé qu'elle fera une très bonne épouse. Je n'en doute nullement. Mais êtes-vous sûr qu'elle nourrisse à mon égard les sentiments que vous lui prêtez ?

– Ne soyez pas si méfiant, Damien ! Je n'ignore pas le drame que vous avez traversé il y a quelques années. Mais ne vous méprenez pas sur mes intentions. Je ne suis pas de ceux qui veulent marier leur fille de force, contre leur gré, si vous voyez ce que je veux dire. Je ne choisirai jamais le futur mari de ma fille. Elle seule décidera. Je voulais simplement m'assurer de vos sentiments pour elle. Car je sais que, de son côté, elle n'attend qu'une parole de vous. Comme vous ne faites pas le premier pas et que ce n'est pas à une jeune fille de le faire, je me suis permis de vous entretenir de la question et de vous faire part en même temps de la joie que j'aurais à faire de vous mon héritier et digne successeur. »

Damien avait tout fait pour éviter une telle situation. Il se méfiait trop de lui-même, de la faiblesse dans laquelle il plongeait parfois au cours de ses moments de solitude. Seuls son travail et le défi qu'il s'était lancé lui donnaient la rage de vivre et de prendre sa revanche sur ses déboires passés. Le mariage, il ne voulait pas y songer pour ne pas s'encombrer l'existence. L'amour, il s'en méfiait maintenant comme de la peste. Et quand, dans le tréfonds de sa chair, il sentait monter en lui un besoin de tendresse, il disparaissait toute la nuit et savait dans quels bras se réfugier pour trouver l'apaisement. Les filles qui s'offraient à lui n'exigeaient rien en retour. Elles lui étaient fidèles parce qu'elles étaient vénales. À l'orée de sa bourse s'arrêtait le sentiment d'attachement. Cela lui convenait, car son cœur ne souffrait pas et sa sérénité n'en était pas altérée.

« Je ne peux vous donner une réponse aussi rapidement, finit-il par concéder. Mademoiselle Zélie me plaît beaucoup, je ne peux vous le cacher. Et je comprends ce qu'elle ressent pour moi. Mais j'ai besoin d'y réfléchir. Votre fille est si jeune !

– Elle a dix-neuf ans.

– J'en ai trente ! Je ne voudrais pas la décevoir. »

Henri Pelatan prit ces considérations pour un assentiment de bonnes convenances, à peine voilé.

« Je ne vous mets pas le couteau sous la gorge, Damien. Je vous demande seulement de songer à votre situation, à ce que vous pourriez devenir si vos sentiments pour Zélie sont sincères. De ma part, vous savez maintenant que la porte vous est grande ouverte. »

* *
*

À Saint-Jean, la filature Chabert dominait toutes les autres. L'âge aidant, Lucien Chabert laissait de plus en plus d'initiatives à son fils Martial qui était devenu, dans les faits, le nouveau patron de l'usine. C'est lui qui prenait les grandes décisions – non sans en aviser son père – et qui avait orienté la politique de l'entreprise dans sa lutte acharnée contre la concurrence. Important toujours de grosses quantités de cocons d'Orient, traitant avec de nombreux magnaniers locaux qui lui restaient dévoués plus par crainte que par fidélité, toujours à l'affût de nouveaux clients à l'étranger, Martial Chabert passait pour l'un des plus importants industriels des trois vallées cévenoles. À sa table, le sous-préfet et le député avaient leur place. Lui-même briguait le fauteuil de maire de la commune et celui de conseiller général du canton, fort de ses appuis dans le milieu bonapartiste. Contrairement à son père, il mêlait sans vergogne affaires et politique, et ne se privait d'aucun soutien pour obtenir ce qu'il convoitait.

Aussi commençait-il à s'irriter du succès que connaissait la filature Pelatan. Jusqu'alors, il avait tenu cette petite entreprise pour quantité négligeable, sachant pertinemment que son propriétaire, peu enclin aux innovations, n'avait pas d'héritier, et qu'elle était donc destinée à disparaître. Tel un fauve qui attend son heure, Martial escomptait bien profiter du déclin de son concurrent pour racheter ses installations à bas prix et intégrer son unité de production à sa propre entreprise. Le renvoi d'une bonne partie du personnel, la mise à la casse du vieux matériel, la réfection des bâtiments et la restructuration du travail étaient dans ses prévisions à plus ou moins court terme, « le temps que le vieux Pelatan décide de se retirer », avouait-il sans scrupule à ses interlocuteurs. D'autres petites filatures, victimes de la crise, avaient déjà subi un tel sort. Martial ne comptait pas s'arrêter en chemin ; il rêvait déjà de se bâtir un véritable empire industriel pour devenir un magnat de la soie et marcher sur les traces des Teissier de Valleraugue.

Il ignorait qui était à la source des soudaines velléités de changement de son modeste concurrent. Trop préoccupé par ses propres affaires et par ses ambitions politiques, le jeune Chabert n'avait pas prêté attention aux travaux qui s'étaient opérés dans l'enceinte de la filature Pelatan. Quand ses informateurs lui apprirent que la petite entreprise s'était donné les moyens de jouer dans la cour des grands et qu'elle avait décroché des contrats avec de grands négociants lyonnais, qu'elle se targuait enfin de la qualité de sa soie spécifiquement cévenole, il en prit ombrage et en fut profondément courroucé.

« Qui donc est derrière le vieux Pelatan ? éructa-t-il de rage devant son fondé de pouvoir. Vous êtes un incapable, mon cher Silhol ! Vous n'avez rien vu venir. »

Pierre Silhol, qui avait été au service de son père, n'appréciait pas les méthodes expéditives de Martial. Il s'en était fallu de peu qu'il démissionnât de ses fonctions afin de reprendre sa liberté. Sur l'insistance de Lucien Chabert lui-même, il n'en fit rien. Mais il souffrait d'être considéré par son jeune patron comme un vulgaire subalterne.

« J'ai ouï dire qu'Henri Pelatan s'est entouré des services de Damien Lacombe, expliqua-t-il pour calmer la colère de Martial.

– Damien Lacombe !

– C'est exact. Celui-là même dont le père était l'un de nos meilleurs fournisseurs il y a quelques années.

– Ce vaurien ! Je croyais qu'il avait fini par se dessécher sous le soleil d'Afrique ! »

Pierre Silhol ne répliqua pas. Martial reprit :

« Savez-vous que ce Damien n'est qu'un gredin qui a tenté jadis de séduire ma sœur Héloïse pour mieux profiter de notre fortune ? De tels individus seraient mieux gardés à l'ombre des prisons ou enchaînés dans un bagne à casser des cailloux !

– Je ne sache pas que ce monsieur ait commis un quelconque délit, osa ajouter le fondé de pouvoir.

– Quoi qu'il en soit, mon cher Silhol, j'exige que vous me fassiez parvenir tous les renseignements concernant la filature Pelatan. Faites votre enquête. Je ne veux pas que ces minus se prennent pour des géants et viennent nous faire de l'ombre. Il faut tout mettre en œuvre pour les éliminer. »

Martial tourna le dos à Pierre Silhol et marmonna entre ses dents : « À commencer par ce vaurien de Lacombe ! »

Depuis l'époque où il avait tenté de rosser Damien, après l'avoir surpris en flagrant délit dans les bras d'Héloïse, Martial Chabert n'avait pas eu besoin d'avoir recours à de crapuleux stratagèmes pour éliminer ses adversaires. Au reste, ceux-ci n'étaient jamais que des rivaux en affaires industrielles, jamais en affaires familiales. Il avait donc oublié l'épisode malheureux où les fréquentations de sa sœur l'avaient conduit à son corps défendant. En son for intérieur, il s'était réjoui d'avoir joué un mauvais tour au fils Lacombe et de s'être débarrassé de lui à si bon compte. Le mariage d'Héloïse avait fini par mettre définitivement un terme à cette mésaventure.

Pour autant, le nouveau patron de la filature Chabert n'avait pas renoncé à certaines fréquentations glauques qu'il avait nouées dans sa prime jeunesse. À trente-trois ans, toujours célibataire, il ne s'affichait jamais plus de quelques mois avec la même femme et passait pour un homme volage, aux arrière-pensées perverses. Si Lucien Chabert avait toujours eu la réputation d'un homme intègre, dur en affaires mais d'une grande probité, il n'en était pas de même pour son fils. Celui-ci fréquentait tous les estaminets de la ville, ne cachait pas ses relations avec les hommes du pouvoir, en poste à Alais et à Nîmes, affirmait qu'il n'avait qu'un mot à dire pour faire diligenter une enquête de police et compromettre quiconque se mettrait sur son chemin. Toujours encadré de deux ou trois hommes de main qui portaient, comme lui, veste et chapeau de bourgeois pour donner le change, il savait se montrer affable, courtois à l'excès, un rien empressé pour accorder ses faveurs à un ami ou pour trahir un faux ami.

Martial Chabert ne pouvait laisser agir Damien Lacombe plus longtemps au risque de perdre son aura. Mais il ne pouvait pas non plus l'affronter directement d'homme à homme ; l'ancien paysan n'avait-il pas eu le dessus lors de leur première algarade ? Il réfléchit à la manière de lui nuire. Ne valait-il pas mieux, songeat-il dans son désir de l'éliminer définitivement, salir son honneur, le traîner dans la boue afin de faire de lui un renégat aux yeux de tous, y compris aux yeux d'Henri Pelatan qui l'avait pris sous son aile ? Dans une petite cité comme celle de Saint-Jean, la rumeur aurait vite fait de l'anéantir.

Ses hommes de main commencèrent à laisser courir le bruit que le directeur de la filature Pelatan n'était qu'un arriviste, prêt à toutes les compromissions pour atteindre son but. Après la fille de Lucien Chabert, il s'en prenait maintenant à celle d'un malheureux industriel sans héritier. L'affaire était entendue. Damien Lacombe était un coureur de dot. À le suivre de près, les hommes de l'ombre de Martial découvrirent les rendez-vous galants qu'il donnait de temps en temps aux filles de petite vertu dans des maisons closes d'Anduze et d'Alais. Ils dévoilèrent au grand jour sa vie privée qui, faute d'être exemplaire, était loin néanmoins d'être éhontée. Ils colportèrent sur lui les ragots les plus bas, les rumeurs les plus calomnieuses, le firent passer pour un être fourbe, ladre, concupiscent, tricheur et malintentionné, et s'arrangèrent pour que cette immonde contrevérité parvînt aux oreilles d'Henri Pelatan.

Les magnaniers qui lui avaient accordé leur confiance furent contactés les uns après les autres. Ils leur firent croire que Damien Lacombe se servait d'eux pour mieux les asservir, et que l'avenir de la filature Pelatan, dans ses mains, courait un réel danger. Certains commencèrent à jurer sur tous les saints qu'ils ne lui réserveraient plus leur prochaine récolte de cocons et s'en remirent à l'établissement Chabert. Quant au commissionnaire avec lequel Damien s'était lié pour écouler vers Lyon le meilleur de ses soies grèges, il fut discrètement mis en garde contre le danger de faire confiance à un mégalomane qui n'avait qu'une envie : régner en maître sur la soie cévenole pour détruire toute concurrence et imposer un monopole de fait.

« Cet homme vous mènera à la ruine, disaient-ils aux crédules qui leur accordaient une oreille complaisante. Parti de rien, il désire dominer. C'est un ogre d'orgueil, un individu dangereux à qui il ne faut pas faire confiance. »

Les vilenies qu'ils véhiculaient dans leur sillage finirent par atteindre Henri Pelatan. Au départ, le filateur n'y prêta pas attention.

« Jalousie bien mal placée ! » expliqua-t-il à sa fille qui, elle aussi, avait été touchée par la rumeur grandissante.

La jeune fille s'en émut. Loin de croire ce qu'on prêtait de mauvaises intentions et de turpitudes à celui qu'elle aimait toujours secrètement, elle en fut très chagrinée et demanda à son père d'intervenir pour défendre l'honneur bafoué de son jeune directeur.

« Je vais lui parler, lui promit-il. Mais je vais exiger de lui qu'il me prouve que tout cela n'est que calomnie destinée à nous nuire. »

Damien ne fut pas dupe. Quand Henri Pelatan lui narra la situation sans pouvoir mettre un nom sur ceux qui le traînaient dans la boue, il n'eut qu'une seule explication :

« Tout cela vient des Chabert. De Martial Chabert surtout. Car je n'ose croire que Lucien Chabert ait si peu d'honneur à s'abaisser à de telles infamies. Martial seul est capable de remuer la fange pour en éclabousser ceux qui lui font de l'ombre. N'allez pas croire tout ce qu'on vous a rapporté.

– Votre vie privée ne m'intéresse pas, Damien. Seule votre conscience doit guider vos pas. Quant aux arrière-pensées qu'on vous prête, je sais, par l'attitude que vous avez adoptée chez moi, que vous n'êtes en rien l'intrigant pour lequel les méchantes langues tentent de vous faire passer. N'ayez crainte, vous avez toute ma confiance et, si cela peut vous rassurer, toutes ces histoires n'ont nullement altéré les sentiments que vous porte ma fille.

– À ce propos, j'ai mûrement réfléchi. Mais je vous donnerai ma réponse une fois que j'aurai fait taire toutes ces rumeurs. Il me faut d'abord laver mon honneur.

– Que comptez-vous faire ?

– Je l'ignore encore. Mais je ne peux rester sans réagir. Il y va de mon honneur mais aussi du vôtre et de la notoriété de votre maison. Nous sommes parvenus à nous faire un nom ; votre marque est désormais reconnue ; nous avons agi dans la transparence et la plus grande honnêteté. Nous ne pouvons pas nous laisser bafouer et traîner dans la boue. La fierté n'est pas l'apanage des grands. Laissons-leur l'arrogance !

– Quoi que vous décidiez, Damien, vous pouvez compter sur mon soutien indéfectible. Mais soyez prudent ! J'ai ouï-dire que ce Martial Chabert ne s'encombrait pas de scrupules. »

* *
*

Damien n'avait aucune mauvaise intention. Il voulait simplement faire toute la lumière sur les calomnies dont il était victime et, si besoin était, porter plainte pour diffamation et prendre un avocat.

Mais le sort en décida autrement. Martial n'avait pas plus envie de se voir traîner devant les tribunaux qu'il n'avait eu envie, jadis, de se battre en duel avec son rival. Quand il apprit que ce dernier avait l'intention de l'assigner en justice pour diffamation, au lieu de s'entourer immédiatement des meilleurs avocats du barreau de Nîmes, il préféra une fois de plus se compromettre dans des actes peu dignes d'un représentant de la bonne société bourgeoise de la ville et, qui plus est, du parti du pouvoir en place.

Sans en avertir son père qui l'aurait à coup sûr désavoué, il décida de donner une seconde fois une sévère leçon de savoir-vivre à ce « paysan de Lacombe », terme dont il aimait le gratifier devant ses hommes de main.

« Il faut absolument se débarrasser de lui, leur dit-il. Je ne veux plus qu'il réapparaisse dans la région. Arrangez-vous pour le faire disparaître comme vous voudrez. Rendez-le sourd, muet, aveugle ou complètement impotent – les Arabes ont déjà fait la moitié du travail d'après ce que je sais ! –, mais mettez-le hors d'état de reprendre son poste chez Pelatan et de nous nuire. Traînez-le loin d'ici, et que la leçon l'empêche à tout jamais de vouloir revenir ! Mais attention : qu'il n'y ait pas mort d'homme ! Nous ne sommes pas des assassins. Je préfère qu'il regrette toute sa vie son arrogance et qu'il souffre dans sa chair du mal qu'il nous fait. »

Les nervis de Martial se le tinrent pour dit.

Ils traquèrent leur proie plusieurs jours durant. Chaque fois que Damien sortait de l'usine, ils le suivirent discrètement comme son ombre, épièrent ses allées et venues, ses rencontres, se postèrent non loin de ses lieux de rendez-vous pour ne pas le manquer à son retour, attendirent le moment opportun pour fondre sur lui et lui assener le châtiment imaginé par leur maître.

Dissimulé derrière eux, Martial surveillait pour ne rien perdre du spectacle et pour mieux savourer sa vengeance.

Mais en bonne sentinelle qu'il était devenu par ses années passées dans le bled algérien, Damien finit par ressentir derrière lui la présence de prédateurs aux dents affûtées et aux idées bien arrêtées. Il ne s'en émut pas outre mesure et prit un certain plaisir à jouer au chat et à la souris, restant constamment sur ses gardes à chacun de ses déplacements. Pour rentrer chez lui, le soir après sa longue journée de travail, il changea tous les jours d'itinéraire, évita de s'attarder trop longtemps à l'auberge du Relais comme il en avait l'habitude, ferma ses volets dès la nuit tombée.

Plusieurs jours s'écoulèrent. Sa suspicion grandissait. Il sentait le danger de plus en plus imminent. Aussi évitait-il de passer par les ruelles les plus étroites. Un soir cependant, sorti plus tôt de l'usine, tandis qu'une légère brise faisait remonter les fragrances printanières jusqu'à l'intérieur de la ville, il s'écarta des divers trajets qui menaient chez lui et longea la rive gauche du Gardon. La rivière charriait encore des eaux fraîches et limpides, descendues des montagnes lozériennes. Les berges étaient accueillantes et invitaient à la promenade. Damien se mit à repenser à ces instants idylliques passés jadis en compagnie d'Héloïse, à une époque où leur jeunesse et leur insouciance coulaient dans leurs veines comme le sang de la vie. Il s'approcha du bord de l'eau comme ils le faisaient ensemble pour s'y mirer, ramassa un caillou, le lança pour le faire ricocher jusqu'à l'autre rive. C'était leur jeu favori quand ils voulaient savoir si l'avenir leur sourirait.

Damien pensait à toutes ces années écoulées, au temps perdu, à ses déconvenues, aux moments de bonheur qu'il avait connus. Les reflets de l'eau étaient comme les reflets de sa mémoire, fugaces et pourtant bien réels. Non, il n'avait pas rêvé tout cela ! Ces souvenirs étaient toute sa vie, ce qui lui appartenait de plus précieux.

Perdu dans ses songes, il n'entendit pas les trois hommes s'approcher dans son dos. Quand il prit conscience du danger, ils étaient déjà à trois mètres derrière lui, menaçant avec leurs cannes munies d'une pointe métallique qu'ils faisaient tournoyer comme les ailes d'un moulin.

« Alors, on rêvasse, *môssieur* Lacombe ! dit l'un des trois lascars. On pense à sa douce amie ou à la petite pute qui t'attend ce soir au bordel !

– Que me voulez-vous ? demanda Damien en ramassant d'instinct un gros galet.

– Oh, rien de bien compliqué, fit un deuxième. Rien que te faire passer l'envie de nuire et de trousser les filles, si tu vois ce que je veux dire. Déjà qu'avec ta patte folle tu dois certainement faire des simagrées pour la gaudriole, avec ce qu'on te réserve, je doute fort que les drôlesses voudront encore de toi !

– C'est Martial Chabert qui vous envoie ?

– Comment as-tu deviné, mon bon ? »

À cet aveu à peine déguisé, Damien sentit la colère remonter du tréfonds de son être.

« Je vous attendais depuis longtemps, ajouta-t-il d'un ton sûr de lui. Mais j'espérais que votre maître ose être présent à côté de ses larbins. Je le sais peu courageux, mais de là à se cacher dans l'ombre comme un poltron, j'en suis le premier étonné ! Je ne le croyais pas si pleutre.

– Cause toujours, tu ne perds rien pour attendre. »

Martial suivait la discussion, caché derrière un rocher. Il n'avait nullement l'intention d'intervenir, ne voulant pas se rabaisser à participer en personne aux basses besognes pour lesquelles ses hommes de main étaient grassement payés. Il voulait seulement assister à la scène de correction pour mieux savourer sa vengeance et, si besoin était, arrêter ses sbires avant qu'ils n'aillent trop loin.

Mais les paroles incendiaires de Damien le vexèrent au plus haut point. Il sortit de sa cachette et, s'approchant de ses hommes, les premiers surpris de le voir apparaître, extirpa tout le fiel qui l'étouffait :

« Vous ne m'avez jamais aimé, n'est-ce pas ? À l'instant même où nous nous sommes rencontrés la première fois, chez vous avec ma sœur, par une nuit d'orage, vous avez haï tout ce que je représente, et vous n'avez cessé de nous maudire, car vous avez toujours été pétri de jalousie. Vous n'êtes qu'un misérable petit paysan, monsieur Lacombe, et vous le resterez toujours. Jamais vous ne parviendrez à vous hisser à notre niveau. Et ce n'est pas en intriguant comme vous le faites que vous y arriverez.

– Vous n'êtes pas digne du nom que vous portez, ni du rang auquel les affaires de votre père vous ont hissé. Vous faites honte à notre profession.

– Notre ! Comme vous voilà prétentieux ! Oseriez-vous prétendre appartenir au même monde que nous, les Chabert ? Savez-vous, monsieur, que je n'ai qu'un mot à dire pour qu'on vous traîne en justice et vous jette en prison ?

– Osez seulement et vous verrez de quel bois je me chauffe. Je ne suis qu'un paysan, effectivement, et comme tous les paysans, je connais les essences les plus coriaces !

– Il est vrai que monsieur est une forte tête depuis qu'il a fait les colonies. Vous devriez me remercier. Si je n'étais pas intervenu en personne, le bon numéro que vous aviez tiré ne vous aurait pas permis de connaître les joies de la conscription.

– Le bon numéro ! J'avais tiré un bon numéro ! s'exclama Damien, ivre de rage.

– Parfaitement. Vous auriez dû être exempté. Mais j'ai cru préférable de vous faire éloigner de ma sœur pour une longue période. Seule l'armée pouvait calmer vos ardeurs et vous remettre à votre place. Il ne fallait pas que vous manquiez cette occasion !

– Sept ans ! Vous m'avez volé sept ans de ma vie, espèce de vaurien ! »

Damien ne se contint plus. Il se rua en direction de Martial, prêt à l'assommer de son galet qu'il brandit comme une matraque.

« Donnez-lui la correction qu'il mérite ! ordonna Martial en reculant de quelques pas. Faites-lui passer à tout jamais l'envie de se retrouver sur mon chemin. »

Les trois hommes de main se mirent à rosser Damien avec leurs cannes, tandis que leur maître, ayant tourné les talons, s'éloignait de la scène d'un pas nonchalant.

Les coups tombaient comme des hallebardes. Damien, handicapé par la raideur de sa jambe invalide, peinait à se redresser pour prendre de la distance. Aussi vite les malandrins étaient à nouveau sur son dos et s'acharnaient, le frappant aveuglément. Le malheureux s'écroula, les os brisés. Ils lui donnèrent plusieurs coups de pied violents dans le ventre. Bientôt il ne bougea plus, recroquevillé sur lui-même.

« On dirait qu'il est mort, fit l'un des malfrats.

– Ne restons pas là !

– Il faut l'emmener. On ne peut pas l'abandonner sur la berge.

– L'emmener où ?

– Le patron avait recommandé de ne pas le tuer !

– Trop tard, cette poule mouillée n'avait pas de résistance. C'est pas notre faute ! Tirons-le jusque sous le pont. Avant qu'on ne le découvre, il se passera du temps. On finira par croire qu'il a été victime d'un vagabond. Ils sont nombreux à rôder par ici. »

Les trois hommes profitèrent de la complicité de la nuit pour achever leur forfait. Ils traînèrent le corps inerte de leur victime le long de la berge et l'abandonnèrent sous l'arche du pont qui enjambait le Gardon. Puis, sans avoir été vus de personne, ils s'éclipsèrent sans remords.

Martial Chabert était déjà en train de se pavaner au milieu des siens, au cercle des Amis de l'Empereur.

En sablant le champagne au futur triomphe de l'intervention de ce dernier au Mexique, il ne put s'empêcher de savourer sa propre victoire.

XXV

Délation

LE LENDEMAIN MATIN, Henri Pelatan s'inquiéta de ne pas voir Damien présent à son poste. Comme en début de chaque semaine, il l'attendait pour faire avec lui le tour des ateliers afin de contrôler la production des fileuses. En passant devant ses deux sœurs, il ne put s'empêcher de leur poser la question :

« Damien serait-il souffrant ? »

Lucie répondit la première :

« Non, monsieur. Je ne crois pas. Mais nous ne l'avons pas vu au Castandel ce dimanche.

– Et vous, Aline, avez-vous aperçu votre frère ?

– Non plus. Il ne m'a pas rendu visite. »

Intrigué, le filateur poursuivit seul son inspection et n'en dit pas plus.

Le lendemain, Damien n'étant toujours pas de retour, il envoya Victor, un de ses domestiques, à son domicile. Celui-ci trouva porte close. Dans la petite cité, personne n'avait vu Damien Lacombe. Victor se rendit à l'auberge du Relais où l'on connaissait bien son père. Un client racontait avoir assisté, de loin, à une rixe entre plusieurs voyous. Cela l'intrigua.

« C'était au bord du Gardon avant-hier soir, précisa le client. Ils étaient quatre. Ils se disputaient comme des chiffonniers. Je n'ai rien vu de plus. Ce n'étaient pas mes affaires ! Comme je n'avais pas envie d'avoir des ennuis, je suis parti. Je ne sais pas ce qui s'est passé après. »

Victor se rendit sans attendre sur le lieu de la dispute et inspecta la rive dans ses moindres recoins. Sur une plage, mi-sable mi-galets, il découvrit des traces de piétinement et une traînée en direction du cours d'eau, sur une dizaine de mètres. Puis plus rien. Non loin de là, sous le pont, deux hommes discutaient autour d'un feu de bois qu'ils avaient allumé pour se réchauffer. « Des chemineaux qui errent d'une ville à l'autre », pensa Victor.

Il s'approcha d'eux malgré la crainte qu'il éprouvait à accoster des inconnus dont il ignorait les intentions. Les deux vagabonds ne lui prêtèrent pas attention et poursuivirent leur conversation.

« Je cherche un homme d'une trentaine d'années, fit Victor. Il boite légèrement. Vous ne l'auriez pas aperçu ? »

Les deux hommes se retournèrent dans sa direction.

« Que lui voulez-vous ? demanda l'un d'eux.

– Rien de mal. Il n'est pas venu à son travail ce matin. Mon maître s'en inquiète.

– Ton maître ! T'es donc larbin chez un bourgeois ?

– Là n'est pas la question. Avez-vous vu cet homme ?

– Ça dépend, répondit le second individu.

– De quoi ?

– De ce que tu lui veux. »

Victor dut biaiser pour obtenir les renseignements qu'il attendait. Il finit par ouvrir sa bourse et par faire miroiter une pièce d'argent.

« Elle est à vous si vous me dites où il est.

– Votre homme – si c'est lui – était à moitié mort quand nous l'avons trouvé sous ce pont. Il saignait comme un cochon qu'on vient d'égorger et ne pouvait plus se tenir debout. Nous ne faisons peut-être pas partie du beau monde comme lui, mais ça ne nous empêche pas d'avoir du cœur !

– Qu'avez-vous fait de lui ?

– Nous l'avons emmené chez la Margot pour qu'elle le soigne. Pardi ! Un bourgeois de son espèce, on peut toujours en tirer quelque chose, pas vrai ?

– La Margot ?

– Ben oui. La vieille folle qui vit toute seule un peu plus loin sur l'autre rive. C'est une vraie sorcière, mais elle n'a pas sa pareille pour sauver les moribonds du trépas. Elle connaît les herbes qui guérissent. On s'est dit que, si on le sortait d'affaire, ce bourgeois, il nous serait peut-être reconnaissant. Tu vois ce que je veux dire !

– Vous pouvez m'emmener chez cette Margot ?

– Holà, pas si vite ! Fais d'abord passer ton argenterie, après on pourra discuter. Si tu en as d'autres dans ta bourse, on te conduira. »

Victor obtempéra. Les deux individus se consultèrent du regard, puis l'invitèrent à les suivre.

À une demi-heure de marche, sur l'autre rive, un vieux mazet tout délabré se dressait à l'orée de la forêt. Aucune route n'y accédait. Seulement un sentier de chasseurs. Des poules picoraient en liberté sous l'œil terne d'un vieux chien squelettique. Des objets hétéroclites traînaient au-dehors, pêle-mêle, comme si quelqu'un de négligent s'en était débarrassé en les jetant par les fenêtres.

« Ohé, la Margot ! T'as d'la visite. Sors donc de ton trou. »

Victor était sur ses gardes. Il n'avait pas l'habitude de côtoyer de tels individus.

« Qu'est-ce que vous me voulez ? Vous ne me ramenez pas encore quelqu'un à retaper ! C'est pas l'hôpital de la charité ici !

– Arrête de rouscailler ! T'auras ta part si ce bourgeois se montre généreux.

– Il a intérêt, sinon je lui fais boire le bouillon d'onze heures, et il retournera là où il serait à cette heure si je l'avais pas tiré d'affaire avec mes potions et mes onguents. Et celui-là, c'est qui ce bourgeois qui a l'air bien portant ?

– Ce monsieur cherche le gars qu'on t'à ramené hier matin.

– Il ne peut pas encore marcher. Il a les os tout vermoulus.

– Que lui est-il arrivé ? demanda Victor.

– On l'ignore, répondit l'un des deux vagabonds. Mais, pour sûr, il n'est pas tombé tout seul sur la tête ! »

Victor exigea de voir Damien en sortant de nouveau sa bourse de son gousset.

« Elle est à vous, pour l'avoir sauvé. Mais, auparavant, vous allez m'aider à l'emmener chez mon maître. Vous avez une charrette ou autre chose pour le transporter ?

– Y a ce qu'il faut dans la remise, répondit la vieille femme édentée, et j'ai un âne dans l'écurie.

– Ça suffira pour atteindre la ville. Ensuite, je me débrouillerai. »

À l'intérieur de la maison, Damien, allongé sur une paillasse, râlait, toujours plongé dans un sommeil comateux. Depuis l'incident, il n'avait repris conscience qu'une seule fois, quand la guérisseuse avait tenté de lui faire avaler sa première décoction. Il avait beaucoup déliré, puis il avait replongé dans les ténèbres.

« J'ai fait tomber la fièvre, mais il est encore sous le choc. Il n'a rien de cassé, c'est un miracle ! Il a des bleus partout et ses chairs sont toutes mâchées. Il faut continuer à lui appliquer cette pommade, ça le calmera. Quand il se réveillera, faites-le beaucoup boire de cette infusion. Je vais préparer ce qu'il faut lui donner. »

La vieille femme empaqueta toute une pharmacopée à base de racines et d'herbes dont elle faisait grande profusion et tendit la main :

« La bourse d'abord, dit-elle. Sinon, je garde la marchandise et le jeune homme avec !

– Eh là, la vieille, fit l'un des deux acolytes. On partage !

– Je vous la donnerai quand nous serons rendus en ville, pas avant, répondit Victor, plein de méfiance. Allez préparer la charrette sans perdre plus de temps. »

Victor et les deux hommes installèrent Damien tant bien que mal sur un brancard de fortune et se mirent en route pour Saint-Jean.

Dès qu'ils parvinrent à la limite des premières maisons, Victor appela un fiacre et, dans la plus grande discrétion, fit conduire Damien chez Henri Pelatan.

« Voilà pour vous, dit-il en lançant sa bourse aux deux traîne-misère, pour avoir sauvé la vie d'un homme. Dieu vous garde ! »

* *
*

Henri Pelatan fut le premier atterré de voir son jeune collaborateur dans un si piteux état. Sa fille voulut aussitôt faire prévenir les membres de sa famille, mais Henri l'en dissuada pour ne pas les affoler inutilement et ne pas inciter son père à réclamer vengeance. Le filateur en effet était persuadé que le fils Chabert était à l'origine du drame.

« Tout cela ne serait pas arrivé, avoua-t-il, si nous n'avions pas essayé de lui faire concurrence. On ne joue pas impunément dans la cour des grands.

– Ce Martial Chabert agit comme un bandit, père ! Il faut le dénoncer.

– Quelle preuve avons-nous ? Quand Damien se réveillera, lui seul décidera des suites à donner à cette triste histoire. »

Henri Pelatan laissa croire aux sœurs de Damien qu'il avait envoyé celui-ci en mission à Lyon, afin qu'elles tranquillisent leur famille quant à l'absence prolongée de leur frère.

Damien reprit connaissance au bout de deux longues journées. Lorsqu'il rouvrit les yeux, Zélie était à ses côtés. La jeune fille l'avait veillé et soigné jour et nuit comme une infirmière dévouée, suivant scrupuleusement les conseils du médecin de famille. Henri avait préféré recourir à la médecine plutôt qu'aux méthodes empiriques de la vieille guérisseuse. Il avait fait jeter au feu potions et onguents et avait remis son protégé entre les mains du docteur Delabre qui avait jadis soigné son épouse et qui passait pour un homme de science averti.

Le médecin toutefois avait réservé son diagnostic, tant l'état de son patient lui avait semblé désespéré.

« Certes, il n'a rien de cassé, avait-il reconnu à sa première visite. La guérisseuse ne s'est pas trompée. Mais cet état comateux me laisse craindre une hémorragie cérébrale, avait-il ajouté. Il a été fortement commotionné. »

Aussi, quand Damien revint à lui, Zélie crut-elle au miracle. Le docteur Delabre se rendit à son chevet toutes affaires cessantes. Damien, tout étonné de se réveiller ailleurs que chez lui et entouré par tant de monde, mit un certain temps à reprendre ses esprits.

« Ne bougez pas, lui conseilla Zélie. Vous êtes ici en sécurité. Ne craignez plus rien. Le docteur Delabre s'occupe de vous. Vous êtes sauvé, Damien, Dieu soit loué ! Sauvé ! »

Le malheureux n'avait même pas la force de parler. Le moindre mot qu'il tentait de prononcer lui engendrait d'atroces douleurs dans la tête. Son corps n'était plus que souffrances ; ses pensées, images cauchemardesques de son propre anéantissement.

« Il faudra vous montrer patiente, avertit le médecin à l'adresse de Zélie. Sa guérison risque d'être longue. Mais il s'en remettra. »

Henri Pelatan laissa son protégé dans les mains attentionnées de sa fille. Celle-ci ne mesura ni son temps ni son dévouement pour soulager les affres de celui qu'elle aimait.

Au bout de quelques semaines, l'état de Damien s'améliora. Ses progrès furent plus rapides que ne l'avait laissé penser le médecin. Certes, il claudiquait un peu plus qu'auparavant et devait s'aider d'une canne pour marcher, mais il se sentit bientôt d'attaque pour quitter sa chambre et reprendre petit à petit ses activités.

Zélie attendait ce moment avec impatience. N'y tenant plus, elle décida de lui parler sans détour :

« Avant cette tragédie, mon père vous avait posé une question me concernant, lui confia-t-elle. Je ne veux pas profiter de la situation ni vous précipiter, Damien. Mais je voulais vous dire combien je vous aime. J'ai tant prié pour que Dieu vous sauve ! Maintenant j'ai peur de l'avenir.

– Peur ! Pourquoi ?

– Quand je vous soignais, je vous avais tout à moi. Vous étiez à moi. Votre vie était entre mes mains. Vous ne pouviez pas refuser mon amour. À présent, j'ai peur de vous perdre. Peur que vous me repoussiez et que vous n'ayez qu'une envie : vous venger de ce qu'on vous a fait.

– Zélie, il est trop tôt pour discuter de tout cela. Je suis sûr que vous le comprenez. Il faut me laisser le temps de remettre de l'ordre dans ma vie. Tout est tellement chamboulé ! »

Damien pria Zélie de ne pas lui en vouloir et lui promit de ne pas la décevoir. La jeune fille prit cette promesse pour une preuve de ses sentiments à son égard. Elle s'approcha de lui et se surprit elle-même à l'embrasser la première. Sur le moment, Damien ne broncha pas. Mais, tout à coup, l'image d'Héloïse lui passa devant les yeux. Au contact de la jeune fille, il retrouva le parfum de sa peau, la douceur de ses caresses, le goût sucré de ses baisers. Il enserra Zélie dans ses bras et, à son tour, l'embrassa à en perdre la raison.

* *
*

Martial Chabert ne tarda pas à apprendre que son rival avait refait surface. Persuadé que ses hommes de main l'avaient fait disparaître après lui avoir donné une sévère correction, il fulmina quand on lui rapporta que Damien Lacombe, après avoir été victime d'un grave accident, avait repris son poste à la tête de la filature Pelatan.

« Comment ! enragea-t-il devant ses nervis, vous m'aviez affirmé l'avoir emmené loin d'ici dans le plus grand secret et dans un état qui l'empêcherait de nuire à tout jamais. »

Les trois malfrats n'avaient pas osé avouer toute la vérité à leur maître.

« Nous avons abandonné son corps sous un pont, lui confessèrent-ils, le croyant mort.

– Vous n'êtes qu'une bande d'incapables ! Tout est à refaire. Et si notre homme se met à parler, votre compte est bon ! »

Martial était fou de rage et mort d'inquiétude. Si jamais Damien Lacombe venait à faire la preuve qu'il avait été victime de ses trois hommes de main, il ne pourrait lui-même échapper aux investigations de la police, et son nom se trouverait mêlé à une sale histoire de règlement de comptes. Il lui fallait absolument empêcher que l'affaire ne s'ébruite et n'ait d'autres rebondissements.

Il s'en ouvrit à sa belle-mère. Élisabeth tenait toujours son beau-fils en admiration et se complaisait plus que jamais, depuis qu'il avait pris les affaires de son père en main, à se pavaner à ses côtés. Peu affectée par le qu'en-dira-t-on, que certaines langues bien pendues se plaisaient à répandre dans le beau monde qu'elle fréquentait, elle prenait toujours le parti de Martial contre tous ceux qui voyaient en lui un homme ambitieux, dépourvu de tout scrupule.

« Vous vous êtes mis dans de beaux draps ! lui dit-elle. Il faut agir vite, avant que ce mécréant de Damien Lacombe n'ait pu remuer ciel et terre et prouver que les hommes qui l'ont roué de coups agissaient sur vos ordres.

– Que me conseillez-vous ? Je ne peux quand même pas le faire disparaître corps et âme ! Je sais bien que seuls les morts ne parlent pas, mais je ne désire pas en arriver à de telles extrémités. N'oubliez pas qu'un jour je serai peut-être conseiller général et que mon passé se doit d'être irréprochable.

– J'espère, mon cher Martial, que vos ambitions vous porteront jusqu'à la députation. Ce jour-là, je serai encore plus fière de porter votre nom. Et, si le malheur me frappait à nouveau, il n'y aurait qu'un petit jeu d'écriture à remplir pour que je devienne une seconde fois madame Chabert, n'est-ce pas ? »

Martial se délectait des intrigues de sa marâtre. Il aimait papillonner autour d'elle, l'émoustiller, la rendre jalouse en lui présentant régulièrement ses dernières conquêtes. Sans doute, jamais il ne se serait permis de tromper son père sur le terrain familial, mais il se complaisait à lui rendre la réplique quand elle lui faisait des avances à peine déguisées. Tous deux se ressemblaient beaucoup, à aimer paraître sans jamais se dévoiler totalement, à jouer avec les équivoques pour mieux susciter envie, désir et suspicion. Mais à ce jeu-là, Élisabeth se montrait toujours gagnante, car Martial était loin d'avoir toute sa finesse et son habileté.

« Voici ce que je ferais si j'étais à votre place : il faut compromettre votre rival sur un terrain où les autorités ne badinent pas avec ceux qui se font prendre.

– Quel est donc votre sombre dessein, ma chère belle-mère ?

– Je vous interdis, Martial, de m'appeler ainsi ! Vous me vieillissez.

– Vous savez très bien que si vous n'étiez pas l'épouse de mon père, j'aurais fait depuis longtemps le siège de votre cœur !

– Je préfère cela.

– Alors ?

– … »

Élisabeth expliqua longuement le stratagème auquel elle avait songé pour écarter, définitivement cette fois, le concurrent effronté de son mari et de son bellâtre de courtisan.

« Vous avez là une idée de génie, ma chère ! ne put retenir Martial. Le terrain politique est encore le plus sûr moyen d'éliminer un adversaire sans se compromettre ! Que n'y ai-je pensé plus tôt ! »

Martial mit aussitôt tout en œuvre pour attirer Damien dans un piège duquel il ne pourrait sortir que les fers aux pieds. Fort de ses appuis politiques, il n'eut aucun mal à apprendre que des républicains opposants au régime se réunissaient régulièrement à l'auberge des Quatre-Chemins. Jamais rien n'avait filtré de ces réunions secrètes. Mais l'auberge était sous contrôle permanent des policiers qui ne cachaient pas leur présence autour de l'établissement afin de prévenir toute velléité de rébellion. Au reste, à Saint-Jean, les opposants ne dissimulaient pas trop leur appartenance, et préféraient livrer bataille par leurs idées plutôt que par des actes avérés.

Le commissaire Chastagnier connaissait bien tous ces « enragés », comme il les désignait lui-même, et les laissait volontiers boire un verre ensemble sans leur chercher d'ennuis, pourvu qu'ils se fassent discrets et ne troublent pas l'ordre public. Une sorte de consensus s'était établie entre eux.

Au cercle des Amis de l'Empereur, Martial se fit de plus en plus virulent contre l'opposition, reprenant à son compte les idées véhiculées dans la presse officielle qui fustigeait les républicains. Ceux-ci, expliquait-il en prenant moult articles provenant des journaux nationaux à témoin, étaient noyautés par les courants révolutionnaires nostalgiques de 1848 voire de 1789. Il professait avec force conviction que les réformes libérales profitaient à la racaille socialiste et que Sa Majesté impériale était trop bonne envers ceux qui voulaient sa perte. Il stigmatisait les jeunes, pour la plupart des antimilitaristes, farouchement anticléricaux, souvent même athées et prêts à recourir à l'insurrection pour renverser l'Empire. Il accusait certains journaux de répandre des idées pernicieuses malgré le décret sur la presse toujours en vigueur qui maintenait le régime des avertissements. Enfin, il accusait les amnistiés qui avaient bénéficié de la grâce impériale de 1859 – mille huit cents condamnés politiques relâchés sans garde-fous ! – et qui ne se privaient pas de comploter à nouveau.

Le tableau que dressait Martial Chabert auprès de ses amis frisait le délire, mais il finit par atteindre les esprits les plus crédules et les plus apeurés. Si l'opposition, à travers le pays tout entier, commençait à se revigorer et profitait effectivement du vent libéral accordé par Napoléon III, la situation était loin d'être aussi alarmante, et l'Empereur jouissait encore d'une certaine aura. Les succès économiques et ses promesses concernant l'instruction publique, le maintien de la laïcité et même le droit de grève pour les travailleurs expliquaient sa popularité réelle dans la plupart des couches de la société.

Toutefois, quand Martial révéla qu'un complot se tramait à Saint-Jean contre la municipalité, première étape d'une insurrection qui risquait de faire tache d'huile si on ne l'arrêtait pas à temps, les oreilles se firent plus attentives, les esprits s'inquiétèrent. Fort de ses complicités dans la petite cité, il fit en sorte que le commissaire Chastagnier fût informé immédiatement, que le sous-préfet en personne ordonnât une enquête serrée autour du repaire des comploteurs.

Une surveillance accrue fut mise en place. Des indicateurs furent infiltrés pour mieux exalter les esprits des opposants au régime et les pousser au délit. Il ne restait plus à Martial Chabert qu'à finir de tendre son piège pour y attirer Damien Lacombe.

* *
*

Loin de cette sombre machination, celui-ci avait repris son travail, tout en réfléchissant au moyen de châtier son adversaire en toute légalité. À la demande d'Henri Pelatan, il avait accepté de s'éloigner quelque temps de Saint-Jean, afin de laisser son esprit décanter ses ressentiments et d'être à même d'agir en toute sérénité, une fois son envie de vengeance retombée.

« Vous ne devez pas réagir sous le coup de la colère, lui avait conseillé le filateur. Vous allez partir pour Lyon pour rencontrer nos clients tisserands. Les commissionnaires sont de braves gens, mais rien ne vaut les relations directes. Prenez votre temps. Six ou sept semaines ne seront pas de trop pour que vous puissiez contacter tous ceux que vous jugerez utile de rencontrer. Oubliez toute cette histoire. Pensez à nos affaires… et à Zélie. »

Damien écouta son patron et partit pour Lyon.

À son retour, deux mois plus tard, une lettre l'attendait sous sa porte. Quelques lignes seulement, laconiques, d'une écriture toute féminine, l'invitaient à se rendre à l'auberge des Quatre-Chemins en toute discrétion. Et, en bas de la page, une signature, un nom qui lui fit tressauter le cœur dans la poitrine : Héloïse.

Incrédule, il relut la lettre plusieurs fois. Pour être certain qu'il ne s'agissait pas d'un piège, il fouilla dans un vieux coffre rangé dans sa cave et en sortit une liasse de lettres qu'Héloïse lui avait écrites au temps de leur liaison. Il ne s'était jamais résolu à les brûler ; ce jour-là, il en bénit le ciel. Attentivement, il compara les écritures, puis la signature. Nul doute : la lettre était bien de la même main ; Héloïse demandait à le voir.

Avait-elle une information à lui fournir ? Avait-elle appris ce qui lui était arrivé ? Pourquoi le contacter après de si longues années de silence ? Pourquoi prendrait-elle le risque de se compromettre, alors qu'elle était mariée et qu'elle avait peut-être, à présent, des enfants à protéger ?

Toutes ces questions ne trouvaient aucune réponse dans son esprit perturbé. Et pourquoi un rendez-vous dans cette auberge, connue dans tout Saint-Jean pour être le repaire des rouges ? Jadis ils s'y donnaient rendez-vous, à l'époque de Julien Vandernoote. C'était évidemment le seul endroit où on ne colporterait pas de ragots si on les voyait ensemble !

Après une nuit agitée, passée à ressasser ce qu'il y avait de troublant derrière cette invitation, il prit la décision de se rendre au rendez-vous le soir même. « À la tombée de la nuit, avait écrit Héloïse, de manière à ce que personne ne me voie arriver. »

Le cœur de Damien était en émoi. Oubliés, toutes ces années de tourments, de déchirements, de renoncements, sa descente aux enfers et ses longs abandons dans les bras des jeunes Mauresques et des prostituées de maisons closes ! Envolées, les promesses faites à Zélie, à Henri Pelatan et à ses propres parents ! Enterrées, ses bonnes résolutions de devenir un roc au milieu de la tempête, un homme qu'on appellerait « Monsieur » ! Un seul mot d'Héloïse avait suffi pour que son cœur ait le dessus sur sa raison, pour que le feu, qui couvait toujours en lui sous les cendres de ses désillusions, ravive l'amour de sa jeunesse qu'il croyait mort à jamais.

* *
*

À la tombée de la nuit, Damien entra dans l'auberge qu'il connaissait bien. Le patron n'avait pas changé. Il avait pris un peu d'embonpoint et, derrière son comptoir, on ne voyait que son ventre proéminent, dissimulé sous un large tablier bleu nuit de cafetier. Plus de dix ans s'étaient écoulés depuis l'époque où Damien fréquentait l'établissement. Aussi, l'aubergiste ne le reconnut-il pas sur-le-champ.

Sans se présenter, Damien lui demanda si quelqu'un lui avait laissé un message. Le brave homme parut étonné et invita son client à patienter en vidant un pichet de vin.

« À cette heure-ci, il est rare qu'une dame seule nous rende visite ! remarqua-t-il. Mais si vous dites que vous avez rendez-vous, je ne peux que vous croire ! »

Damien ressentit une certaine méfiance de la part du cabaretier. Ce dernier ne le quittait pas des yeux tout en essuyant pots et timbales qu'il rangeait lentement sous son comptoir. De temps en temps, il s'éclipsait dans une pièce mitoyenne, refermait soigneusement la porte derrière lui et revenait en prenant les mêmes précautions pour demander à son client si personne n'était venu.

« On vous a posé un lapin, finit-il par lui dire.

– Cela m'étonnerait ! Je connais bien cette personne. »

Dans la salle de l'auberge, aucun autre client n'était entré depuis l'arrivée de Damien. Celui-ci commença à avoir des doutes. De son côté, l'aubergiste semblait s'impatienter et trouvait sa présence de plus en plus étrange. Il le laissa à nouveau seul et alla rejoindre ses amis réunis dans une arrière-salle, à l'abri des indiscrets. Ce soir-là, les rouges de Saint-Jean tenaient réunion et débattaient des derniers événements survenus sur le théâtre extérieur où l'expédition française au Mexique connaissait des difficultés.

« Il y a dans l'auberge un homme qui prétend avoir un rendez-vous avec une dame, expliqua le tenancier de l'établissement. J'ai déjà vu son visage, mais je ne me souviens plus qui il est.

– Tu n'aurais pas dû le laisser entrer, lui dit un de ses amis. C'est peut-être un mouchard.

– Il n'en a pas l'air !

– Nous devrions jeter au feu toutes les coupures de presse interdites, proposa un autre. Ce serait plus prudent.

– Ne commencez pas à paniquer. La peur vous fait délirer, ajouta l'aubergiste. Je vais discrètement le surveiller ; s'il a l'air louche, vous vous éparpillerez immédiatement en passant par la porte de derrière. »

Damien trouvait étrange le silence de l'auberge. Il n'ignorait pas que celle-ci était jadis l'antre des opposants les plus farouches au régime. Mais ce soir-là, le cœur enflammé et l'esprit bouleversé, il ne pensa à aucun moment qu'il pût se trouver à proximité d'un groupe d'intrigants. Il finit toutefois par se convaincre qu'Héloïse n'avait pas pu lui donner rendez-vous dans un endroit aussi compromettant. Plus il y pensait, plus cela lui paraissait évident. À la lueur de la chandelle posée sur sa table, il lisait et relisait sa lettre et la comparait avec une autre plus ancienne qu'il avait apportée sans savoir pourquoi.

À force de comparer les mots, puis les lettres entre elles, il eut soudain un doute. Dans sa lettre de rendez-vous, la lettre *f* était calligraphiée de deux façons différentes : la boucle inférieure étant tantôt tournée vers la droite, comme cela était le plus correct, tantôt vers la gauche, de façon inversée. Or dans l'autre lettre, les *f* étaient toujours calligraphiés de la même manière, correctement. Cela sema le trouble dans son esprit.

Il décida aussitôt de s'en aller. Il appela l'aubergiste pour régler sa consommation. Celui-ci, surpris, entra en hâte dans la salle, se dévoilant imprudemment. Damien comprit qu'il l'épiait derrière la porte. Il prit peur, croyant être tombé dans une souricière. L'aubergiste, de son côté, crut que son client était bien un mouchard de la police. La confusion s'empara d'eux. Ils n'eurent pas le temps de réagir ni l'un ni l'autre : au-dehors une demi-douzaine de policiers encadrés d'un escadron de la maréchaussée, postés dans le plus grand silence autour de l'auberge, firent irruption en condamnant toutes les issues.

« Vous êtes faits, mes amis ! N'opposez aucune résistance, c'est inutile ! » fit le chef de la police, l'arme au poing.

Les gendarmes menaçaient de leurs mousquetons.

« Mais vous faites erreur ! fit l'aubergiste.

– Je ne faisais que boire un pichet de vin, se défendit Damien.

– Ce n'est pas le moment de vous expliquer. Vous allez tous me suivre gentiment. »

Les intrigants sortirent de l'arrière-salle sous la menace des mousquetons. Les uns après les autres, muets de stupéfaction, ils défilèrent devant Damien pour se faire entraver derrière les chevaux des gendarmes. Dans leurs yeux se lisait le même sentiment : celui d'avoir été trahi par le fils Lacombe que d'aucuns reconnurent immédiatement.

Quand le dernier d'entre eux passa devant lui, Damien ne put se retenir :

« Ernest ! Tu étais avec eux ! »

Ernest Poujol releva la tête, regarda Damien dans les yeux :

« C'est donc toi qui nous as donnés ! Si ton père savait ça ! »

Damien ne comprit pas la remarque de son vieil ami. Il n'eut ni le temps ni l'occasion de s'expliquer devant lui. Quand son tour arriva de se faire enchaîner, le commissaire de police arrêta les gendarmes :

« Non, pas lui. Cet homme-là, vous me le laissez. Je crois qu'il aura droit à un petit traitement de faveur. »

Les gendarmes obéirent, à regret. La cohorte de prisonniers prit le chemin de la gendarmerie, tandis que Damien était poussé dans un fourgon cellulaire gardé spécialement par deux policiers en civil.

« Tu vois, dit l'un des prisonniers à Ernest Poujol, ils font semblant de l'arrêter. C'est lui qui nous a donnés. »

En montant dans le fourgon, Damien se retourna et aperçut Martial Chabert en grande discussion avec le commissaire de police.

XXVI

La prison

LES CONJURÉS FURENT ENFERMÉS au fort Vauban, la prison d'Alais, grosse citadelle qui gardait jadis l'entrée de la cité. Ils furent regroupés plusieurs par cellule, car la place manquait pour pouvoir tous les séparer. Seul Damien fut incarcéré à l'écart des autres dans un cachot qui donnait sur une cour intérieure de l'enceinte fortifiée.

Plongé dans l'obscurité et le silence, soumis au régime sévère du pain sec et de l'eau, il ne vit personne pendant plusieurs jours, hormis son geôlier qui venait lui apporter sa maigre pitance. Malgré ses demandes maintes fois réitérées, celui-ci refusait de lui parler selon les ordres qu'il avait reçus. Damien se doutait qu'il était victime non d'une regrettable erreur mais d'une machination ourdie par Martial Chabert, avec la duplicité du chef de la police. On l'avait attiré sur les lieux d'un prétendu complot pour mieux le compromettre et l'accuser de faire partie de la bande des conjurés.

À Saint-Jean, l'affaire fit grand bruit. Dès le lendemain, les habitués de l'auberge, trouvant porte close, ne tardèrent pas à apprendre les raisons de la fermeture de l'établissement. Mais personne ne savait qui exactement s'était fait arrêter, ni surtout que Damien Lacombe était du nombre. Dans tous les cabarets et auberges de la ville, il n'était question que de la conjuration. Les rouges n'avaient pas particulièrement bonne presse, même parmi les farouches partisans de la République. Car, aux yeux de la plupart, par leurs manigances, ils faisaient planer sur tous un réel danger de répression. Au reste, l'atmosphère de suspicion et la délation pourrissaient la vie bien tranquille de la petite cité comme partout dans le pays.

Un témoin de l'affaire vint au plus vite prévenir Émilienne Poujol de l'arrestation de son mari. Il traînait en ville ce soir-là, quand il vit passer le convoi de prisonniers en direction de la gendarmerie. Émilienne sombra aussitôt dans le désespoir.

« Dans le groupe, j'ai cru aussi apercevoir le fils Lacombe, l'aîné des Lacombe, précisa le témoin. Ça m'a étonné, mais je crois bien qu'il s'agissait de lui. Même qu'il était seul à descendre du panier à salade. Peut-être l'a-t-on transporté en voiture à cause de sa jambe raide ! me suis-je dit.

– Damien ! s'étonna Émilienne. Il faut immédiatement avertir ses parents. »

Au Castandel, quand Émilienne accompagnée de son ami annonça la nouvelle, ce fut la consternation. Louis poussa les hauts cris, ne contint pas ses ressentiments contre le régime en place, « celui d'un véritable dictateur », contre les « faux culs de délateurs », contre la police qui s'en prenait aux honnêtes gens. Noélie ne parvint pas à le calmer et tenta de raison garder en réfléchissant avec Émilienne à ce qu'il convenait de faire.

« J'ai bien peur, lui confia cette dernière, qu'il n'y ait rien d'autre à faire que d'attendre. Ils passeront tous en jugement et si, comme je le crains, ils sont accusés de complot contre la sûreté de l'État, le bagne les attend. J'avais pourtant bien dit à Ernest de ne pas fréquenter ses amis révolutionnaires et de se tenir tranquille. Mais il ne m'a pas écoutée. Il croyait sans doute qu'à eux seuls ils allaient changer le monde. Changer le monde, quelle chimère ! Est-il dans le pouvoir des petits de changer le monde ? Ce qui m'étonne, c'est la présence de Damien parmi eux. Jamais Ernest ne m'a parlé de lui.

– C'était peut-être convenu entre eux », remarqua Noélie.

Edmond entra brutalement dans la cuisine où ses parents se morfondaient. Le jeune homme attendait son père pour le ramassage de feuilles de mûrier et s'impatientait. Il s'étonna de les voir en grand conciliabule.

« Que se passe-t-il ? demanda-t-il aussitôt. Il est arrivé malheur ? »

Noélie lui expliqua en deux mots la situation.

« Je connais mon frère, ajouta Edmond. Jamais il n'aurait adhéré aux idées révolutionnaires. Il est trop modéré ; plus que moi. Or moi, j'ai toujours refusé de rejoindre les extrémistes. Pourtant Ernest m'avait fait de nombreux appels du pied !

– À toi aussi ! grommela Louis. Décidément, on connaît bien mal ses amis !

– N'accuse pas Ernest, lui reprocha Noélie. Il avait ses idées et il désirait qu'on les partage avec lui. C'est normal !

– Il n'avait pas à débaucher les fils de son meilleur ami.

– Je suis persuadé qu'il ne l'a pas fait, rétorqua Edmond.

– Alors comment expliques-tu l'arrestation de ton frère ? »

Les deux familles, si souvent unies dans l'existence, se trouvaient cette fois confrontées au même drame.

« Si seulement Damien était resté au Castandel ! se plaignit Louis. Tout cela ne serait pas arrivé. Ici, il aurait eu une vie saine, simple et heureuse. Au lieu de cela…

– Cesse donc de *roundiner*[1] et de penser à la vie de tes enfants comme si c'était la tienne ! lui objecta Noélie. Là n'est pas la cause de ce qui est arrivé. »

Edmond partit prévenir sa sœur Aline chez elle. Puis il se rendit en ville pour tâcher d'en apprendre davantage sur ce qui s'était passé la veille au soir. Il passa d'un estaminet à l'autre, écouta tout ce qui se disait, prit part à toutes les conversations. Il n'apprit rien de plus que ce que l'ami des Poujol était venu rapporter au Castandel : la police avait mis la main sur un nid de comploteurs qui étaient prêts à passer à l'action en s'emparant de la mairie. Pour le reste, des noms circulaient, mais personne n'était sûr de rien, ni sur les identités ni sur le nombre des conjurés. La police avait agi le soir, très rapidement et par surprise. Les prévenus avaient été transférés à Alais pendant la nuit dans

1. Roundiner : *se plaindre, ronchonner.*

la plus grande discrétion. Au petit jour, l'affaire était dans le sac, sans que personne – ou presque – ne pût témoigner de ce qui s'était passé.

Edmond attendit la fin de la journée et se posta à la sortie de la filature Chabert. Il connaissait certaines fileuses avec qui Aline avait jadis travaillé, et voulait s'entretenir avec elles pour savoir ce qui se disait dans les ateliers. L'une d'elles, Rosette Delpuech, l'invita à la rejoindre à l'écart de l'usine.

« Je ne voudrais pas qu'on nous voie ensemble ! Votre famille n'est pas très appréciée par mes patrons.

– Je comprends. Éloignons-nous. »

Rosette partit la première en direction du Gardon, suivie d'Edmond à bonne distance.

« Alors, fit celui-ci, vous savez quelque chose ?

– Le bruit court à l'usine que le jeune patron, Martial Chabert, était en compagnie du commissaire de police quand il a procédé à l'arrestation du groupe, à l'auberge des Quatre-Chemins.

– Martial Chabert ! Mais que faisait-il là ?

– D'après ce que j'ai entendu, il serait comme cul et chemise avec la police et briguerait la mairie. Aussi il n'avait pas intérêt à ce que des comploteurs sèment le désordre. »

Edmond ne semblait pas satisfait. Cela n'expliquait pas la présence de son frère sur les lieux de l'arrestation.

« Ce n'est pas tout, ajouta Rosette. À ce qu'il paraît, il en aurait profité pour faire éliminer un de ses rivaux.

– Un rival ! Comment ça ?

– Je ne sais pas. Un concurrent à la mairie sans doute, ou bien un rival en amour. Monsieur Martial passe pour un grand coureur de jupons !

– Vous connaissez le nom de ce rival ?

– Je vous l'aurais déjà dit ! »

Edmond commençait à comprendre. Il n'ignorait pas le passé de son frère ni les faits qui l'avaient jadis opposé aux Chabert. Certes, il n'était pas dans ses confidences et n'avait jamais beaucoup apprécié sa liaison avec Héloïse, mais il en savait suffisamment pour comprendre que cette vieille histoire avait peut-être resurgi du fond des oubliettes, et que Martial Chabert, par précaution, avait pu agir en conséquence.

Sur ce point, il se trompait. Il ignorait que Martial Chabert voulait surtout éliminer un rival en affaires dans la personne de son frère. Il était loin de penser que Damien pouvait à ce point inquiéter le patron le plus important et le plus influent de tout Saint-Jean. Il n'était pas armé pour affronter un tel homme et pour lui demander des comptes sur ses actes, mais cela ne l'arrêta pas dans sa détermination à faire le jour sur l'injustice dont il pressentait que son frère allait être victime.

* *
*

Fou de rage, Edmond se rendit à la filature Chabert et, sans se départir de son audace, exigea devant les grilles du parc de voir Martial en personne. Un domestique lui barra aussitôt l'entrée. Devant l'esclandre qu'il faisait, deux des trois hommes de main du jeune filateur sortirent du château, bientôt suivis d'Élisabeth. Du haut du perron, celle-ci demanda :

« Que se passe-t-il ?

– Ce monsieur exige de voir monsieur Martial, expliqua le domestique.

– Que lui voulez-vous ?

– Ça ne regarde que lui et moi ! répondit Edmond.

– Mais qui êtes-vous donc ?

– Edmond Lacombe, le frère de Damien Lacombe, l'innocent que votre beau-fils a fait jeter en prison.

– Je ne suis pas au courant, mentit Élisabeth. Vous devez vous tromper. De toute façon, monsieur Chabert est absent pour affaires, pour plusieurs jours.

– Vous mentez ! »

Edmond, retenu par les deux nervis, se démenait comme un forcené. Il tenta de forcer leur barrage, persuadé que Martial se dissimulait à l'intérieur de la demeure.

« Chassez cet homme ! ordonna Élisabeth. Il n'a rien à faire ici. »

Edmond fut éconduit prestement, légèrement molesté car il opposa une vive résistance, jeté à la rue comme un malfaiteur.

Le soir même, avant de rentrer chez lui, ressassant son amère défaite, il se rendit à nouveau chez Aline. Depuis son mariage, la jeune femme habitait chez ses beaux-parents, dans un mas situé de l'autre côté de la vallée. Bien qu'étant enceinte de trois bons mois, elle n'avait pas cessé son travail à la filature et n'envisageait pas de l'abandonner malgré le souhait de Cyprien, son mari. Comme jadis avec Damien, elle se livrait volontiers à Edmond qui était devenu son nouveau confident. À l'inverse de son frère aîné, son cadet se montrait plus impulsif, moins rêveur, plus réaliste. Aline trouvait dans ses conseils ce qui lui manquait parfois de certitude dans sa vie quotidienne pour envisager l'avenir sans crainte, avec l'assurance qu'elle ne faisait pas fausse route.

Très tôt, en effet, Cyprien l'avait surprise en se révélant sous un jour qu'elle ne lui connaissait pas. Elle comprit rapidement pourquoi il souhaitait qu'elle abandonnât son travail de fileuse. L'enfant qui allait naître en était une bonne raison – et d'autres suivraient – mais, en réalité, Cyprien ne supportait pas que son épouse pût rencontrer d'autres hommes. Sa jalousie s'était vite manifestée au grand jour au fil des mois, gentiment au début, puis de façon de plus en plus opprimante. De sorte qu'Aline ne pouvait plus rentrer chez elle sans être obligée de lui avouer qui elle avait rencontré dans la journée. Les parents de Cyprien semblaient soutenir leur fils. Ils faisaient pression sur leur belle-fille et la surveillaient comme le lait sur le feu, de crainte, sans doute, qu'elle n'ait les mêmes penchants que ce frère aîné qui, d'après ce qu'ils avaient appris des langues bien pendues de leur entourage, était un homme de petite vertu qui aimait la gaudriole et les jupons. La réputation de Damien n'était plus à faire depuis que les hommes de Martial avaient répandu, sur lui, la calomnie.

Aussi, Aline accueillait-elle toujours son jeune frère à bras ouverts. Il était pour elle la lumière dans une morne existence qui semblait parfois sombrer dans les ténèbres.

« Je me suis fait jeter à la rue comme un voleur, lui avoua Edmond. La maison des Chabert est bien gardée. On ne risque pas d'y entrer comme dans un moulin !

– Affronter Martial ne mène à rien. Damien s'y est cassé les dents. On voit maintenant où cela l'a mené : en prison. Les Chabert sont trop puissants.

– Que pouvons-nous faire pour le sauver ? J'ai beau réfléchir, je ne trouve aucune solution. Si l'on prouve qu'il faisait partie de la conjuration, son compte est bon. Nous n'avons aucune relation susceptible d'intervenir en sa faveur.

– Si ! coupa Aline.

– Qui donc ?

– Héloïse.

– Héloïse Chabert !

– Oui, elle seule peut sauver Damien. Son mari, le marquis de Chambrun, est un homme influent, il a des relations.

– Mais c'est idiot ! Damien est l'ancien amant d'Héloïse ! Tu ne crois quand même pas que son mari va intervenir en sa faveur !

– Il faut essayer. C'est notre seule chance. »

* *
*

Damien connaissait des conditions de détention particulièrement pénibles. L'humidité du cachot, les courants d'air, il s'en accommodait. Mais il devait aussi compter avec les blattes et autres cafards qui grouillaient partout, attirés par les moindres miettes de nourriture. Parfois, la nuit, allongé sur sa paillasse à même le sol, il les sentait courir sur son visage, s'immiscer dans ses vêtements. Quand ce n'étaient pas les rats ! Ceux-ci se faufilaient sous la porte cadenassée, traversaient les murs en longeant les tuyauteries, passaient à travers les barreaux du fenestrou extérieur, son unique source de lumière. Les murs suintaient en permanence et étaient couverts d'une épaisse couche de salpêtre malodorante. La forteresse était bâtie à proximité du Gardon, les fondations quasiment dans l'eau. Aussi celle-ci remontait le long des murs par capillarité, créant dans l'enceinte fortifiée une atmosphère des plus malsaines.

De là où il était incarcéré, Damien avait une vue étroite sur un mur aveugle tout aussi grisâtre que les parois de son cachot. Les autres cellules n'étaient pas situées dans son champ de vision, de sorte qu'il se sentait complètement isolé. Deux fois par jour, il avait la visite d'un garde-chiourme qui, tout en restant derrière sa porte, lui faisait passer sa nourriture par une petite trappe. Au bout d'une semaine, sa ration quotidienne s'améliora : il eut droit à une boule de pain et deux soupes claires dans lesquelles trempait, à midi seulement, un morceau de viande, en réalité un morceau de gras à peine cuit. À ce régime-là, tout prisonnier perdait vite ses forces et ne pouvait espérer faire des prouesses en tentant de s'évader. La forteresse semblait d'ailleurs puissamment verrouillée. Si jadis l'ennemi pouvait difficilement y pénétrer, inversement il était difficile d'en sortir une fois les portes refermées.

Damien n'était plus homme à sombrer dans le désespoir. Il savait que son parcours du combattant ne faisait que commencer. Ses sept ans passés en Algérie l'avaient aguerri et lui avaient servi de leçon. Fort de son expérience dans le bled où les conditions de survie étaient parfois pires, il garda la tête froide et voulut se tenir prêt à affronter ses juges quand on le mènerait devant le tribunal. Pour cela il se devait d'être au mieux de ses capacités physiques et mentales. Tout laisser-aller de sa part pouvait lui être fatal. Malgré son handicap, il se contraignait plusieurs heures par jour à marcher de long en large dans sa cellule, afin de se donner de l'exercice et éviter l'ankylose. Il travaillait tous les muscles de son corps et, pour échapper à l'ennui mortel et aux idées noires, il se forçait chaque jour à passer en revue tous les souvenirs qu'il pouvait puiser dans le fond de sa mémoire : sa tendre enfance, son adolescence, les mûriers, les magnans, le décoconnage, la fête de la Seconde République, ses parents, ses amis, sa première rencontre avec Héloïse, ses amours enfin. Son esprit était occupé en permanence et retrouvait toujours les détails les plus précis de son passé.

Ainsi consacrait-il des heures à voyager dans le temps, et les jours s'écoulaient sans qu'il connût la lancinante descente dans le néant.

Des semaines, des mois passèrent. Damien avait perdu la notion du temps qui s'égrenait au-dehors. Mais il tenait bon, dans le silence et la solitude. Le silence était ce qui le faisait le plus souffrir. Il avait l'impression qu'on l'avait oublié, seul dans toute la forteresse – si ce n'étaient les rares passages de son geôlier qui ne lui disait pas trois paroles à travers sa porte, au moment des repas. Ce silence pesant, au bout duquel la sanction se faisait longuement attendre ! Pourquoi le faisait-on moisir dans cette prison qui n'était, il le savait, que la première étape vers celle de Nîmes et le tribunal où il serait jugé ? Ne l'avait-on pas oublié ? Les autres prisonniers avaient-ils déjà été condamnés ?

Certaines questions commençaient à le hanter le soir, quand il essayait de s'endormir. Heureusement l'exercice auquel il s'astreignait l'empêchait de veiller trop longtemps et c'était toujours dans un profond et salutaire sommeil qu'il plongeait, fourbu, après avoir bien occupé sa journée.

* *
*

Edmond consentit à aller rendre visite à Héloïse. Il partit pour Quissac sans attendre, malgré sa crainte de se faire éconduire une seconde fois. Il n'avait jamais revu la jeune femme depuis que, tout adolescente, elle s'était réfugiée avec son frère chez ses parents par un soir d'orage. Il pensait donc ne pas la reconnaître, si tant est qu'il pût espérer parvenir jusqu'à elle.

La demeure du marquis baignait dans une épaisse brume automnale qui se répandait en nappes nonchalantes à partir des rives du Vidourle. L'aube tardait à se lever. Les vignes avaient pris leurs ors, leurs sarments se recroquevillaient comme pour mieux affronter les premières froidures. Les terres emblavées attendaient que le blé germe en hiver et s'étendaient à perte de vue dans une infinie tristesse. Au loin, les hameaux semblaient endormis, repliés sur eux-mêmes. Des toits s'échappaient déjà de gros panaches de fumée qui embaumaient l'air d'une douce odeur de feu de cheminée. Edmond aimait cette saison intermédiaire où l'excessive chaleur de l'été laisse sa place à des matins frileux qui incitent à vivre dedans, tous rassemblés autour de l'âtre, sans être encore paralysés par le froid cassant de l'hiver.

Au moment où il arriva devant les grilles du parc, l'aube se nimba de lumière. Personne ne semblait garder l'entrée de la demeure. Celle-ci était encore plongée dans la tranquillité du sommeil. Edmond hésita. N'allait-il pas de nouveau être repoussé et chassé ? Devant lui, le portail n'était pas fermé à clé. Il hésita à le franchir et à s'avancer jusqu'au parvis de l'élégante demeure. Il préféra tirer la cloche pour s'annoncer. « Tant pis si on me prend pour un vagabond ! » pensa-t-il.

Une jeune femme parut au bout d'un instant et s'avança dans sa direction, apparemment peu effarouchée. Edmond tenta, sous ses traits, de reconnaître la jeune Héloïse qu'il avait rencontrée quinze ans plus tôt. Il n'y parvint pas, tant ses souvenirs étaient vagues et diffus.

« Que puis-je pour vous, monsieur ? » demanda la jeune femme.

Edmond se racla la gorge, bredouilla :

« Je suis Edmond Lacombe. Êtes-vous madame Héloïse de Chambrun ? La marquise de Chambrun ?

– Nullement, monsieur. Je ne suis que sa gouvernante.

– Me serait-il possible de voir madame la marquise ? Si monsieur le marquis me le permet, bien sûr !

– Monsieur le marquis est absent. Mais je vais vous annoncer à Madame. »

Anna invita son visiteur à la suivre jusque dans le vestibule de la gentilhommière. Edmond fut surpris de l'accueil amical et sans détour que lui fit la gouvernante. Il pensa un instant qu'elle était peut-être partie chercher quelque domestique à son secours, et qu'il allait être mis à la porte sans ménagement.

Il entendit derrière lui le froissement d'une robe. Instinctivement il se retourna et découvrit une jeune femme splendide dans une robe de satin violine qui mettait son teint ambré en valeur. Son décolleté dévoilait sans ostentation une poitrine aux seins galbés qui accrocha immédiatement le regard du jeune homme. Sa longue chevelure auburn glissait en cascades ondoyantes sur ses épaules nues et marquait de façon harmonieuse les contours d'un visage illuminé par deux yeux vert amande à l'éclat de diamants.

Subjugué, Edmond eut le souffle coupé. « Je comprends à présent pourquoi mon frère était tellement amoureux d'une telle femme ! » songea-t-il, avant de se reprendre.

« Pardonnez mon intrusion, madame la marquise…

– Oubliez mon titre, monsieur. Il me sied si mal ! Ainsi donc vous vous appelez Edmond Lacombe ! Qu'est-ce qui me le prouve ? »

Surpris par cette soudaine méfiance, Edmond se sentit pris au piège et fit un pas de recul.

« Ne craignez rien ! poursuivit Héloïse. Si vous êtes réellement Edmond Lacombe, je ne suis pas votre ennemie. D'ailleurs, nous devrions nous reconnaître, n'est-ce pas ?

– Certes, mais il y a si longtemps ! Nous n'étions que des enfants. C'était chez moi au Castandel. Vous étiez trempée jusqu'aux os. Vous aviez perdu votre monture.

– Je vois que vous ne mentez pas, monsieur Lacombe. Vos souvenirs sont aussi précis que les miens. Alors que me vaut votre visite ? »

Rassuré, Edmond se détendit. Il reprit :

« Monsieur le marquis ne risque-t-il pas de m'envoyer les chiens ?

– Mon mari est absent pour plusieurs jours. De plus, il me laisse libre de voir qui je veux. Parlez sans crainte, je vous en prie ! »

Edmond ne prit aucun détour pour expliquer le but de sa démarche. En prononçant le prénom de son frère, il vit Héloïse blêmir, retenir sa respiration, feindre de ne pas être troublée. Mais son teint la trahit. Elle ne put longtemps cacher son émotion.

« Damien, jeté en prison par erreur !

– Non seulement par erreur, madame, mais à cause d'une vile délation qui ne visait qu'à l'éliminer.

– Savez-vous qui est à l'origine de cette ignominie ? »

Edmond ne put soutenir plus longtemps le regard d'Héloïse. Celle-ci, visiblement, était tout ébranlée. « Elle aime encore Damien ! » se dit-il. Il hésita, poursuivit :

« Votre frère, madame.

– Martial ! En êtes-vous sûr ?

– Hélas oui, madame ! Je le déplore mais ce n'est pas la première fois qu'il s'en prend à Damien. Un témoin l'a aperçu discuter avec le commissaire de police, le soir de l'arrestation. Il était présent sur les lieux. Le témoin est formel. Je l'ai rencontré. »

Héloïse était désemparée, non d'apprendre que son frère ait pu être à l'origine de cet acte ignominieux, mais que la victime fût celui qu'elle avait tant aimé jadis.

« Qu'attendez-vous de moi ?

– Vous êtes notre seul espoir et la seule chance pour Damien de se sortir de ce pétrin. Monsieur le marquis, votre mari, doit avoir des relations. Ne pourrait-il pas intervenir en faveur de mon frère innocent pour lui éviter le jugement et une condamnation inévitable ?

– Mon mari connaît beaucoup d'hommes influents et, je le sais, pour moi, il ne refuserait jamais rien, même pour l'homme que j'ai… »

Héloïse s'interrompit. Tout à coup, l'apparence altière qu'elle tentait de se donner depuis le début de l'entretien s'effondra. Ses yeux perdirent de leur éblouissante froideur ; son visage, de sa noblesse inaltérée. Il lui sembla que le sol se dérobait sous ses pieds. En un éclair, elle revit passer devant elle les moments de bonheur les plus merveilleux de sa vie, ceux qu'elle avait passés avec Damien. Elle se jeta sans fausse pudeur dans les bras de son visiteur.

« Mon Dieu ! Edmond ! Qu'est-ce qui nous arrive ? Pourquoi ? Pourquoi ? »

Le jeune homme ne s'attendait pas à ce qu'Héloïse tombât dans ses bras de désespoir et s'en trouva gêné. Il l'étreignit tendrement, la laissa s'épancher sur son épaule, garda le silence pour respecter sa douleur.

« Excusez-moi, se reprit-elle, une fois remise. Vous avez sûrement raison. Mon mari pourra intervenir. Je le lui demanderai dès qu'il sera de retour. Je vous le promets : Damien ne restera pas en prison. »

XXVII

L'évasion

L'EXISTENCE D'HÉLOÏSE se trouva tout à coup bouleversée. L'intrusion d'Edmond, ses révélations firent émerger de sa mémoire des souvenirs difficilement enfouis, des images douloureuses d'un bonheur passé qu'elle croyait définitivement enterré.

Depuis des années, résignée, elle avait tenu son rôle d'épouse et honoré le titre dont son mari l'avait gratifiée. Mais entre eux, il y avait plus de convenances que de sentiments profonds. Et si le marquis ne manquait jamais de lui témoigner ses marques d'affection, lui aussi s'était vite résolu à n'entretenir avec son épouse que des relations distantes qui tenaient plus de la bienséance que de l'amour.

Héloïse avait fait un mariage de raison, par dépit et résignation. Elle s'était donnée à son époux après lui avoir infligé une longue période d'attente. Quand, enfin, déterminée, persuadée que tout retour vers le passé était illusoire, elle décida de devenir pleinement la marquise de Chambrun, elle s'était juré de ne pas avoir d'enfants et de ne jamais éprouver aucun autre sentiment pour son mari que du respect et de la reconnaissance.

Le marquis de Chambrun n'en demandait pas davantage de sa jeune épouse. À son âge, sa seule présence à ses côtés, ou lors des soirées qu'il donnait entre gens de l'aristocratie locale, suffisait à le rendre heureux. De temps à autre, il la retrouvait dans sa chambre, ne forçant jamais sa porte et, l'espace d'une nuit, se donnait l'illusion d'être un mari comblé. Héloïse tenait son rang. Sa maison était l'une des plus chaleureuses de tout le canton. Son salon accueillait les esprits les plus cultivés et les plus ouverts. Elle y invitait indifféremment épouses et maris de tous bords, républicains, bonapartistes et royalistes, pourvu que chacun tût ses convictions personnelles et ne fît preuve que de talent, d'à-propos et de spontanéité. Elle repoussait sans équivoque les donneurs de leçons, les pédants, les vaniteux, les effrontés, les retors, les prétentieux, les précieux, les jaloux, les calculateurs, les orgueilleux, les vaniteux, les menteurs, les affabulateurs, les bouffons, les excentriques, les courtisans… bref tous les nuisibles qui grouillaient souvent autour des gens qui étaient censés avoir une parcelle de pouvoir. Autour du marquis, Héloïse avait donc fait le vide, et seuls les êtres choisis pour leur honnêteté intellectuelle et leur intelligence avaient gardé leur droit d'entrée.

Bon prince, le marquis de Chambrun s'était plié aux exigences de son épouse, appréciant, dans l'ultime étape de sa vie, d'être débarrassé de tous les parasites qui infestaient son existence.

Lorsque Héloïse en vint à lui expliquer ce qu'elle avait à lui demander, il montra néanmoins beaucoup d'hésitations.

« Vous attendez de moi que j'intervienne pour sortir des griffes de la justice un homme soupçonné de complot contre la sûreté de l'État ! s'étonna-t-il. Ce n'est pas là une mince affaire. Le préfet est un ami et j'ai, au ministère de l'Intérieur, des relations qui peuvent faire pression sur le ministre. Mais, ma chère épouse, vous me mettez dans l'embarras. De plus, votre Damien Lacombe, me dites-vous, est l'homme pour qui vous vous êtes résolue à entrer au couvent avant que vous n'acceptiez de m'épouser ! Je devrais le maudire ! »

Héloïse ne dit rien, craignant le pire. Le marquis poursuivit :

« Je vous sais gré de votre franchise à mon égard. Je devrais vous en vouloir de m'avoir caché cette sombre histoire. En souffrez-vous encore ?

– …

– Qui ne répond consent ! En réalité, c'est à monsieur votre père que j'en veux le plus. C'est lui qui m'a dissimulé votre tragique aventure. Et je comprends mieux à présent son empressement à vous marier malgré votre jeune âge ! Votre refus devant ses exigences ne vous honore que plus à mes yeux. Vous avez toujours été une femme libre, n'est-ce pas ? Et si vous avez fini par consentir à m'épouser, c'était de votre part une libre décision, de même que lorsque vous êtes devenue ma femme à part entière. Moi aussi, j'ai suffisamment de liberté d'esprit pour comprendre votre comportement quelque peu… disons dérangeant ! Vous ne dites rien ?

– Je vous ai demandé ce qu'aucune femme n'oserait demander à son mari, monsieur. Je ne puis rien ajouter qui ne saurait me rendre encore plus ridicule.

– Votre requête n'a rien de ridicule ! Elle me prouve au contraire la confiance que vous avez en moi, et aussi la solitude dans laquelle vous devez vous sentir. Comment, devant tant de franchise, pourrais-je rester insensible ? Si je n'étais pas si vieux, je prendrais cette supplique pour une marque d'amour. Mais je comprends très bien que, à mon âge, je ne puis attendre de vous que ce que vous me témoignez chaque jour : votre estime et votre amitié. Ce sont là deux sentiments qui m'honorent et qui me remplissent le cœur de joie et de sérénité. Ma chère Héloïse, je ferai tout ce qui est en mon pouvoir pour vous satisfaire et pour rendre la liberté à celui à qui je dois, finalement, d'être votre époux. Dès aujourd'hui j'enverrai un courrier au ministère et je ferai intervenir le préfet en personne. Soyez rassurée : votre ami ne moisira pas longtemps en prison. »

* *
*

Héloïse fit part immédiatement à Edmond de la décision de son mari en dépêchant à Saint-Jean Anna, sa gouvernante. Dès lors, au Castandel, la famille Lacombe au grand complet ne vécut plus que dans l'attente interminable du jour où Damien viendrait frapper à la porte.

En ville, les esprits les plus avisés guettaient dans les journaux locaux l'annonce du procès des inculpés. Personne ne savait si ceux-ci avaient été transférés à la prison de Nîmes ni si la date du procès avait été fixée. Seul Martial Chabert semblait sûr de lui et affirmait à qui voulait l'entendre que la racaille des rouges avait été éradiquée et que la vie politique locale, enfin assainie, allait pouvoir suivre son cours en toute tranquillité. Chaque jour, il battait la campagne avec ses amis du parti officiel, escorté discrètement par ses hommes de main, au point que ses détracteurs se demandaient qui était aux commandes de son usine.

« *Vaï*, le vieux Chabert est toujours là ! affirmait-on. Il n'a pas pris sa retraite. Pour sûr qu'il veille encore au grain, pendant que son politicard de fils est à la conquête de la mairie et du canton. »

Edmond restait aux aguets pour être le premier informé. Si son frère était libéré, dans les cafés de Saint-Jean la nouvelle ne traînerait pas à être divulguée.

Plusieurs semaines passèrent dans l'incertitude, sans qu'il n'apprît rien de nouveau. Un dimanche matin, alors qu'il s'était rendu au culte avec toute sa famille, il entendit parler de la conjuration à la sortie du temple. Il laissa les siens s'éloigner et s'approcha de ceux qui discutaient.

« Ça y est, la date du procès est fixée. Ils en ont mis, du temps ! disait l'un d'eux en commentant *L'Écho des Cévennes*. C'est pour dans quinze jours. Les inculpés vont être transférés à Nîmes la veille. »

Edmond sursauta. Il intervint :

« Tous ? Ils vont tous être envoyés à Nîmes !

– Pourquoi voudrais-tu qu'il y ait une exception ? Ils sont tous bons pour le bagne, sûr ! Ton frère comme les autres.

– Mon frère est innocent !

– Alors, qu'il le prouve ! »

Dépité, Edmond prévint ses parents et partit immédiatement pour Quissac.

À son arrivée, Héloïse ne dissimula pas sa déception.

« Il était trop tard, dit-elle. Mon mari n'a rien pu faire. La date du procès était déjà fixée et la liste des accusés, publiée. La machine judiciaire était déjà en marche.

– Ce n'est pas possible ! Si Damien passe en jugement, il sera condamné. Il n'y aura pas d'exception. Et je soupçonne votre frère de placer encore des hommes à lui au tribunal ou de soudoyer les jurés. Il en est bien capable ! Il n'y a plus d'espoir.

– Si ! reprit Héloïse qui se montrait moins défaitiste qu'Edmond.

– Comment ? Expliquez-vous ! »

Héloïse esquissa un mouvement de recul, alla fermer la porte de l'antichambre où elle avait convié Edmond à la suivre, et poursuivit :

« J'ai entière confiance dans mon personnel, mais mieux vaut que personne n'entende ce que j'ai à vous dire. Voilà : mon mari a déjà pris les devants, car il faut faire vite. Pas un jour n'est à perdre. Il faut organiser l'évasion de Damien.

– L'évasion !

– Chut ! Pas si fort. Personne ne doit savoir.

– Le marquis ! Complice d'une évasion ! Et pour vos beaux yeux ! Je ne cesse de m'étonner.

– Que ne ferait un vieux mari pour plaire encore à sa jeune épouse ! C'est moi qui l'ai convaincu. S'évader de la prison d'Alais est plus facile que de s'évader de celle de Nîmes. Il n'y a plus que cet ultime espoir.

– Mais, une fois évadé, Damien ne pourra plus vivre au grand jour ! Il sera un éternel fugitif.

– C'est ça ou le bagne, Edmond ! L'oubliez-vous ?

– Vous avez raison. Que dois-je faire ?

– Rien. Rentrez chez vous. Ne parlez à personne, pas même à vos parents. Personne ne doit savoir. Si cela venait à s'ébruiter, Damien n'aurait aucune chance de s'en sortir et mon mari serait compromis. Il a suffisamment de relations parmi les antibonapartistes pour faire évader votre frère. Je lui fais confiance. Il sait qui contacter. Il a gardé beaucoup d'amis parmi les ultras. Dans sa jeunesse, il en faisait partie. »

Edmond écouta les conseils d'Héloïse, rentra au Castandel et resta muet comme une tombe.

* *
*

Les jours étant comptés, le marquis de Chambrun, retrouvant les ailes de sa jeunesse et le cœur de ses vingt ans, mit tout en œuvre pour organiser minutieusement l'évasion du rouge Damien Lacombe, lui, un ancien ultraroyaliste ! Les hommes de l'ombre ne manquaient pas pour déjouer les autorités et se jouer de la justice, dès lors que les bourses se déliaient et que les écus sonnants et trébuchants remplissaient leurs poches. Si les indicateurs de la police étaient légion, toujours prompts à pourfendre les adversaires du régime, les tenants de l'opposition n'avaient pas moins d'hommes de main à leur service pour les contrecarrer et éviter leurs pièges.

Héloïse fut mise à contribution afin que Damien se lançât en toute confiance dans l'épreuve qu'il devrait accepter pour recouvrer sa liberté. Son mari lui demanda de rédiger deux billets très laconiques, signés seulement de ses initiales : H.D.C. Dans le premier, elle l'invitait à se tenir prêt à s'évader et à suivre scrupuleusement les instructions qu'il allait bientôt recevoir. Pour le convaincre, elle lui rappela en deux lignes un épisode particulièrement cher à tous deux dont il ne manquerait pas de se souvenir. Puis elle lui conseillait de faire disparaître le message en l'avalant pour assurer sa totale sécurité. Dans le second, elle lui dévoilait les instructions à suivre pour sortir de sa cellule.

« J'ai mis tout en œuvre pour sauver votre protégé, expliqua le marquis, une fois les deux messages transmis à un mystérieux destinataire dont il tut le nom. Je vous invite à présent à entreprendre avec moi un petit voyage, ma chère Héloïse. Il faut nous éloigner le temps nécessaire à ce que votre ami retrouve la liberté et s'évanouisse dans la nature pour disparaître à tout jamais.

– Disparaître !

– Il le faut, absolument. C'est le prix à payer pour gagner la liberté. Ne songez surtout pas à le revoir ! Vous courriez à votre perte. Nous nous absenterons deux ou trois mois. Je vous propose un tour d'Italie. Que diriez-vous de visiter Venise, Florence, Rome, Naples ou Palerme ? La saison me paraît idéale, nous ne souffrirons pas de la chaleur. Et les Italiens sont des gens si charmants ! Cela vous changera les idées. Quand nous rentrerons, l'affaire sera tassée.

– Vous voulez dire que les autres accusés seront condamnés !

– Nous ne pouvons pas, hélas, les faire tous évader ! Quant à votre petit protégé, prions pour qu'il ne se fasse pas reprendre. Sinon, la justice sera encore plus sévère envers lui. »

Héloïse se plia aux exigences de son mari et fit préparer ses malles pour un long voyage qui n'avait rien, à ses yeux, d'un voyage de noces.

* *
*

Dans sa cellule, Damien attendait avec impatience le jour du jugement. Il avait été averti de son prochain transfert à Nîmes par un avocat chargé de le défendre à la demande du marquis de Chambrun.

« Vous plaiderez coupable, lui expliqua l'homme de droit. De cette façon, les jurés seront plus indulgents.

– Il n'en est pas question ! s'insurgea Damien. Je suis innocent, je n'ai rien à voir avec les autres prisonniers. D'ailleurs pourquoi m'a-t-on isolé si ce n'est pas parce qu'on sait très bien que je n'ai rien à faire avec eux ?

– Ne vous entêtez pas. Je plaiderai en votre faveur que vous avez été entraîné et que les autres ont profité de votre crédulité. Avec de la chance, au lieu d'écoper du bagne à vie, vous vous en tirerez seulement avec vingt ans.

– Vingt ans ! Vous n'y pensez pas ! Pour quelque chose que je n'ai pas commis, jamais !

– Chut ! Pas si fort. On pourrait nous entendre. »

L'avocat baissa le ton, reprit en chuchotant :

« Demain, faites attention à votre boule de pain. »

Il se leva précipitamment, appela le gardien et quitta la cellule sans ajouter un mot.

Le lendemain matin, vers 6 heures, Damien réceptionna, comme d'habitude, sa ration de pain et sa cruche d'eau pour la journée. Dès que le garde eut refermé la trappe du passe-plat, il s'adossa dans le coin situé à droite de la porte, afin de ne pas être dans le champ de vision du geôlier en cas d'un contrôle inopiné. Délicatement il ouvrit la miche de pain et découvrit, à son grand étonnement, un rouleau de papier à moitié roussi par la cuisson. Mais le message était encore lisible : « *Tiens-toi prêt à t'évader. Ne crains rien, on s'occupe de toi. Suis bien les futures instructions. H.D.C. P.-S. : souviens-toi des vœux que nous formulions quand nous faisions des ricochets sur les eaux limpides de la rivière ! Détruis ce message en l'avalant.* »

Damien n'eut aucun doute : le message était de la main d'Héloïse. Il en reconnaissait l'écriture, les trois *f* étaient cette fois bien calligraphiés, les initiales étaient les siennes, et le post-scriptum faisait allusion à un souvenir qui leur était cher à tous les deux.

Son cœur bondit de joie. Il relut plusieurs fois le texte laconique, y déposa longuement les lèvres, le palpa, le sentit pour s'imprégner du parfum d'Héloïse, éprouva toutes les peines du monde à le faire disparaître. En l'avalant, il eut l'impression que c'était un peu d'Héloïse qu'il gardait en lui, et se mit à rêver. « Dieu merci, songea-t-il, j'ai eu raison de me tenir en forme ! Je suis capable de prouesses pour te rejoindre, mon Héloïse ! »

Le jour où il reçut par le même moyen le second message, le marquis de Chambrun et son épouse traversaient le Grand Canal de Venise en gondole.

Dans le rouleau de papier était dissimulée une petite lame de scie. Le message indiquait : « *Dernières instructions : scie les barreaux de ta cellule, découpe ta couverture en lanières, fais-en une corde que tu laisseras pendre à l'extérieur pour laisser croire que tu t'es échappé en sautant par la fenêtre. Mais ne le fais surtout pas. Cela n'est qu'un subterfuge. À cause de ta jambe, tu ne t'en sortirais pas. Demain soir, après son passage, le gardien déverrouillera discrètement ta porte. Dans la nuit, faufile-toi dans les couloirs jusqu'à la cour intérieure. La voie sera libre… Bonne chance. Adieu. H.D.C.* »

Le message était bien de la même écriture que le précédent. Damien n'en douta pas. Mais tout cela lui paraissait bien mystérieux et très rocambolesque. S'échapper, certes ! Mais de là à le faire avec la complicité des gardiens, comment cela était-il possible ? Qui Héloïse avait-elle soudoyé pour échafauder un tel stratagème ? Subitement les soupçons envahirent son esprit. « Et si c'était une ruse de Martial Chabert pour se débarrasser définitivement de moi ! pensa-t-il ; cet avocat n'était-il pas payé par lui pour mieux me faire tomber ? »

Il relut le message, le fit disparaître comme le premier. Mais cette fois, il n'éprouva que le goût amer du papier et de l'encre dans la bouche. Il dissimula la scie dans l'ourlet de son pantalon et attendit que le soir fût tombé pour envisager ce qu'il allait entreprendre.

Il ne put s'endormir pendant les quelques heures qui lui restaient avant de se décider à agir. Il relut en son esprit les termes des deux messages qu'il connaissait par cœur, se persuada qu'il ne pouvait pas s'agir d'une perfidie supplémentaire de Martial Chabert. Pourquoi, en effet, l'aiderait-il à s'évader pour mieux le faire reprendre aussitôt dehors ? Ne suffisait-il pas d'attendre le procès ? Si sa culpabilité était avérée, même avec les circonstances atténuantes plaidées par l'avocat, sa vie était finie. Du bagne, on ne sortait jamais indemne ! Non, cela n'avait aucun sens. Cet avocat était bien dépêché par Héloïse. Héloïse qui, seule, pouvait lui rappeler de si tendres souvenirs ; Héloïse qui devait, dans l'ombre, remuer ciel et terre pour le sauver !

* *
*

Il n'attendit pas la fin de la nuit. Sans perdre plus de temps, il commença à scier un premier barreau de sa cellule. Lentement, la lame de scie recouverte de sa chemise pliée en boule pour étouffer le bruit de cisaillement, il se mit à l'ouvrage, l'œil et l'oreille aux aguets. Jusqu'à 6 heures, il savait que personne ne viendrait le déranger, les gardiens faisant leur dernière ronde de nuit aux environs de minuit. Les barreaux étaient épais et forgés dans un acier bien trempé. Étant donné leur espacement, il lui fallait en scier deux pour laisser croire qu'il était passé par cette issue. Au bout de deux heures, la base du premier céda. Six heures seraient encore nécessaires pour venir à bout des deux barreaux. Or 5 heures venaient déjà de sonner. De la prison, on entendait très bien les cloches de la cathédrale Saint-Jean. Dans une petite heure, le geôlier passerait pour lui apporter son pain et sa ration d'eau. N'ayant pas de montre, il estima le temps au jugé, s'arrêta de s'activer avant qu'il ne fût trop tard, fixa le barreau scié avec de la mie de pain malaxée, remit tout en place et retourna s'allonger sur sa paillasse.

En cette saison hivernale, la nuit tardait à se dissiper. Lors du premier passage du garde-chiourme, le cachot était encore plongé dans l'obscurité. Le courant d'air glacial qui s'engouffrait par le fenestrou de la porte, quand il l'ouvrait, ne l'incitait pas à s'attarder pour examiner l'état de la cellule.

À 6 heures tapantes, Damien entendit le geôlier traîner les pieds dans le couloir, toussoter, racler sa gorge de fumeur, bougonner entre ses dents. La trappe s'ouvrit brutalement.

« Debout là-dedans ! grogna-t-il. Voilà ton pain et ta flotte. »

Damien s'approcha comme il en avait l'habitude, tendit les mains, s'attendant à ce que l'homme lui susurre quelque chose à l'oreille. Le geôlier se retint, ajouta :

« Ah, Lacombe ! Je suis chargé de te dire que ton transfert a été avancé. Tu pars demain matin. »

Cela signifiait que l'évasion ne pouvait souffrir d'aucun retard. Elle devait se dérouler exactement comme tout avait été décidé. Aucun incident ne pouvait la différer.

Damien se remit aussitôt à la tâche, en redoublant de précautions car, cette fois, la prison était réveillée, les allées et venues des gardiens pouvaient le surprendre, le bruit attirer leur attention.

Le second barreau lui donna plus de difficultés que le premier. Sa lame se brisa en deux alors qu'il lui restait encore à en sectionner la base. À midi, lors du premier passage pour la soupe, il estima en avoir encore pour deux bonnes heures si le morceau de lame résistait jusqu'au bout. Ses doigts étaient en sang ; les muscles de ses bras, tétanisés. Il dut s'arrêter plusieurs fois car le futur transfert des prisonniers mettait les gardes sur le qui-vive et les rendait nerveux. Dans les couloirs, l'agitation était inhabituelle. Il dut s'interrompre de longues heures d'affilée. Les gardiens semblaient se douter de quelque chose. Avaient-ils été prévenus d'une tentative d'évasion ? S'il se faisait prendre, n'auraient-ils pas la détente facile ? Et si c'était cela qu'avait fomenté Martial Chabert dans sa soif inassouvie de vengeance ?

Vers 18 heures, après la soupe du soir, la nuit étant tombée, le calme revint dans la prison. Damien ignorait que plus de la moitié des prisonniers avaient été transférés dans la journée. Ce qui expliquait les va-et-vient des gardes et leur énervement. La seconde fournée, dont il ferait partie, était prévue pour le lendemain matin.

Sans perdre un instant, il reprit sa besogne de fourmi. Quand le barreau céda enfin, il éprouva un immense soulagement. Il le remit minutieusement en place ; dans l'obscurité rien n'était visible depuis la porte de sa cellule. Puis il s'allongea et attendit le dernier passage du gardien au milieu de la nuit.

Lorsque la prison fut plongée dans le plus grand silence, il commença à exécuter la suite du plan d'évasion transmis par Héloïse. Il découpa sa couverture en lanières, noua celles-ci les unes aux autres pour confectionner une corde qu'il accrocha au dernier barreau de la fenêtre. La hauteur était telle qu'il restait encore, sous la corde, trois bons mètres dans le vide. Héloïse avait dit vrai : pour un homme en pleine possession de ses moyens, cela n'était pas un obstacle infranchissable ; mais étant donné la raideur de sa jambe gauche, sauter lui eût été fatal. Restait à attendre l'ultime ronde du geôlier. Maintenant, tout dépendait de lui.

Vers minuit, Damien l'entendit arriver au fond du couloir. Il se roula en boule sur sa couchette, faisant mine de dormir profondément. Le garde ouvrit le fenestrou de sa porte, jeta un regard circulaire dans la cellule, donna un tour de clé dans la serrure tout en refermant la lucarne.

Damien attendit encore une bonne heure après son passage, sans bouger. Quand tout lui parut rentré dans l'ordre, il se glissa vers la porte, la poussa du doigt, méfiant. Celle-ci s'entrouvrit. Tout était donc en marche !

Suivant les instructions d'Héloïse, il se faufila dans les couloirs de la prison endormie et chercha la sortie. Ne connaissant pas les lieux, il craignit de tomber par malchance sur une salle de gardes ou de repos. Les couloirs étaient sombres et humides, comme les cellules. Il chercha des escaliers pour parvenir dans la cour. Héloïse avait dessiné succinctement le plan de la prison, mais, de mémoire, il hésita souvent avant de se souvenir des endroits précis par où il devait passer.

Il tourna longuement, heureusement sans jamais rencontrer personne. Il sentit bientôt un courant d'air frais lui balayer le visage, une odeur de feuillage mouillé par la pluie qui, étant donné les relents nauséabonds auxquels il était accoutumé dans son cachot, lui apparut comme le plus doux des parfums.

Il se retrouva dans la cour intérieure sur laquelle donnaient d'autres cellules et d'autres portes d'où filtrait une faible lueur de chandelle. Un tombereau chargé de trois tonneaux attendait d'être attelé. Tout se présentait comme prévu.

Damien hésita. Il devait traverser une partie de la cour à découvert pour atteindre le chariot. Si un garde était posté à proximité, il ne manquerait pas de l'apercevoir. Il inspecta tous les recoins de la cour, le haut des murs, les fenêtres. Il ne distingua personne. Dix mètres le séparaient des tonneaux. Sans courir, il franchit la distance et s'accroupit aussitôt sous le tombereau. Il devait encore se glisser dans le seul tonneau aux trois quarts rempli, s'y cacher malgré ce qu'il y trouverait et attendre. La phrase d'Héloïse lui revint à la mémoire. Que pouvaient donc contenir ces tonneaux ? De l'eau, sans doute ! Ou du vin ? Mais pourquoi alors le chariot devait-il être conduit sur la rive du Gardon, si ce n'était pour en vider le contenu ?

Il ouvrit la première barrique. Une odeur nauséabonde le prit à la gorge. Elle était pleine jusqu'à ras bord d'effluents et d'excréments provenant de la prison. La deuxième, également. Seule la troisième n'était pas entièrement remplie. « Si c'est l'unique moyen de sortir d'ici, pensa-t-il, non sans éprouver un profond dégoût, je n'ai pas le choix. »

Sans hésiter, il entra dans le tonneau, plongea dans les immondices jusqu'aux épaules, referma sur lui le couvercle et attendit que l'aube se levât.

Au petit jour, comme prévu, un cheval fut attelé à la voiture. Celle-ci sortit de l'enceinte de la prison, prit la direction du Gardon, s'arrêta sur la rive gauche non loin du pied de la citadelle en amont du pont de Rochebelle. À cette heure matinale de la journée, les lavandières n'étaient pas encore sur place avec leurs lourds paniers chargés de linge et leurs battoirs. Damien entendit le voiturier toquer trois coups contre les parois du tonneau et s'éloigner. Prudemment, il s'extirpa de sa gangue pestilentielle, regarda autour de lui et, ne voyant personne, se dirigea vers le courant. Lentement il entra dans les eaux claires de la rivière pour se débarrasser de la saleté qui lui collait à la peau et respira enfin à pleins poumons le vent de la liberté.

XXVIII

Sur les routes

COMME CHACUN S'Y ATTENDAIT, tous les inculpés furent condamnés au bagne et, dès le lendemain du procès, envoyés, enchaînés, à Toulon. À Saint-Jean, où la plupart des habitants les connaissaient tous, ce fut la stupéfaction. Seule une minorité de farouches partisans de l'ordre impérial se réjouit du sort qui les attendait.

À la Tourasse, chez les Poujol, ce jour-là fut comme un jour de deuil, car Ernest avait écopé de vingt ans de travaux forcés ; les meneurs, quant à eux, avaient été condamnés à vie. Mais vu son âge, vingt ans, c'était l'éternité ! Les Lacombe n'osèrent rendre visite à leurs amis, par pudeur surtout, car au fond de leur cœur brillait une lueur d'espoir et de bonheur qu'ils dissimulaient mal depuis qu'Edmond était venu leur apprendre la nouvelle de l'évasion de Damien.

Celle-ci faisait déjà grand bruit. Tous les journaux s'en étaient faits l'écho. La moindre gazette titrait sa une en gros caractères : « Évasion d'un rouge à la prison d'Alais. » Aussi, dans toutes les communes gardoises, l'effervescence était-elle à son comble et particulièrement à Saint-Jean où des mesures accrues de surveillance avaient été mises en place par la police. De nombreux mouchards sillonnaient les rues de la petite cité et avaient été déployés autour du Castandel pour espionner les allées et venues de ses occupants. De même, le mas où habitaient Aline et son mari fut étroitement contrôlé. La police était persuadée que le fugitif n'allait pas tarder à contacter sa famille. Les souricières étaient tendues, les chasseurs guettaient leur proie.

Edmond fut le premier à s'apercevoir de ce déploiement des forces de l'ordre. Celles-ci n'étaient pas très discrètes ! Il convia les siens à agir comme si de rien n'était :

« Lucie, tu dois continuer à aller à la filature et, si on te questionne en chemin ou à l'usine, réponds que tu ne sais rien. Père et moi, nous continuerons à travailler sans montrer que nous nous sentons surveillés. Quant à toi, mère, garde-toi ces temps-ci d'aller rendre visite à ton amie Émilienne, même si celle-ci aurait bien besoin de ton soutien. Ça paraîtrait suspect. Mieux vaut éviter de voir les Poujol tant que nous faisons l'objet de surveillance. J'espère seulement que Damien ne commettra pas l'imprudence de venir se réfugier au Castandel.

– Mais où pourra-t-il se cacher ? geignait Noélie, complètement abattue ? Le voilà seul à présent. À qui pourra-t-il parler, se confier ? Où pourra-t-il s'abriter ? Comment fera-t-il pour manger ?

– Nous sommes les descendants des camisards ! la coupa Louis qui semblait avoir repris de la vigueur depuis qu'il savait son fils en liberté. Nos amis protestants ne manqueront pas d'aider un des leurs. Damien s'est réfugié au Désert. Dieu le protégera. Et nous tous, les parpaillots[1] des Cévennes, aussi ! »

Les mois s'écoulèrent dans la grisaille des esprits. Un printemps de miel succéda à un hiver de cendres. Avec le retour des beaux jours, tout le monde semblait oublier cette sombre histoire. Déjà, dans les magnaneries, on entendait le doux bruissement ininterrompu des chenilles occupées à dévorer leur content de nourriture. Dans les terres, les mûriers déployaient leurs branches alourdies par le poids des jeunes frondaisons. Les hommes, les femmes, les enfants, tous se relayaient inlassablement pour emmagasiner chaque jour les tonnes de nourriture nécessaires pour produire les cocons tant attendus. En bas dans la vallée, les filatures s'apprêtaient à recevoir la nouvelle récolte, celle qui permettrait à chacune de se singulariser et de prétendre à faire partie des meilleures.

Privé de Damien, Henri Pelatan se retrouvait comme plusieurs années en arrière. Son bras droit lui faisait terriblement défaut. Certes, il continuait à entretenir les relations qu'il avait patiemment tissées en son nom, mais, il devait bien le reconnaître, l'« affaire », comme on l'appelait à demi-mot, commençait à lui porter préjudice. De nombreuses commandes avaient été annulées ; le commissionnaire, avec qui Damien s'était mis en relation, s'était défilé.

« Si cela continue à ce rythme, se plaignait le filateur devant son contremaître, un jeune homme nommé Simon Monteil, nous mettrons bientôt la clé sous la porte. Nous ne pourrons plus honorer nos créances. Nous nous sommes endettés, il faut que

1. *Surnom donné aux protestants.*

l'argent rentre ! Sinon nous courons à la ruine. Les Chabert auront au moins gagné sur ce terrain ! »

Dans l'atelier des fileuses, Aline et Lucie travaillaient en silence, évitant d'avoir recours l'une à l'autre. Elles craignaient qu'une de leurs collègues ne joue les moucharde et ne les espionne pour avertir la police de ce qu'elles pourraient se dire. Entre les deux sœurs, il n'était jamais question de Damien. Et quand l'une de leurs camarades de travail leur demandait des nouvelles de leur frère évadé, elles détournaient aussitôt la conversation.

« Nous ne l'avons pas revu depuis qu'il s'est fait arrêter. Nous ne savons pas ce qu'il est advenu de lui », disait Lucie sans devoir mentir.

Zélie Pelatan, de son côté, restait vigilante et guettait chaque jour, le soir venu, l'arrivée de son héros. Car, à ses yeux, Damien était passé au rang des héros, de ceux qui bravent l'injustice au péril de leur vie pour sauvegarder leur liberté. Son père la raisonnait en vain quand, de découragement, elle refusait de se nourrir, prétextant que les soucis avaient raison de son appétit.

« Ma petite, lui disait-il, il ne sert à rien de te morfondre. Damien ne peut refaire surface au grand jour sans courir le risque énorme de tomber dans les mailles du filet tendu par la police. Ne t'es-tu pas aperçue de la présence des policiers autour de l'usine ? S'il a le malheur de s'en approcher pour tenter de nous voir ou pour contacter ses sœurs, son compte est bon. Il se fera prendre. Il ne peut que disparaître loin d'ici. D'ailleurs, c'est sans doute ce qu'il a fait. Cela vaut mieux pour lui et pour tout le monde. Car à rôder autour des gens qu'il aime, il les mettrait en danger.

– Je ne peux pas croire qu'il ait disparu !

– Il faut, hélas, en faire ton deuil ! »

Au fil des jours et des semaines, la jeune fille sombra peu à peu dans le découragement, puis dans le désespoir. Damien ne donnait pas signe de vie.

* *
*

Le fugitif avait trouvé refuge à Montpellier et s'était fondu dans la foule anonyme de la grande ville. Les premiers jours furent les plus difficiles, car il ne pouvait voyager à découvert. Sans argent, vêtu comme un vagabond, il vécut de rapines aux abords des villages où les jardins commençaient à donner leurs premières récoltes. Il ne sortait et ne marchait qu'à la nuit tombée et se cachait dans des granges abandonnées ou des mazets inoccupés. Il ne s'adressait à personne, se méfiait de tout le monde, évitait les rencontres, faisait de longs détours pour éviter de traverser les hameaux. Quand il s'approchait d'une ferme isolée, il se tenait sur ses gardes pour ne pas éveiller l'attention des chiens. Muni d'un gros bâton, il gardait toujours dans son sac, confectionné avec un morceau de tissu dérobé sur un épouvantail, un os ou un bout de viande provenant de l'un de ses derniers petits larcins. C'était le seul moyen qu'il avait pour faire taire les cerbères trop menaçants.

Parvenu à Prades, il se crut relativement hors de danger. Il avait changé de département. La distance qui le séparait de Nîmes ou d'Alais lui sembla suffisante pour oser paraître au grand jour sans se dissimuler davantage. Il profita du marché qui se tenait sur la place de la petite commune pour dérober à un marchand de nippes quelques vieux vêtements qui, vu l'état des siens, le rendirent aussitôt méconnaissable. Ainsi, tout vêtu de propre et rasé à sec grâce à la lame affûtée d'un couteau subtilisé à l'étal d'un rémouleur, il passa inaperçu dans la foule des badauds et des paysans venus au ravitaillement.

Il se fit violence et dépouilla un bourgeois de sa bourse, alors que celui-ci marchandait le prix d'une armoire ancienne à un brocanteur. Son larcin lui coûta beaucoup car il heurtait son sens de l'honnêteté. « Mais, se dit-il, sans argent, je n'irai pas loin et je finirai par me faire prendre. » Il s'étonna lui-même de se montrer aussi habile qu'un malandrin averti, et cela l'amusa.

Avec l'argent ainsi volé, il s'acheta des habits plus convenables et des souliers plus seyants. En un clin d'œil, il recouvra l'aspect d'un honnête homme. Il laissa pousser barbe et moustache pour mieux dissimuler son apparence et, dans les jours qui suivirent, coiffé d'un gibus, c'est en véritable bourgeois qu'il paradait sur la place de la Comédie à Montpellier, sans se soucier des regards qu'il attirait sur sa personne.

Damien Lacombe se sentait redevenu un homme libre et comptait bien prendre son temps pour se refaire une vie.

Assis à la terrasse d'un café, il ouvrit machinalement la gazette qui traînait sur la table voisine. En première page, il n'était question que de la gestation du royaume d'Italie et du jeu dangereux joué par les républicains de Garibaldi. La politique de l'Empereur y était longuement développée, jamais critiquée. La presse était encore bien muselée. En dernière page, un article attira son attention. Son propre nom apparaissait en lettres capitales dans un titre en caractères gras : « Lacombe, l'évadé d'Alais, court toujours. » Le texte était explicite, il reprenait brièvement l'affaire à ses débuts, le compte rendu du procès, la sentence ; les noms des condamnés étaient une nouvelle fois cités.

C'est ainsi qu'il apprit que son ami Ernest Poujol avait été envoyé au bagne de Toulon pour vingt ans et que la police était toujours à ses trousses.

Dès lors, plus que jamais, il redoubla de précautions, se sentant de nouveau menacé. Il avait cru un peu vite que, loin de chez lui, l'étau s'était desserré. Il comprit qu'il n'en était rien et qu'il n'était pas plus en sécurité à Montpellier qu'à Nîmes ou à Alais. Tout à coup, il ressentit, à tort, la suspicion des gens autour de lui, crut que la foule était truffée de mouchards aux aguets, que de partout on épiait le moindre de ses gestes. Des mois s'étaient écoulés depuis son évasion et on ne l'avait pas oublié !

Il reprit les chemins de l'ombre et de la nuit, manqua à nouveau d'argent pour survivre. Mais il ne pouvait plus continuer à se terrer comme un rat dans les égouts, en ne sachant où aller le lendemain, en vivant constamment sur le qui-vive et dans l'incertitude.

Il décida de retourner vers les siens, au risque de se faire prendre. Dans les Cévennes, pensa-t-il comme son père avant lui, il trouverait toujours refuge chez de braves gens. Les serres et les valats recelaient de multiples cachettes au sein de la montagne. Jadis, les révoltés camisards y avaient tenu tête aux dragons du roi. Il pourrait lui aussi s'y cacher en attendant des jours meilleurs. « Parmi les miens, je ne manquerai jamais de rien ! » se rassura-t-il.

Prudent et méfiant, il évita toutefois de rentrer au Castandel. Il se doutait que le mas de ses parents devait être très surveillé. Il pensa que seule la demeure d'Héloïse serait hors de tout soupçon. Si sa complicité n'avait pas été dévoilée, elle devait vivre tranquillement auprès de son mari.

Il savait qu'elle résidait à Quissac non loin du château que le marquis tenait de sa lointaine famille. Il ne mit pas longtemps à trouver le pavillon de chasse où elle résidait avec son mari. Entre chien et loup, il se faufila discrètement jusqu'aux abords de la gentilhommière, chassa de ses vêtements la poussière accumulée sur les chemins, se donna bonne mine et tira la cloche à la grille du parc, comme l'avait fait son frère quelques mois plus tôt. Personne ne vint au-devant de lui. Le portail étant ouvert, il s'avança jusqu'au perron, gravit les marches de l'escalier et, sans se départir de son audace, frappa à la porte du vestibule. Il s'attendit à voir paraître un laquais en perruque et bas de soie ou à entendre les aboiements d'un chien menaçant quand, d'une fenêtre située à l'étage, il entendit une voix féminine :

« Que voulez-vous, monsieur ? »

Surpris, il releva la tête :

« Anna !

– Monsieur Damien !

– Ouvrez-moi vite. »

La jeune femme se précipita et fit entrer Damien sans tarder.

« Que faites-vous ici ? Si on vous voyait...

– Personne ne m'a vu arriver, Anna, ne craignez rien. Puis-je voir votre maîtresse ?

– C'est que...

– Le marquis ? Surtout il ne doit pas savoir que je suis ici !

– Oh, vous ne risquez rien de sa part !

– Alors allez prévenir madame Héloïse. Faites vite. Je suis épuisé.

– Monsieur, madame n'est pas là. Elle est partie en Italie avec monsieur le marquis il y a déjà cinq mois, juste avant que vous… enfin vous comprenez.

– Cinq mois !

– Je m'inquiète car ils ne devaient s'absenter que deux ou trois mois. J'ai reçu une lettre de Madame m'expliquant que les événements politiques perturbent un peu leur voyage et qu'elle sera de retour avec un gros retard. Elle me signale aussi qu'au cas où vous passeriez, je dois vous remettre la cassette qu'elle m'a confiée avant son départ et que je garde dans ma chambre.

– Allez donc la chercher, Anna ! »

Tremblante d'émotion et de crainte, la gouvernante s'absenta quelques minutes et revint, un coffret dans les mains.

« Tenez ! dit-elle, c'est pour vous. »

Damien prit un siège sans y avoir été invité et, ignorant la présence d'Anna, ouvrit le mystérieux coffret. À l'intérieur il découvrit une longue lettre et une bourse remplie de pièces d'or. Anna attendit sans l'interrompre qu'il eût fini de lire la lettre qui lui était adressée. Il la lui résuma en quelques mots en passant sous silence ce qu'il y avait de trop personnel :

« Héloïse m'explique que son mari l'a emmenée en Italie pour échapper à tout soupçon, que c'est grâce à lui que j'ai pu m'évader – ça, je l'ignorais, mais j'aurais pu le deviner ! Elle me conjure de partir très loin d'ici, de me refaire une autre vie avec l'argent qu'elle me laisse, de ne jamais tenter de la revoir. »

Damien referma la lettre, l'air abattu. La dernière phrase le laissait sans espoir. Dans sa folie, il avait espéré retrouver celle à qui il devait sa liberté et qu'il aimait toujours plus que quiconque au monde. Il en avait presque oublié qu'elle était mariée et que sa vie appartenait depuis des années au marquis de Chambrun. Tout à coup, la triste réalité de son existence lui apparut comme un mauvais rêve. Quel destin allait-il rencontrer dans sa vie d'errance ? Il se remémora subitement les années noires qu'il avait vécues en Algérie à tenter d'oublier son passé et ses amours impossibles. Le sort s'acharnait encore sur lui. Héloïse était-elle donc destinée à se trouver sans cesse sur son chemin pour mieux lui échapper et disparaître ?

Anna rompit ses réflexions moroses :

« Madame n'a jamais pu vous oublier, monsieur. Elle ne vous oubliera jamais car, au fond de son cœur, elle vous aime toujours.

– Vous étiez sa confidente, n'est-ce pas ?

– J'ai toute sa confiance et elle me témoigne de l'amitié. Je lui suis toute dévouée. Je l'ai toujours soutenue, en toute circonstance, contre son père, contre son frère, en votre faveur, monsieur.

– Je… je ne sais comment vous remercier, Anna. Vous êtes une amie fidèle.

– Il ne faut pas rester ici plus longtemps, monsieur. C'est trop dangereux. La police est encore sur ses gardes et à vos trousses. »

Damien, les larmes aux yeux, hésitait. Il ne parvenait pas à quitter les lieux où, partout, il ressentait la présence d'Héloïse. Tout dans la demeure du marquis lui faisait penser à elle. Il la voyait vivre, rire, jouer du piano ; il respirait son parfum accroché aux tapisseries, il devinait son ombre dans l'intimité des alcôves.

Il se reprit :

« Vous avez raison, Anna, je vais disparaître à tout jamais. En restant ici, je vous mets en danger et je compromets votre maîtresse. »

Avant de quitter les lieux, Damien écrivit une lettre destinée à Zélie Pelatan pour lui expliquer la situation dans laquelle il se trouvait. Il lui demanda de l'oublier car, désormais, il ne serait plus qu'un paria obligé de se cacher, toujours en marge de la société. Il lui conseilla de vivre pour elle-même, de rechercher le bonheur sans lui, de se marier dès qu'elle rencontrerait un homme honnête et courageux sur son chemin. Il regrettait de l'avoir fait espérer en vain et de l'avoir déçue, et l'assurait de son éternelle amitié. Il termina sa lettre en lui faisant ses adieux et en s'excusant auprès de son père de ne pas pouvoir poursuivre avec lui l'œuvre qu'ils avaient entreprise ensemble.

La lettre une fois cachetée et remise aux bons soins d'Anna, il sollicita de celle-ci une dernière faveur : prévenir discrètement ses parents au Castandel afin de leur dire qu'il se portait bien, qu'ils n'avaient pas à s'inquiéter, qu'il allait entamer un autre destin.

Anna sanglotait, noyée de chagrin.

« C'est pas juste, hoquetait-elle, c'est pas juste !

– Ne pleurez pas, Anna. L'essentiel n'est-il pas d'être vivant ? Si Dieu le veut, un jour peut-être, nous nous retrouverons, vous, Héloïse et moi. »

* *
*

Dès lors, la vie de Damien ne fut plus qu'errance perpétuelle. De ville en village et de village en ville, il traîna sa solitude comme un chemineau traîne son bissac par monts et par vaux. Ses pas le menèrent au hasard de ses rencontres d'abord en haute Lozère, puis en Ardèche et en Dordogne. Là, il se fit embaucher sur les gabares pour aider les bateliers à descendre le merrain destiné aux grands vignobles du Bordelais. Il connut la vie rude des gabariers qui partaient plusieurs mois d'affilée sur leurs rustiques embarcations et affrontaient les eaux tumultueuses et mystérieuses de leur rivière mythique. Il se lia d'amitié avec des dockers sur les quais du port de Bordeaux, avec des marins au long cours à La Rochelle, et découvrit les attraits des rivages de l'Atlantique. Il faillit s'embarquer pour l'Amérique, mais quelque racine ancrée au plus profond de son être l'empêcha de larguer les amarres. Il remonta alors vers le nord, se perdit dans les ruelles humides de Rouen, affronta les brumes des Flandres et foula les pavés de Lille et de Roubaix, rôda autour des filatures de laine à Tourcoing où il offrit ses services d'ancien contremaître de filature de soie – là-haut, il ne craignait pas la suspicion, ni les mouchards. Il apprécia l'accueil chaleureux des gens du Nord et, faute de trouver dans le ciel le soleil qui lui manquait, il puisait dans leur cœur la chaleur nécessaire pour oublier qu'il avait perdu son âme en perdant son identité.

Un an s'écoula. Damien ne parvenait pas à se fixer, non qu'il craignît de tomber dans les mailles de la police – si loin de chez lui il se trouvait presque en sécurité –, mais parce que, n'ayant nulle part aucune attache, il se sentait partout étranger. Après le Nord, il partit pour la capitale, croyant que la vie y serait plus facile pour quelqu'un qui avait besoin de se refaire un nom et de forcer le destin.

La prestigieuse cité grouillait de monde. Nulle part ailleurs il n'avait vu autant d'effervescence et tant de gens indifférents à tout ce qui se passait autour d'eux. Partout, on s'affairait, sur les beaux boulevards comme dans les banlieues populaires et industrieuses où les usines crachaient leurs fumées noires dans un ciel si bas qu'il avait l'impression d'avoir constamment un couvercle de fer-blanc au-dessus de la tête. L'Empereur, dans sa folie des grandeurs, avait fait entreprendre de gigantesques travaux d'embellissement conduits par le baron Haussmann. Les vieux quartiers exhibaient au grand jour les entrailles de la ville, éventrés, percés de longues avenues rectilignes. Des immeubles cossus sortaient de terre sur les ruines des taudis miséreux, bâtis à main d'homme par une armée de maçons creusois venus limousiner, selon leur tradition déjà ancienne, pendant la morte-saison agricole. Les bougnats auvergnats ouvraient partout des estaminets et arpentaient les rues pour vendre à la criée leur vin et leur charbon de terre. Les bois de Boulogne et de Vincennes, les carrières des Buttes-Chaumont se transformaient en parcs verdoyants et devenaient les lieux de promenade préférés des nounous du Morvan et d'ailleurs, montées de leur province pour offrir leurs services aux élégantes bourgeoises. Des halles, des églises, des marchés, des hôpitaux, des théâtres, des gares poussaient comme des champignons, tandis que sous terre une armée de termites rongeait les entrailles de la cité pour étendre à l'infini un nouveau réseau d'égouts, antre de tous les mystères de Paris.

Damien se sentait plus seul que jamais dans la foule empressée. Vivant chichement de l'argent laissé par Héloïse, il se contentait de peu, ne mangeait qu'une fois par jour et ne louait que des chambres mansardées sous les toits des plus hauts immeubles. La journée, il errait sans but précis, pour ne rentrer que tard le soir afin d'économiser la chandelle et le bois de chauffage. Il mentait à ses voisins en affirmant qu'il travaillait comme commis chez un notaire et, pour ne pas éveiller les soupçons, évoquait de faux souvenirs d'une vie passée à Marseille où, disait-il, il avait laissé toute sa famille.

« On entend bien que vous êtes du Midi ! lui faisait-on souvent remarquer. Avec un tel accent, vous ne pouvez venir que de Marseille ! »

Pour les Parisiens et les gens du Nord, tout accent chantant était forcément celui de Marseille !

Mais à force de se fondre dans la grisaille des murs et du ciel, de ne plus voir, l'été, vibrionner les insectes et entendre chanter à tue-tête les cigales dans le feuillage des mûriers, à force de ne plus pouvoir s'imprégner du parfum des lavandes, des cistes et du romarin, l'envie le poussa un jour à reprendre la route du sud.

Par prudence, conscient que seule la foule citadine pouvait lui assurer l'anonymat et la sécurité dont il avait besoin, il vint, par étapes, s'installer à Lyon, attiré dans la capitale des Gaules par les métiers de la soie qu'il avait découverts quelques années plus tôt, quand Henri Pelatan l'y avait envoyé pour ses affaires.

Son pécule lui permettant de tenir encore plusieurs mois, il tenta d'approcher le milieu des soyeux en se faisant passer pour le commissionnaire attitré d'un filateur nîmois. Il prit le nom d'Aurélien Courot, s'acheta d'élégants habits de bourgeois pour remplacer ceux qu'il avait élimés à force de traîner ses guêtres dans les grandes villes et sur les routes du tour de France. Puis il partit à la découverte de la cité des canuts.

XXIX

Chez les canuts

POUR DAMIEN, Lyon était à la croisée des chemins entre le Nord et le Midi. Les eaux du Rhône grossies de celles de la Saône rejoignaient vite son pays de soleil où le ciel aiguisé par le mistral déversait ses douceurs sans parcimonie et flambait dès l'aube quand arrivaient les beaux jours. Il n'ignorait pas le danger qu'il encourrait s'il osait descendre le fleuve pour retrouver le chant des cigales, le brasillement de l'air sur les collines, les pierres dorées des vieux mas chauffés à blanc quand l'astre atteint son zénith.

Depuis deux ans qu'il errait de ville en ville, jamais nulle part il n'était parvenu à s'attacher. Ses serres cuirassés de schiste, sa vallée enchâssée dans les forêts d'yeuses, ses faïsses tombant en cascade sur le flanc des montagnes, ses terres rapiécées de champs, de vignes et de prairies lui manquaient cruellement. Comme un vieux chêne déraciné, il lui semblait mourir à petit feu, loin de ses racines, de sa terre nourricière, de ce qui faisait de lui un être libre et riche.

La ville étendait ses tentacules dans toutes les directions, entre plaines, plateaux et montagnes, attirait tous les pauvres hères qui, comme lui, cherchaient en son sein un havre de paix pour vivre ou se cacher, et les happait pour mieux les digérer et les rejeter vers les bas-fonds miséreux. Comme dans la capitale, riches et pauvres ne se côtoyaient pas. Aux quartiers du centre, où les bourgeoises s'exhibaient sur les grands boulevards, s'opposaient les faubourgs populaires de la Croix-Rousse, la Guillotière, Vaise, qui rassemblaient la population ouvrière de la cité de la soie.

Damien comprit très vite qu'il ne pourrait vivre longtemps dans les quartiers huppés, la vie y était beaucoup trop chère au regard des modestes ressources qui lui restaient. Il se trouva une chambre à la Croix-Rousse, sur la place des Terreaux où les canuts se rendaient le dimanche en famille. De sa fenêtre, il pouvait voir et entendre le théâtre de Guignol dressé en permanence pour le plus grand plaisir des enfants que les parents emmenaient en promenade. C'était leur seule distraction dans un univers où le travail dévorait tout leur temps dès le plus jeune âge.

Dans ce monde des ouvriers de la soie, Damien retrouva la chaleur qui lui avait manqué partout où il était passé, hormis dans le Nord. Les canuts formaient une grande famille solidaire, et leur amour pour leur métier, pourtant si astreignant, le rapprochait de ses racines. Ils travaillaient la même et noble matière que ses aïeux et que lui-même avant ses déboires. Ils étaient à l'autre bout de la chaîne et sortaient de leurs mains calleuses les tissus les plus doux et les plus prisés au monde.

Après avoir rôdé discrètement dans les traboules afin de côtoyer au plus près le milieu des ouvriers tisseurs, il décida de se mettre à l'œuvre. Il devenait urgent de gagner de l'argent, car ses réserves commençaient à s'épuiser et ne lui permettraient pas d'atteindre la fin de l'année. Aussi se mit-il en tête de redevenir un homme considéré, vivant au grand jour, sans devoir se cacher ni se méfier de tous ceux qui l'entouraient. Si personne ne découvrait sa véritable identité, tout était encore possible. Il connaissait comment fonctionnaient les premiers maillons de la chaîne de la soie ; à Lyon, il se trouvait maintenant à l'autre extrémité. Il comptait bien s'y faire une place honorable et acquérir enfin la reconnaissance qu'il avait presque acquise grâce à la générosité et à la confiance d'Henri Pelatan.

Aurélien Courot, puisque tel était le pseudonyme qu'il avait choisi pour ne pas attirer sur lui d'inutiles soupçons, partit donc à la conquête de la soie lyonnaise avec un seul et unique objectif : œuvrer dans le secret au profit de son ancien patron, Henri Pelatan, à qui il se faisait fort d'offrir une place de choix auprès des tisserands de la cité des canuts, tâche prématurément interrompue et qu'il comptait bien achever.

Certes, il savait qu'il devrait travailler discrètement et rester dans l'ombre vis-à-vis du filateur de Saint-Jean. Mais l'essentiel, pour lui, était que la petite filature qu'il avait aidée à se développer devînt prospère et aussi célèbre que celle des Chabert, dont il s'était juré la perte.

Ambitieux programme qui comportait des dangers, il en était conscient, car Martial Chabert ne manquerait pas de chercher à savoir qui était l'artisan en sous-main du succès de son rival.

* *
*

Au gré de ses rencontres, il finit par se lier d'amitié avec un chef d'atelier qui travaillait dans un immeuble ancien, jadis propriété d'un couvent de franciscains désaffecté et réhabilité en atelier de production depuis la grande Révolution.

Émile Lacroix faisait partie de ces canuts lyonnais privilégiés qui possédaient plusieurs métiers à tisser. Il faisait travailler deux apprentis et deux compagnons qu'il logeait dans les soupentes de son atelier. Aidé de sa femme et de ses trois enfants, il dirigeait une unité de production de neuf personnes qui s'échinaient à la tâche douze à quinze heures par jour afin de satisfaire les commandes toujours pressantes des fabricants pour qui il travaillait à façon.

Les ruelles de la Croix-Rousse vibraient au rythme saccadé du bruit caractéristique des métiers à tisser : *Bistanclaque-pan ! Bistanclaque-pan !* faisaient continuellement les drôles de machines. Elles étaient toujours très animées, parcourues en tous sens par une armée de portefaix, de colporteurs, de commis rondiers dépêchés par les négociants auprès des tisseurs, d'apprentis qui apportaient les livraisons à leurs commanditaires. Il n'était pas aisé de ne pas se perdre dans l'entrelacs des venelles et des passages couverts reliant les maisons des canuts entre elles.

Ces traboules étaient parfois de véritables coupe-gorge à la tombée de la nuit. Damien en fit la triste expérience dès les premiers jours de son arrivée. Ne se méfiant pas, curieux de découvrir à toute heure de la journée un univers qu'il ne connaissait pas et qu'il n'avait rencontré nulle part ailleurs, il s'était réfugié dans l'une d'entre elles, pris sous une violente averse. Dissimulés dans une alcôve, profitant de l'obscurité, deux jeunes détrousseurs, attirés par son allure de bourgeois bien mis et bien argenté, s'en prirent à lui pour lui dérober bourse et habits neufs. Bien mal leur en prit. Émile Lacroix, accompagné de ses deux apprentis, passait par là, chargé chacun d'un énorme rouleau de taffetas. Quand ils entendirent les deux forbans narguer et bousculer violemment un inconnu, sans hésiter ils se portèrent à son secours. Utilisant leurs rouleaux de soie comme d'un bélier qu'ils faisaient tournoyer en tous sens, ils assommèrent à moitié les agresseurs qui ne réclamèrent pas la monnaie de leur pièce et détalèrent à bride abattue sous la pluie.

Malmené, l'habit déchiré mais la bourse sauvegardée, Damien se confondit en remerciements et proposa de dédommager ses sauveurs.

« Ne vous méprenez pas, monsieur, lui répondit Émile Lacroix. Nous ne sommes pas des mendiants ni des traîne-misère. Nous ne roulons pas sur l'or, mais nous mangeons à notre faim et ne demandons pas l'aumône. Si vous voulez nous remercier, payez-nous plutôt un pot à boire dans le cabaret de mon ami le Chinois.

– Le Chinois !

– C'est un ancien marin qui a bourlingué sur toutes les mers et faisait le commerce de la soie avec la Chine. Vous verrez, c'est un personnage haut en couleur ! »

Après deux ou trois pichets, les deux hommes étaient devenus les meilleurs amis du monde.

« Pour un bourgeois, tu n'es pas très fier ! s'étonna Émile Lacroix, en tutoyant Damien. C'est bien la première fois qu'un homme de ton rang accepte de trinquer avec moi sans retenue et dans un pareil endroit de perdition !

– Ne t'y trompe pas. Je suis issu du peuple. Mon habit ne fait pas le moine, comme on dit. Mes origines sont paysannes.

– Tu n'en as pas l'air ! Tu ne m'as pas dit comment tu t'appelles. »

Damien faillit se vendre, emporté par les vapeurs de l'alcool. Il se reprit de justesse :

« Aurélien Courot. Je viens de Provence, près de Marseille. Mon père cultive de la vigne et des oliviers, mentit-il à regret. Moi, j'ai eu la chance de pouvoir m'élever un peu.

– Que fais-tu donc ?

– Je suis commissionnaire pour une filature de soie nîmoise.

– Alors nous faisons partie de la même famille », ajouta le canut en levant son verre une dernière fois.

Les apprentis regardaient leur patron de travers.

« Monsieur Lacroix, intervint l'un d'eux, il ne faudrait pas oublier de livrer la marchandise. Il se fait tard. »

Émile Lacroix invita Damien à venir visiter son atelier dès le lendemain et, profitant d'une accalmie, les quatre hommes se quittèrent dans la nuit.

C'est ainsi que Damien fit la connaissance de celui qui devint son premier ami dans la cité des canuts.

* *
*

Bistanclaque-pan ! Bistanclaque-pan ! Les métiers à bras d'Émile Lacroix cliquetaient en résonnant entre les murs de son atelier dont les hauts plafonds répercutaient le bruit saccadé des bras et des leviers, des lisses et des ensouples. La pièce unique était sombre malgré les fenêtres près desquelles les machines étaient installées. Levés à l'aube, dès la *piquette du jour*[1] comme disaient les canuts, assis sur leur *banquette*[2] face au *méquier*[3], les tisseurs (apprentis, compagnons et maîtres) *usaient le jour*[4] jusqu'au soir et poursuivaient parfois leur dur labeur à la faible lueur des *cheluts*[5] pour satisfaire une clientèle toujours plus exigeante.

Quand Damien pénétra dans l'antre d'Émile Lacroix, celui-ci avait déjà abattu cinq heures de travail. Il était 10 heures du matin. Les deux compagnons étaient à leur métier, aidés des apprentis lanceurs de navette. Ceux-ci, arc-boutés sur la machine, les jambes écartées, lançaient d'un geste synchronisé et d'un mouvement sec et régulier une pièce de bois oblongue qui enfermait en son milieu une canette de fil de soie.

C'était la première fois que Damien découvrait l'usage que les tisseurs faisaient des soies produites dans les filatures. Ce fut pour lui une révélation et un enchantement. Lui qui éduquait jadis les magnans jusqu'à l'état de cocon, qui avait appris au contact d'Henri Pelatan le métier de filateur, qui ne connaissait,

1. *Expression du monde des canuts.*
2. Idem.
3. Idem.
4. Idem.
5. Cheluts : *lampes à huile.*

du bout de la chaîne de travail, que le produit fini sous toutes ses formes (brocart, damas, satin, serge, taffetas ou velours), jamais il n'aurait imaginé que celui-ci fût le résultat d'un travail si compliqué, l'œuvre d'artistes si habiles, le fruit de tant de talent caché.

« Et tu n'as encore rien vu ! » lui expliqua Émile.

Il l'attira au plus près d'un métier à tisser, ajouta, ravi de pouvoir jouer au maître d'école :

« Tu vois là, c'est l'ensouple arrière sur laquelle est enroulée la chaîne. Les fils de chaîne passent horizontalement par les mailles des lisses. Quand les lisses se soulèvent ou s'abaissent, elles laissent passer les fils de trame. La chaîne passe ensuite entre les dents du peigne pour venir s'enrouler sur l'ensouple avant. Tu vois, ce n'est pas très compliqué ! Les fils de chaîne sont fixes sur le métier, ils ne bougent pas ; les fils de trame, eux, courent et croisent les fils de chaîne.

– C'est très ingénieux ! s'émerveilla Damien, les yeux écarquillés. Mais qu'est-ce qui permet d'imprimer des motifs différents ?

– Le carton perforé installé sur le métier. Jadis, au siècle dernier, avec les métiers *à la grande tire,* le tisseur devait être assisté d'un *tireur de lacs* qui tirait l'ensemble des cordes horizontales et verticales pour que se lèvent les fils de chaîne sous lesquels passait la navette avec le fil de trame. *Tireur de lacs* était un métier pénible et dangereux ; les accidents étaient fréquents. Aujourd'hui, nous utilisons la mécanique Jacquard. Les tireurs n'existent plus. On les a remplacés par ces cartons. C'est ça, le modernisme ! »

Damien ne semblait pas comprendre.

« Des cartons perforés remplacent des hommes !

– La force de leurs bras, si tu préfères. La lecture du motif imprimé sur le carton est effectuée par des aiguilles et des crochets qui soulèvent les fils de chaîne sélectionnés par les perforations du carton. Le mouvement permet le passage de la navette et du fil de trame. Selon le type d'entrecroisement, on obtient des armatures différentes : le taffetas, le satin, la serge, le damas…

– Ça, je sais ! Mais dis-moi, cette invention a dû réduire le travail !

– Sûr ! À l'époque, les canuts n'ont pas accueilli l'invention de Jacquard très favorablement, car elle enlevait le travail des apprentis, souvent leurs enfants. Depuis, le mécontentement n'a cessé de croître. Tu as sans doute entendu parler de la révolte des canuts en novembre 1831 !

– Je n'étais pas né, mais mon père m'en parlait parfois.

– La misère a poussé à bout nos pères qui ont refusé de travailler pour des salaires de misère. Les gros négociants s'en mettaient plein les poches. Ce fut sanglant. Louis-Philippe a envoyé la troupe. Il y a eu des centaines et des centaines de morts.

– Comment cela s'est-il terminé ?

– Hélas, par un échec cuisant. Du sang, une forte répression et, pour finir, une ordonnance du ministère de la Guerre qui supprima tous les avantages acquis par les canuts.

– Je comprends pourquoi vous êtes si soudés entre vous d'après ce qu'on m'a dit. Vous êtes, en d'autres termes, une nouvelle sorte de camisards : des révoltés de la misère et de la liberté.

– Les camisards ? »

Damien faillit à nouveau se trahir.

« Les protestants cévenols qui se sont rebellés contre Louis XIV au début du XVIIIe siècle. »

Émile Lacroix fit une pause. Il tint à présenter les membres de sa famille à son nouvel ami. Au fond de la grande pièce, dans un coin cuisine ouvert directement sur l'atelier, un petit bout de femme était affairé à ses fourneaux.

« Marie ! fit le canut, approche-toi donc que je te présente Aurélien Courot, mon nouvel ami. Aurélien travaille pour une filature nîmoise. Il est venu à Lyon dans le but de traiter directement avec les fabricants. Je lui ai proposé de l'introduire dans les grandes maisons de négoce de la ville. Je l'orienterai vers mes meilleurs commanditaires, ceux qui paient le mieux.

– Ils ne sont pas légion ! bougonna l'épouse du canut. Avec ce qu'ils nous paient, c'est tout juste si on peut vivre décemment. Si ce n'est pas une honte de devoir encore faire travailler ses propres enfants, à notre époque ! »

La brave femme n'avait pas quitté des yeux le gros chaudron que léchaient les flammes de son fourneau.

« Ça sent bon, ce que vous mijotez, madame ! ajouta Damien.

– Oh, ce n'est qu'un coq au vin avec des patates ! Si ça vous dit, restez manger avec nous ce midi. Quand il y en a pour neuf, il y en a pour dix !

– Neuf ! s'étonna Damien.

– Eh ! Compte donc, reprit Émile, le sourire aux lèvres, mes trois loupiots, mes deux apprentis, mes deux compagnons, ma bourgeoise et moi : ça fait neuf à table deux fois par jour. Chez nous, les canuts, tout le monde mange à la même table, sans hiérarchie. Alors, tu restes ?

– Volontiers, puisque c'est de bon cœur que tu me le proposes.

– À la bonne heure ! Pendant que ça finit de mijoter, je vais t'expliquer les autres petits secrets du métier, car tu n'as pas tout vu ! »

Émile était fier de dévoiler à son visiteur la richesse de sa profession. Canut de père en fils depuis des générations, il s'enivrait d'explications et de démonstrations, se prouvant ainsi à lui-même qu'il exerçait sans aucun doute le plus noble métier du monde, celui grâce auquel les riches pouvaient se vautrer dans la soie la plus pure et la plus luxueuse.

« Tu imagines, reprit-il en prenant Damien par la manche pour l'attirer de nouveau vers les machines, si nous n'étions pas là, nous, les canuts, à la cour des princes et des rois, les grands de ce monde seraient habillés comme toi et moi et ne dormiraient pas dans des draps de soie ! Remarque, il y aurait un peu plus d'égalité !

– Tu oublies que les sériciculteurs sont au tout début de la chaîne et que les filateurs sont les premiers artisans de cette soie que tu tisses sur tes métiers ! rétorqua gentiment Damien pour rétablir une juste vérité. Quant à l'inégalité à laquelle tu fais allusion, ne crois surtout pas que la soie y soit pour quelque chose. Elle est aussi le fruit de la soif de pouvoir des hommes, pas seulement de leurs envies de luxe.

– Je ne l'oublie pas. Au fond, la soie nous rapproche tous ; toutes les couches de la société s'y retrouvent : du paysan sériciculteur à l'ouvrier canut en passant par les bourgeois (filateurs, commis, tisserands, négociants) et même les aristos ! Il n'y a qu'un hic : c'est toujours les mêmes qui s'enrichissent et les mêmes qui triment.

– Il faudra bien un jour refaire le monde pour le bonheur du peuple, sans se faire confisquer cette fois le fruit du sang versé.

– Je ne te le fais pas dire ! Vive la sociale ! » s'esclaffa Émile.

Damien eut tout à coup des frissons dans le dos. Se pourrait-il qu'il fût de nouveau tombé sur un rouge ? Si tel était le cas, il serait dangereux pour lui de chercher à revoir son hôte. Il éluda la question et poursuivit :

« Que voulais-tu me montrer d'autre que je n'ai pas encore vu dans ton atelier ?

– Regarde bien ces cartons. Ce sont de véritables chefs-d'œuvre d'ingéniosité. Que je t'explique : le fabricant – mon patron si tu préfères, celui qui me passe ses commandes par l'intermédiaire de son commis –, il choisit le dessin du tissu que moi, le tisseur, vais lui confectionner avec le fil qu'il me fournit, parmi ceux que lui propose le dessinateur en soierie. Lui, c'est un artiste ; c'est lui qui crée vraiment l'œuvre d'art qui distinguera un tissu d'un autre, pris tous deux dans la même armature. Le dessin est ensuite mis en carte dans l'atelier du metteur en carte. Celui-là est un grand technicien ; il traduit les motifs du dessin en graphiques tracés sur un papier quadrillé : la carte qui, par ses lignes horizontales et verticales, représente…

– Les fils de chaîne et les fils de trame, le coupa Damien.

– Exact. Je constate que tu as bien compris ta leçon. Tu apprends vite !

– C'est un peu compliqué, mais je commence à saisir. »

Damien était curieux de tout savoir. Pour être à la hauteur de ses intentions et de ses prétentions, il voulait tout connaître de la fabrication des tissus de soie : du mûrier et du magnan, qui n'avaient plus de secrets pour lui, jusqu'à l'élaboration des plus riches brocarts cousus d'or et d'argent.

« Ensuite, poursuivit Émile, toujours prodigue de ses connaissances, le liseur de cartes traduit les dessins mis en carte en les transposant sur des cartons perforés que nous utilisons sur notre métier Jacquard.

– Dessinateurs, metteurs en carte, liseurs de cartes sont là des métiers bien nobles ! s'extasia Damien.

– Sans eux nous en serions encore à travailler *à la grande tire* ! Quand le lancement des navettes se fera automatiquement, nos machines seront les plus perfectionnées du monde industriel.

– Après les *tireurs de lacs,* cela mettra au chômage les jeunes lanceurs de navette !

– Tu as raison. Mais on ne peut pas arrêter le progrès ! Moi, je ne suis pas contre. Tu vois mes deux filles, là-bas près des machines, elles n'ont pas dix ans toutes les deux. Au lieu de les envoyer à l'école, je suis obligé de les employer comme dévideuses, elles *font les canettes* pour les navettes. Et, je t'assure, elles ne chôment pas ! Quant à mon fiston, c'est lui qui prépare les chaînes à l'ourdissoir.

– Qu'est-ce que c'est ?

– Le gros cylindre où sont préparés et enroulés les fils de chaîne. C'est un travail très méticuleux ; tous les fils doivent être de la même longueur. Eh bien, si je pouvais, je préférerais qu'ils aillent à l'école pour s'instruire plutôt que de trimer à leur âge comme moi j'ai trimé avant eux. Dans l'avenir, seule l'école pourra assurer le bonheur à nos enfants. Aujourd'hui, il n'y a que les riches qui peuvent se permettre d'envoyer leurs enfants étudier. Tant que ça ne changera pas, il y aura toujours plus d'inégalités. Pour cela, il n'y a que la République qui puisse changer les choses. Tu n'es pas de mon avis ?

– Euh... si, peut-être », répondit prudemment Damien.

À la fin de la journée, celui-ci était ivre d'explications, mais il avait découvert tous les secrets et toutes les richesses du prestigieux métier de canut. Jamais, en appréciant jadis du bout des doigts une étoffe de soie, il n'aurait imaginé à quel point celle-ci nécessitait autant de savoir-faire, d'esprit de création, d'intelligence pratique et artistique, et d'abnégation. Car, pour chaque mètre carré de soie tissé, des heures et des heures de travail harassant étaient nécessaires, des inventions ingénieuses et des prouesses techniques étaient déployées, des petites mains habiles d'enfant et des corps brisés d'adolescent étaient sacrifiés. Tout cela pour produire ce que le luxe avait de plus ostentatoire, en n'utilisant paradoxalement que le simple fil ténu d'une vulgaire chenille !

Comme cela parut soudain dérisoire et incongru à Damien quand, le soir venu, allongé sur son lit dans sa modeste chambre mansardée, il se représenta de nouveau le chemin parcouru par le fil des cocons que ses sœurs dévidaient dans leurs bassines, et le monde des canuts se sacrifiant au travail pour le plaisir des grands !

* *
*

Des mois passèrent. Perçant le secret des traboules, Damien s'introduisit dans le monde très fermé des puissants soyeux lyonnais. Il y fit de bonnes et de mauvaises connaissances. Grâce à Émile Lacroix et sous couvert de son pseudonyme, il put rencontrer de nombreux commis, ces représentants des fabricants chargés de distribuer les commandes aux canuts et de leur fournir le fil de soie ainsi que les motifs à réaliser. C'étaient des hommes très redoutés car ils contrôlaient leur travail et n'hésitaient pas à rogner leurs revenus en cas de malfaçon. Il entra en relation avec les plus gros fabricants, les seigneurs de la soie, qui tenaient dans la ville le haut du pavé et dont dépendait le sort des canuts. Il se rapprocha des négociants, ces marchands à qui les filateurs vendaient leur soie grège destinée aux fabricants. Il comprit alors pourquoi la soie issue des cocons donnait un bien si précieux. Produite par de simples paysans qui vivaient toujours chichement dans leurs campagnes reculées, filée et façonnée dans les usines, la soie était l'objet de multiples transactions avant d'être travaillée par d'autres gens tout aussi modestes que les éleveurs de chenilles. Beaucoup d'intermédiaires s'enrichissaient de son négoce et sur leur dos. Trop ! pensait-il. De plus, la plupart des fabricants payaient mal les canuts et profitaient de leur nombre pour faire jouer entre eux la concurrence.

« Il me faut sans cesse marchander mes prix de fabrication, se plaignait Émile. Sinon, les commandes partent chez un confrère moins gourmand ! Les rondiers sont les pires, de véritables tyrans, toujours à l'affût du moindre défaut. Chaque fois qu'ils le peuvent, ils abaissent le prix convenu. Nous, les canuts, on ne les aime pas ! C'est une race de valets prêts à tout pour flatter leurs maîtres.

– Je comprends mieux à présent pourquoi les soieries, si belles soient-elles, sont considérées comme un produit de luxe ! lui avoua Damien, au cours de l'une de leurs nombreuses discussions.

– Ce sont les négociants et les commis qui nous mangent le pain sur le dos ! »

Damien ne perdait pas de vue son objectif. Discrètement, il avait lié connaissance avec un tisserand qui mettait un point d'honneur à ne donner à façon que des étoffes fabriquées dans de la soie purement française, surtout provenant des filatures cévenoles. Jean-Charles Roussel n'était pas le plus gros soyeux sur le marché lyonnais, il s'en fallait de beaucoup. Mais il avait pignon sur rue et sa maison, située dans les beaux quartiers de la ville, n'avait rien à envier à celles de ses confrères beaucoup plus riches que lui. Protestant d'origine, il était issu d'une famille suisse. Son père était venu de Genève pour créer à Lyon son affaire dont il avait hérité à sa mort. Ses lointains ancêtres étaient originaires du Vigan, au pied de l'Aigoual, et avaient fui les persécutions du Roi-Soleil.

Émile Lacroix crut judicieux de mettre Damien en rapport avec le fabricant aux lointaines origines cévenoles.

« Ainsi, monsieur Courot, s'étonna le soyeux, vous travaillez au profit d'une filature nîmoise !

– Je suis le commissionnaire attitré de la filature Pelatan.

– Je ne connaissais pas son existence.

– Elle n'est pas très importante, mais je puis vous assurer que la soie grège qui sort de ses ateliers est de première qualité. Et son prix est très raisonnable. »

De fil en aiguille, le fabricant se laissa convaincre par le discours de son interlocuteur. Celui-ci vantait si bien les mérites de la soie de son ancien patron qu'il faillit oublier qui il était et avouer qu'il avait lui-même travaillé dans son usine de Saint-Jean comme contremaître et acheteur.

« Êtes-vous cévenol ? demanda Jean-Charles Roussel.

– Euh... nullement, se reprit Damien de justesse. Mon père est paysan dans un petit village près de Marseille. Mais Marseille, Nîmes, les Cévennes, c'est tout à côté !

– Pourriez-vous obtenir de votre filateur qu'il me donne sa préférence ? Bien entendu son prix sera le mien et, si je suis satisfait de la qualité de sa soie, je crois que nous pourrons travailler ensemble pendant longtemps. Voyez-vous, trop de tisserands travaillent avec des soies importées d'Orient. Elles n'ont pas la qualité de nos soies françaises. Mais elles coûtent moins cher. Savez-vous que les soies cévenoles ne représentent que sept pour cent de la soie utilisée par nos canuts ? Aussi est-ce un grand atout de pouvoir se vanter de ne fabriquer que des étoffes provenant uniquement de soies cent pour cent cévenoles ! C'est mon but. Mais j'avoue que cela me demande de gros sacrifices. Et il faut que je sois sûr de mes fournisseurs.

– Henri Pelatan, en tant que filateur, a le même but que vous. Les cocons qu'il utilise ne proviennent que des magnaneries de nos vallées.

– *Vos* vallées !

– Enfin… Des vallées cévenoles, rectifia Damien. Il est très rare qu'il importe des cocons d'Orient. Seulement quand il y a pénurie.

– Il y parvient malgré la crise qui sévit depuis quinze ans ?

– En restant modeste, oui ! Ce n'est pas le cas des grosses filatures qui, pour faire de la quantité, sont obligées d'importer des cocons étrangers. Comme la filature Chabert.

– Je connais très bien. Je suis un de ses clients. Je n'ai jamais eu à me plaindre de sa soie !

– Je ne veux pas dénigrer un confrère, mais la soie qu'elle produit est loin d'être purement cévenole.

– Pourtant, c'est ce qu'affirme leur commissionnaire !

– Renseignez-vous !

– Je me disais aussi que la qualité du fil provenant de cette entreprise n'était pas toujours égale à elle-même ; le titre varie selon les années, et même selon les écheveaux. Là est peut-être la raison. J'en discuterai avec mes confrères pour avoir leur opinion, car je ne suis pas le seul à l'avoir remarqué. Or cette filature, jusqu'à présent, avait bonne réputation et était bien prisée par nombre de fabricants, et pas des moindres. J'ai ouï dire que le père a laissé la direction de son usine à son fils, êtes-vous au courant ?

– Je l'ignore », mentit Damien.

Il n'en dit pas plus afin de ne pas trop se dévoiler. Le fabricant conclut le marché avec lui en sablant le champagne et l'invita à sa table.

« Racontez-moi un peu votre parcours, monsieur Courot. Comment, vous, le fils d'un petit paysan, êtes-vous parvenu à devenir le commissionnaire d'un patron de la soie ? Je dois vous avouer que je me passionne pour les destins hors du commun. Moi-même, je suis issu d'une famille qui a connu bien des péripéties. Savez-vous qu'un de mes ancêtres est mort aux galères pour avoir été pris avec la bande de Rolland ? Vous connaissez Rolland, le camisard ?

– Bien sûr, il est de chez moi ! répliqua Damien sans réfléchir.

– De chez vous ! Ne me disiez-vous pas être originaire de Marseille ?

– Si… bien sûr ! bredouilla Damien. Je voulais dire que Rolland est du Midi, comme moi.

– Cévenol et parpaillot ! Comme mes aïeux. Vous savez sans doute que Rolland était son nom de guerre. En réalité, il s'appelait Laporte, Pierre Laporte, c'était le neveu de Gédéon Laporte qui fut l'un des premiers à se soulever après l'affaire de l'abbé du Chayla à Pont-de-Montvert. Beaucoup de camisards se cachaient sous de faux noms pour échapper aux persécutions. Ah ! c'était une bien triste époque. Mais qui a révélé des destins fabuleux. Vous n'ignorez pas que la plupart de ces êtres d'exception n'étaient que de simples paysans ou artisans. Ce Laporte, par exemple, Pierre, était un simple boulanger dans la région d'Anduze ; Jean Cavalier était un bûcheron de la montagne ; Abraham Mazel un cardeur de laine. Tous des héros légendaires ! Vous n'êtes pas de mon avis ?

– Certes !

– Dieu merci, aujourd'hui, les temps ont bien changé ! Il n'est plus utile de se cacher sous des noms d'emprunt pour vivre au grand jour, n'est-ce pas ? »

En d'autres temps, la conversation aurait beaucoup intéressé Damien, mais elle tournait trop autour de faits et de lieux qui lui étaient chers et proches, et devenait dangereuse à ses yeux. Il ne se sentait pas à l'aise de devoir mentir, se dérober, cacher la vérité à un homme qui lui paraissait honnête et lui marquait toute sa confiance. Il écourta la soirée, prétextant de ne pas vouloir rentrer trop tard par crainte de faire de mauvaises rencontres.

« Émile Lacroix m'a raconté dans quelles circonstances vous vous êtes rencontrés. Si vous le désirez, je vous ferai raccompagner jusque chez vous. Mais, à moins d'habiter dans les faubourgs malfamés, dans nos quartiers vous ne risquez rien. »

Damien n'osa avouer qu'il louait une mansarde dans le quartier de la Croix-Rousse et déclina l'offre de son hôte.

« Je vous remercie. Je me débrouillerai seul.

– Comme vous voulez, monsieur Courot. Nous nous reverrons bientôt, dès que vous aurez conclu notre marché avec votre patron, n'est-ce pas ? Tenez-moi au courant de vos démarches auprès de lui. J'espère que nous ne sommes qu'au début d'une longue et fructueuse collaboration, et que la filature que vous représentez saura me donner pleine satisfaction.

– Je n'en doute pas un seul instant. »

Damien prit congé et se promit de se mettre à l'ouvrage dès le lendemain pour obtenir, au nom du fabricant Jean-Charles Roussel, toute la production d'Henri Pelatan.

Son plus grand souci était de devoir demeurer dans l'ombre de ses futures tractations. Damien Lacombe en effet ne pourrait paraître au grand jour sous peine d'être démasqué. Seul Aurélien Courot, tout en restant discret, pourrait par-derrière tirer les ficelles et avancer à pas prudents.

XXX

Une rencontre

LE BUT DE DAMIEN ÉTAIT ATTEINT en partie. Jean-Charles Roussel venait d'acheter pour la deuxième année consécutive la totalité de la production d'Henri Pelatan. Celui-ci ignorait qu'il devait la signature de son contrat d'exclusivité à son ancien protégé. Sur les papiers, seul le nom d'Aurélien Courot apparaissait comme commissionnaire indépendant. Le vieux filateur n'avait pas cherché à rencontrer son mystérieux bienfaiteur, croyant qu'il s'agissait d'un homme au service du tisserand. Le prix que celui-ci lui accordait dépassait toutes ses espérances et, de ce fait, ses soucis de trésorerie avaient aussitôt disparu. Le banquier s'était réjoui des comptes financiers de son débiteur et lui avait renouvelé son entière confiance en lui proposant un autre crédit à faible taux d'intérêt, afin qu'il pût une nouvelle fois moderniser et agrandir ses installations.

Henri Pelatan avait profité de l'aubaine pour installer une unité de moulinage dans le but de fournir à son client un produit entièrement ouvré, mouliné et teint par ses soins. Ce qui accrut aussitôt le renom de sa soie que d'aucuns commençaient à jalouser, tant elle se vendait toujours parmi les premières et au plus fort prix. Les commissionnaires attitrés des autres filatures en venaient à se poser des questions et à se rapprocher de l'heureux filateur à qui ils faisaient une cour de plus en plus pressante pour obtenir une part du gâteau. Leur commission en effet dépendait du prix auquel ils parvenaient à vendre la marchandise dont ils avaient la charge. Or les marchands lyonnais, devant le succès de la filature Pelatan, faisaient jouer en leur faveur la concurrence en exigeant des autres une baisse de leurs prix.

Bref, le mécontentement grondait dans la cour des grands, de leurs vassaux et de leurs valets.

Le premier à s'en émouvoir fut Martial Chabert, qui ne cessait de s'étonner du succès de son petit rival.

« Vous n'êtes que des imbéciles ! accablait-il ses collaborateurs. Vous avez cru que, Lacombe disparu, son mentor allait s'effondrer comme un château de cartes. Je vous faisais confiance. Et voilà que des cendres le vent soulève un brasier ! Je ne peux tolérer de passer en second. Mes soies sont les meilleures du marché. J'entends que vous les vendiez à ces marchands de soupe de négociants lyonnais au plus fort prix. Henri Pelatan doit cesser de me damer le pion. Sinon, il lui en cuira. Quel est son commissionnaire ? S'il en a un !

– Personne ne sait avec qui il travaille, répondit Pierre Silhol, son fondé de pouvoir. Il ne traite avec aucune maison de commission d'Alais ou de la région.

– Il a bien un représentant pour obtenir ses débouchés !

– D'après ce que j'ai appris, le fabricant avec qui il est en cheville traite directement avec lui.

– Impossible ! Le vieux Pelatan n'a pas le sens des affaires. Ce n'est qu'un vulgaire filateur de second rang. Ce n'est pas lui qui a pu démarcher tout seul les Lyonnais. On est venu le chercher.

– Un certain Aurélien Courot serait son intermédiaire.

– Qui est cet individu ?

– Une sorte de commis indépendant. Personne ne le connaît sur la place d'Alais.

– Faites votre enquête, Silhol. Je vous paie pour ça. Je veux savoir qui est cet Aurélien Courot.

– Dois-je comprendre qu'il me faut de nouveau utiliser ces méthodes que je réprouve pour vous satisfaire ? Si tel est le cas, monsieur Chabert, je vous préviens immédiatement : ne comptez plus sur moi ! Il s'en est suffi d'une fois avec Damien Lacombe. Je préfère démissionner de mes fonctions.

– Mais faites donc, mon brave Silhol, faites donc ! Je ne vous retiens pas. Je saurai bien vous remplacer.

– Monsieur votre père n'aurait jamais agi de cette manière. Il était dur en affaires, mais honnête. Depuis sa mort, la filature Chabert a bien changé !

– Laissez mon père où il est. Paix à son âme ! C'est moi seul maintenant qui dirige l'entreprise. Alors j'attends votre réponse !

– Demain matin, vous aurez ma démission sur votre bureau, monsieur Chabert. À bon entendeur, salut ! »

* *
*

Damien était loin de penser aux remous que son action souterraine engendrait sur la place alaisienne, même s'il pouvait se douter que le succès d'Henri Pelatan pouvait déjà faire de l'ombre à ses nombreux confrères et concurrents.

Depuis deux ans qu'il menait dans le secret le dessous des tractations, peu à peu il s'était fait une place au soleil. À Lyon, Aurélien Courot passait pour un jeune expert très dynamique, doté d'un sens des affaires à nul autre semblable. Si bien que bon nombre de négociants et fabricants, jaloux du succès qu'il avait procuré à son nouveau protecteur, Jean-Charles Roussel, accouraient des quatre coins de la capitale des Gaules pour lui demander conseil et obtenir son avis sur les filatures cévenoles.

Chaque fois qu'il le pouvait, il décriait les produits Chabert et vantait les mérites des petites filatures dont il connaissait les patrons honnêtes et industrieux, ceux qui, à bien des égards, étaient de la même veine qu'Henri Pelatan, mais qui n'avaient pas eu la chance d'échapper aux méfaits de la crise et qui, de ce fait, végétaient depuis des années. Il affirmait :

« Le jour où les petits filateurs – entendez : ceux qui sont soucieux de la qualité et de la provenance de leurs cocons – se regrouperont, ils prendront le pas sur les gros qui dominent le marché et ne laissent aucune chance de survie aux autres. »

Son discours étonnait, heurtait parfois, inquiétait sans doute, mais ne laissait jamais indifférent. D'autant plus qu'en cette année 1866, la maladie du ver à soie semblait enfin avoir été prise au sérieux. À la suite d'une pétition envoyée au Sénat l'année précédente par trois mille cinq cents sériciculteurs et notables en colère, le Gouvernement avait accepté à la demande de Jean-Baptiste Dumas, ministre de l'Agriculture, d'envoyer à Alais son ancien élève et confrère à l'Académie des sciences, scientifique de grande renommée, afin d'étudier les causes de la maladie qui décimait les magnaneries depuis plus de quinze ans.

En juin 1865, Louis Pasteur s'était rendu dans la capitale des Cévennes. Il y était resté une vingtaine de jours, le temps d'observer ce qu'il découvrait pour la première fois, non sans étonnement – des vers à soie –, et de présenter ses premières conclusions au comice agricole d'Alais.

En février de l'année suivante, revenu une seconde fois sur les lieux du fléau, il s'était installé plus longuement au domaine du Pont-Gisquet, à la limite de la petite commune de Saint-Jean-du-Pin.

Damien, très intéressé par la venue du scientifique dans sa région, ne manquait pas un article dans les rares journaux qui s'en faisaient l'écho. Ce regain d'intérêt pour cette maladie récurrente avec laquelle il avait été aux prises dans sa jeunesse, lui et toute sa famille, aviva son désir de revoir les siens.

Depuis qu'il avait été incarcéré au fort Vauban, plus de quatre longues années s'étaient écoulées. Jamais, par prudence, il n'avait envoyé de nouvelles, ni n'en avait reçu. Il ignorait si sa sœur Lucie était mariée, si son frère Edmond était installé, si Aline avait eu des enfants avec son mari, Cyprien… si ses parents étaient encore vivants. Et Zélie, qu'était-elle devenue ? se demandait-il parfois. L'attendait-elle toujours malgré la lettre qu'il lui avait fait remettre ? Ou avait-elle écouté ses conseils en recherchant le bonheur dans les bras d'un autre homme ? Malgré toutes ses interrogations et ses incertitudes, c'est vers Héloïse que ses pensées se réfugiaient toujours, quand il laissait vagabonder son esprit sur les vagues de ses réminiscences.

Ici, à Lyon, il s'était fait une place, un nom, une honorabilité, qu'il ne devait qu'à lui-même. Personne ne le soupçonnait. Jamais encore il n'avait ressenti autour de lui la présence d'hommes suspects, mouchards de la police ou sbires d'un Martial Chabert. Il se sentait libre. Il était libre ! Il avait ses entrées dans les salons les plus enviés de la bourgeoisie d'affaires, dans les bureaux de la mairie et de la préfecture. Il côtoyait des hommes influents, le député était de ses amis, ainsi que l'archevêque – ce qui, en tant que protestant, le faisait bien sourire ! Bref, Aurélien Courot était l'homme en vue du moment. Les femmes de la bonne société se le disputaient. Les époux le jalousaient. Les aigris le haïssaient. Les envieux le grugeaient. Tous se l'accaparaient. Il ne laissait personne indifférent.

Pour autant, Damien ne délaissait pas ses amis canuts, et c'est avec discrétion qu'il rendait toujours visite à Émile Lacroix qui l'avait plus amplement introduit chez ses confrères de la Croix-Rousse. Il ne manquait jamais une occasion de lui prodiguer sa générosité et sa reconnaissance, le faisant profiter, à son tour, de ses nouvelles relations. Sans compter, il arrivait toujours chez lui, à l'improviste, les bras croulant sous les cadeaux.

* *
*

« Je vais te faire une confidence, dit un jour Damien à son ami le canut. Quelque chose que tu ne répéteras à personne.

– Juré ! promit Émile Lacroix en levant la main en direction de ses filles qui s'affairaient à leurs canettes. Quel est donc ton secret ?

– Voilà : depuis qu'on se connaît, tu crois me connaître ! En réalité, je ne suis pas celui que tu crois.

– Oh, tu sais, on a tous quelques petits défauts cachés et inavouables !

– Il ne s'agit pas de cela. Vois-tu, je souffre trop de vivre comme un termite ou plutôt comme un renégat qui a quelque chose à se faire pardonner. »

Émile Lacroix entraîna son ami à l'écart.

« Tu as fait quelque chose de grave ?

– Non. Mais je vis comme si c'était le cas. Et depuis quelque temps, j'en crève. Il faut que j'en parle à quelqu'un. Quelqu'un en qui j'ai entière confiance… En réalité, je ne m'appelle pas Aurélien Courot, mais Damien Lacombe. Je suis évadé de prison et suis recherché par la police depuis plus de quatre ans.

– Tu as tué quelqu'un ?

– Non, je te rassure… »

Et Damien de raconter à son ami sa très longue histoire.

« Et pourquoi me dis-tu tout cela maintenant ?

– Pour me soulager. Ça fait du bien de pouvoir se confier à un ami. Et aussi parce que je veux rentrer chez moi, à Saint-Jean. J'avais besoin d'en parler.

– Tu n'y penses pas !

– Tant pis ! Je courrai le risque. Il faut que je revoie les miens. Mais je prendrai mes précautions. N'oublie pas que je m'appelle Aurélien Courot !

– On te reconnaîtra !

– Je sais comment me déguiser et je connais des ruses. J'ai beaucoup regardé le théâtre de Guignol quand j'habitais sur la place des Terreaux !

– N'y aurait-il pas une autre raison à ta soudaine envie de partir ? »

Damien ne put cacher plus longtemps ce qui l'avait décidé :

« J'ai lu que l'homme de science Louis Pasteur était à Alais. Il étudie la maladie des vers à soie. Je voudrais le rencontrer. Vois-tu, cette maladie nous a beaucoup touchés. Elle est la cause de grands malheurs chez nous, dans nos vallées. Je veux pouvoir discuter avec cet homme, lui dire ce que nous avons vu et vécu pendant ces années noires. Plus jeune, j'ai moi-même rêvé de tordre le cou à ce fléau.

– Je te comprends. Mais tu risques gros ! »

Damien avait déjà pris sa décision avant de se révéler à son ami. Maintenant qu'il s'était livré, il se sentait plus libre d'agir, plus fort pour rebondir et tenter un retour dans son pays.

Pour combien de temps ? Il l'ignorait lui-même.

* *
*

Portant la barbe drue, les cheveux longs tombant sur les épaules, s'aidant d'une canne pour accentuer sa claudication, habillé comme un richissime homme d'affaires lyonnais, Damien, que personne ne pouvait reconnaître tant il s'était travesti, fit le voyage de Lyon à Nîmes en empruntant pour la première fois de sa vie le chemin de fer, dans une voiture luxueuse de première classe. Puis il prit le train qui provenait de Beaucaire et débarqua en gare d'Alais au milieu d'une agitation qui le surprit.

En ce mois de mai, la ville en effet était en pleine effervescence car située au cœur d'une forte concentration d'ouvriers de toute origine qui venaient s'embaucher sur le grand chantier de la voie ferrée transcévenole. Il se fraya un passage dans la foule bigarrée et héla un fiacre pour se faire conduire vers un hôtel de la cité.

« Si vous voulez, je vous amène à l'auberge du Coq-Hardi, proposa le cocher. C'est là où Richelieu a séjourné quand il est venu proposer la paix d'Alais aux protestants. En tout cas, c'est ce qu'on dit. C'est tout près du fort Vauban ; vous y serez à l'ombre des remparts ! plaisanta-t-il.

– Le fort Vauban ! »

Damien faillit répondre qu'il en connaissait trop bien les dédales. Il se reprit :

« D'accord, puisque vous me le conseillez. »

Il resta quelques jours à flâner dans les rues et les ruelles de la cité, sans trop se méfier, confiant dans son déguisement, reprit ses marques, recouvra son âme de Cévenol, réfléchit enfin à ce qu'il allait entreprendre : « D'abord, rencontrer ce Louis Pasteur, pensa-t-il. Ensuite rentrer au Castandel incognito, retrouver les miens. Henri Pelatan… ? Je verrai. Héloïse… ? Je n'ose y songer ! »

Quand il se sentit enfin prêt, il se renseigna pour savoir où l'homme de science résidait.

« M. Pasteur demeure en ville, lui répondit-on, mais il étudie les vers à soie dans une petite ferme à l'écart du tumulte de la ville : le domaine du Pont-Gisquet. »

Ces dires confirmaient ce qu'il avait lu. Le scientifique s'était installé avec quelques collaborateurs dans un vieux mas abandonné par ses propriétaires, où il disposait d'une vaste magnanerie et d'un jardin complanté de mûriers.

Il se fit conduire au lieu-dit du « Pont-Gisquet », situé sur l'une des deux routes d'Anduze, entre les collines de l'Ermitage et de Saint-Germain. Le domaine était clos de murs et traversé par plusieurs ruisseaux qui lui procuraient une forte humidité accentuée par l'ombre épaisse des conifères du parc. Après avoir fait le tour extérieur du propriétaire, il se fit annoncer. Se présentant sous le nom d'Aurélien Courot, il demanda à voir le chercheur en tant que commanditaire des soyeux lyonnais. Un domestique le guida sans méfiance à travers le jardin de la demeure que les gens du lieu appelaient pompeusement « le Château ». L'austère façade cachait une habitation à étage ouvrant sur une vaste terrasse au niveau du parc. Le scientifique y travaillait de longues heures au microscope et y rédigeait les résultats de ses observations.

Lorsque Damien fut introduit, il ne put s'empêcher de penser à ses parents qui étaient loin de se douter qu'il se trouvait à deux pas de chez eux.

« Monsieur ! » entendit-il derrière lui.

Il se retourna, surpris. Un homme au port altier, à la barbe bien taillée, tout vêtu de sombre, col blanc empesé et cravate sous une jaquette de laine noire, pouvant avoir une quarantaine d'années, s'approcha de lui.

« Que désirez-vous ? » poursuivit-il.

Ému, Damien se racla discrètement la gorge et, prenant un timbre de voix inhabituel, se présenta et exposa l'objet de sa visite. L'homme de science le laissa longuement s'expliquer sans l'interrompre, puis précisa :

« Ma première démarche en cette matière n'est pas différente de celle que je respecte pour toute autre recherche. Elle est d'aller interroger les gens, ici en l'occurrence les éducateurs, ceux qui sont en permanence avec les magnans et confrontés à la maladie. Puis j'examine moi-même avec une grande attention les vers à soie dans la magnanerie de ce domaine. J'en prélève de nombreux et je compare. Je note tout ce que j'observe et tout ce qu'on me rapporte. Il ne faut rien négliger. Telle est ma devise !

– En tant que représentant des négociants et fabricants de soie de Lyon, je suis très intéressé par le cours de vos recherches. Dans ma jeunesse, je me suis moi-même beaucoup penché sur cette maladie des vers à soie. Si celle-ci touche en premier lieu les sériciculteurs, à l'autre bout de la chaîne elle nuit aussi beaucoup aux fabricants qui sont obligés de se tourner vers les importations. J'aimerais vous suivre de plus près dans votre démarche. M'accorderiez-vous l'honneur de vous accompagner lorsque vous rendrez prochainement visite à des magnaniers de la région ?

– Si cela peut vous être utile ou simplement vous intéresser, monsieur Courot, je n'y vois aucun inconvénient.

– Si ce n'est pas trop vous demander, accepteriez-vous de visiter la magnanerie d'un éducateur que je connais plus particulièrement ? Il habite sur la commune de Saint-Jean, après Anduze.

– J'ai déjà beaucoup rencontré d'éleveurs sur la commune voisine de Saint-Jean-du-Pin, mais après tout, pourquoi pas ? Cela me fera découvrir les Cévennes profondes. Disons, demain matin. Cela vous convient-il ? »

Damien n'en espérait pas tant. Entouré de l'aréopage du scientifique, il passerait à coup sûr inaperçu et aurait toute latitude pour retrouver les siens en toute sécurité. Son idée lui paraissait excellente. « Une fois sur place, songea-t-il, je m'arrangerai pour rester. Au Castandel, les caches ne manquent pas, qui ont abrité jadis les camisards. Ensuite je serai tranquille pour me déplacer sans me faire remarquer. »

* *
*

« Une visite ! s'écria Noélie. Louis, viens vite ! Il y a des hommes en noir et chapeaux hauts de forme qui arrivent. Ce ne serait pas encore des policiers au moins ! Que viennent-ils nous apprendre de grave ? Pourvu qu'il ne soit rien arrivé à Damien ! »

Louis et Edmond cessèrent leur travail et, abandonnant leurs échelles et leurs bourrencs à moitié remplis de feuilles, approchèrent sans se dépêcher. Jeanne, la jeune épouse d'Edmond, tentait de rassurer sa belle-mère :

« Pourquoi voudriez-vous qu'il soit arrivé quelque chose à votre fils ? À l'heure qu'il est, il doit être loin, en Amérique peut-être. Ne vous tracassez pas !

– Madame Lacombe ! fit le premier homme qui se présenta à elle. Je m'appelle Aurélien Courot, je travaille pour des tisserands lyonnais, et voici monsieur Louis Pasteur, un grand scientifique venu de Paris et envoyé par le Gouvernement pour étudier la maladie des vers à soie.

– Finissez d'entrer, bredouilla Noélie, en repassant son sarrau de sa paume de main pour le défroisser et paraître moins négligée. Mon mari et mon fils ne vont pas tarder. Je les ai appelés à l'instant. »

La brave femme n'avait pas reconnu son fils. Celui-ci, trop ému, dissimulait mal son envie de sauter au cou de sa mère. Il se contint difficilement, poursuivit en grossissant volontairement le ton de sa voix :

« Monsieur Pasteur aimerait visiter votre magnanerie. »

À cet instant, Louis et Edmond entrèrent dans la cuisine.

« Pè… ! se retint à peine Damien. Monsieur Lacombe ! se reprit-il de justesse.

– J'ai entendu l'objet de votre visite, monsieur. Je suis très honoré qu'un homme aussi illustre que M. Pasteur ait choisi ma modeste magnanerie pour ses recherches.

– Vous le devez à M. Courot. C'est lui qui m'a demandé de venir spécialement vous voir. Vous vous connaissez, d'après ce qu'il m'a dit !

Non, pas du tout, répondit Louis, surpris.

– Euh… enfin, rectifia Damien, c'est-à-dire que nous avions prévu de venir chez vous.

– Hum… fit Louis Pasteur. Alors, monsieur Lacombe, acceptez-vous que j'observe vos magnans ? »

Louis hésitait.

« C'est que, d'habitude, les hommes ne pénètrent pas dans la magnanerie pendant l'éducation. Mais ma femme peut peut-être faire une exception, n'est-ce pas, Noélie ?

– Ah, la superstition ! fit l'homme de science en souriant dans sa barbe. Elle ne fait pas bon ménage avec la méthode scientifique !

– Si vous y tenez, ajouta Noélie, je vous y conduis à l'instant. Mon mari s'est enfin décidé à remplacer la vieille échelle par un escalier solide. Vous ne risquez pas de *vous tomber*[1].

– Je vous suis », fit Damien en oubliant de dissimuler sa voix.

Aussitôt Edmond ne put se retenir :

« Damien ! » s'exclama-t-il en sourdine.

Celui-ci, pris au dépourvu et se voyant découvert, se retourna vers son frère et mit le doigt sur la bouche pour le faire taire. Tous dans la pièce se regardèrent.

« Damien, mon frère… poursuivit Edmond en faisant mine de se reprendre, était le seul à pénétrer dans la magnanerie quand il vivait au mas.

– Où est-il à présent ?

– Oh, c'est une longue histoire ! »

Edmond n'en dit pas plus et accompagna les visiteurs dans l'antre des chenilles, Noélie les précédant.

L'inspection dura une bonne heure. Pasteur prit des échantillons qu'il fit minutieusement envelopper dans du papier journal, félicita Noélie pour la propreté de sa magnanerie et le bel agencement de ses tablées. Puis, après avoir accepté une collation, il s'apprêta à prendre congé.

« Je vais rester un peu plus en compagnie de M. et Mme Lacombe, annonça Damien. Si cela ne vous dérange pas, dit-il en s'adressant à Louis Pasteur,

1. *Idiotisme local.*

j'aimerais discuter, disons… affaires avec eux. Je rentrerai par mes propres moyens.

– Faites comme cela vous plaira, monsieur Courot. J'ai été très heureux de faire cette visite en votre compagnie, et je ne manquerai pas de vous faire parvenir les résultats de mes analyses. À quel hôtel êtes-vous descendu ?

– À l'auberge du Coq-Hardi. »

L'homme de science reprit le chemin d'Alais entouré de ses collaborateurs, laissant, sans le savoir, un repris de justice au sein de sa famille.

* *
*

Les retrouvailles entre Damien et les siens dépassèrent ce que chacun aurait pu imaginer en pareille occasion. Noélie fondit en larmes pendant des heures, Louis ne put se détacher des bras de son fils, lui touchant la barbe, lui palpant les épaules pour mieux apprécier son état physique. Edmond, qui avoua avoir reconnu son frère au premier coup d'œil, ne tarissait pas de questions pour savoir ce qui lui était arrivé depuis sa disparition. Sans tarder davantage, il courut chercher discrètement sa sœur Aline chez elle, et se promit de prévenir Lucie à la sortie de l'usine.

« Il faut avouer que, sous ce déguisement, tu en tromperais plus d'un, fit-il en embrassant son frère une nouvelle fois. Sais-tu que nous nous faisions un sang d'encre ! Mais dis-nous maintenant quelles sont tes intentions ? »

Damien sourit, puis ajouta :

« D'abord me raser ! Ensuite aller voir tous ceux que j'aime dans cette vallée.

– Tu n'y songes pas ! s'exclama Louis. Tu te feras reprendre immédiatement.

– J'en ai assez de me cacher. Je prendrai toutes les précautions. Personne ne saura que je suis revenu. Ne crains rien !

– *Moun Diou !* s'exclama Noélie. Tu vas encore me faire devenir chèvre et me faire avoir des cheveux blancs !

– Donnez-moi plutôt de vos nouvelles. J'ai hâte de savoir. »

Edmond se rapprocha de Jeanne qui, par discrétion, était restée à l'écart des retrouvailles.

« Jeanne et moi, nous nous sommes mariés il y a un an. Excuse-moi, frérot, mais je ne t'ai pas attendu. Et nous avons décidé de demeurer au Castandel… en ton absence seulement, et pour aider les parents dans leur travail. La place te revient. Tu es l'aîné.

– Je n'ai nullement l'intention de vous déloger un jour. Quoi qu'il arrive dorénavant, je ne reviendrai plus vivre ici. Ma place est ailleurs.

– Tu as réussi dans le beau monde ? demanda Noélie d'un air triste.

– J'y ai acquis quelque importance. Mais je le dois à Aurélien Courot, pas à Damien Lacombe… Et toi, Aline, as-tu des enfants ? »

Sa sœur s'assombrit.

« Non, pas encore. Et je n'y tiens pas.

– Mais tu étais enceinte quand on m'a arrêté ! »

La jeune femme se retourna pour cacher ses larmes.

« Ta sœur a perdu son enfant, répondit Noélie. Le choc peut-être, va savoir !

– Que se passe-t-il ? Tu ne parviens pas à en avoir ?

– Ce n'est pas la raison », reprit Noélie à la place de sa fille.

Elle prit Damien par la manche, poursuivit en baissant le ton :

« Ça ne se passe pas très bien avec son mari. Il est très jaloux et… il la bat parfois, quand il est saoul.

– Cyprien ! Mais il avait l'air d'un brave garçon.

– Il a beaucoup changé.

– Je m'apprête à le quitter, ajouta Aline. Je ne peux plus supporter ses suspicions déplacées et ses violences. Je sais que ça ne se fait pas. Une épouse ne doit pas abandonner son foyer. Mais je n'ai plus la force de rester entre lui et ses parents qui sont toujours à lui donner raison. »

Damien détourna la conversation.

« Et Lucie ? poursuivit-il.

– Toujours un cœur à prendre ! Répondit Noélie. Elle s'était amourachée d'un fils de pharmacien lors du mariage d'Aline. Ça n'a pas marché longtemps entre eux. Il n'était pas du même monde que nous ! Trop bourgeois !

– Il y a d'honnêtes bourgeois qui méritent notre considération.

– Excuse-moi, mon grand, je ne disais pas ça pour te vexer.

– Ne le prends pas mal, mère. Je me sens toujours paysan, plus que jamais. »

La soirée fut la plus longue de toutes celles que le Castandel connut depuis sa création. Les heures ne furent pas assez nombreuses pour permettre à Damien de raconter dans le détail toutes les aventures et les mésaventures qu'il avait connues dans son existence de paria. L'amour des siens le renvoya bien des années en arrière, à l'époque où, enfant puis adolescent, il n'avait d'espoir dans l'avenir que dans l'élevage des vers à soie.

« Te rappelles-tu, lui dit son père, comme tu rêvais de devenir quelqu'un qu'on appellerait “monsieur”. Tu croyais pouvoir le devenir en trouvant le remède aux fichues maladies qui nous terrassent encore.

– Je me trompais. C'est Louis Pasteur qui finira par découvrir le remède à la pébrine. Mais tu verras ce que je te dis : j'ai toujours été persuadé que cette maladie est héréditaire et qu'il faudrait trouver le moyen de sélectionner la graine pour écarter les œufs contaminés. J'en ai parlé avec le savant en cours de route. Il a eu l'air de me prendre au sérieux et d'être très intéressé parce que je lui disais. Peut-être qu'un jour il me donnera raison ! Qui sait ? »

Damien était loin de se douter que, l'année suivante, le grainage cellulaire serait la solution préconisée par Pasteur pour éradiquer le fléau de la pébrine, et que la flacherie ne serait vaincue, grâce à ses observations, que par un soin accru apporté par les magnaniers à la qualité des feuilles de mûrier données en pâture aux magnans. Il ne devait jamais plus revoir le grand savant qu'on appellerait bientôt : « le sauveur de la sériciculture ».

« Remarque, ajouta Noélie, tu es quand même devenu un monsieur !

– Monsieur Courot, pas monsieur Lacombe ! » regretta Damien.

XXXI

L'ermite des montagnes

PENDANT PLUSIEURS SEMAINES, Damien ne sortit pas du Castandel, évitant même de se promener dans les terres parmi ses mûriers. Il craignait que le domaine ne fût encore surveillé de temps en temps, ou de faire une rencontre qui aurait pu le compromettre. Il se terra dans le mas, prêt à s'y dissimuler comme, jadis, les camisards du Désert. Il s'aménagea une cache secrète derrière une armoire, dont il découpa le fond afin de pouvoir pénétrer dans une excavation pratiquée dans la soupente de l'escalier de la magnanerie.

« Ton escalier tombe à point nommé ! dit-il à son père. Mais tu aurais pu prévoir d'y aménager la soupente. Cela nous aurait évité de le reprendre !

– Si j'avais su qu'un camisard songerait à y trouver refuge, je l'aurais fait. »

Louis avait retrouvé le goût du travail, sa joie de vivre, depuis que Damien était revenu. Hormis le triste destin d'Aline, son bonheur était presque complet, sa famille étant à nouveau réunie. Mais il ne se résignait pas à ce que sa fille quittât son mari. Cela ne se faisait pas, pensait-il. Au reste, qu'aurait dit le pasteur qui les avait mariés ? Il ne voulait pas croire que Cyprien ne puisse pas s'amender. Il se disait qu'un homme n'est jamais totalement mauvais ; que, sans doute, c'était parce qu'Aline ne pouvait pas lui donner un enfant qu'il s'était mis à boire ; qu'avec le temps tout pouvait encore s'arranger !

Noélie n'était pas de cet avis. Elle soutenait sa fille en qui elle voyait une martyre du mariage. À ses yeux, rien ne justifiait qu'un homme batte sa femme, même si celle-ci était stérile. Aline ne l'était peut-être pas, expliquait-elle à Louis pour le convaincre. Elle ne voulait pas avoir un enfant d'un homme jaloux, ivrogne et violent ! Aussi s'apprêtait-elle à accueillir sa fille à bras ouverts dès que celle-ci aurait pris sa décision.

Aline débarqua au Castandel trois semaines après le retour de Damien, les yeux en pleurs, le visage déconfit et tuméfié.

« Que s'est-il passé ? » demanda aussitôt Damien.

Aline ne pouvait parler, visiblement choquée et encore pleine d'effroi. Noélie tenta de la calmer, lui prépara une infusion de tilleul, la laissa évacuer toute seule la terreur qui se voyait encore dans ses yeux et la paralysait.

« Cyprien m'a encore frappée, avoua-t-elle en essuyant ses larmes. Nous nous sommes disputés. Il m'a dit des choses horribles, que mon ventre était un désert aride, que j'étais une… Oh ! Maman, il m'a traitée de traînée… pire que ça ! Il s'est mis à boire, sans s'arrêter. Ses yeux étaient injectés de sang. J'ai pris peur. Je suis parvenue à m'enfuir et j'ai couru, couru.

– Ses parents n'ont pas essayé de le raisonner !

– Ils ne lui disent jamais rien quand il est dans cet état. Je crois qu'ils ont peur de lui.

– Tu as bien fait de venir ici, ma fille, coupa Louis. Ta mère a raison. Tu ne dois plus retourner là-bas. Et si ce vaurien ose mettre les pieds au Castandel pour venir te rechercher, je le recevrai à coups de fusil !

– Si je n'étais pas dans cette situation, ajouta Damien, j'irais moi-même le corriger, ton salopard de mari. Je n'attendrais pas qu'il dessaoule et qu'il rapplique ici.

– N'y songe pas ! fit Noélie. Ne va pas attirer l'attention des gendarmes sur nous ! Surtout pas toi. »

Cyprien n'osa pas venir rechercher son épouse. Il connaissait depuis longtemps son intention de le quitter s'il continuait de se montrer violent. Il se résigna sur le moment à la voir partir. Se doutant de l'endroit où elle avait trouvé refuge, il ne s'inquiéta pas outre mesure, persuadé qu'elle finirait par rentrer. Mais au bout de huit jours, ne la voyant pas revenir, fou de rage, il se décida à se rendre au Castandel. Tous étaient en train de déjeuner autour de la longue table de la cuisine quand il frappa violemment à la porte que Louis, par mesure de sécurité, tenait toujours fermée à cause de la présence de Damien.

« Ouvrez-moi, *milladiou* ! Ou je fais un malheur. Ouvrez cette porte ! Je viens rechercher ma garce de femme. Aline, ouvre-moi ! Ta place est à la maison. »

Noélie emmena sa fille dans sa chambre.

« Ne reste pas là ! On ne sait jamais. »

Jeanne, la femme d'Edmond, les suivit.

Damien, pris au dépourvu, hésita quelques secondes. Il se leva de table, prêt à recevoir son beau-frère pour lui donner une correction. Edmond le retint par le bras :

« Va te cacher. Il ne faut pas qu'il te voie. Nous allons le recevoir, père et moi. »

À contrecœur, Damien alla rejoindre sa mère et sa sœur dans la chambre et laissa son frère et son père aux prises avec Cyprien. Celui-ci continuait à tambouriner derrière la porte.

« Ouvrez, bon Dieu ! »

Louis, prudent, ouvrit la porte.

« Où est ma femme ?

– Tu n'as rien à faire ici, Cyprien. Retourne chez toi. Ta femme ne reviendra pas. Pas après ce que tu lui as fait.

– C'est ce qu'on verra !

– Tu veux en découdre ? » s'opposa Edmond dont la carrure en avait déjà imposé à plus d'un.

Ne voyant personne d'autre dans la pièce, Cyprien se calma.

« Elle se cache quelque part. Vous n'êtes pas seuls. Pour qui sont ces assiettes sur la table ? Je sais qu'elle est là !

– Oui, elle est là ! avoua Louis. Mais elle ne sortira pas tant que tu ne partiras pas. Va-t'en ! Elle ne veut plus te voir.

– Vous avez du monde ? poursuivit Cyprien en poussant Louis sans ménagement. Je vois qu'il y a six assiettes. Aline est là, et quelqu'un d'autre aussi. Elle n'est pas seule ! Je le savais. Et vous, vous entrez dans son jeu.

– C'est l'assiette de Lucie. Elle est auprès de sa sœur.

– C'est faux ! À l'heure qu'il est, Lucie est à la filature. Et d'ailleurs Aline devrait aussi s'y trouver. Vous lui direz qu'elle a intérêt à rentrer d'ici ce soir. Sinon…

– Sinon ? menaça Edmond.

– Sinon, je flanque toutes ses affaires dans la fosse à purin et ce ne sera pas la peine qu'elle vienne pleurer pour que je la reprenne.

– Ça ne risque pas d'arriver ! »

L'affaire en resta là. Cyprien repartit sans Aline qui, tremblante de peur, s'était réfugiée dans les bras de Noélie et de sa belle-sœur.

« Je crois qu'il a compris, reprit Edmond, une fois le calme revenu. Il ne reviendra plus.

– Il faudra aller prévenir à la filature pour expliquer pourquoi je ne suis pas allée travailler ce matin. Sinon, je me ferai mal voir.

– Je m'en charge ! fit Damien.

– Mais… c'est impossible, répliqua Noélie. Tu ne peux pas prendre le risque qu'on te reconnaisse.

– Ta mère a raison, ajouta Louis. Déjà que Cyprien a vu qu'il y avait un couvert de trop. De là qu'il aille imaginer que tu es revenu et qu'on te cache ici ! Avec cet énergumène, on peut s'attendre à tout.

– J'irai, proposa Edmond.

– Non ! insista Damien. Personne ne me reconnaîtra. Ne craignez rien. De toute façon, j'avais l'intention de sortir de mon trou et d'aller aux nouvelles. J'ai hâte de constater comment va notre filature. Henri Pelatan sera surpris de me voir, mais il saura être discret et tenir sa langue.

– C'est donc ça que tu mijotais ! dit Edmond en tapotant l'épaule de son frère. Décidément, je crois que tu as pris goût à l'aventure !

– Eh ! La vie sans risque, ça n'a rien d'exaltant ! »

* *
*

Damien laissa passer quelques jours, le temps de s'assurer que Cyprien s'était finalement résigné. Puis, revêtant à nouveau sa tenue de bourgeois, dissimulé derrière une barbe de plusieurs jours qu'il avait laissé repousser, grimé comme il l'était à son arrivée, il se décida à quitter sa tanière, le soir à la tombée de la nuit. Il emprunta des chemins de traverse dans la campagne afin d'éviter les hameaux et les mas isolés, et de faire des rencontres inopportunes. En juillet, le soleil rase lentement l'horizon et tarde à disparaître. Les ombres s'allongent derrière les arbres, les buissons, les murets. Il s'y cacha lestement, malgré son handicap, pour mieux se fondre dans la demi-obscurité et passer inaperçu.

Les dernières fileuses sortaient des ateliers lorsqu'il parvint aux abords de l'usine. Quelques-unes prirent le chemin du dortoir. Il attendit que Lucie passât devant lui et sifflota discrètement. La jeune fille s'entendit interpellée, se retourna dans sa direction et, voyant quelqu'un dissimulé dans l'ombre, eut un geste de recul.

« C'est moi, Lucie. Damien. Ne crains rien !

– Damien ! Mais que fais-tu là ? Je ne t'avais pas reconnu dans ton accoutrement !

– Alors, c'est qu'il est efficace. Où allais-tu ?

– Je regagnais le dortoir. Pourquoi es-tu venu ? Je te croyais à la maison. Tu prends de gros risques à sortir.

– Je sais, mais, tu vois, même toi, tu ne me reconnais pas. Je veux voir Henri Pelatan. J'aimerais que tu ailles le prévenir discrètement que je suis là, afin qu'il m'ouvre sa porte sans crainte. Tu excuseras aussi Aline pour son absence de ces derniers jours.

– Que lui est-il arrivé ? Je me suis inquiétée.

– Rien. Je t'expliquerai plus tard. »

Lucie ne traîna pas davantage et fit ce que son frère lui demandait. Quelques instants plus tard, celui-ci sortit de sa cachette et s'avança à pas prudents vers la maison du filateur.

Au même moment, un individu jailli aussi de l'ombre faillit se heurter à lui. Cyprien guettait, en vain, la sortie de sa femme. Sur le coup, il ne reconnut pas Damien et, se sentant pris au piège en train d'épier comme un homme malintentionné la sortie des jeunes fileuses, bredouilla de mauvaises explications, croyant que Damien était quelqu'un de l'usine :

« Je... j'attendais ma femme. Elle travaille ici. Mais j'ai dû la rater.

– Qui est votre femme ? » demanda Damien pour donner le change.

Cyprien hésita en le regardant. Damien avait omis de travestir sa voix. Son beau-frère le dévisagea sans discrétion, ajouta :

« On se connaît ! Il me semble vous avoir déjà vu quelque part.

– Je ne crois pas ! répliqua Damien en forçant cette fois le ton de sa voix. Je ne suis ici que depuis deux jours et je viens de Lyon pour travailler avec M. Pelatan. Si votre femme est fileuse, elle n'est plus là. Tous les ateliers sont vides. Au revoir, monsieur. »

Sans se départir de sa témérité, Damien tourna les talons et laissa Cyprien à ses interrogations. Il s'avança vers la demeure d'Henri Pelatan et gravit les marches du perron sans plus se dissimuler. Il tira le cordon de la sonnette, attendit, le cœur battant d'émotion. Henri Pelatan lui-même vint ouvrir.

« Monsieur ! s'étonna-t-il de ne pas voir devant lui celui qu'il attendait.

– Vous ne me reconnaissez pas ! chuchota Damien en ôtant son chapeau.

– Damien ! Entrez, je vous attendais. Votre sœur m'a prévenu de votre visite. Entrez vite, que personne ne vous voie ! Sous ce déguisement, je ne vous aurais pas reconnu effectivement. »

Henri Pelatan avait éloigné à dessein son personnel domestique. Il ne put s'empêcher de prendre Damien dans ses bras et de l'embrasser comme un fils prodigue de retour après une longue absence.

« Vous m'avez beaucoup manqué, avoua-t-il. Quand j'ai appris ce qui vous était arrivé, j'en suis resté complètement abasourdi. Puis quand les journaux ont raconté votre évasion, j'ai beaucoup prié pour que Dieu vous vienne en aide et ait pitié de vous. J'ai toujours été convaincu de votre innocence. Et quand bien même les rouges eussent été de vos amis, vous n'auriez pas pour autant perdu mon estime et ma considération. Je hais les régimes qui jettent les gens en prison pour leurs opinions. Mais, Dieu merci, vous êtes vivant et libre !

– Libre est un bien grand mot. Aurélien Courot est un homme libre, pas Damien Lacombe.

– Aurélien Courot ! Vous connaissez cet homme ?

– Un peu », précisa Damien, le sourire aux lèvres.

Le filateur invita son jeune ami à s'installer confortablement dans le salon. Dans la cheminée, malgré la saison, crépitait un feu de bois dont les flammes léchaient joyeusement des chenets en fonte rougis par la chaleur. Sur le devant, entre deux gros fauteuils de cuir : une table basse, une bouteille de cognac, une pipe et une blague à tabac.

« J'aime l'ambiance hivernale que confèrent les flambées dans la cheminée, poursuivit Henri Pelatan. Surtout depuis que ma fille a quitté la maison. Mais tranquillisez-vous, ajouta-t-il aussitôt, je n'abuse jamais de cet alcool. Ni d'un autre d'ailleurs. J'ai sorti cette bouteille pour fêter votre retour. »

Damien avait grande envie de demander des nouvelles de Zélie. Mais Henri ne lui en laissa pas le temps.

« Donc vous connaissez Aurélien Courot, poursuivit-il. Comme c'est bizarre ! Savez-vous que ce monsieur, que je n'ai jamais rencontré, est mon intermédiaire auprès du tisserand lyonnais, mon véritable sauveur, à qui je dois ma soudaine prospérité ? »

Damien sourit.

« Votre tisserand lyonnais, Jean-Charles Roussel ! fit-il semblant de s'étonner.

– Exact. Vous le connaissez également ?

– Et pour cause ! Aurélien Courot et Damien Lacombe ne font qu'un, Henri.

– Comment… ! Aurélien Courot… c'est vous !

– Je ne pouvais vous dévoiler mon identité d'emprunt, vous le comprenez. C'était trop risqué.

– Ainsi, Damien, tout ce qui m'est arrivé depuis plusieurs années, cette réussite inespérée, c'est à vous que je la dois !

– J'ai erré pendant deux ans avant de m'installer à Lyon. Puis je me suis fait une place dans ce haut lieu de la soie. Avec deux idées bien ancrées dans mon esprit : continuer ce que nous avions commencé ensemble et tout faire pour rabattre l'orgueil des Chabert.

– Mon cher Damien, vous avez réussi sur les deux plans. Plus tard, je vous ferai visiter nos nouvelles installations. Vous en serez fier ! Sous votre déguisement, je ne crois pas que quelqu'un vous reconnaîtra. Vous m'avez moi-même bien mystifié.

– Vous n'êtes pas le seul ! Mes propres parents ne m'ont pas reconnu.

– Quant à votre second dessein, vous serez heureux d'apprendre, je suppose, que la filature Chabert bat de l'aile. Depuis que Lucien Chabert est décédé, son fils Martial la mène à sa perte. Il faudra m'expliquer comment vous avez pu y contribuer. »

Les deux hommes discutèrent sans discontinuer pendant des heures. Henri ne tarissait pas de questions pour connaître les dessous de toutes les tractations que son ami avait menées en sa faveur dans le plus grand secret. Ses yeux brillaient d'admiration et de bonheur, son cœur brûlait d'impatience de pouvoir s'épancher en reconnaissance devant celui que le destin avait un jour mis sur son chemin.

« Je vous dois tout, finit-il par confesser humblement. Mais moi, hélas, je ne peux pas faire grand-chose pour vous en retour !

– N'exagérons rien ! Vous avez fait de moi un homme estimé, même si aujourd'hui je dois me cacher derrière l'identité d'Aurélien Courot… Mais, dites-moi, depuis que nous parlons, votre fille ne s'est pas encore montrée. Cela m'étonne ! Vous ne l'avez pas mise dans la confidence ? »

Henri Pelatan s'assombrit. Il repoussait la question depuis le début de la conversation, ne voulant pas ternir la joie des retrouvailles en décevant son ami dans l'espoir qu'il nourrissait sans doute de revoir sa fille. Son visage soudain devint grave, son regard terne, ses mains se crispèrent. Damien comprit qu'un malheur était arrivé. Il se souvint alors que Zélie avait une santé fragile ; les images de la jeune fille prenant des bains de soleil sur sa terrasse lui revinrent à l'esprit. Il se reprit :

« Excusez-moi de vous rappeler de tristes souvenirs. J'ignorais…

– Le mariage de Zélie n'est pas un triste souvenir ! Au contraire. Mais j'avoue que je vous aurais préféré comme gendre.

– Zélie n'est pas… enfin elle est… mariée ! s'étonna Damien.

– Oui, depuis bientôt un an. Avec mon contremaître, Simon Monteil, un brave garçon, très compétent et très sérieux. C'est lui qui vous a remplacé. »

Soulagé, Damien poursuivit :

« Je suis heureux d'apprendre que votre fille a enfin trouvé le bonheur. C'est ce qui pouvait lui arriver de mieux.

– Elle vous a longtemps attendu. Puis elle a écouté les conseils de son vieux père. Simon lui faisait une cour pressante. Il est plutôt beau garçon ! Je lui faisais entière confiance. Elle a finalement laissé parler son cœur. L'amour et la jeunesse ont fait le reste.

– Ne regrettez rien, Henri. J'aimais bien votre fille. En d'autres circonstances… peut-être ! Mais dans mon cœur, il y a toujours une plaie mal cicatrisée qui m'empêchera d'aimer, je le crains, jusqu'à la fin de ma vie.

– Vous comprenez maintenant pourquoi Zélie n'est pas présente ce soir. Elle habite avec son mari dans une petite maison que je leur ai fait aménager de l'autre côté de l'usine. Elle m'appartenait et tombait en ruine. J'ai préféré qu'elle vive ailleurs que sous mon toit. Les jeunes et les vieux ne doivent pas vivre ensemble, n'est-ce pas ?

– Chez nous, les paysans, ce n'est pas ce qu'on dit ! »

La nuit était déjà bien avancée quand Damien se décida à quitter son hôte. Celui-ci s'empressa de lui demander :

« Quelles sont vos intentions, Damien ? Rentrer à Lyon pour y poursuivre l'existence d'Aurélien Courot ?

– Non, je ne crois pas. Je n'ai plus envie de mentir.

– Mentir ou vous cacher, il faudra choisir ! Dieu vous garde, mon fils ! J'espère qu'un jour vous retrouverez la lumière. »

* *
*

Damien repartit au bénéfice de la nuit.

Les jours qui suivirent, il tourna comme un lion en cage au Castandel, ne sortant que le soir en changeant constamment d'accoutrement. Il allait rôder dans les endroits qu'il fréquentait dans sa jeunesse, là où, jadis, il donnait rendez-vous à Héloïse. Mais jamais il n'abordait quiconque, de peur qu'on le reconnût. Ses parents recommencèrent à s'inquiéter. Noélie surtout qui retrouvait son fils tel qu'il était au lendemain de son retour d'Algérie.

Méfiant, à chacune de ses sorties nocturnes Damien sentait de plus en plus sur lui l'ombre oppressante de mystérieux personnages aux aguets. Il crut que Cyprien l'avait reconnu et avait donné son signalement à la police.

« Tu te trompes, le rassura Edmond. Si c'était le cas, les gendarmes t'auraient déjà tendu un piège et t'auraient sauté dessus. Mais il n'empêche, tu devrais éviter de sortir comme tu le fais. Un jour, tu feras une mauvaise rencontre. »

En réalité, Damien n'avait de pensées que pour Héloïse. Il mourait d'envie d'aller à sa rencontre à Quissac, de réapparaître à ses yeux le temps d'un dernier adieu, de lui prouver qu'il était bien vivant et qu'il l'aimait encore.

Mais la raison cette fois prit le dessus sur ses sentiments. Ne voulant plus reprendre sa vie de proscrit, ne pouvant continuellement se cacher au Castandel pour ne sortir, tel un loup traqué, qu'à la tombée de la nuit, il décida un soir d'hiver de s'en aller.

« T'en aller ! Pour aller où ? s'inquiéta Noélie.

– Dans la montagne, n'importe où. Là-haut, personne ne me connaît et personne ne me retrouvera. Mon destin, je le ressens maintenant, est celui de nos ancêtres camisards : c'est le Désert. Tous ceux de notre peuple qui n'ont jamais voulu renoncer à leur liberté ont fini au Désert.

– La plupart se sont fait prendre et en sont morts !

– Laisse-le faire selon sa volonté, la coupa Louis. Il ne peut pas vivre indéfiniment comme il le fait depuis qu'il est revenu… Quelle est ton idée ? » demanda-t-il à son fils.

Damien invita son frère et ses parents à s'attabler, alla vérifier derrière la porte que personne ne venait, reprit sur le ton de la confidence :

« Voilà. Inutile d'en parler à mes sœurs. Moins nous serons nombreux à savoir, mieux cela vaudra.

– Parle donc ! Qu'as-tu à proposer ? fit Louis.

– Nous avons bien une terre en Lozère au-delà de Barre-des-Cévennes, que tu tiens de ta mère ?

– C'est exact.

– Nous n'en avons jamais rien fait, intervint Noélie. Elle ne vaut pas la sueur que nous dépenserions à la mettre en valeur !

– Tu as raison. Mais je pourrais m'y réfugier et y vivre.

– Y vivre ! Mais de quoi ?

– Avec un petit troupeau de chèvres et de brebis, j'aurais de quoi ne pas mourir de faim.

– Il a raison, appuya Louis. Je pourrais te donner quelques bêtes pour commencer. Ensuite, tu les ferais se reproduire.

– Tu veux vivre là-haut comme un berger ! s'étonna Edmond.

– Pourquoi pas ? Dans la montagne, je serai tranquille. »

La décision de Damien semblait déjà prise. Noélie eut beau tenter de le convaincre de songer à une autre solution, elle dut reconnaître qu'il n'y en avait pas de plus sage, à moins d'endosser à nouveau les habits empesés d'Aurélien Courot.

« Dire que tu voulais qu'on t'appelle "Monsieur" ! soupira-t-elle. On t'appellera *"lou pastre*[1]*"*, et ce ne sera pas très élogieux !

– Il n'y a pas de mal à devenir berger ! s'insurgea Louis. Mieux vaut soigner les bêtes que de faire des courbettes devant les bourgeois !

– Je t'aiderai, promit Edmond. Je conduirai moi-même les bêtes à la montagne et tout le nécessaire

1. Lou pastre : *le pasteur, le berger.*

dont tu auras besoin au début. Personne ne se méfiera de moi. Tu me rejoindras ensuite discrètement. Et je resterai avec toi le temps de t'aider à t'installer et de défricher quelques arpents.

– Je reconnais bien là l'esprit de famille ! se réjouit Damien, le cœur gonflé à bloc. Je savais que je pouvais compter sur vous tous. Ne t'inquiète pas, mère, je m'en sortirai. »

* *
*

Ainsi fut donc fait.

Damien partit s'installer dans la montagne à plus d'une journée de marche du Castandel, loin de tout village, de toute habitation. Au-dessus de lui, seul le mont Aigoual le dominait, tel un géant protecteur à l'ombre duquel il pouvait se laisser vivre sans crainte du lendemain. La nature sauvage, à l'état brut, devint sa nouvelle demeure, son havre de paix et de sécurité. Entre serres et valats, il apprit à reconnaître son chemin sans laisser de traces, à déceler le passage d'un renard, d'une biche ou d'un sanglier. Il s'ingénia à poser des pièges pour attraper lièvres, perdrix ou grives et améliorer l'ordinaire de ses repas composés essentiellement de légumes, qu'il se mit aussitôt à cultiver, de caillé et de fromage de chèvre, qu'il fabriquait tous les jours pendant la période de sevrage. Avec Edmond qui remontait le voir de temps en temps, il remit en état une vieille bergerie tombant en ruine, y délimita l'espace réservé aux bêtes et celui où il s'aménagea une modeste pièce d'habitation.

Petit à petit, il organisa sa nouvelle existence au rythme des va-et-vient de son petit troupeau qu'il laissait déambuler dans les terres défrichées avec son frère. Tout autour, la forêt et les prairies d'altitude fermaient son horizon. Aucun chemin ne passait à proximité, aucune draille. Si bien que, lorsque le printemps survint, il se trouva à l'écart du passage des troupeaux transhumants qui emmontagnaient. Personne ne le vit et il ne vit personne.

Il s'habitua très vite à cette vie de reclus, de pâtre ermite des montagnes, plus vite qu'il ne l'aurait imaginé. Ses habits de bourgeois, taillés dans la soie, au fond, lui seyaient mal ! C'était ce dont il essayait de se persuader, quand il songeait au changement d'existence radical qu'il avait adopté de son plein gré. Seul dans sa montagne, il était redevenu l'homme libre qu'il était jadis. Il avait enterré Aurélien Courot. Il avait ressuscité Damien Lacombe.

Quand Edmond montait le voir, toujours en prenant de multiples précautions, il lui apportait les dernières nouvelles de Saint-Jean. Il lui apprit ainsi le décès du marquis de Chambrun qui faisait d'Héloïse une veuve sans enfants. Ils se réjouirent ensemble de la fermeture de la filature Chabert. Martial, trop préoccupé par ses ambitions politiques, pris depuis la mort de son père par le démon du jeu et possédé par une belle-mère dépensière très vite devenue sa maîtresse, mena tout droit son entreprise à la faillite. Ne reconnaissant pas ses erreurs, il multiplia les mauvais investissements, provoqua rapidement la chute vertigineuse de la qualité de ses soies, finit par perdre la confiance de ses clients et celle de son banquier. Acculé, il dut se résoudre à vendre l'entreprise florissante que lui avait léguée son père. Celle-ci fut reprise par un filateur de Saint-André-de-Valborgne, qui en garda le personnel et remit à flot la trésorerie. Quant à son destin politique, il se referma aussi vite derrière lui que les portes de son usine. Martial quitta Saint-Jean. Personne ne le revit jamais.

Loin de se réjouir du malheur d'autrui, Damien ne fut pas le premier à le plaindre.

« Il y a quand même une justice dans ce pays ! confia-t-il à Edmond, le jour où celui-ci était venu lui raconter la fin de la dynastie Chabert. Mais j'attendrai encore longtemps, je le crains, avant que j'en sois bénéficiaire ! »

Plus de trois années s'écoulèrent. La guerre avait éclaté avec la Prusse. Napoléon III, fait prisonnier à la suite du désastre de Sedan, avait été déchu de son pouvoir impérial par la révolution du 4 septembre 1870. La République avait été proclamée ; les condamnés politiques, amnistiés. Ernest Poujol avait été libéré avec ses amis et était rentré chez lui à Saint-Jean.

Edmond n'était pas venu depuis plusieurs mois. Damien ignorait donc toutes ces nouvelles nationales et locales. Il vivait hors du monde, hors du temps. En bas, dans sa vallée, les hommes s'agitaient. À Paris, la République triomphante traçait les voies de la Nation en marche vers la démocratie. Lui restait plongé dans sa sérénité pastorale, à l'écart des soubresauts de l'Histoire. Seules, parfois, ses pensées vagabondaient dans le passé, son passé ; et c'était toujours vers celle pour qui son cœur n'avait jamais cessé de battre qu'elles se réfugiaient.

Un soir, tandis qu'il rentrait son troupeau, son chien Rex se mit à aboyer anormalement et lui échappa. Le suivant des yeux, il vit à l'horizon un point noir se détacher, puis grossir et devenir silhouette. Quelqu'un approchait, marchant difficilement sur le chemin caillouteux. Une femme qui, à chaque pas, soulevait le bas de sa robe sombre pour éviter les flaques d'eau et de boue. Rex, intrigué, tournoyait autour d'elle en aboyant sans hargne.

Damien se tourna vers ses bêtes et continua de les faire entrer dans la bergerie, comme si de rien n'était. Puis il s'immobilisa quand il sentit la présence toute proche de l'inconnue derrière lui.

« Damien ! » lui dit une voix qui ne lui était pas étrangère.

Il ferma les yeux pour mieux imaginer et, sans se retourner, répondit :

« Héloïse… je t'attendais ! »

Il pivota sur lui-même. La jeune fille de ses pensées était devant lui, belle comme un premier matin, délicieuse comme un baiser volé. Elle souleva sa voilette, ôta son chapeau, tendit vers lui ses mains gantées de soie.

« Viens ! dit-elle. Nous sommes libres à présent. Libres de vivre. »

Saint-Jean-du-Pin,
3 septembre 2004-27 mai 2005

Lexique

Asple : tour sur lequel s'enroule le fil de soie après dévidage par la fileuse.
Bâbo : chrysalide étouffée dans son cocon.
Bader : regarder béatement.
Bancèl : autre terme pour *faïsse,* terrasse cultivée.
Barbins : porte-bouts ; espèces de crochets de verre placés à quatre-vingts centimètres au-dessus de la bassine.
Bassiné : résidu des bassines.
Béal : chenal.
Béléou : peut-être bien.
Boudie ! : Bon Dieu !
Boulègue-toi : remue-toi.
Bourrenc : drap de vannage (de l'occitan : *borrenc*).
Calel : lampe à huile (dans les Cévennes).
Castelet : couveuse artificielle tirant son nom de sa forme de petit château, constituée d'une double paroi en fer-blanc dans laquelle circule de l'eau chaude.
Chelut : lampe à huile (dans la région lyonnaise).
Clède : séchoir à châtaignes.

Désert : lieu secret où les protestants se rassemblaient à l'époque de Louis XIV.
Éducation : terme utilisé pour l'élevage des vers à soie.
Embrucage : action de disposer la bruyère sur les tables pour faire monter les chenilles afin qu'elles tissent leurs cocons.
Emmontagner : transhumer vers les hauts pâturages de montagne. Monter à l'estive.
Encabaner : disposer les rameaux de bruyère afin d'y faire monter les vers (voir *embrucage*).
Escoubette : balai de bruyère utilisé par les fileuses pour accrocher le fil de soie issu des cocons.
Faïsse : terrasse cultivée retenue par des murs en pierres sèches.
Filière : petit disque de porcelaine fixé sur le bord de la bassine de travail de la fileuse.
Flacherie : maladie très redoutée des vers blancs, ou *flats*, apparaissant après la dernière mue.
Gâtine : autre terme pour pébrine.
Grande frèze : dernière semaine de croissance du ver avant qu'il ne commence à tisser son cocon.
Grasserie : maladie des vers à soie « jaunes » ou « gras », non contagieuse.
Guindre : voir *asple*.
Lou pastre : le pasteur, le berger.
Magnan : ver à soie.
Masques : vers qui cessent de grimper dans la bruyère et se vident sans avoir tissé leurs cocons.
Morts-flats : vers atteints de la flacherie.
Mazet : petit cabanon.
Montre : échantillon.
Muscardine : maladie cryptogamique faisant devenir les vers rougeâtres.

Nadilhe : pièce de bois servant au serrage à l'aide d'une corde.
Nouet : petit sac pour l'incubation des œufs de ver à soie.
Novis : jeunes mariés.
Oustau : littéralement « maison ».
Parpaillots : surnom donné aux protestants.
Pas gaïre : pas beaucoup.
Patouille : pièce extérieure, sorte d'arrière-cuisine.
Quartier : se dit du hameau, du valat.
Roundiner : se plaindre, ronchonner.
Serre (masculin) = crête.
Titre : poids du fil de soie par rapport à sa longueur.
Traire (les mûriers) : effeuiller.
Traspastre : jeune apprenti berger.
Traversier : autre terme pour *faïsse,* terrasse cultivée.
Valat : petite vallée.

Bibliographie

André Lucien : « La soie et le travail des fileuses », *Cévennes magazine* n° 793, article du 23 septembre 1995.

Chabrol Jean-Paul : *Les Seigneurs de la soie, trois siècles de la vie d'une famille cévenole* (XVI-XIXe *siècle),* Presse du Languedoc, 1994.

Clavairolles F. : *Les Cévennes et la soie,* Causse et Cévennes, Alès, 1998.

Clavairolles F. : « L'éducation des vers à soie : savoirs, représentations, techniques », *L'Homme,* n° 126, avril-juin 1993.

Collectif : *Les Chemins de la soie, itinéraires culturels en Cévennes, bas Languedoc, Vivarais,* Espaces Écrits, 1993.

Cornu Pierre : *Une économie dans la débâcle : Cévenne vivaraise, 1852-1892,* Larousse, 1993.

Gontier Josette : *Une tradition : la soierie de Lyon,* Christine Bonneton éditeur.

Internet, divers articles : *À travers les siècles ; Histoire des Causses et Cévennes, histoire de l'agriculture ; Du bombyx à la soie ; Atlas sonore Rhône-Alpes : les chants de la soie.*

Joutard Philippe (ouvrage collectif) : *Les Cévennes, de la montagne à l'homme,* Privat, Toulouse, 1995.

L'Arbousset A. Laurent de : *Les Cévennes séricicoles,* 1875 (réédition, Lacour, Nîmes, 1992).

Laufer Laurie : *Le Secret du grand frère, une histoire de canuts,* Collection Histoires vraies.

Parc national des Cévennes : *Architectures et paysages de la soie,* Florac, 1997.

Pasteur Louis : *Études sur la maladie du ver à soie,* tome 1 : la pébrine et la flacherie, Gauthier-Villars, 1870.

Pelen Jean-Noël : *L'Autrefois des Cévenols,* Édisud, Aix-en-Provence, 1987.

Teissier du Cros R. : *Chroniques cévenoles, une famille de filateurs de soie à Valleraugue (1792-1904),* Les Presses du Languedoc, 1996.

Table des matières

Première partie : La fin d'un mythe

Seconde partie : Le chemin des fileuses